Bramenwijn

Van Joanne Harris zijn verschenen:

Chocolat
Vijf kwarten van de sinaasappel
Stranddieven
Gods dwazen
Bokkensprongen
Schimmenspel

JOANNE HARRIS

Bramenwijn

POEMA POCKET

Uitgave in samenwerking met De Kern,
Uitgeverij De Fontein, Baarn

Oorspronkelijke titel: *Blackberry Wine*
Vertaling: Monique de Vré
Omslagontwerp: Wouter van der Struys
Omslagfotografie: Eddie Ephraums/Trevillion Images

ISBN 90 245 5612 0

www.boekenwereld.com

Voor mijn grootvader, Edwin Short:
tuinier, wijnmaker en poëet

Dankwoord

De volgende mensen ben ik veel dank verschuldigd: Kevin en Anouchka voor hun geduld en begrip, G.J. Paul en de Priory Old Boys' Club, Francesca Liversidge voor haar geïnspireerde redactiewerk, Jennifer Luithlen, mijn fantastische agent Serafina Clarke, die me wegwijs maakte en houvast bood, en Onze Man in Londen, Christopher Fowler. Bij dezen zeg ik mijn collega's en leerlingen van de Leeds Grammar School vaarwel en wens ik hun veel succes. Ik zal jullie missen.

1

Wijn praat, dat weet iedereen. Kijk maar om je heen. Vraag het maar aan de vraagbaak op de hoek van de straat, de ongenode gast op het bruiloftsfeest, de onnozele dwaas. Hij praat. Hij buikspreekt. Hij heeft miljoenen stemmen. Hij maakt de tong los, ontfutselt je geheimen die je helemaal niet wilde vertellen, geheimen die je niet eens wist. Hij schreeuwt, tiert, fluistert. Hij gewaagt van grote dingen, prachtige plannen, tragische liefdes en verschrikkelijk verraad. Hij giert van het lachen. Hij grinnikt zachtjes voor zich heen. Hij barst voor zijn spiegelbeeld in tranen uit. Hij herinnert aan lang vervlogen zomers, aan zaken die beter zouden kunnen worden vergeten. Iedere fles is een vleugje van een andere tijd, een andere plaats; iedere fles – van de gewoonste Liebfraumilch tot de superieure Veuve Clicquot van 1945 – is een bescheiden wonder op zich. Alledaagse magie, noemde Joe het. De omzetting van onedele materie in droomdrank. De alchemie van de leek.

Neem mij nou. Een Fleurie van 1962. Het enig overgebleven exemplaar van een krat met twaalf flessen, gebotteld en neergelegd in het jaar waarin Jay werd geboren. 'Een uitdagende wijn die de tong losmaakt, vrolijk en een tikje onstuimig, met het kruidige aroma van zwarte bessen' stond er op het etiket. Niet echt een wijn om te bewaren, maar ik werd bewaard. Om nostalgische redenen. Voor een bijzondere gelegenheid. Een verjaardag, of misschien een bruiloft. Maar zijn verjaardag werd niet gevierd – ze dronken Argentijnse wijn en keken oude westerns. Vijf jaar geleden zette hij me neer op een gedekte tafel met zilveren kandelaars erop, maar er kwam niets van. Desondanks bleven hij en het meisje bij elkaar. Ze nam een heel leger flessen mee: Dom Pérignon, Stolichnaya-wodka, Parfait Amour en Mouton-Cadet, Belgisch bier in flessen met lange hals, Noilly Prat-vermouth en Fraise des Bois. Die spreken ook – voornamelijk onzin, een metaalachtig gekeuvel, zoals wanneer gasten zich op een feestje vermengen. We wilden niets met hen te maken hebben. We werden naar het eind van de kelder verdrongen, waar we als de drie enige overlevenden achter de glanzende rijen nieuwkomers lagen, en daar bleven we vijf jaar lang, vergeten. Een Château-Chalon van '58, een Sancerre van '71 en ik. De Château-Chalon, gebelgd over zijn degradatie, doet alsof hij doof is en weigert te spreken. 'Een goudgele wijn, waardig en van een groot kaliber,' citeert hij op zijn zeldzame momenten van mededeelzaamheid. Hij mag ons graag aan zijn status herinneren, aan de lange traditie van de gele Jurawijnen. Daar geeft hij hoog van op, net als van zijn honingachtige bouquet en unieke herkomst. De Sancerre is reeds lang geleden zuur geworden en spreekt nog minder; af en toe slaakt hij een iele zucht om zijn vervlogen jeugd.

En toen, zes weken voordat dit verhaal begint, kwamen de andere. De nieuwelingen. De Bijzondere Wijnen. De indringers die de zaak aan het rollen brachten, hoewel ook zij vergeten achter de fonkelnieuwe flessen leken te liggen. Zes in getal, elk met zijn eigen handgeschreven etiket en verzegeld met was. Om elke hals zat een touwtje van een andere kleur: rood voor frambozenwijn, groen voor vlierbloesemwijn, blauw voor bramenwijn, geel voor rozenbottelwijn, zwart voor pruimenwijn. De laatste fles, met een bruin touwtje eromheen, was een wijn waar zelfs ik nog nooit van gehoord had. 'Bijzondere Wijnen, 1975' stond er op het etiket in letters die vervaagd waren tot de kleur van slappe thee. Maar deze wijn herbergde vele geheimen. We konden niet om hen heen: ze fluisterden, ze joelden, ze lachten. We deden alsof hun fratsen ons koud lieten. De amateurs. Geen van alle bevatte ook maar een zweempje druif. Ze waren inferieur en we wilden hen niet in ons midden hebben. En toch hadden deze zes vrijbuiters iets onbeschaamds dat ons aansprak, een hectische botsing van smaken en beelden die de meer sobere wijnen deed duizelen. Het was natuurlijk beneden onze waardigheid om met hen te spreken. Maar wat had ik dat graag gedaan! Misschien kwam het door die plebejische ondertoon van zwarte bessen in mij dat ik me met hen verbonden voelde.

In de kelder kon je alles wat er in het huis gebeurde, horen. Voor ons werden de gebeurtenissen gemarkeerd door het komen en gaan van onze meer gangbare collega's: twaalf biertjes op een vrijdagavond en gelach in de hal; de avond vóór die ene fles Californische rode wijn, nog zo jong dat je de tannine bijna kon ruiken; de week daarvoor – toevallig zijn verjaardag – een halve fles Moët, een *demoiselle*, het eenzaamste, meest veelzeggende formaat dat er is, terwijl van boven de verre, nostalgische klanken van geweerschoten en paardenhoeven kwamen. Jay Mackintosh was zevenendertig. Behalve zijn ogen, die pinotzwart-indigo waren, was er niets opvallends aan hem; hij had de verlegen, ietwat verdwaasde blik van iemand die de weg kwijt is. Vijf jaar eerder had Kerry dat aantrekkelijk gevonden. Nu kon het haar niet meer bekoren. Zijn passiviteit en de kern van koppigheid daaronder hadden iets uiterst irritants. Precies veertien jaar geleden had Jay een roman geschreven met de titel *Drie zomers met Jackapple Joe*. Jullie kennen het vast wel. Hij kreeg er de Franse Prix Concourt voor en het werd in twintig talen vertaald. De publicatie werd gevierd met drie kratten goede wijn, een Veuve Clicquot uit 1976, te jong gedronken om hem recht te doen, maar zo was Jay nu eenmaal. Hij stortte zich in het leven alsof de bron nooit zou opdrogen, alsof wat in hem gebotteld was nooit zou ophouden, en het ene succes volgde het andere op: het was een feest waaraan geen einde scheen te komen.

In die tijd was er geen wijnkelder. We stonden op de schoorsteenmantel boven zijn typemachine; om hem geluk te brengen, zei hij. Toen hij het boek af had, opende hij de laatste van mijn metgezellen uit '62. Hij dronk hem heel langzaam op en toen hij hem op had, bleef hij een poos zitten terwijl hij het glas tussen zijn handen ronddraaide. Daarna liep hij naar de schoorsteen. Even bleef hij daar staan. Toen grijnsde hij en liep tamelijk onvast terug naar zijn stoel.

'De volgende keer, liefje,' beloofde hij. 'We bewaren je voor de volgende keer.' Hij praat namelijk tegen me, net zoals ik op een dag tegen hem zal praten. Ik ben zijn oudste vriend. We begrijpen elkaar. Onze bestemmingen zijn met elkaar verweven.

Natuurlijk was er geen volgende keer. De televisie-interviews, krantenartikelen en recensies volgden elkaar op en daarna heerste er stilte. Hollywood verfilmde het boek met Corey Feldman in de hoofdrol en het Amerikaanse Midden-Westen als decor. Er verstreken negen jaren. Jay begon aan een boek dat *De onverschrokken Cortez* moest gaan heten en verkocht acht korte verhalen aan *Playboy*, die later in gebundelde vorm bij Penguin verschenen. De literaire wereld wachtte eerst met smart, vervolgens rusteloos en nieuwsgierig, en ten slotte berustend en onverschillig op de nieuwe roman van Jay Mackintosh.

Hij schreef natuurlijk nog wel. Hij had inmiddels zeven romans op zijn naam staan met titels als: *Het J-zusgen* of *De psifactor op Mars* of *Afspraak met M. Hein*, allemaal geschreven onder het pseudoniem Jonathan Winesap, goedlopende boeken, die hem gedurende die veertien jaar van het nodige comfort voorzagen. Hij kocht een computer, een laptop, waarmee hij op zijn schoot zat, net als de maaltijden die hij op de avonden waarop Kerry tot 's avonds laat doorwerkte – wat steeds vaker gebeurde – voor zichzelf maakte en voor de tv opat. Hij schreef recensies, artikelen, korte verhalen en krantencolumns. Hij hield lezingen voor schrijvers en gaf werkcolleges in creatief schrijven aan de universiteit. Hij had zo veel te doen, zei hij altijd, dat hij nauwelijks aan zijn eigen werk toekwam; hierbij lachte hij zonder veel overtuiging om zichzelf: de schrijver die nooit schrijft. Wanneer hij dat zei, keek Kerry hem met samengeknepen lippen aan.

Ik zal haar even voorstellen: Kerry O'Neill, oorspronkelijk Katherine Marsden geheten, achtentwintig jaar oud, kort blond haar en opvallende groene ogen die het resultaat waren van groene contactlenzen, een feit waarvan Jay onkundig was. Ze had zich als journaliste een plaats in de televisiewereld veroverd met *Forum!*, een talkshow die laat op de avond werd uitgezonden en waarin populaire schrijvers en literaire grootheden eigentijdse sociale problemen bespraken tegen een achtergrond van moderne jazz. Vijf jaar geleden had ze misschien om zijn woorden geglimlacht. Maar ja, vijf jaar geleden was er nog geen *Forum!* geweest en schreef Kerry nog een reiscolumn voor *The Independent* en werkte ze nog aan een boek dat *Chocola – wat feministen erover zeggen* heette. De wereld was toen nog vol mogelijkheden. Het boek kwam twee jaar later uit, onder veel belangstelling van de media. Kerry was fotogeniek, lag goed in de markt en was geliefd bij het grote publiek. Het gevolg was dat ze werd gevraagd voor een aantal luchtige praatprogramma's. Haar foto verscheen in de *Marie Claire*, de *Tatler* en de *Me!*, maar ze prentte zich in dat dit alles haar niet naar het hoofd steeg. Ze had een huis in Chelsea, een pied-à-terre in New York en overwoog het vet op haar dijen te laten wegzuigen. Ze was volwassen geworden. Ze was vooruitgekomen.

Jay was echter helemaal niet vooruitgekomen. Vijf jaar geleden had hij de verpersoonlijking geleken van de temperamentvolle kunstenaar die een halve fles Smirnoff per dag drinkt, een gedoemde, beschadigde romanticus. Hij had het moederinstinct in haar naar boven gebracht. Ze zou hem redden, hem inspireren en in ruil daarvoor zou hij een schitterend boek schrijven, een boek dat licht in vele levens zou brengen, en dat zou zij allemaal tot stand hebben gebracht.

Maar het gebeurde niet. De huur werd betaald met slechte SF-boeken, goedkope pockets met een opzichtige kaft. Hij had nooit meer de rijpheid, de schelmse wijsheid van dat eerste werk geëvenaard of het zelfs maar geprobeerd. En Jay mocht dan heel wat afpeinzen, enig temperament van betekenis had hij niet. Hij had nog nooit aan een impuls toegegeven. Hij was eigenlijk nooit boos en verloor nooit zijn zelfbeheersing. Zijn gesprekken gaven geen blijk van briljante intelligentie of intrigerende norsheid. Zelfs zijn drinkgedrag – het enige exces dat hij vertoonde – leek inmiddels belachelijk, alsof hij de verouderde modes uit zijn jeugd niet kon afleggen. Hij verdeed zijn tijd met computerspelletjes, het luisteren naar oude singles en het kijken naar oude films op de video, alsof hij was blijven steken in zijn puberteit, als een naald in een plaat. Misschien zag ze het verkeerd, dacht Kerry. Misschien wilde hij niet volwassen worden, wilde hij niet gered worden.

De lege flessen vertelden een heel ander verhaal. Hij dronk, zo maakte Jay zichzelf wijs, om dezelfde reden als waarom hij tweederangs sciencefiction schreef. Niet om dingen te vergeten, maar juist om ze te onthouden, om toegang te krijgen tot het verleden en zichzelf erin terug te vinden, als een pit in een bittere vrucht. Hij opende elke fles, begon elk verhaal in de geheime overtuiging dat hij nu de toverdrank zou vinden die hem weer tot leven zou wekken. Maar net als voor wijn moeten voor magie de omstandigheden juist zijn. Joe had hem dat kunnen vertellen. Anders gebeurt er niets. Gaat het bouquet verloren.

Ik denk dat ik verwachtte dat het allemaal met mij zou beginnen. Dat zou iets poëtisch gehad hebben. Tenslotte hebben hij en ik een band. Maar dit verhaal begint met een andere wijn. Dat vind ik niet zo erg. Ik kan beter zijn laatste dan zijn eerste zijn. Ik ben zelfs niet de ster van dit verhaal, maar ik was er al voordat de Bijzondere Wijnen kwamen, en ik zal er nog zijn wanneer ze allemaal zijn opgedronken. Ik kan me veroorloven te wachten. Trouwens, oude Fleurie is iets waarvan je moet houden; je moet er de tijd voor nemen, en ik weet niet of hij me toen al had kunnen waarderen.

2

Londen, voorjaar 1999

Het was maart. Zacht weer, zelfs voor de kelder. Jay was boven aan het werk geweest, op zijn manier, met een fles bij zijn elleboog en de televisie zacht aan. Kerry was op een feest ter ere van een nieuwe prijs voor schrijfsters onder de vijfentwintig en het was stil in huis. Jay gebruikte de typemachine voor wat hij als 'echt' werk zag en de laptop voor zijn sciencefiction, dus kon je aan het geluid – of de afwezigheid daarvan – altijd horen wat hij aan het schrijven was. Om tien uur ging hij pas naar beneden. Hij zette de radio op een zender die oude popmuziek uitzond en aan zijn rusteloze voetstappen op de terracotta tegels kon je horen dat hij in de keuken rondliep. Naast de koelkast stond een kastje met drankflessen. Hij opende het, aarzelde en deed het weer dicht. De deur van de koelkast ging open. Zoals overal domineerde Kerry's smaak ook hier: tarwegrasdrank, couscoussalade, jonge spinaziebladeren en allerlei soorten yoghurt. Waar hij echt zin in had, dacht Jay, was een enorme sandwich met spek en gebakken ei en ketchup en ui, en een mok sterke thee. Dat hij daar zo'n trek in had, wist Jay, had iets te maken met Joe en Pog Hill Lane. Een associatie, dat was alles, die vaak bij hem opkwam wanneer hij probeerde te schrijven. Maar dat was allemaal voorbij. Schimmen uit het verleden. Hij wist dat hij niet echt trek had. Hij stak dus een sigaret op, een verboden luxe die beperkt was tot de uren waarin Kerry niet thuis was, en hij inhaleerde gretig. Uit de krasserige speaker van de radio kwam de stem van Steve Harley die *Make me smile* zong – ook zo'n liedje uit die lang vervlogen, onontkoombare zomer van '75 – en even zong hij luidkeels mee: 'Come up and see me, make me smi-i-i-ile.' Het geluid galmde verloren door de keuken.

De nieuwelingen achter ons in de donkere kelder waren rusteloos. Misschien was het de muziek, of misschien hing er op deze zachte lenteavond iets in de lucht waardoor hij plotseling geladen leek met mogelijkheden, want ze bruisten van activiteit, ze kolkten in hun fles, ze rammelden tegen elkaar, sprongen op schaduwen af, wilden zich uiten, geopend worden, hun essence afgeven. Misschien liep hij daardoor de kelder in. Zijn voetstappen klonken zwaar op de ruwhouten trap. Jay hield van de kelder; het was er koel, geheimzinnig. Hij kwam hier regelmatig, alleen maar om de flessen aan te raken, om met zijn vingers over de met stof bedekte muren te gaan. Ik vond het altijd prettig wanneer hij in de kelder kwam. Ik kan als een barometer zijn emotionele temperatuur peilen wanneer hij bij me in de buurt is. Tot op zekere hoogte kan ik zelfs zijn gedachten lezen. Zoals ik al zei bestaat er tussen ons een vorm van chemie.

Het was donker in de kelder; de enige verlichting was een zwak peertje aan het plafond. Rijen flessen – de meeste verwaarloosbaar, want door Kerry gekozen – in rekken langs de muur; andere in kratten op de plavuizen. In het langslopen raakte Jay ze allemaal even aan; hij bracht zijn gezicht dicht bij de flessen, alsof hij de geur van de zomers die erin opgesloten waren, wilde opvangen. Twee- of driemaal trok hij een fles naar voren en draaide hem in zijn handen om alvorens hem terug te leggen in het rek. Zijn bewegingen waren doelloos, niet-gericht; hij hield van het vocht en de stilte in de kelder. Zelfs het geluid van het Londense verkeer drong hier niet door, en even voelde hij de verleiding gewoon te gaan liggen op de gladde, koele vloer en te gaan slapen, misschien voor altijd. Niemand zou hem hier zoeken. Hij voelde zich echter heel wakker, heel alert, alsof de stilte zijn hoofd helder had gemaakt. Er heerste een geladen sfeer, hoewel er niets bewoog... alsof er iets stond te gebeuren.

De nieuwe flessen zaten in een doos achter in de kelder. Er was een kapotte ladder overheen gelegd, en die haalde hij weg. Moeizaam sleepte hij de doos over de plavuizen een eindje naar voren. Hij pakte er op goed geluk een fles uit en hield hem tegen het licht om het etiket te ontcijferen. De inhoud zag er inktachtig rood uit en op de bodem lag een dikke laag droesem. Even verbeeldde hij zich dat hij ook nog iets anders erin zag, een gestalte, maar het was slechts sediment. Ergens boven zijn hoofd, in de keuken, was de nostalgische zender nog steeds met 1975 bezig. Ze waren nu bij Kerstmis beland en zwakjes maar nog goed hoorbaar klonk *Bohemian rhapsody* door de vloer heen; hij huiverde.

Toen hij weer in de keuken was, inspecteerde hij de fles nieuwsgierig; hij had er nog nauwelijks naar gekeken sinds hij hem zes weken eerder had meegenomen. Hij bekeek het waszegel op de hals, het bruine touwtje, het handgeschreven etiket – 'Bijzondere Wijnen 1975' –, het glas dat vuil was geworden door het stof in Joe's wortelkelder. Hij vroeg zich af waarom hij hem tussen de rommel vandaan had gevist en meegenomen. Misschien nostalgie, hoewel zijn gevoelens voor Joe nog steeds te gemengd waren voor zoiets luxueus. Woede, verwarring en verlangen spoelden in warm-koude golven over hem heen. *Ouwe makker, ik wou dat je hier was.*

In de fles sprong en dartelde iets rond. Meteen daarop begonnen de flessen in de kelder te rammelen en te dansen.

Soms gebeurt het per ongeluk. Na jaren wachten – op

een juiste stand van de planeten, een toevallige ontmoeting, een plotselinge inspiratie – doen de juiste omstandigheden zich wel eens spontaan voor, onopvallend, zonder tromgeroffel, zonder waarschuwing. Jay beschouwt het als het lot. Joe noemde het magie. Maar soms is het gewoon pure chemie, iets dat in de lucht hangt, één enkele daad die plotseling en onontkoombaar verandering brengt in iets dat lang heeft stilgestaan.

De alchemie van de leek, noemde Joe het. De magie van het alledaagse bestaan. Jay Mackintosh stak zijn hand uit naar het mes om het zegel te verbreken.

3

De fles had de jaren goed doorstaan. Toen hij hem met zijn mes opensneed, zag hij dat de kurk nog steeds intact was. Even kwam er een zo scherpe geur op hem af dat hij niets anders kon doen dan die met opeengeklemde kaken verdragen, terwijl die hem zijn wil oplegde. Hij rook aards en een beetje zuur, als een gracht tijdens de zomerwarmte; de scherpe geur deed hem denken aan de groentesnijder en de vrolijkmakende, indringende geur van pas gerooide aardappelen. Een seconde lang was de illusie zo sterk dat hij écht even op die verdwenen plaats was, dat Joe op zijn schop leunde en de tussen twee takken geklemde radio *Send in the clowns* of *I'm not in love* liet horen. Hij werd plotseling overvallen door een groot gevoel van opwinding en hij goot een klein beetje wijn in een glas, zijn best doend om in zijn gretigheid niet te morsen. Deze was troebel-roze, als papayasap, en hij leek in verwachtingsvolle razernij tegen het glas op te klimmen, alsof er iets levends in zat dat zijn magische werking op hem wilde loslaten. Hij keek ernaar met een mengeling van achterdocht en verlangen. Een deel van hem wilde de wijn drinken – had jaren op dit ene moment gewacht – maar toch aarzelde hij. De vloeistof in het glas was troebel en er zaten vlokken van een bruinachtig goedje in, het leek wel roest. Plotseling zag hij zichzelf een slok nemen, het benauwd krijgen en van pijn over de tegels kronkelen. Het glas bleef op weg naar zijn mond in de lucht steken.

Hij keek nog eens naar de vloeistof. De beweging die hij meende te hebben waargenomen, was opgehouden. De geur was zoetig, medicinaal, als van een hoestdrankje. Weer vroeg hij zich af waarom hij de fles had meegenomen. Magie bestond niet. Het was een van de dingen geweest die Joe hem had laten geloven, een van de trucjes van die ouwe oplichter. Maar in dat glas zat iets, hield zijn geest vol. Iets bijzonders.

Hij was zo geconcentreerd dat hij Kerry niet achter zich binnen hoorde komen.

'O, dus je bent niet aan het werk.' Haar stem was helder en er was net voldoende Iers accent te horen om beschuldigingen van een bevoorrechte jeugd te weerleggen. 'Als je toch van plan was teut te worden, had je net zo goed mee kunnen gaan naar het feestje. Het zou een gewéldige gelegenheid voor je zijn geweest om allerlei mensen te ontmoeten.'

Ze legde veel nadruk op 'geweldige' door de tweede lettergreep driemaal zo lang te maken als hij normaal was. Jay keek haar aan; hij hield het wijnglas nog in zijn hand. Zijn stem klonk spottend.

'O, maar ik ontmoet altijd gewéldige mensen. Alle literaire mensen zijn geweldig. Het wordt pas echt leuk wanneer er op zo'n geweldig feestje zo'n pienter jong ding op me afstapt en tegen me zegt: "Hé, bent u niet Jay-eh hoe was het ook weer, die man die dat prachtige boek heeft geschreven?"'

Kerry liep de keuken door, waarbij haar perspex hakken koel op de tegels tikten, en schonk een glas wodka in.

'Nu ben je niet alleen asociaal maar ook nog kinderachtig. Als je eens echt probeerde iets serieus te schrijven in plaats van je talent aan rommel te verknoeien.'

'Gewéldig.' Jay grinnikte en maakte een toostgebaar. In de kelder begonnen de overige flessen uitbundig te rammelen, als in gespannen verwachting. Kerry stond stil en luisterde.

'Hoorde jij ook iets?'

Jay schudde, nog steeds grijnzend, zijn hoofd. Ze kwam dichterbij, keek naar het glas in zijn hand en de fles die nog op tafel stond.

'Wat is dat trouwens voor spul?' Haar stem klonk even scherp en helder als haar ijspegelhakken. 'Een Jackapple uit 1975. Een fantastisch jaar.'

Naast ons en om ons heen gistten de flessen er vrolijk op los. We hoorden hen fluisteren, zingen, roepen en dartelen. Hun roekeloze gelach werkte aanstekelijk, het was een oproep tot de strijd. De Château-Chalon mompelde iets hevig afkeurends, maar in die rauwe carnavalssfeer had zijn stem iets jaloers. Ik deed ineens mee en begon als een gewone melkfles in mijn krat te rammelen; ik was in een roes van opwinding, omdat ik wist dat er iets gebeuren ging.

'Gatver! Dat moet je niet opdrinken, hoor. Het is niet goed meer.' Kerry lachte geforceerd. 'Trouwens, het is weerzinwekkend. Het heeft iets necrofiels. Ik kan maar niet snappen dat je dat allemaal mee naar huis wilde nemen, gezien de omstandigheden.'

'Ik wilde het opdrinken, lieveling, niet ermee neuken,' mompelde Jay.

'Wat?'

'Niks.'

'Toe nou, schat. Gooi het weg. Er zitten waarschijnlijk allerlei gore bacteriën in. Of misschien nog iets ergers. Antivries of zo. Je weet hoe die ouwe was.' Haar stem klonk vleiend. 'Ik zal een glas wodka voor je inschenken, goed?'

'Kerry, je lijkt mijn moeder wel. Hou daarmee op.'

'Dan moet jij je niet als een kind gedragen. Waarom word je ook niet eens een keer volwassen?' Het was altijd hetzelfde liedje.

Koppig: 'Die wijn was van Joe. Je zult het wel niet begrijpen.'

Ze zuchtte getergd en wendde zich af.

'Oké, doe maar waar je zin in hebt. Dat doe je toch altijd. Zoals jij al die jaren op die vent gefixeerd bent geweest... Het lijkt wel of hij je vader was, in plaats van een vieze ouwe vent die op jongetjes viel. Hang maar de volwassene uit en vergiftig jezelf maar. Als je doodgaat komt er ter nagedachtenis aan jou misschien wel een herdruk van *Jackapple Joe* en dan kan ik mijn verhaal aan de *Times Literary Supplement* verkopen...'

Maar Jay luisterde al niet meer. Hij bracht het glas naar zijn mond. Weer sloeg de geur hem in het gezicht, die vage cidergeur die in Joe's huis had gehangen, vermengd met de geur van wierook en tomatenplanten die in de vensterbank van de keuken stonden te rijpen. Even meende hij iets te horen, een gekletter en een getinkel van stukken glas, als een kroonluchter die op een gedekte tafel valt. Hij nam een flinke slok.

'Proost.'

Het smaakte even afgrijselijk als toen hij nog een kind was. Er zaten geen druiven in dit brouwsel: het was slechts een zoetige gisting van smaken, zwemend naar afval. Het rook naar het kanaal in de zomer en de verlaten rangeersporen. De smaak was bijtend, herinnerend aan rook en brandend rubber, maar toch riep hij van alles op. Hij greep hem naar de keel en maakte herinneringen los, hij bracht beelden naar boven waarvan hij had gedacht dat hij ze voor altijd kwijt was. Hij balde zijn vuisten toen de beelden hem bestormden en voelde zich plotseling licht in het hoofd.

'Gaat het?' Kerry's stem leek uit een droom te komen. Ze klonk geërgerd, maar ook een beetje ongerust. 'Jay, ik zei toch dat je dat spul niet moest drinken. Gaat het?'

Hij slikte de wijn moeizaam door.

'Ja hoor. Hij is eigenlijk wel lekker. Pittig. Een beetje zuur. Vol. Zoiets als jij, Kes.' Hoestend onderbrak hij zichzelf, maar hij moest ook lachen. Kerry keek hem niet-geamuseerd aan.

'Ik zou graag willen dat je me niet zo noemde. Zo heet ik niet.'

'Maar je heet ook geen Kerry,' repliceerde hij boosaardig.

'Tja, als je niets anders dan vulgair kunt zijn, ga ik maar naar bed. Geniet maar lekker van je wijn. Of wat voor opwindends dan ook.'

De woorden vormden een uitdaging waar Jay niet op inging. Hij hield zijn rug naar de deur gekeerd totdat ze verdwenen was. Hij was egoïstisch, hij wist het. Maar de wijn had iets in hem wakker gemaakt, iets ongewoons, en hij wilde dat verder verkennen. Hij nam nog een glas en merkte dat zijn gehemelte begon te wennen aan het vreemde smaakpalet van de wijn. Hij proefde nu oud fruit, dat verbrand was tot harde zwarte suiker; hij rook het sap van de groentesnijder en hij hoorde Joe achter in zijn tuin met de oude radio meezingen. Ongeduldig leegde hij het glas, het vuur van de wijn ondergaand; hij voelde zijn hart met hernieuwde energie slaan, het bonsde alsof hij een wedstrijd hardlopen had gedaan. Beneden rammelden en schudden de vijf overgebleven flessen in een uitbundige razernij. Zijn hoofd was opgeklaard, zijn maag hing weer recht. Hij probeerde de gewaarwording die hij had te benoemen en kwam uiteindelijk tot de ontdekking dat het vreugde was.

4

Pog Hill, zomer 1975

Jackapple Joe. Geen bijzondere naam. Hij stelde zich voor als Joe Cox. Hij zei het met een scheve glimlach, alsof hij de mensen wilde tarten het niet te geloven, maar ook toen kon die al van alles zijn geweest, veranderend met de seizoenen en zijn verblijfplaats.

'We zouden neven kunnen zijn, jij en ik,' zei hij op die eerste dag, toen Jay, gezeten op de muur, hem met behoedzame fascinatie bekeek. De groentesnijder snorde en rammelde en wierp stukjes zuurzoet fruit of groente in de emmer aan zijn voeten. 'Cox en Mackintosh. Allebei appels. Dan zijn we haast familie, dacht ik zo.'

Zijn accent was heel vreemd en verwarrend, en Jay staarde hem niet-begrijpend aan. Joe schudde grijnzend zijn hoofd.

'Wist je niet dat je naar een appel genoemd was? Het is een goeie, een Amerikaanse rode appel. Met heel veel smaak. Ik heb achter ook een jong boompje staan.' Hij maakte met zijn hoofd een beweging naar de achterkant van het huis. 'Maar hij is niet zo goed aangeslagen. Ik denk dat hij een pietsie meer tijd nodig heeft om zich lekker te gaan voelen.'

Jay bleef naar hem kijken met het waakzame cynisme van een twaalfjarige die bang is in de maling te worden genomen.

'Zoals jij het zegt is het net of ze iets voelen.'

Joe keek hem aan.

'Dat is ook zo. Zoals alles wat groeit.'

De jongen bleef gefascineerd naar de draaiende bladen van de groentesnijder kijken. De trechtervormige machine slingerde en rammelde tussen Joe's handen en spoog brokken wit en roze en blauw en geel vruchtvlees uit.

'Wat ben je aan het doen?'

'Wat denk je?' De oude man wees met een beweging van zijn kin naar een kartonnen doos die bij de muur lag die hen scheidde. 'Kun je die jacks daar even aangeven?'

'Jacks?'

Een ongeduldig gebaar in de richting van de doos: 'Jackapples.'

Jay keek naar beneden. Het was niet zo hoog, hooguit anderhalve meter, maar de tuin was ommuurd. Achter zijn rug waren alleen wat struiken van het braakliggende terrein en de spoorlijn, en zijn stadsopvoeding had hem geleerd op zijn hoede te zijn voor vreemden.

Joe grijnsde.

'Ik bijt niet, jong,' zei hij goedmoedig.

Geïrriteerd liet Jay zich de tuin in zakken.

De jackapples waren lang en rood en hadden een raar puntig uiteinde. Er waren er een paar opengesneden nadat Joe ze had opgegraven en ze hadden vruchtvlees dat in het zonlicht tropisch roze leek. De jongen wankelde een beetje door het gewicht van de doos.

'Let op waar je loopt,' riep Joe. 'Niet laten vallen. Anders worden ze beurs.'

'Maar het zijn maar aardappels.'

'Zekers,' zei Joe, zonder zijn blik van de groentesnijder af te wenden.

'Ik dacht dat je had gezegd dat het appels waren of zo.'

'*Jacks*. Patatten. Piepers. Jackapples. *Pommus de tèèr*.'

'Wat is daar zo bijzonder aan?' zei Jay.

Joe schudde zijn hoofd en begon de knollen in de snijmachine te stoppen. Ze roken zoetig, naar papaya.

'Ik heb deze na de oorlog meegenomen uit Zuid-Amerika,' zei hij. 'Heb ze zo van het zaad geteeld, hier in mijn achtertuin. Heb er vijf jaar over gedaan om de grond goed te krijgen. Als je een bakaardappel wilt, moet je *King Edwards* telen. Als je salade wilt maken, moet je een *Charlotte* of een *Jersey* nemen. Als je patat wilt maken, wordt het de *Maris Piper*. Maar deze' – hij pakte er een uit de doos en wreef met de vuile muis van zijn hand liefkozend over de roze schil – 'zijn ouder dan New York, zo oud dat ze niet eens een Engelse naam hebben. Het zaad is meer waard dan stofgoud. Dit zijn niet zomaar aardappels, jong. Dit zijn waardevolle klompjes verleden tijd, toen de mensen nog in magie geloofden en toen de halve wereld nog niet op de kaart stond. Van deze aardappels maak je geen patat.' Hij schudde weer zijn hoofd. De ogen onder de dikke grijze wenkbrauwen tintelden van de lach. 'Dit zijn mijn troetelkindjes.'

Jay sloeg hem achterdochtig gade, niet wetende of hij gek was of gewoon grapjes maakte.

'Maar wat maak je dan?' vroeg hij ten slotte.

Joe gooide de laatste jackapple in de snijmachine en grijnsde.

'Wijn, jonkie, wijn.'

Dat was in de zomer van '75 geweest. Jay was bijna dertien. De ogen samengeknepen, de mond stijf dicht, het gezicht een vuist met witte knokkels, iets verbergend dat te geheim was om zich te laten onderzoeken. Hij was sinds kort intern op de Moorlands School in Leeds en er strekten zich acht vreemd lege vakantieweken voor hem uit tot het volgende trimester weer begon. Hij haatte het hier al. Dat gat met zijn grauwe, wazige skyline, zijn blauwzwarte heuvels vol gele laadinrichtingen, zijn sloppenwijken en mijnwerkershuizen, en zijn inwoners met hun scherpe gezicht en rare noordelijke accent. Het wende wel, had zijn moeder gezegd. Hij zou Kirby Monckton leuk vinden. Hij zou van de verandering genieten. Alles zou op zijn pootjes terechtkomen. Maar Jay wist wel beter. De afgrond die de scheiding van zijn ouders had geschapen, gaapte vlak voor hem, en hij haatte hen, hij haatte dit oord waar ze hem heen hadden gestuurd, hij haatte de glanzende nieuwe Raleigh met vijf versnellingen die die ochtend voor zijn verjaardag was bezorgd; omkoperij die even verderfelijk was als de boodschap die erbij zat: 'Met liefs van mama en papa'. Het was allemaal zo vals normaal, alsof de wereld om hem heen niet stilletjes aan het uiteenvallen was. Hij voelde een koude woede, als glas dat hem van de rest van de wereld afsneed zodat klanken gesmoord werden en mensen pratende bomen waren. Hij voelde woede, een ziedende woede, die wanhopig wachtte tot er iets zou gebeuren.

Ze waren nooit een hecht gezin geweest. Tot die zomer had hij zijn grootouders slechts een keer of vijf, zes gezien, met Kerstmis of verjaardagen, en ze bejegenden hem met een plichtmatige, afstandelijke genegenheid. Zijn grootmoeder was teer en elegant, als het porselein waar ze van hield en dat ieder beschikbaar oppervlak sierde. Zijn grootvader was kortaf en soldatesk en schoot korhoenders zonder vergunning op de nabijgelegen hei. Beiden betreurden de komst van de vakbonden, de opkomst van de werkende klasse, popmuziek, mannen met lang haar en het toelaten van vrouwen in Oxford. Jay begreep algauw dat hij als hij zijn handen voor het eten waste en naar alles wat ze zeiden leek te luisteren, onbeperkte vrijheid kon genieten. En zo kwam het dat hij Joe ontmoette.

Kirby Monckton is een stadje in het noorden van Engeland als zovele andere. Het dankt zijn bestaan aan de kolenmijnen, maar het was toen al in verval: twee van de vier mijnen waren gesloten en de overgebleven twee konden zich met moeite handhaven. Waar de mijnen dichtgingen, stierven de dorpen die dreven op de arbeidskrachten ook een langzame dood, waardoor rijen mijnwerkershuizen verwaarloosd achterbleven. Hier stond de helft leeg; de vensters waren dichtgetimmerd en de tuinen lagen vol afval en waren overwoekerd door onkruid. In het centrum was het al niet veel beter: een rij winkels, een paar cafés, een zelfbediening en een politiebureau met traliewerk voor het raam. Aan de ene kant waren de rivier, het spoor en het oude kanaal. Aan de andere kant was een heuvelrug die doorliep tot aan de voet van het Penninisch Gebergte. Daar heette het Upper Kirby en daar woonden de grootouders van Jay.

Als je naar de heuvels kijkt, over de velden en de bossen, kun je je bijna inbeelden dat er nooit mijnen zijn geweest. Dit is het acceptabele gezicht van Kirby Monckton; de rijtjeshuizen worden er 'bescheiden villa's' genoemd. Op het hoogste punt kun je het stadje zelf een paar kilometer verderop zien liggen, een vlek gelige rook boven een ongelijke horizon. Hoogspanningsmasten doorsnijden het land tot aan het leiachtige litteken van de open steenkoolgroeve, maar de holte heeft een onweerstaanbare charme door de rand erboven. De huizen hier zijn voor het merendeel groter, minder sober. Ruime Victoriaanse huizen van warmgekleurde natuursteen uit Yorkshire, met glas-inloodramen en gotisch aandoende voordeuren, en enorme, beschutte tuinen met leivruchtbomen en keurige, goedverzorgde gazons.

Deze charmes waren aan Jay niet besteed. Upper Kirby had in zijn Londense ogen iets gevaarlijks, gelegen als het was op de stenen begrenzing van de heidevelden. Al die ruimte – de afstanden tussen de gebouwen – was te veel voor hem. De pokdalige wirwar van Lower Monckton en Nether Edge lag er verlaten bij in de rook, alsof het er oorlog was. Hij miste de bioscopen en theaters van Londen, de platenzaken, de galeries en museums. Hij miste de mensen. Hij miste de vertrouwde Londense accenten, de verkeersgeluiden en de geuren. Hij reed op zijn fiets kilometers ver over de onbekende, verlaten wegen en haatte alles wat hij zag.

Zijn grootouders bemoeiden zich nergens mee. Ze vonden het goed dat hij zich buitenshuis vermaakte en merkten nooit dat hij iedere middag trillend en uitgeput van woede thuiskwam. De jongen was altijd beleefd, altijd goedverzorgd. Hij luisterde met intelligentie en belangstelling naar wat ze zeiden. Hij cultiveerde een jongensachtige opgewektheid. Hij was de stripboekschooljongen bij uitstek, en hij genoot zuur van zijn misleiding.

Joe woonde in Pog Hill Lane, een straatje met ongelijke bebouwing, nog geen kilometer van het station; de huizen stonden met de achterkant aan het spoor. Jay was er al twee keer eerder geweest; toen had hij zijn fiets in het struikgewas achtergelaten en was hij het talud opgeklommen om bij de spoorbrug te komen. Aan de andere kant waren velden tot aan de rivier en daarachter bevond zich de open steenkoolgroeve; het gedreun van de machines in de verte werd door de wind meegenomen. Over een afstand van een paar kilometer liep er een oud kanaal bijna parallel aan het spoor; de stagnerende lucht zag er groen van de vliegen en was warm door de geur van as en groen. Tussen het kanaal en het spoor liep een ruiterpad, waar het wemelde van de overhangende takken. De inwoners noemden dit gebied Nether Edge en het was bijna altijd verlaten. Daarom oefende het zo'n aantrekkingskracht op hem uit. Hij kocht een pakje sigaretten en een *Eagle* in de stationskiosk en fietste naar het kanaal. Hij verborg zijn fiets op een veilige plek in het struikgewas en liep over het pad langs het kanaal. Hij baande zich een weg door de dichte begroeiing van rijpe wilgenroosjes, waarbij wolken witte zaadjes opstegen. Toen hij bij de oude sluis kwam, ging hij op de stenen zitten roken en naar de spoorweg kijken; soms telde hij de kolenwagons wanneer ze langsreden, of hij trok een gezicht naar de passagierstreinen die op weg waren naar verre, benijdenswaardige bestemmingen. Hij gooide stenen in het gestremde kanaal. Een paar keer liep hij helemaal naar de rivier, waar hij dammen maakte van graspollen en het afval dat zich erin verzameld had: autobanden, takken, bielzen en een keer een hele matras waar de veren doorheen staken. Zo was het eigenlijk begonnen; op de een of andere manier raakte hij in de ban van deze plek. Misschien kwam dat doordat het een verborgen plek was, een oude, verboden plek. Jay begon hem te verkennen; er waren raadselachtige ronde dingen van beton en metaal, die Joe later identificeerde als overdekte mijningangen en waar rare, galmende zuchtgeluiden uit kwamen wanneer je er in de buurt kwam. Een ondergelopen mijnschacht, een achtergelaten kolenwagon, de resten van een schuit. Het was een lelijke, misschien ook wel gevaarlijke plek, maar hij had ook iets ontzettend triests en dat oefende een aantrekkingskracht op hem uit die hij kon weerstaan noch begrijpen. Zijn ouders zouden ontzet zijn geweest als ze hadden geweten dat hij erheen ging, en ook dat verhoogde de aantrekkingskracht. Dus ging hij op verkenning uit; nu eens stuitte hij op een askuil gevuld met oude potscherven, dan weer op een overdaad aan exotische, weggegooide schatten: stapels stripboeken en tijdschriften, nog niet door de regen bedorven, oud metaal, het casco van een oude Ford Galaxie – uit het dak stak een kleine vlier, als een nieuw soort antenne – en een kapotte televisie. Langs een spoorbaan wonen, zo vertelde Joe hem op een keer, is als aan een strand wonen: het tij brengt iedere dag nieuwe jutterswaar. Eerst stond het hem tegen. Hij kon maar niet begrijpen waarom hij erheen ging. Hij verliet het huis met de bedoeling een heel andere route te nemen en kwam dan toch bij Nether Edge terecht, tussen de spoorweg en het kanaal, waar hij in de verte het monotone geluid van de machines hoorde en de wittige zomerlucht als een warme pet op zijn hoofd drukte. Een eenzame, verlaten plek. Maar in ieder geval een plek die van hem was. Van hem, die hele vreemde zomer lang. Althans, dat dacht hij.

5

Londen, voorjaar 1999

Hij werd de volgende dag laat wakker. Kerry was al weg; ze had een briefje achtergelaten waar de afkeuring als een watermerk doorheen schemerde. Hij las het lusteloos, zonder belangstelling, en probeerde zich te herinneren wat er de avond daarvoor gebeurd was.

> Jay, vergeet de receptie bij Spy's vanavond niet – je moet er echt heen! Draag je Armani-pak. K.

Hij had hoofdpijn en hij zette sterke koffie en luisterde naar de radio terwijl hij hem opdronk. Hij herinnerde zich niet veel – tegenwoordig was zijn leven heel vaak zo, een waas van dagen die allemaal op elkaar leken, als de afleveringen van een soapserie, waarnaar hij uit gewoonte keek, ook al kon geen van de personages hem iets schelen. De dag strekte zich voor hem uit als een lege weg die de woestijn in voert. Hij moest die avond college geven, maar hij overwoog al er niet heen te gaan. Dat gaf niets: hij had al eerder colleges overgeslagen. Het werd inmiddels bijna van hem verwacht. Artistiek temperament. Hij grinnikte even om de ironie.

De fles van Joe's wijn stond nog op tafel. Hij was verbaasd dat hij nog halfvol was. Zo'n kleine hoeveelheid leek te weinig om de bonzende kater te verklaren en de dromen die hem pas in slaap lieten vallen toen de dageraad de lucht al bloedrood begon te kleuren. De geur uit het lege glas was vaag maar waarneembaar, een zoetige medicinale geur, kalmerend. Hij schonk een glas in.

'Om het af te leren,' mompelde hij.

Deze ochtend was hij slechts vaag onaangenaam, bijna smakeloos. In zijn achterhoofd begon zich iets te roeren, maar de herinnering was nog te vaag om duidelijk te zijn.

Plotseling maakte de deur een rammelend geluid en hij keerde zich met een vreemd schuldgevoel om, alsof hij betrapt was. Maar het was slechts de post, die half door de brievenbus geduwd was en op de mat viel. Door de glazen deur verlichtte een vlak zonlicht de bovenste enveloppe, alsof hij op die manier om speciale aandacht vroeg. Waarschijnlijk allemaal rommel, bedacht hij. Tegenwoordig ontving hij niet veel andere post. En toch, door die speling van het licht leek die enveloppe op te lichten, waardoor het ene woord dat erop gedrukt stond, een nieuwe, stralende betekenis kreeg: ESCAPE. Alsof er in de Londense dageraad een deur naar een andere wereld kon worden geopend, waar iedere mogelijkheid nog beproefd kon worden. Hij bukte zich om de lichte rechthoek op te rapen en opende hem.

Zijn eerste gedachte was dat het inderdaad niks was. Een goedkope brochure met de aanhef: VAKANTIEVERBLIJVEN EN STILLE PLEKJES, wazige foto's van boerderijen en *gîtes*, met daartussen stukjes tekst. 'Dit aantrekkelijke huisje op slechts acht kilometer afstand van Avignon... Deze grote verbouwde boerderij met eigen grond... Deze zestiende-eeuwse schuur in het hart van de Dordogne...' De plaatjes leken allemaal op elkaar: rustieke huisjes met een Disneykleurige lucht erboven, vrouwen met hoofddoekjes en witte kappen, mannen met baretten op die geiten hoedden op onmogelijk groene berghellingen. Met een vreemd gevoel van teleurstelling liet hij de brochure op tafel vallen; hij voelde zich bedrogen, alsof er iets – hij wist niet wat

– aan zijn neus voorbij was gegaan. Toen zag hij de foto. De brochure was in het midden opengevallen; over twee bladzijden verspreid stond een foto van een huis dat hem eigenaardig bekend voorkwam. Een groot, vierkant huis met muren die ooit roze waren geweest en een rood pannendak. Daaronder stond: 'Château Foudouin, Lot-et-Garonne'. In rode, opvallende letters stond erboven: TE KOOP.

De verrassing het daar zo te zien staan, zo onverwachts, deed zijn hart een sprongetje maken. Een teken, zei hij tegen zichzelf. Dat het nu kwam, op dit moment, dat moest zo zijn. Het was beslist een teken.

Hij keek lang naar de foto. Het was niet precies Joe's château, concludeerde hij, toen hij het wat beter had bekeken. De lijnen van het gebouw waren iets anders: het dak was schuiner en de ramen smaller en dieper in de muur gezet. Bovendien stond het niet bij Bordeaux, maar in het volgende departement, een paar kilometer van Agen vandaan, aan een kleine zijarm van de rivier de Garonne, de Tannes. Toch was het er in de buurt. Heel dicht in de buurt. Het kon geen toeval zijn.

De nieuwelingen beneden waren in een spookachtige, verwachtingsvolle stilte vervallen. Er werd niet gefluisterd, gerammeld of gesist.

Jay bekeek het plaatje ingespannen. Zijn oog werd telkens naar de verlokkende mededeling erboven getrokken.

TE KOOP.

Hij pakte de fles en schonk nog eens in.

6

Pog Hill, juli 1975

Die zomer leefde Jay grotendeels een dubbelbestaan, als in een geheime oorlog. Op regenachtige dagen zat hij in zijn kamer in de *Dandy* of de *Eagle* te lezen of luisterde hij naar de radio die heel zacht aanstond terwijl hij voorgaf huiswerk te maken, of schreef hij razend intense korte verhalen met titels als *De vleesetende krijgers van de verboden stad* of *De man die de bliksem achternazat*.

Hij leed nooit geldgebrek. Op zondagen verdiende hij twintig pence met het wassen van grootvaders groene Austin en hetzelfde met het maaien van het gazon. De korte, onregelmatige brieven van zijn ouders gingen steevast vergezeld van een postwissel, en hij besteedde deze ongewone rijkdom met een uitdagend gevoel van opgetogen, boosaardig leedvermaak. Stripverhalen, kauwgum, sigaretten als hij eraan kon komen; alles wat de afkeuring van zijn ouders zou hebben kunnen oproepen, trok hem aan. Hij bewaarde zijn schatten in een koekblik langs het kanaal; tegen zijn grootouders zei hij dat hij zijn geld op de bank zette. Technisch gesproken was dit geen leugen. Een losse steen bij de resten van de oude sluis die hij zorgvuldig had losgewrikt, liet een gat achter van zo'n dertig centimeter in het vierkant en daarin kon hij het blik laten zakken. Een plag die hij met een zakmes uit de oever had gestoken, onttrok het gat aan het zicht. De eerste twee weken van zijn vakantie ging hij er bijna dagelijks heen. Hij lag te zonnen op de steenplaten van de steiger en rookte, las en schreef verhaaltjes in een zakboekje dat deel uitmaakte van een eindeloze reeks dichtbeschreven notitieboekjes, of hij liet het geluid van zijn radio de zonnige, beroete lucht in schallen. Zijn herinneringen aan die zomer waren omgeven door klanken: Pete Wingfield met zijn *Eighteen with a bullet* of Tammy Wynette met haar D.I.V.O.R.C.E. Hij zong vaak mee of speelde zogenaamd gitaar, waarbij hij gezichten trok naar een onzichtbaar publiek. Pas later besefte hij hoe roekeloos hij was geweest. De plek lag binnen gehoorsafstand van het kanaal en Zeth en zijn bende hadden hem in die twee weken zó kunnen vinden. Hij had op de oever kunnen liggen soezen of in een hoekje van de askuil kunnen zitten of, erger nog, hij had het koekblik zorgeloos open hebben kunnen laten. Jay had nooit bedacht dat er wel eens andere jongens in zijn territorium zouden kunnen zijn. Het was nooit bij hem opgekomen dat dit misschien al iemands territorium wás, iemand die sterker en ouder was en veel bijdehanter dan hij. Hij had nog nooit gevochten. De Moorlands School ontmoedigde zulke uitingen van een slechte opvoeding. De weinige vrienden die hij in Londen had, waren afstandelijk en gereserveerd: meisjes die op ballet zaten en paardreden, en cadetachtige jongens met een volmaakt gebit. Jay hoorde er nooit helemaal bij. Zijn moeder was een actrice wier carrière was doodgelopen in een komische tv-serie die *Oooh! Mother!* heette en ging over een weduwnaar die voor zijn drie opgroeiende kinderen moest zorgen. Jays moeder speelde de rol van de bemoeizieke hospita, mevrouw Dykes, en zijn puberteit werd hevig verziekt door mensen die hen op straat staande hielden met gebruikmaking van de uitdrukking die ze in de serie altijd bezigde: 'O jee, stoor ik soms?'

Jays vader, de Broodbaron die fortuin gemaakt had met Trimble, een bekend soort brood om af te slanken, had nooit echt genoeg geld verdiend om zijn gebrek aan adellijke voorouders te kunnen compenseren, en hij verborg zijn onzekerheid achter een façade van sigarenrook en blufferige opgewektheid. Ook bij hem voelde Jay zich opgelaten, vanwege zijn East End-klinkers en glimmende pakken. Jay had zichzelf altijd als anders beschouwd, als iemand die harder was, die dichter bij de rauwheid van het leven stond. Maar daarin vergiste hij zich deerlijk.

Ze waren met zijn drieën. Ze waren groter dan Jay en ouder, veertien misschien vijftien, en ze liepen met een bepaalde heupbeweging terwijl ze over het jaagpad langs het kanaal slenterden, een verwaand loopje dat aangaf dat dit hún territorium was. Instinctief zette Jay snel zijn radio uit en kroop hij de schaduw in, vol wrok om het bezittersair waarmee ze op de steiger lummelden; er zat er een gehurkt met een stok in het water te poeren, terwijl een ander een lucifer langs zijn spijkerbroek streek om een sigaret op te steken. Hij hield hen vanuit de schaduw van een boom nauwlettend in de gaten, terwijl zijn nekharen overeind stonden. Ze zagen er gevaarlijk uit, clanachtig met hun spijkerbroek, laarzen met rits en afgeknipte T-shirts, als leden van een stam waartoe Jay nooit zou kunnen behoren. Een van hen, een lange, slungelige jongen, had een luchtbuks bij zich, die hij achteloos in de kromming van zijn arm hield. Zijn gezicht was breed en kwaad en langs zijn onderkaken zaten puistjes. Zijn ogen leken wel glinsterende kogels. Een van de anderen had zijn rug half afgewend, zodat Jay zijn buikje onder zijn T-shirt uit zag lubberen en de brede band van zijn onderbroek boven zijn laaghangende spijkerbroek zag uitkomen. Er zaten vliegtuigjes op en om de een of andere reden kreeg Jay daar lachneigingen van; eerst lachte hij stilletjes in zijn gekromde hand en daarna met een hoog, hulpeloos gepiep van vrolijkheid.

Vliegtuigje draaide zich met een ruk om, zijn gezicht slap van verbazing. Even stonden de twee jongens oog in oog. Toen schoot zijn hand naar voren en greep hij Jay bij zijn T-shirt.

'Wat doe jíj verdulme hier?'

De twee anderen stonden met vijandige nieuwsgierigheid toe te kijken. De derde jongen, een spinachtige knul met fikse bakkebaarden, deed een stap naar voren en duwde met een uitgestoken vinger hard tegen Jays borst.

'Er werd je wat gevraagd, ventje.'

Hun taal klonk vreemd, bijna onbegrijpelijk, een stripachtig samenraapsel van klinkers, en er verscheen een glimlach op Jays gezicht; hij moest bijna weer lachen, hij kon er niets aan doen.

'Ben je behalve getikt soms ook doof?' vroeg Bakkebaard op hoge toon.

'Sorry,' zei Jay, terwijl hij probeerde zich los te rukken. 'Maar jullie kwamen zomaar uit de lucht vallen. Ik wilde jullie niet bang maken.'

De drie keken hem nu nog intenser aan. Hun ogen leken even kleurloos als de lucht, een eigenaardig soort veranderlijk grijs. De lange jongen streek met een suggestief gebaar over de kolf van zijn buks. Hij keek nieuwsgierig, bijna geamuseerd. Jay merkte dat er letters op de rug van zijn hand getatoeëerd waren; op elke knokkel was één letter geprikt, zodat ze een naam of bijnaam vormden: ZETH. Hij zag dat het niet professioneel gedaan was. De jongen had het zelf gedaan met behulp van een kompasnaald en een fles inkt. Jay zag het plotseling duidelijk voor zich, hoe hij het op een zonnige middag met een koppige uitdrukking van voldoening op zijn gezicht in de klas tijdens het wiskunde- of taaluur had zitten doen, terwijl de leraar deed alsof hij het niet zag, hoewel Zeth niet de moeite nam om te verbergen wat hij deed. Dat was gemakkelijker, vond de leraar. Veiliger.

'Bang maken, óns?' Hij rolde spottend met zijn kogelachtige ogen.

Bakkebaard grinnikte.

'Heb je een saffie, knul?' Zeths stem klonk nog licht, maar Jay merkte dat Vliegtuigje zijn shirt nog steeds vast had.

'Een sigaret?' Hij begon in zijn zakken te voelen, heel onhandig, omdat hij weg wilde komen, en trok een pakje Player's te voorschijn. 'Zeker. Hier.'

Zeth nam er twee en gaf het pakje door aan Bakkebaard, daarna aan Vliegtuigje.

'Ach, hou het pakje maar,' zei Jay, die zich licht in het hoofd begon te voelen.

'Lucifers?' Hij haalde het doosje uit zijn broekzak en stak het uit.

'Hou die ook maar.'

Vliegtuigje knipoogde toen hij hem opstak, een vettige, waarderende blik. De twee anderen kwamen wat dichterbij.

'Heb je toevallig wat te bikken bij je?' vroeg Zeth op beminnelijke toon. Vliegtuigje begon handig Jays zakken te doorzoeken.

Het was al te laat om zich te verzetten. Iets eerder had hij het voordeel van de verrassing kunnen hebben, had hij misschien tussen hen door kunnen glippen naar de steiger en bij het spoor kunnen komen. Nu was het te laat. Ze hadden de geur van angst geroken. Begerige handen doorzochten Jays zakken met hebberige, vlugge vingers. Kauwgum, een paar verpakte snoepjes, munten, de hele inhoud van zijn zakken rolde in hun opgehouden handen.

'Hé, blijf af! Dat is van mij!'

Maar zijn stem trilde. Hij probeerde zichzelf wijs te maken dat het niet gaf, dat ze het best mochten hebben, dat het meeste toch niets waard was, maar dat maakte geen eind aan het akelige, weerzinwekkende gevoel van hulpeloosheid, van schaamte.

Toen pakte Zeth de radio op.

'Leuk dingetje,' was zijn commentaar.

Jay was het ding even helemaal vergeten; in het lange gras in de schaduw van de bomen was hij bijna onzichtbaar. Misschien een bepaalde lichtval, misschien een weerkaatsing van het licht op het chroom, of gewoon stomme pech, maar Zeth zag hem, bukte zich en pakte hem op.

'Die is van mij,' zei Jay, bijna onhoorbaar, omdat zijn mond vol naalden zat. Zeth keek hem aan en grijnsde.

'Van mij,' fluisterde Jay.

'Tuurlijk knul,' zei Zeth vriendschappelijk en stak hem de radio toe.

Hun blikken ontmoetten elkaar boven de radio. Jay stak haast smekend zijn hand uit. Zeth trok de radio terug, een klein stukje maar, liet hem los en schopte hem ongelooflijk snel en precies met een grote, glanzende boog over hun hoofd heen de lucht in. Even bleef hij daar glanzend als een miniruimteschip hangen, maar daarna belandde hij met een harde klap op het stenen uitsteeksel van de steiger en spatte hij in honderden stukjes plastic en chroom uiteen.

'En jawel, het is een gooaal!' schreeuwde Bakkebaard, waarna hij tussen de brokstukken begon te dansen en rond te springen. Vliegtuigje grinnikte zweterig. Maar Zeth keek Jay alleen maar met diezelfde nieuwsgierige uitdrukking aan; zijn hand rustte op de kolf van zijn luchtbuks en zijn blik was koel en vreemd meelevend, alsof hij wilde zeggen: 'En wat nu, knul? Wat nu? Wat nu?'

Jay voelde zijn ogen steeds heter worden, alsof de tranen die zich erin verzamelden van gesmolten lood waren, en hij probeerde uit alle macht te voorkomen dat ze over zijn wangen zouden lopen. Hij keek naar de stukjes radio die op de stenen lagen te glinsteren en probeerde zichzelf wijs te maken dat het niet erg was. Het was maar een oude radio, die het niet waard was om je voor in elkaar te laten slaan, maar de woede in zijn binnenste wilde daar niets van weten. Hij zette een stap in de richting van de sluis, maar keerde zich toen zonder na te denken om en haalde met al zijn kracht uit naar Zeths geduldige, geamuseerde gezicht. Vliegtuigje en Bakkebaard zaten meteen boven op hem; ze stompten en trapten, maar toen had hij al een goeie stevige trap midden in Zeths maag gegeven, die harder aankwam dan zijn eerste onhandige stomp. Naar adem happend schreeuwde Zeth het uit en hij sloeg dubbel op de grond. Vliegtuigje probeerde Jay weer vast te grijpen, maar hij was glibberig van het zweet en wist onder de arm van de andere jongen door te duiken. Uitglijdend over de resten van zijn kapotte radio baande hij zich een weg naar het pad; hij ontweek Bakkebaard, gleed het talud af, stak het jaagpad over en rende naar de spoorbrug. Iemand riep hem iets na, maar door de afstand en het onduidelijke dialect kon hij het niet verstaan. Het was in ieder geval een bedreiging. Toen Jay weer boven was, wierp hij een kushandje naar de drie figuren in de verte, haalde zijn fiets uit het struikgewas tevoorschijn waarin hij hem verstopt had en was even later op weg naar Monckton. Zijn neus bloedde en zijn handen waren kapot door de struiken waar hij zich doorheen gewerkt had, maar vanbinnen zong hij van triomf. Zelfs zijn ontzetting over het verlies van de radio werd even naar de achtergrond gedrongen. Misschien kwam het door dat wilde, bijna magische gevoel dat hij die dag bij Joe's huis terechtkwam. Achteraf hield hij zichzelf voor dat het gewoon toeval was geweest, dat hij door niets anders werd beziggehouden dan zijn verlangen tegen de wind in te rijden, maar later bedacht hij dat het misschien een gek soort lotsbeschikking was geweest die hem erheen had getrokken, een soort roep. Hij voelde het ook, een woordeloze stem, uitzonderlijk van helderheid en toon, en even zag hij het straatnaambordje – POG HILL LANE – kort oplichten in de gloed van de ondergaande zon, alsof zijn aandacht er expres op werd gevestigd, zodat hij in plaats van de smalle ingang van de straat voorbij te fietsen, zoals hij al zo vaak had gedaan, stopte en zijn fiets langzaam terugduwde om over de bakstenen muur te kijken, waar een oude man jackapples aan het snijden was om er wijn van te maken.

7

Londen, maart 1999

De agent moest zijn gretigheid gevoeld hebben, want hij zei dat er al een bod op het huis was uitgebracht. Iets onder de vraagprijs. De contracten waren al opgesteld, maar als Jay belangstelling had, waren er nog andere objecten beschikbaar. De informatie, of die nu waar was of niet, maakte Jay roekeloos. Het huis moest van hem worden, hij stond erop. Dit huis. Nu. In contanten als ze dat wilden.

Een discreet telefoontje. En nog een. Er werd rap Frans tegen hem gesproken. Terwijl ze wachtten werden van de overkant koffie en *dolci* gebracht. Jay noemde nog een prijs, iets hoger dan het huidige bod. Hij hoorde de stem aan de andere kant een halve octaaf omhoog gaan. Hij proostte met hen boven de *caffellatte*. Wat was het gemakkelijk om een huis te kopen! Een paar uurtjes wachten, een beetje papierwerk en het was van hem. Hij las opnieuw het tekstje onder de foto en probeerde de woorden om te zetten in steen en specie. Château Foudouin. Het leek onecht, een oude prentbriefkaart. Hij probeerde zich voor te stellen hoe het zou zijn om voor de deur te staan, de roze steen aan te raken en over de wijngaard naar het meer te kijken. Joe's droom, dacht hij vaag, eindelijk werd hun droom werkelijkheid. Het moest wel het lot zijn. Dat moest gewoon.

En ineens was hij weer veertien, zoals hij daar maar naar die foto zat te kijken en hem steeds aanraakte en het dunne papier open- en dichtvouwde. Hij had zin het aan andere mensen te laten zien. Hij wilde er zijn, op dat moment, er bezit van nemen, ook al was de administratieve rompslomp nog maar half af. Zijn bank, zijn accountant en zijn notaris konden zich met de formaliteiten bezighouden. Het tekenen van de papieren was niet meer dan een bijkomstigheid. De belangrijkste zaken waren al op gang gebracht.

Een paar telefoontjes en het kon allemaal geregeld worden. Een vlucht naar Parijs, een trein naar Marseille. Morgen kon hij er zijn.

8

Pog Hill, juli 1975

Joe's huis was een donker, rommelig pand, zoals veel huizen langs de spoorbaan. De voorkant stond pal aan de straat; de voordeur werd alleen van de stoep gescheiden door een lage muur en een bloembak voor het raam. Aan de achterkant waren allemaal volle, kleine tuintjes waarin was hing: een krottenwijk van zelfgemaakte konijnenhokken, kippenhokken en duivenplatjes. Aan deze kant keek je op de spoorweg; een steil talud eindigde in een holte waar de trein doorheen reed. Het spoor liep daar over een brug en wanneer je achter in Joe's tuin stond, kon je het rode licht van het sein zien, als een baken in de verte. Ook Nether Edge kon je zien, evenals de vage grijze flanken van de heuvel van mijnafval aan het eind van de velden. Vanuit die paar wankele huisjes aan het steile laantje kon je Jays hele territorium overzien. In een naburige tuin was iemand aan het zingen, een oude dame zo te horen, met een schattig bibberstemmetje. Iemand anders was aan het timmeren, een troostgevend, primitief geluid.

'Wil je wat drinken?' Joe knikte ontspannen in de richting van het huis. 'Je ziet eruit alsof je daar wel aan toe bent.'

Jay keek even naar het huis, zich plotseling bewust van zijn gescheurde spijkerbroek en het geronnen bloed op zijn neus en bovenlip. Zijn mond was droog.

'Goed.'

Binnen was het koel. Jay liep achter de oude man aan de keuken in, een grote kale ruimte met een schone houten vloer en een grote grenenhouten tafel, die de sporen van vele messen droeg. Er hingen geen gordijnen voor het raam, maar de hele vensterbank was gevuld met opgeschoten groene planten, die een welige bescherming tegen het zonlicht vormden. De planten hadden een aangename, aardachtige geur die het hele vertrek vulde.

'Dat zijn m'n tomaatjes,' merkte Joe op.

Jay zag dat er inderdaad tomaten tussen de warme bladeren groeiden: kleine gele, grote, misvormde rode en oranje-groengestreepte, net als gestreepte knikkers. Er stonden nog meer potten met planten op de vloer; ze stonden langs de muren en groeiden tegen de deurpost op. Tegen een zijmuur stond een aantal houten kratten met fruit en groente, naast elkaar, om ervoor te zorgen dat er niets gekneusd werd.

'Leuke planten,' zei hij, zonder het echt te menen.

Joe keek hem sarcastisch aan.

'Je moet tegen ze praten als je wilt dat ze groeien. En ze kietelen,' voegde hij eraan toe, naar een lange stok tegen de kale muur wijzend. Er zat een konijnenstaartje aan het uiteinde. 'Dat is m'n kietelstok, zie je wel? Ze houden erg van kietelen hoor, tomaatjes.'

Jay keek hem wezenloos aan.

'Zo te zien ben je daar verderop in de problemen gekomen,' zei Joe, terwijl hij een deur aan de andere kant van de kamer opende van een grote provisiekast. 'Heb je gevochten of zo?'

Op zijn hoede blijvend vertelde Jay wat er gebeurd was. Toen hij bij het gedeelte kwam waarin Zeth de radio kapotmaakte, hoorde hij zijn stem overslaan en kinderachtig klinken en moest hij bijna huilen. Hij liep helemaal rood aan en stopte.

Joe leek het niet te merken. Hij boog zich voorover en

pakte een fles donkerrode vloeistof uit de provisiekast, en een paar glazen.

'Neem hier maar wat van,' zei Joe, terwijl hij een beetje inschonk. Het rook fruitachtig, maar vreemd, gistachtig, als bier, en bedrieglijk zoet. Jay bekeek het achterdochtig.

'Is het wijn?' vroeg hij weifelend.

Joe knikte.

'Bramen,' zei hij, duidelijk met smaak drinkend.

'Ik denk dat ik beter niet –' begon Jay, maar Joe schoof met een ongeduldig gebaar het glas naar hem toe.

'Probeer nou maar, jong,' drong hij aan. 'Daar zul je van opknappen.'

Hij nam een slok.

Joe klopte hem op de rug totdat hij niet meer hoefde te hoesten, ondertussen voorzichtig het kostbare glas uit de hand van de jongen nemend om te voorkomen dat hij zou morsen.

'Het is afschúwelijk!' wist Jay tussen de hoestaanvallen door uit te brengen.

Hij had in ieder geval nog nooit zo'n wijn geproefd. Hij had wel eens wijn gedronken – zijn ouders gaven hem bij de maaltijd vaak wijn en hij was erg gesteld geraakt op een paar van de zoetere Duitse wijnen –, maar dit was een totaal nieuwe ervaring. Het smaakte naar aarde en moeraswater en fruit dat zuur is geworden door het liggen. De tannine vormde een laag op zijn tong. Zijn keel brandde. Zijn ogen traanden.

Joe keek tamelijk gekwetst. Toen lachte hij.

'Beetje te sterk voor je, hè?'

Jay knikte, nog steeds hoestend.

'Tja, ik had het kunnen weten,' zei Joe opgewekt, terwijl hij zich omdraaide naar de kast. 'Je moet er even aan wennen, denk ik. Maar het is geen gewóne wijn,' voegde hij er liefkozend aan toe, terwijl hij de fles met zorg op de plank terugzette. 'En daar gaat het maar om.'

Hij draaide zich om, maar nu had hij een fles gele limonade in zijn hand.

'Denk dat dit momenteel beter voor je is,' zei hij, terwijl hij een glas inschonk. 'En wat dat andere spul betreft: daar wen je gauw genoeg aan.'

Hij zette de limonadefles in de provisiekast, aarzelde en keerde zich om.

'Maar ik denk dat ik je misschien wel iets voor dat andere probleem kan geven, als je dat wilt,' zei hij. 'Kom maar mee.'

Jay wist niet precies wat hij verwachtte van de oude man te zullen krijgen. Kungfu-lessen misschien, of een bazooka die hij nog uit de een of andere oorlog had, granaten, een Zoeloe-speer die hij op zijn reizen had meegenomen, of een speciale, onoverwinnelijke trapbeweging die hij van een meester in Tibet had geleerd en die altijd werkte. Maar Joe nam hem mee naar de zijkant van het huis, waar een klein roodflanellen zakje aan een spijker hing die uit de stenen muur stak. Hij nam het zakje van de spijker, snoof even aan de inhoud en overhandigde het hem.

'Neem dit,' zei hij met klem. 'Het werkt nog wel een poos. Ik maak voor ons later wel weer nieuwe.'

Jay staarde hem aan.

'Wat is het?' zei hij ten slotte.

'Draag het gewoon bij je,' zei Joe. 'In je zak, bijvoorbeeld, of aan een touwtje. Het helpt. Je zult het zien.'

'Wat zit erin?' Hij staarde de oude man nu aan alsof hij gek was. Zijn achterdocht, die even was verdwenen, laaide weer op.

'O, van alles en nog wat. Sandelhout, lavendel, een beetje overwinnaarskruid. Ik heb die truc van een dame op Haïti geleerd, jaren terug. Werkt altijd.'

Zie je wel, dacht Jay. Die ouwe was echt hartstikke gek. Niet gevaarlijk, hoopte hij, maar wel gek. Hij wierp onrustige blikken op de doodlopende tuin achter zich en vroeg zich af of hij op tijd bij de muur kon zijn als de oude man gewelddadig werd. Joe glimlachte alleen maar.

'Probeer het maar,' drong hij aan. 'Laat het gewoon in je zak zitten. Je vergeet zelfs misschien dat het erin zit.'

Jay besloot hem zijn zin te geven.

'Goed. En wat moet het doen?'

Joe glimlachte weer.

'Misschien niks,' zei hij.

'Maarre, hoe weet ik dan of het gewerkt heeft?' hield Jay vol.

'Dat merk je vanzelf,' zei Joe losjes. 'Wanneer je weer naar Nether Edge gaat.'

'Ik ga daar niet meer heen,' zei Jay scherp. 'Niet zolang die knullen –'

'Laat je ze je schatkist vinden dan?'

Daar zat wat in. Jay was zijn schatkist bijna vergeten. Hij lag nog in de geheime bergplaats onder de losse steen. De plotselinge schok overschaduwde bijna de zekerheid dat hij nooit iets over zijn schatkist tegen Joe had gezegd.

'Ik ging er ook altijd heen toen ik nog jong was,' zei de oude man vriendelijk. 'Er was een losse steen bij de hoek van de sluis. Die is er nog steeds, hè?'

Jay staarde hem aan.

'Hoe wist je dat?' fluisterde hij.

'Wist wat?' vroeg Joe, overdreven onschuldig. 'Wat bedoel je? Ik ben maar een simpele mijnwerker. Ik weet niks.'

Jay ging die dag niet terug naar het kanaal. Hij was door alles te veel in de war geraakt; in zijn hoofd tuimelden de gedachten aan gevechten en kapotte radio's en Haïtiaanse toverkunst en Joe's vrolijke, lachende ogen over elkaar heen. In plaats daarvan pakte hij zijn fiets en reed langzaam drie- of viermaal langs de spoorbrug; zijn hart bonsde en hij probeerde de moed te vinden om tegen het talud op te klimmen. Uiteindelijk ging hij op huis aan, gedeprimeerd en ontevreden, zijn gevoel van triomf totaal verdwenen. Hij zag voor zich hoe Zeth en zijn vrienden in zijn schatten snuffelden, heen en weer zwaaiend van het gore lachen, en zijn stripverhalen en boeken verspreidden, snoep en chocoladerepen in hun mond propten en het geld in hun zak staken. Erger nog: zijn notitieboekjes zaten er ook in, met de verhalen en gedichten die hij had geschreven. Ten slotte reed hij naar huis, met kaken die pijn deden van woede. Hij keek naar *Saturday night at the movies* en ging laat naar bed. Zijn slaap schonk hem geen rust, omdat hij almaar wegliep voor een onzichtbare vijand terwijl Joe's lach in zijn oren klonk.

De volgende dag besloot hij thuis te blijven. Het roodflanellen zakje lag als een stille uitdaging op zijn nachtkastje. Jay schonk er geen aandacht aan en probeerde te lezen, maar al zijn beste stripboeken zaten nog in de trommel bij het kanaal. De afwezigheid van de radio vulde de lucht met een vijandige stilte. Buiten scheen de zon en er stond net genoeg wind om het niet verzengend heet te maken. Het zou de mooiste dag van de zomer worden.

Hij kwam in een soort verdoving bij de spoorbrug aan. Het was niet zijn bedoeling geweest erheen te gaan, maar toen hij naar de stad peddelde, was er iets in zijn binnenste dat al wist dat hij om zou keren, een andere route zou nemen en het kanaal aan Zeth en zijn bende zou overlaten, omdat dat nu hun territorium was. Misschien zou hij naar het huis van Joe gaan – deze had niet gevraagd of hij terugkwam, maar had hem ook niet gevraagd weg te blijven, alsof het hem niets kon schelen of Jay er was of niet – of misschien ging hij even bij de kiosk langs om sigaretten te kopen. Maar hij ging hoe dan ook niet terug naar het kanaal. Terwijl hij zijn fiets in de bekende dichte begroeiing van wilgenroosjes verborg en de spoordijk beklom, hield hij zichzelf dat telkens voor. Alleen een volslagen gek zou dat risico weer nemen. Joe's roodflanellen zakje zat in de zak van zijn spijkerbroek. Hij voelde het zitten, een zachte bal, zo groot als de prop van een zakdoek. Hij vroeg zich af hoe een zakje met kruiden hem zou moeten helpen. Hij had het de avond ervoor opengemaakt en de inhoud op zijn nachtkastje uitgespreid. Het zakje was gevuld met een paar takjes, wat bruinachtig poeder en wat groengrijs spul dat sterk geurde. Iets in hem had gesnelde koppen verwacht. Het was een grap, dacht Jay fel. Gewoon een ouwemannengrap. En toch wilde zijn koppige kant het dolgraag geloven, het niet loslaten. Als dat zakje nu eens echt toverkracht had? Jay zag voor zich hoe hij het tovermiddel voor zich uit hield en met luide stem een toverspreuk opzei, terwijl Zeth en zijn makkers ineenkrompen... Het zakje drukte als een kalmerende hand troostend tegen zijn heup. Zijn hart sloeg over toen hij naar het kanaal begon af te dalen. Hij zou waarschijnlijk toch niemand tegenkomen.

Weer mis. Hij sloop over het ruiterpad. Hij bleef in de schaduw van de bomen, zijn gympen maakten geen geluid op de uitgedroogde gele aarde. Hij beefde van de adrenaline, klaar om bij het minste of geringste geluid weg te rennen. Een vogel steeg luid klapwiekend uit het riet op toen hij langsliep en hij verstarde, ervan overtuigd dat de hele omgeving nu gealarmeerd was. Niets. Jay was nu bijna bij de sluis, hij kon de plek in de oever zien waar zijn schatkist verborgen was. Overal op de stenen lagen nog stukjes plastic. Hij knielde neer en verwijderde de plag die de steen aan het oog onttrok en begon hem weg te halen.

Hij had ze al zo lang in zijn fantasie gehoord dat hij even dacht dat de geluiden in zijn hoofd zaten. Maar nu kon hij hun vage gedaanten van de askuilkant van het kanaal zien komen, afgeschermd door de bosjes. Hij kon niet meer wegrennen. Nog een halve minuut en ze zouden tevoorschijn komen. Het jaagpad lag vanaf die punt helemaal open en de spoorbrug was te ver weg om zekerheid te geven. Nog even en hij zou de gemakkelijkste prooi ter wereld zijn.

Hij besefte dat hij zich maar op één plaats kon verstoppen: het kanaal. Het stond bijna droog, op een paar plekken na; overal groeide riet, overal lag afval en alles was bedekt met een dikke laag slib. De kleine steiger stak er ruim een meter boven uit en zou hem in ieder geval even aan het oog onttrekken. Als ze echter de steiger of het pad op zouden lopen, of zich voorover zouden buigen om iets op het oppervlak van het viezige water te onderzoeken, dan...

Maar hij had geen tijd om daarover na te denken. Vanuit zijn knielende houding gleed Jay het kanaal in en terwijl hij dat deed, duwde hij het blik weer op zijn plaats. Even voelde hij zijn voeten in de modder wegzakken, maar toen raakte hij de bodem en stond hij tot zijn enkels in de blubber. Die gleed zijn gympen in en perste zich tussen zijn tenen door. Hij lette er niet op en dook in elkaar om zich zo klein mogelijk te maken, waarbij de riethalmen in zijn gezicht kietelden. Instinctief zocht hij naar wapens: stenen, blikjes, dingen waarmee hij kon gooien. Als ze hem zagen, was de verrassingsaanval het enige wat in zijn voordeel kon werken.

Hij was Joe's toverzakje in zijn broekzak helemaal vergeten. Toen hij in de modder wegkroop, was het op de een of andere manier uit zijn zak geraakt, en hij raapte het gedachteloos op. Plotseling lachte hij smalend om zichzelf: hoe kon hij ooit gedacht hebben dat een zakje blaadjes en stokjes hem zou beschermen? Waarom had hij dat willen geloven?

Ze waren nu dichtbij, nog maar zo'n drie meter van hem af, schatte hij. Hij kon hun laarzen horen. Iemand gooide een fles of pot hard op de stenen; hij spatte uit elkaar en Jay kromp ineen toen er een regen van glassplinters op zijn hoofd en schouders neerdaalde. De beslissing om zich onder hun voeten te verstoppen leek nu belachelijk, grenzend aan zelfmoord. Ze hoefden alleen maar naar beneden te kijken, en hij was aan hun genade overgeleverd. Hij had moeten wegrennen, verweet hij zichzelf bitter, wegrennen toen het nog kon. De voetstappen kwamen dichterbij. Drie meter, tweeënhalf, twee. Jay drukte zijn wang tegen de klamme stenen van de muur, hij had wel in de muur willen ópgaan. Joe's amulet was nat van het zweet. Een meter vijfenzeventig, anderhalve meter, één meter.

Griezelig dichtbij hoorde hij stemmen: die van Bakkebaard en Vliegtuigje.

'Dus je denkt dat-ie niet meer terugkomt?'

'Dat moet-ie eens proberen! Als-ie dat doet, is-ie hartstikke dood.'

Dat ben ik, dacht Jay dromerig. Ze hebben het over mij.

Vijfenzeventig centimeter. Een halve meter.

De stem van Zeth, bijna onverschillig in zijn koele dreiging: 'Ik heb de tijd.'

Vier decimeter, drie. Er viel een schaduw over hem heen. Jay verroerde zich niet. Zijn nekharen gingen overeind staan. Ze keken naar beneden, ze keken over het kanaal; hij durfde zijn hoofd niet op te tillen, hoewel de drang het te willen weten een onweerstaanbare jeuk was, als een netelroos in zijn geest. Hij kon hun blik op zijn nek voelen rústen, het geluid van Zeths rokersademhaling horen. Hij zou dit niet lang meer kunnen uithouden. Dan zou hij moeten opkijken, echt móéten kijken...

Nog geen halve meter bij hem vandaan plopte er een steen in een modderige poel. Jay zag hem vanuit zijn ooghoek. En nog een steen. *Plop.*

Ze waren hem natuurlijk aan het plagen, dacht hij wanhopig. Ze hadden hem gezien en ze rekten het moment, ze stikten van het gemene lachen en pakten stilletjes stenen op om die als projectielen weg te gooien. Of misschien had Zeth met peinzende blik zijn luchtbuks opgeheven...

Maar al die dingen gebeurden niet. Net toen hij wilde opkijken, hoorde hij het geluid van hun laarzen zich verwijderen. Er kwam nog een steen in de modder terecht, die op hem afketste en hem ineen deed krimpen. Daarna hoorde hij hun stemmen landerig in de richting van de askuil verdwijnen; iemand zei iets over flessen zoeken voor het houden van schietoefeningen.

Hij wachtte uit een vreemde weerzin om zich te bewegen. Het was een list, hield hij zichzelf voor, een truc om hem uit zijn dekking te laten komen, het was godsonmogelijk dat ze hem niet hadden gezien. Maar de stemmen klonken steeds verder weg, voorbij de steiger, en werden steeds zachter toen ze via het overgroeide pad terugliepen naar de askuil. De buks knalde in de verte. Achter de bomen werd gelachen. Het was onmogelijk. Ze móésten hem gezien hebben. Maar toch...

Voorzichtig haalde Jay het blik met zijn schatten tevoorschijn. Het toverzakje zag zwart van het zweet van zijn handen. Het werkte, constateerde hij stomverbaasd. Het kon niet, maar het werkte.

9

Londen, maart 1999

'Zelfs de saaiste en koudste karakters,' zei hij die avond tegen zijn studenten, 'krijgen een menselijk trekje als je hun iemand geeft om van te houden. Een kind, een minnaar, of desnoods een hond.' Tenzij je sciencefiction schrijft, dacht hij, met een plotselinge grijns, in dat geval geef je hun gewoon gele ogen.

Hij zat op zijn lessenaar, naast zijn uitpuilende plunjezak. Hij moest weerstand bieden aan de neiging hem aan te raken, open te maken. De studenten keken hem vol ontzag aan. Sommigen maakten aantekeningen. 'Kind' – ze schreven ijverig, hun best doend geen woord te missen – 'minnaar... desnoods hond.'

Hij gaf les omdat Kerry dat zo graag had gewild, maar hij had een vage afkeer van hun ambitie, hun slaafse gehoorzamen aan de regels. Er waren er vijftien, die bijna allemaal in het zwart gekleed gingen; ernstige jonge mannen en intense jonge vrouwen met kort haar en ringetjes in hun wenkbrauw en een keurige middelbareschoolspraak. Een van de vrouwen – ze leek zo sterk op de Kerry van vijf jaar geleden dat het zusters hadden kunnen zijn – las hardop een kort verhaal voor dat ze geschreven had, een oefening in karakterisering. Het ging over een alleenstaande moeder, een kleurlinge, in een woning in Sheffield. Jay betastte de huizenbrochure in zijn zak en probeerde te luisteren, maar de stem van het meisje was heel monotoon, een enigszins onaangenaam, wespachtig gezoem dat hem stoorde. Af en toe knikte hij, alsof het hem interesseerde. Hij voelde zich nog steeds een beetje dronken.

Sinds de avond ervoor leek er in de wereld een verschuiving te hebben plaatsgevonden, leek alles scherper in beeld te zijn gekomen. Alsof iets waar hij jaren naar had zitten kijken zonder het te zien, plotseling duidelijk was geworden.

De stem van het meisje drensde voort. Haar voorhoofd was gefronst en ze schopte met haar voet dwangmatig tegen de tafelpoot. Jay onderdrukte een geeuw. Wat was ze toch intens, dacht Jay. Intens en nogal afstotend doordat ze zo in zichzelf opging, als een puber die mee-eters zoekt. Ze gebruikte om de zin het woord 'klere', waarschijnlijk in een poging authentiek over te komen. Hij kreeg zin om te lachen. Ze sprak het zo grappig uit.

Hij wist dat hij niet dronken was. Hij had de fles uren geleden al leeggedronken, en ook toen was hij nauwelijks licht in het hoofd geweest. Na al het geregel van die dag had hij besloten het college niet te geven, maar hij was toch gegaan, plotseling ontzet bij de gedachte naar huis terug te moeten, de stille afkeuring van Kerry's dingen te moeten ondergaan. Hij doodde de tijd, bedacht hij. Hij doodde alleen maar de tijd. Joe's wijn had nu toch uitgewerkt moeten zijn, maar toch voelde hij zich nog steeds wonderlijk opgetogen. Alsof de normale routine een dag opgeschort was, als een onverwachte vrije dag. Misschien kwam het doordat hij zo veel aan Joe had gedacht. De herinneringen bleven komen, te veel om bij te houden, alsof de fles geen wijn, maar *tijd* had bevat, die zich rokerig verhief als een geest uit de zure droesem en hem anders maakte, hem het gevoel gaf dat hij... ja wat? Gek was? Of juist bij zinnen? Hij kon zich niet concentreren. De popsongs van de zender die tijdens die zomers altijd aan had gestaan, jengelden in zijn achterhoofd. Het leek wel of hij weer dertien was, zijn hoofd vol visioenen en fantasieën. Dertien en op school – de geuren van de zomer kwamen door het raam naar binnen en Pog Hill Lane was om de hoek en de klok tikte de tijd weg tot het trimester om was.

Het drong tot hem door dat hij nu de leraar was. De leraar die gek werd van ongeduld en haast niet kon wachten tot het trimester om was. De leerlingen wilden er juist heel graag zijn en namen ieder onbeduidend woord gretig in zich op. Hij was per slot van rekening Jay Mackintosh, de man die *Drie zomers met Jackapple Joe* had geschreven. De schrijver die nooit schreef. De leraar die niets leren kon.

De gedachte deed hem hardop lachen.

Er zal wel iets in de lucht hangen, dacht hij. Een snuf lachgas, een geur van iets exotisch. Het monotone meisje hield op met lezen – of misschien was ze klaar – en staarde hem met een gekwetste, beschuldigende blik aan. Ze leek zo sterk op Kerry dat hij weer in lachen uitbarstte.

'Ik heb vandaag een huis gekocht,' zei hij plotseling.

Ze staarden hem aan zonder te reageren. Een jongeman met een Byron-hemd aan schreef het op: 'Vandaag... huis gekocht'.

Jay trok de brochure uit zijn zak en keek er weer naar. Hij was inmiddels kreukelig en groezelig geworden, maar toen hij het plaatje zag, maakte zijn hart een sprongetje.

'Eigenlijk geen huis,' corrigeerde hij zichzelf. 'Een *sjattoo*.' Hij lachte weer. 'Zo noemde Joe het. Zijn *sjattoo* in *Bordoo*.'

Hij vouwde de brochure open en las de tekst hardop voor. De studenten luisterden gehoorzaam. Byronhemd maakte aantekeningen.

Château Foudouin, Lot-et-Garonne, Lansquenet-sous-Tannes. Dit authentieke achttiende-eeuwse château in het hart van de populairste wijnstreek van Frankrijk omvat wijngaard, boomgaard, meer en een groot oppervlak onbebouwde grond, plus een losstaande garage, een nog functionerende distilleerderij, vijf slaapkamers, een ontvangstruimte en een woonvertrek. Oorspronkelijk eiken balkenplafond. Geschikt voor verbouwing.

'Het was natuurlijk een beetje duurder dan vijfduizend pond. De prijzen zijn sinds negentienvijfenzeventig wel wat omhooggegaan.' Even vroeg Jay zich af hoeveel van deze studenten in 1975 al geboren waren. Ze keken hem zwijgend aan, in een poging hem te volgen.

'Mag ik even iets vragen, doctor Mackintosh?' Het was het meisje; ze stond nu en keek hem enigszins oorlogszuchtig aan. 'Kunt u uitleggen wat dit te maken heeft met mijn opdracht?' Jay lachte weer. Alles leek hem plotseling amusant, irreëel. Hij voelde zich tot alles in staat, kon zeggen wat hij wou. Het normale leven was opgeschort. Hij bedacht dat dronkenschap zo hoorde te voelen. Hij had het al die jaren verkeerd gedaan.

'Natuurlijk,' zei hij glimlachend. 'Dit' – hij hield de folder omhoog zodat iedereen hem kon zien – 'dit is het origineelste en schilderachtigste stukje proza dat ik sinds het begin van het trimester van wie dan ook heb gezien.'

Stilte. Zelfs Byronhemd vergat zijn aantekeningen en staarde Jay met open mond aan. Jay keek zijn studenten stralend aan, wachtend op een reactie. Ze deden allemaal hun best niets te verraden.

'Waarom zitten jullie hier?' vroeg hij plotseling streng. 'Wat verwachten jullie hier te leren?'

Hij probeerde niet te lachen om hun ontzette gezichten, om hun beleefde uitdrukkingloosheid. Hij voelde zich jonger dan hen allemaal; hij voelde zich net een losgeslagen leerling die een klas vol saaie, pedante leraren toespreekt.

'Jullie zijn jong. Jullie hebben fantasie. Waarom schrijven jullie allemaal over zwarte alleenstaande moeders en drugverslaafden uit Glasgow en gebruiken jullie om de haverklap het woord "klere"?'

'Meneer, ú hebt ons die opdracht gegeven.' Hij had het oorlogszuchtige meisje niet kunnen overtuigen. Ze keek hem kwaad aan, de verachte opdracht in haar smalle hand geklemd.

'Vergeet de opdracht!' riep hij vrolijk uit. 'Je schrijft niet omdat iemand je een opdracht geeft! Je schrijft omdat je móét schrijven, of omdat je hoopt dat iemand wil luisteren, of omdat schrijven iets in je heelt dat stuk is, of iets weer tot leven brengt...' Om zijn woorden kracht bij te zetten gaf hij een klap op de zware plunjezak op zijn lessenaar: er kwam het onmiskenbare geluid van tinkelende flessen uit. Een paar studenten keken elkaar aan. Jay wendde zich met een bijna uitzinnig gevoel weer tot de klas.

'Ik zou wel eens willen weten waar de magie is,' vroeg hij. 'Waar zijn de vliegende kleedjes en de Haïtiaansc voodoo en de eenzame bandiet en de naakte dames die op het spoor zijn vastgebonden? Waar zijn de Indiaanse spoorzoekers en de vierarmige godinnen en de zeerovers en de reuzenapen? *Waar zijn de klerebuitenaardse wezens?*'

Het bleef lang stil. De studenten keken voor zich uit. Het meisje hield haar opdracht zo stevig vast dat de bladzijden in haar vuist verkreukelden. Haar gezicht was wit.

'U bent bezopen, hè?' Haar stem beefde van woede en walging. 'Daarom doet u me dit aan. U bent natuurlijk bezopen.'

Jay lachte weer.

'Om iemand te citeren – misschien was het Churchill –: ik mag dan bezopen zijn, maar dat maakt jou 's morgens niet minder lelijk.'

'Krijg de klere!' beet ze hem toe, het deze keer goed uitsprekend, en liep statig op de deur af. 'Krijg de klere en die lessen van u erbij! Ik ga met het hoofd van de faculteit praten!'

Toen ze weg was bleef het even stil. Toen stak er een gefluister op. Het gonsde ervan. Even wist Jay niet goed of de geluiden echt waren of in zijn hoofd zaten. De plunjezak kletterde en rammelde, tinkelde en bewoog. Het geluid, of het nu imaginair was of niet, was overweldigend.

Toen stond Byronhemd op en begon te klappen.

Een paar andere studenten keken angstig naar hem op, maar deden toen mee. Er kwamen er nog een paar bij. Algauw stond de helft en waren de meesten aan het klappen. Ze klapten nog steeds toen Jay zijn plunjezak oppakte en naar de deur liep, hem opendeed en vertrok, de deur zachtjes achter zich dichttrekkend. Het applaus stierf weg; stemmen mompelden verward. In de plunjezak tinkelden de flessen tegen elkaar. Nu hun taak erop zat, begonnen de Bijzondere Wijnen naast me fluisterend geheimen uit te wisselen.

10

Pog Hill, juli 1975

Daarna ging hij nog vele malen naar Joe toe, maar zijn wijn leerde hij niet waarderen. Joe was nooit verbaasd wanneer hij kwam; hij ging gewoon de limonadefles halen, alsof hij hem had verwacht. Hij informeerde ook niet naar het tovermiddel. Jay stelde hem er een paar maal vragen over met het scepticisme van iemand die er heimelijk naar verlangt overtuigd te worden, maar de oude man deed ontwijkend.

'Magie,' zei hij met een knipoog, om te laten zien dat het een grapje was. 'Heb ik van een dame in Puerto Cruz geleerd.'

'Ik dacht dat je had gezegd op Haïti,' onderbrak Jay hem.

Joe haalde zijn schouders op. 'Zelfde verschil,' zei hij vriendelijk. 'Het werkte toch?'

Jay moest toegeven dat het werkte. Maar het waren toch alleen maar kruiden? Kruiden en stokjes in een stukje stof? En toch had het hem...

Joe grijnsde.

'Nee, jong. Niet onzíchtbaar.' Hij duwde de klep van zijn pet omhoog.

'Wat dan?'

Joe keek hem aan. 'Sommige planten hebben nu eenmaal bepaalde eigenschappen,' zei hij.

Jay knikte.

'Kamille, digitalis, kinine. Wat ze vroeger toverij zouden hebben genoemd.'

'Medicijnen.'

'Zo zou je ze kunnen noemen. Maar een paar honderd jaar geleden was er geen verschil tussen toverij en medicijnen. De mensen wisten gewoon van alles en nog wat. Geloofden van alles en nog wat. Bijvoorbeeld dat kiespijn overgaat als je op kruidnagel kauwt, of dat polei helpt tegen keelpijn, of dat je met takjes van de lijsterbes boze geesten kunt weren.' Hij keek de jongen even aan, alsof hij wilde controleren of er tekenen van spot waren. 'Eigenschappen,' herhaalde hij. 'Je kunt veel leren als je maar genoeg reist en een open geest hebt.'

Jay wist later nooit of Joe dat nu allemaal echt geloofde of dat zijn nonchalante acceptatie van magie hoorde bij een uitgebreid plan om hem in de war te brengen. De oude man hield in ieder geval wel van een grapje. Jays totale onwetendheid op het gebied van tuinieren amuseerde hem en wekenlang liet hij de jongen geloven dat onschuldige citroengrasplanten in feite spaghettibomen waren – hij liet hem de bleke, zachte 'jonge spaghetti' tussen de papierachtige bladeren zien – of dat de berenklauwen hun wortels uit de grond konden rukken en konden weglopen, als *triffids*, of dat je met valeriaan echt muizen kon vangen. Jay was lichtgelovig, en Joe vond het enig nieuwe manieren te bedenken om hem te grazen te nemen. Maar in sommige dingen was hij oprecht. Misschien was hij in zijn eigen verzinsels gaan geloven, na jarenlang anderen overtuigd te hebben. Zijn leven werd beheerst door kleine rituelen en bijgelovigheden, waarvan er vele afkomstig waren uit het beduimelde *Culpeper's herbal*, dat altijd naast zijn bed lag. Hij kietelde de tomaten om ze te laten groeien. Hij liet de radio altijd aanstaan, want volgens hem werden de planten sterker als ze muziek hoorden. Ze gaven de voorkeur aan Radio 1 – hij beweerde dat de prei soms wel vijf centimeter groeide na *Ed Stewart's junior choice* – en Joe zong onder het werken altijd mee, met *Disco queen* of *Stand by your man*, waarbij zijn smartlappenstem plechtig opsteeg uit de aalbessenstruiken terwijl hij plukte en snoeide. Hij plantte altijd bij nieuwe maan en plukte bij volle maan. Hij had in zijn kas een overzicht van de maanstanden hangen en de dagen waren met wel tien verschillende kleuren gemarkeerd: bruin voor aardappels, geel voor pastinaken, oranje voor wortelen. Ook water geven werd bepaald door de sterrenhemel, net als het snoeien en uitzetten van bomen. En het gekke was dat de tuin het op deze excentrieke behandeling uitstekend deed en sterk werd; er waren volle rijen kolen en rapen, wortelen die zoet en sappig waren en wonderbaarlijk vrij van slakken, en bomen waarvan de takken haast de grond raakten door het gewicht van de appels, peren, pruimen en kersen. Felgekleurde oosters uitziende tekens die met plakband aan de takken waren vastgemaakt, moesten de vogels van het fruit afhouden. Astrologische tekens, zorgvuldig in het grintpad aangebracht en gemaakt van potscherven en stukjes gekleurd glas, omzoomden de groentebedden. Bij Joe ging Chinese geneeskunde vrolijk hand in hand met Engelse folklore, en chemie met mystiek. Voorzover Jay kon nagaan, geloofde hij erin. Jay geloofde hem ook. Als je dertien bent is alles mogelijk. Alledaagse magie, zo noemde Joe het. De alchemie van de leek. Geen poeha, niks bijzonders. Gewoon een mengsel van kruiden en wortels, verzameld bij gunstige planeetstanden. Het mompelen van een toverspreuk, het schetsen van een luchtteken dat hij op zijn reizen van zigeuners geleerd had. Misschien had Jay iets dat minder prozaïsch was ook niet geaccepteerd. Maar ondanks, of misschien zelfs dankzij, de dingen waarin hij geloofde, ging er van Joe een diepe rust uit, hing er een innerlijke kalmte om hem heen die de jongen nieuwsgierig maakte en ook een beetje jaloers. Hij had iets sereens, zoals hij daar rondscharrelde in zijn huisje, omringd door planten, en toch had hij een opmerkelijk gevoel voor het wonderbaarlijke en een vrolijke belangstelling voor de wereld. Hij had maar weinig onderwijs genoten; op zijn twaalfde was hij van school gegaan om in de mijn te werken, maar hij was een eindeloze bron van informatie, verhalen en volkswijsheid. Naarmate de zomer verstreek, ging Jay steeds vaker naar Joe toe. Hij stelde nooit vragen, maar liet Jay tegen hem praten terwijl hij in zijn tuin werkte of op zijn officieuze lapje grond op de spoordijk. Af en toe knikte hij om te laten merken dat hij het gehoord had, dat hij luisterde. Ze aten grote plakken rozijnencake en dikke boterhammen met spek en ei – Trimble-brood was aan Joe niet besteed – en dronken mokken zoete, sterke thee. Van tijd tot tijd nam Jay sigaretten en snoep of tijdschriften voor hem mee, en Joe nam deze geschenken aan zonder overmatige dankbaarheid en zonder verbazing, net zoals hij de aanwezigheid van de jongen accepteerde. Toen zijn verlegenheid begon af te nemen, las Jay zelfs een paar verhalen van zichzelf voor, en dan luisterde Joe met een plechtig en, naar Jay dacht, goedkeurend stilzwijgen. Wanneer Jay niet wilde praten, vertelde hij de jongen dingen over zichzelf, over zijn werk in de mijn, of over zijn verblijf in Frankrijk tijdens de oorlog, in Dieppe, waar hij een half jaar gelegerd was en waar bij een granaatontploffing twee vingers werden afgerukt – hier bewoog hij de stompjes als een lenige zeester heen en weer – en hij vertelde hoe hij, omdat hij nu ongeschikt voor het leger was geworden, weer zes jaar de mijn in moest, waarna hij per vrachtboot naar Amerika vertrok.

'Want onder de grond zie je niet veel van de wereld, jong, en ik heb altijd willen zien wat er nog meer was. Heb jij veel gereisd?'

Jay zei dat hij met zijn ouders tweemaal in Florida was geweest, en op vakantie was geweest in het zuiden van Frankrijk, Tenerife en de Algarve. Joe reageerde met een minachtend gesnuif.

'Ik bedoel écht gereisd, jong. Niet van dat toeristengedoe, maar het echte werk. De Pont-Neuf vroeg in de ochtend, wanneer er nog niemand op is, en de zwervers vanonder de bruggen vandaan en uit de metro tevoorschijn komen, en de zon op het water schijnt. New York. Central Park in de lente. Rome. Het eiland Ascension. Per ezel de Italiaanse Alpen oversteken. De kaïks – groentebootjes – op Kreta. De Himalaya te voet. Rijst van een blad eten in de tempel van Ganesha. Door een rukwind overvallen worden voor de kust van Nieuw-Guinea. Voorjaar in Moskou en een hele winter aan hondenpoep die onder de smeltende sneeuw vandaan komt.' Zijn ogen glansden. 'Dat heb ik allemaal gezien, jong,' zei hij zacht. 'En nog veel meer. Ik had me voorgenomen álles te zien.'

Jay geloofde hem. Er hingen kaarten aan de muren, met zorgvuldige aantekeningen erbij in zijn kriebelige handschrift en gekleurde spelden om de plaatsen aan te geven waar hij geweest was. Hij vertelde verhalen over bordelen in Tokyo en heiligdommen in Thailand, paradijsvogels en banaanbomen en grote, staande zwerfkeien aan het einde van de wereld. In de grote, omgebouwde specerijenkist naast zijn bed zaten miljoenen zaden, minutieus verpakt in stukjes krant en in zijn kleine, zorgvuldige handschrift van een opschrift voorzien: *Tuberosa rubra maritima, Tuberosa panax odorata*, duizenden en nog eens duizenden aardappelen in hun kleine vakjes en daarbij nog wortelen, pompoenen, tomaten, artisjokken, preien, van uien alleen al meer dan driehonderd soorten, salie- en tijmsoorten, zoete bergamotsoorten en een ongelooflijke hoeveelheid medicinale kruiden en groenten die hij op zijn reizen verzameld had, stuk voor stuk van een naam voorzien en verpakt, klaar om geplant te worden. Een aantal van deze planten was in het wild al uitgestorven, zei Joe, en hun eigenschappen waren alleen nog bij een handjevol experts bekend. Van de miljoenen variëteiten fruit en groente die er ooit geteeld waren, werden er nog maar enkele tientallen algemeen gebruikt.

'Dat komt door die intensieve landbouw,' zei hij altijd, lang genoeg op zijn schop leunend om een slok thee uit zijn mok te nemen. 'Te veel specialisatie maakt een eind aan de diversiteit. Trouwens, mensen willen helemaal geen diversiteit. Ze willen dat alles er hetzelfde uitziet. Ronde rode tomaten – het kan hun niks schelen dat er een lange gele is die veel lekkerder zou zijn als ze hem eens zouden proberen. Rode doen het beter op het schap.' Met een wijds armgebaar wees hij naar zijn lapje grond, naar de keurige rijen groente die op de spoordijk verrezen, de zelfgemaakte koude bakken in het verlaten seinhuisje en de vruchtbomen die tegen de muur geleid waren. 'Er groeien hier dingen die je nergens anders in Engeland kunt vinden,' zei hij zacht, 'en in die kast van mij zitten zaden die nergens ter wereld meer te vinden zijn.'

Jay luisterde vol ontzag naar hem. Hij was nog nooit in planten geïnteresseerd geweest. Hij kon nauwelijks een granny smith van een goudrenet onderscheiden. Hij wist natuurlijk wat aardappels waren, maar dat iemand het over blauwe jackapples en roze *fir apples* had, was volkomen nieuw voor hem. De gedachte dat er geheimen waren, dat er daar op de spoordijk exotische, vergeten dingen groeiden met alleen een oude man als hun bewaker, ontstak een ongekend enthousiasme in Jay. Dat kwam deels door Joe natuurlijk. Zijn verhalen, zijn herinneringen, de energie die hij uitstraalde. Hij begon in Joe iets te zien dat hij nog nooit in iemand anders had gezien. Een roeping, het gevoel een doel te hebben.

'Waarom ben je teruggekomen, Joe?' vroeg hij hem op een dag. 'Na al dat reizen. Waarom kwam je weer hierheen?'

Joe keek hem vanonder de klep van zijn mijnwerkerspet ernstig aan.

'Dat hoort bij mijn plan, jong,' zei hij. 'Ik zal hier niet eeuwig zijn. Op een dag moet ik er weer vandoor. Over niet al te lang.'

'Waarheen?'

'Ik zal het je laten zien.'

Zijn hand verdween in zijn werkhemd en kwam er met een versleten leren portefeuille weer uit. Hij sloeg hem open en haalde er een kleurenfoto uit die hij uit een tijdschrift had geknipt. Hij vouwde hem zorgvuldig open om te voorkomen dat hij op de wit geworden vouwen zou scheuren. Het was een foto van een huis.

'Wat is dat?' zei Jay, met toegeknepen ogen de foto bekijkend. Het zag er heel gewoon uit, een groot huis van bleekroze steen, een lange strook land ervoor waarop keurige rijen groen stonden. Joe streek het papier glad.

'Dat is m'n *sjattoo*, jong,' zei hij. 'In *Bordoo*, staat het, in Frankrijk. M'n *sjattoo* met wijngaard en honderd jaar oude boomgaard met perziken en amandelen en appels en peren.' Zijn ogen glansden. 'Wanneer ik genoeg poen heb, koop ik het – vijf rooie ruggen is genoeg – en dan ga ik er de beste wijn van het hele zuiden maken! *Sjattoo Cox*, 1975. Nou, hoe klinkt dat?'

Jay keek hem weifelend aan.

'De zon schijnt in *Bordoo* het hele jaar door,' zei Joe opgewekt. 'Sinaasappels in januari, perziken als biljartballen, olijven, kiwi's, amandelen, meloenen. En ruimte. Kilometers boomgaard en wijngaard en het land is er spotgoedkoop. Een bodem om te zoenen. Mooie meisjes persen met hun blote voeten de druiven. Het paradijs.'

'Vijfduizend pond is een heleboel geld,' zei Jay aarzelend. Joe tikte met zijn wijsvinger tegen zijn neus.

'Maar ik kom er wel,' zei hij geheimzinnig. 'Als je iets maar graag genoeg wilt, kom je er uiteindelijk altijd.'

'Maar je spreekt niet eens Frans.'

Als enige reactie liet Joe een stroom van plotseling, onbegrijpelijk gebrabbel horen, het leek op niets wat Jay ooit gehoord had.

'Joe, ik leer Frans op school,' zei hij tegen hem, 'en dat lijkt helemaal niet...'

Joe keek hem toegeeflijk aan.

'Dat is dialect, jong,' zei hij. 'Heb ik van een stelletje zigeuners in Marseille geleerd. Geloof me nou maar, ik vind mijn draai wel.' Hij vouwde de foto zorgvuldig op en stopte hem weer in zijn portefeuille.

Jay staarde hem vol ontzag en helemaal overtuigd aan.

'Op een dag zie je wel wat ik bedoel, jong,' zei hij. 'Wacht maar af.'

'Mag ik met je mee?' vroeg Jay. 'Neem je me met je mee?'

Joe hield zijn hoofd scheef en dacht ernstig na.

'Misschien, jong, als je dat wilt. Misschien wel ja.'

'Beloof je het?'

'Goed dan.' Hij grijnsde. 'Beloofd. Cox en Mackintosh, de beste wijnmakers van *Bordoo*. Is het zo goed?'

Ze proostten op zijn dromen met een warme bramenwijn uit '73.

11

Londen, voorjaar 1999

Toen Jay bij Spy's aankwam, was het tien uur en was het feestje al in volle gang. Weer zo'n literair promotiefeestje van Kerry, dacht hij treurig. Verveelde journalisten en goedkope champagne, en gretige jonge dingen die aan de lippen hingen van blasé oudere dingen als hij. Kerry kreeg nooit genoeg van deze gelegenheden en strooide kwistig met namen – Germaine en Will en Ewan – en vloog van de ene prestigieuze gast naar de andere met de bezieling van een hogepriesteres. Jay realiseerde zich voor het eerst hoezeer het hem tegenstond.

Hij ging even bij hun huis langs om een paar spullen op te halen en zag het rode lichtje van het antwoordapparaat woest knipperen, maar hij luisterde niet naar het bericht. De flessen in zijn plunjezak gaven geen geluid. Híj was nu degene die gistte, die onrustig en beweeglijk was, die het ene moment uitgelaten was en het andere de tranen nabij; hij doorzocht zijn bezittingen als een dief, bang dat hij als hij éven stilhield, tot stilstand zou komen en lusteloos in zijn oude leven zou terugzakken. Hij zette de radio aan, weer op het station met de oude hits; nu was er Rod Stewarts *Sailing*, een van Joe's favorieten – *doet me altijd denken aan de tijd dat ik nog reisde, jong* – en hij luisterde ernaar terwijl hij kleren in de zak stopte, boven op de stille flessen. Het was verbazingwekkend wat hij allemaal wilde meenemen. Zijn typemachine, het onvoltooide manuscript van *De onverschrokken Cortez*, een aantal lievelingsboeken, de radio, en natuurlijk de Bijzondere Wijnen van Joe. Weer zo'n impuls, bedacht hij. De wijn had geen waarde en was haast niet te drinken. En toch kon hij niet het gevoel van zich afschudden dat er iets in die flessen zat dat hij nodig had. Dat hij ze bij zich moest hebben.

Spy's was een club als vele andere in Londen. De namen veranderen, het decor verandert, maar het blijft dezelfde soort tent: glad, luidruchtig en zielloos. Tegen middernacht zouden de meeste gasten iedere schijn van intellectualisme hebben laten varen, om zich volledig te wijden aan de taak dronken te worden, elkaar het hof te maken of de rivalen te beledigen. Toen Jay met zijn plunjezak over zijn schouder en zijn enige koffer in zijn hand uit de taxi stapte, drong het tot hem door dat hij zijn uitnodiging had vergeten. Na een woordenwisseling met de portier wist hij echter een boodschap voor Kerry af te geven, die even later met Spookjurk en Stalen Glimlach tevoorschijn kwam.

'Het is in orde,' beet ze de portier toe. 'Hij is gewoon een nul, dat is alles.' Haar groene ogen schoten naar Jay en namen zijn spijkerbroek, de regenjas en de plunjezak op.

'Ik zie dat je niet je Armani-pak draagt,' zei ze.

Eindelijk was de euforie over. Er was alleen nog maar een zwakke kater, maar tot zijn verbazing merkte Jay dat zijn voornemen nog steeds vaststond. Het leek te helpen als hij zijn plunjezak aanraakte, dus deed hij dat, alsof hij zich ervan wilde vergewissen dat hij echt bestond. De flessen in het canvas tikten tegen elkaar.

'Ik heb een huis gekocht,' zei Jay, terwijl hij haar de verkreukelde brochure toestak. 'Kijk. Het is Joe's château, Kerry. Ik heb het vanmorgen gekocht. Ik herkende het.' Onder die uitdrukkingloze groene blik voelde hij zich absurd kinderlijk. Waarom had hij verwacht dat ze het zou begrijpen? Hij begreep zijn impuls zelf nauwelijks. 'Het heet Château Foudouin,' zei hij.

Ze keek hem aan. 'Je hebt een huis gekocht.'

Hij knikte.

'Je hebt zomaar een huis gekocht?' vroeg ze ongelovig. 'Je hebt het vandaag gekocht?'

Hij knikte weer. Hij wilde zoveel zeggen. Het was een lotsbeschikking, wilde hij zeggen, het was de vroegere magie waar hij twintig jaar naar op zoek was geweest. Hij wilde haar vertellen over de brochure en het vlakje zonlicht en dat de foto hem meteen opviel. Hij wilde uitleggen dat hij er plotseling heel zeker van was, dat hij het gevoel had dat het huis hém koos, en niet andersom.

'Dat kan niet. Je kunt geen huis gekocht hebben.' Kerry worstelde nog met het idee. 'Jezus, Jay, je doet al uren over het kopen van een óverhemd.'

'Dit was anders. Het was net of...' Het kostte hem moeite onder woorden te brengen hoe het was geweest. Het was griezelig geweest, dat allesoverheersende gevoel dat hij het huis móést hebben. Zo'n gevoel had hij sinds zijn tienerjaren niet meer gehad. De wetenschap dat het leven niet compleet zou zijn zonder dat ene, uiterst aanlokkelijke, magische, totemachtige object – een röntgenbril, een vel Hell's Angels-plakplaatjes, een bioscoopkaartje, de laatste single van de nieuwste band – de zekerheid dat het bezit ervan alles zou veranderen, de neiging er telkens naar te willen kijken en het telkens uit zijn zak te willen halen. Het was geen volwassen gevoel. Het was meer een primitief gevoel in zijn ingewanden. Met een schok van verbazing realiseerde hij zich dat hij twintig jaar lang niet echt iets had gewild.

'Het was net... of ik weer in Pog Hill was,' zei hij, wetende dat ze het niet zou begrijpen. 'Het was net of de laatste twintig jaar er niet geweest waren.'

Kerry's gezicht was uitdrukkingloos.

'Ik kan maar niet geloven dat je impulsief een huis hebt gekocht,' zei ze. 'Een auto, goed, een motorfiets, oké. Dat soort dingen zou je kunnen kopen, nu ik erover nadenk. Grote dingen om mee te spelen. Maar een húís?' Ze schudde vol verbazing haar hoofd. 'Wat ga je ermee doen?'

'Erin wonen,' zei Jay simpel. 'Erin werken.'

'Maar het staat ergens in Frankrijk.' Haar stem werd scherp van ergernis. 'Jay, ik kan me niet veroorloven wekenlang in Frankrijk te zitten. Ik moet volgende maand aan de nieuwe serie beginnen. Ik heb te veel afspraken. Ligt het eigenlijk in de buurt van een vliegveld?' Ineens hield ze op, haar ogen gingen weer naar de plunjezak en namen de koffer en de reiskleding in zich op alsof ze die voor het eerst zag. Tussen haar gebogen wenkbrauwen verscheen een frons.

'Luister, Kerry...'

Kerry hief gebiedend een hand op.

'Ga naar huis,' zei ze. 'Hier kunnen we er niet over praten. Ga naar huis, Jay. Kom lekker even bij en dan kunnen we het bespreken wanneer ik terugkom. Goed?' Ze klonk nu behoedzaam, alsof ze een gevaarlijke maniak toesprak.

Jay schudde zijn hoofd. 'Ik ga niet terug,' zei hij. 'Ik moet er even tussenuit. Ik kwam afscheid nemen.'

Ook nu nog toonde Kerry geen verbazing. Wel ergernis. Woede haast. Maar ze bleef onverstoorbaar, zeker van haar overtuigingen.

'Je hebt weer te veel op, Jay,' zei ze. 'Je hebt er vast niet goed over nagedacht. Je komt naar me toe met een idioot idee over een tweede huis en wanneer ik er niet metéén mee instem –'

'Het wordt geen tweede huis.'

De toon van zijn stem verbaasde hen beiden. Even klonk hij bijna hard.

'En wat betekent dat als ik vragen mag?' Haar stem klonk zacht en gevaarlijk.

'Het betekent dat je niet luistert. Ik denk dat je niet echt naar me hebt gelúísterd.' Hij zweeg even. 'Je zegt altijd tegen me dat ik volwassen moet worden, dat ik zelf moet denken, dat ik de dingen los moet laten. Maar het bevalt jou wel dat ik een permanente kostganger in je huis ben, dat je me afhankelijk kunt houden. Ik bezit niets van mezelf. Contacten, vrienden, ze zijn allemaal van jou, niet van mij. Je kiest zelfs mijn kleding uit. Ik heb geld, Kerry, en ik heb mijn boeken. Ik hoef nu niet bepaald meer van honger om te komen.'

Kerry klonk geamuseerd, bijna toegeeflijk.

'Gaat het alleen maar dáárom? Wil je alleen maar je onafhankelijkheid bevestigd zien?' Ze kuste hem licht op de wang. 'Oké. Ik begrijp dat je niet naar het feestje wilt en het spijt me dat ik dat vanmorgen niet beseft heb. Goed?' Ze legde haar hand op zijn schouder en glimlachte. De gepatenteerde Kerry O'Neill-glimlach.

'Zou je nou alsjeblieft eens een keer naar me willen luisteren?'

Hij vroeg zich af of dit was wat Joe had gevoeld. Het was veel gemakkelijker om zonder een woord te zeggen weg te gaan, om te ontsnappen aan de beschuldigingen, de tranen, het ongeloof. Om aan het schuldgevoel te ontsnappen. Maar dat kon hij Kerry op de een of andere manier niet aandoen. Ze hield niet meer van hem, dat wist hij. Als ze dat al ooit gedaan had. Maar toch kon hij dat niet. Misschien omdat hij wist hoe dat voelde.

'Probeer het nou te begrijpen. Deze omgeving...' Hij gebaarde naar de club, de straat met neonverlichting, de laaghangende lucht, heel Londen, dat er druk, donker en dreigend onder lag. 'Ik hoor hier niet meer. Ik kan hier niet goed denken. Ik zit de hele tijd maar te wachten tot er iets gebeurt, tot er een teken –'

'Godsamme, word toch eens volwassen!' Ze werd plotseling woedend; haar stem schoot uit als die van een boze vogel. 'Is dat je excuus? De een of andere idiote levensangst? Als je wat minder om die ouwe klootzak van een Joe Cox had zitten treuren en eens wat meer om je heen had gekeken, als je eens was gaan léven in plaats van over tekens en voortekenen te praten –'

'Maar dat doe ik nu juist,' onderbrak hij haar. 'Ik ga leven. Ik doe wat ik volgens jou altijd moest doen.'

'Maar niet door naar Frankrijk weg te lopen!' De klank in haar stem grensde nu aan paniek. 'Je gaat er toch niet zomaar vandoor! Je hebt alles aan me te danken. Je zou het zonder mij nog geen twee minuten redden. Ik heb je aan iedereen voorgesteld, mijn contacten voor je ingezet. Je was niet meer dan een genie met één boek op zijn naam, vergane glorie, een stomme nepschrijver...'

Jay keek haar even emotieloos aan. Wat vreemd, dacht hij afwezig, dat onbesuisdheid zo snel kan omslaan in doodgewone gemeenheid. Haar rode mond was smal, kwaadaardig. Haar ogen waren halvemaantjes. Boosheid, vertrouwd en bevrijdend, wikkelde zich om hem heen, als een mantel, en hij lachte.

'Hou op met die onzin,' zei hij tegen haar. 'Het genoegen was wederzijds. Jij vond het wel leuk mijn naam op feestjes rond te strooien. Ik kwam goed van pas. Je sloeg er voordeel uit met mij gezien te worden. Net als mensen die in de ondergrondse gedichten lezen. De mensen zagen jou met mij en namen aan dat je een echte intellectueel was en niet zo'n ambitieuze mediatrut die nog nooit iets origineels bedacht had.'

Ze keek hem met open mond aan, verbijsterd en laaiend van woede. Haar ogen waren groot.

'Wát?'

'Goeiedag.' Hij keerde zich om.

'Jay!' Ze probeerde hem beet te pakken terwijl hij zich omdraaide, maar haar vlakke hand kwam keihard op de plunjezak terecht. De flessen fluisterden en grinnikten.

'Hoe durf je mij de rug toe te keren?' siste ze. 'Jij vond het maar al te handig dat je van mijn contacten gebruik kon maken als dat jou uitkwam. Hoe durf je zonder enige uitleg bij me weg te lopen? Als je meer ruimte voor jezelf wilt, moet je dat zeggen. Ga maar naar je Franse château, als je dat wilt, en wentel je maar rond in de sfeer, als dat soms helpt.'

Ze keek hem plotseling aan. 'Is dat het? Ga je aan een nieuw boek beginnen?' Ze klonk nu hongerig, haar woede scherpte zich tot opwinding. 'Als het dat is moet je het tegen me zeggen, Joe. Dat ben je me verschuldigd. Tenslotte...'

Jay keek haar aan. Het zou heel gemakkelijk zijn om ja te zeggen, bedacht hij, om haar iets te geven wat ze zou begrijpen, misschien zou kunnen vergeven.

'Dat weet ik niet,' zei hij na een poos. 'Ik denk van niet.' Er reed een taxi langs en Jay hield hem aan. Hij gooide zijn bagage op de achterbank en sprong erin. Kerry slaakte een kreet van frustratie en gaf een klap op het raampje alsof het zijn gezicht was.

'Toe maar! Loop maar weg! Verstop je maar! Je bent net als hij, weet je dat: je gaat er net zo vandoor! Dat is het enige wat je kunt! Jay! Jáy!'

Terwijl de taxi geruisloos optrok, leunde Jay achterover en nestelde zich grijnzend tegen zijn plunjezak. Tot aan het vliegveld kwamen er zachte, tevreden tinkelgeluidjes uit.

12

Pog Hill, zomer 1975

In de loop van de zomer ging Jay steeds vaker naar Pog Hill Lane. Joe leek blij hem te zien wanneer hij langskwam, maar zei er niets van wanneer hij niet kwam, en de jongen hing hele dagen rond bij het kanaal of bij de spoorbaan, wakend over zijn onzekere territorium, altijd bedacht op een ontmoeting met Zeth en zijn twee vrienden. Zijn schuilplaats bij de sluis was niet veilig meer, dus haalde hij zijn schatkist weg bij de oever om een veiliger plek te zoeken. Ten slotte vond hij er een in een autowrak op de stortplaats; hij plakte hem met plakband aan de onderkant van de verroeste benzinetank vast. Die oude auto sprak Jay aan. Hij hing urenlang op de enige stoel die er nog in zat en snoof de muffe geur van oud leer op. Het weelderige groen onttrok hem aan het zicht. Een- of tweemaal hoorde hij vlakbij de stemmen van Zeth en zijn makkers, maar door zich tegen de lage vloer van de auto aan te drukken – Joe's tovermiddel hield hij ondertussen stevig vast – was hij vrijwel onvindbaar. Hij keek en luisterde, in vervoering door de luxe zijn vijanden te kunnen bespioneren. Op zulke momenten geloofde hij zonder meer in het tovermiddel.

Toen het onvermijdelijke einde van de zomer naderde, drong het tot hem door dat hij van Kirby Monckton was gaan houden. Ondanks zijn weerstand had hij er iets gevonden dat hij nog nergens anders had gehad. Juli en augustus zeilden langs als koele witte schoeners. Hij ging bijna dagelijks naar Pog Hill Lane. Soms waren hij en Joe alleen, maar er was maar al te vaak bezoek, van buren en vrienden. Familie leek Joe niet te hebben. Jay wilde Joe soms niet met anderen delen, vond het vervelend dat ze tijd kregen, maar bij Joe was altijd iedereen welkom en hij gaf kisten fruit uit eigen tuin weg, bossen wortelen, zakken aardappelen, een fles bramenwijn aan de een en een recept voor tandpoeder aan de ander. Hij handelde in drankjes, aftreksels en zakjes. De mensen kwamen ogenschijnlijk voor fruit en groente, maar bleven heimelijk met Joe praten; ze spraken met gedempte stem en kregen bij het weggaan soms een in vloeipapier of flanel gewikkeld pakje in hun hand of zak gestopt. Hij liet zich nooit betalen. Soms gaven de mensen hem in ruil het een en ander: een paar broden, een zelfgemaakte taart of sigaretten. Jay vroeg zich af hoe hij aan zijn geld kwam en waar de vijfduizend pond voor zijn droomkasteel vandaan zou komen. Maar wanneer hij over zulke dingen begon, lachte de oude man alleen maar.

Naarmate september naderbij kwam, leek iedere dag een bijzondere, schrijnende betekenis te krijgen, een mythische hoedanigheid. Jay liep in een waas van nostalgie langs het kanaal. Hij maakte aantekeningen van de dingen die Joe in hun lange gesprekken over de aalbessenstruiken had gezegd en nam ze 's avonds in bed nog eens door. Hij fietste urenlang over verlaten, maar inmiddels bekende wegen en ademde de beroete warme lucht in. Hij beklom Upper Kirby Hill en keek uit over het enorme paarszwarte massief van het Penninisch Gebergte, wensend dat hij eeuwig kon blijven.

Joe zelf leek onaangedaan. Hij bleef wie hij was, plukte zijn fruit en legde het in kratten, maakte jam van gevallen vruchten, wees hem wilde kruiden aan en plukte ze bij volle maan, verzamelde blauwe bosbessen op de hei en bramen op de spoordijk, maakte chutney van zijn tomaten, piccalilly van zijn bloemkool, vulde zakjes met lavendel tegen slapeloosheid, plukte wintergroen om zijn helende kracht, zette voor de winter hete pepers en rozemarijn op olie en maakte uien in. En dan was er natuurlijk nog de wijn. De hele zomer lang rook Jay de geuren van wijn die stond te borrelen, te gisten en te rijpen. Er waren allerlei soorten: wijn van rode bieten, van peulenschillen, frambozen, vlierbloesem, rozenbottels, jackapples, pruimen, pastinaken, gember en bramen. Het huis was één grote distilleerderij: er stonden pannen fruit te koken op het fornuis, op de keukenvloer stonden grote mandflessen met wijn te wachten om in flessen gegoten te worden, er hing kaasdoek voor het zeven van het fruit te drogen aan de waslijn, en zeven, emmers, flessen en trechters stonden keurig gerangschikt klaar voor gebruik.

Het distilleertoestel stond in de kelder. Het was een groot koperen vat, als een enorme ketel, oud, maar glimmend gepoetst en goed verzorgd. Hij gebruikte het om zijn 'brandewijn' te maken, de ruwe, tranen opwekkende heldere alcohol die hij gebruikte om het zomerfruit in te bewaren dat in glanzende rijen op de kelderplanken stond. Aardappelwodka, noemde hij het, jackapplesap. Alcoholpercentage zeventig procent. Hij deed er gelijke delen fruit en suiker in om er likeur van te maken. Kersen-, pruimen-, aalbessen- en blauwe-bosbessenlikeur. Het fruit kleurde de drank paars en rood en zwart bij het zwakke licht van de kelderlamp. Op elke pot en fles zat een etiket waarop ook de datum vermeld was. Er was meer dan een man alleen ooit op kon. Niet dat Joe dat iets kon schelen: veel van wat hij maakte gaf hij toch weg. Behalve zijn wijn en een paar likjes aardbeienjam bij zijn ontbijt zag Jay hem nooit iets van deze extravagante inmaak en op alcohol gezette producten gebruiken. Jay nam aan dat de oude man tijdens de winter een deel van deze waren verkocht, maar hij zag het hem nooit doen. Meestal gaf hij gewoon van alles weg.

Jay ging in september weer naar school. De Moorlands School was zoals hij zich hem herinnerde: hij rook naar stof en desinfecteermiddel en boenwas en de nietszeggende, onontkoombare geur van traditionele kookkunst. De scheiding van zijn ouders verliep zonder al te veel oneffenheden; zijn moeder had vele malen in tranen gebeld en er bleven postwissels van de Broodbaron komen. Tot zijn grote verbazing voelde hij niets. Tijdens de zomer was zijn woede afgezakt tot onverschilligheid. Woede leek hem op de een of andere manier kinderachtig. Hij schreef Joe zo ongeveer iedere maand, maar de oude man schreef niet even regelmatig terug. Hij was niet zo'n schrijver, zei hij; hij hield het op een kaart met Kerstmis en een paar regels tegen het einde van het trimester. Deze stiltes vond Jay niet erg. Het was voldoende te weten dat hij er was.

In de zomer ging Jay naar Kirby Monckton terug. Dat was deels op zijn aandringen, maar hij kon merken dat zijn ouders heimelijk opgelucht waren. Zijn moeder had opnamen in Ierland en de Broodbaron bracht de zomer door op zijn jacht in gezelschap van, zo ging het gerucht, een jong fotomodel dat Candide heette.

Jay ontsnapte zo gauw hij kon naar Pog Hill Lane.

13

Parijs, maart 1999

Jay bracht de nacht op de luchthaven door. Hij sliep zelfs even op een van de oranje voorgevormde stoelen van vliegveld Charles de Gaulle, maar hij was nog te ongedurig om zich te kunnen ontspannen. Zijn energie leek onuitputtelijk, een bal elektriciteit die tegen zijn ribben bonkte. Zijn zintuigen leken griezelig scherp. De geuren kwamen in golven op hem af: schoonmaakmiddel, zweet, sigarettenrook, parfum, de eerste koffie. Om vijf uur gaf hij de gedachte aan slaap op en ging naar de cafetaria, waar hij een espresso kocht, een paar croissantjes en Poulain-chocolade om zijn suikerpeil op te krikken. De eerste Corail naar Marseille ging om tien over zes. Vandaar zou een langzamere trein hem naar Agen brengen, waar hij een taxi kon nemen naar... hoe heette het ook alweer? De kaart van de omgeving in de brochure was nogal grof, maar hij hoopte duidelijkere aanwijzingen te krijgen wanneer hij in Agen was. Deze reis had trouwens iets plezierigs: hij spoedde zich naar een plek die alleen nog maar een kruisje op de kaart was. Alsof hij door Joe's wijn te drinken plotseling Joe kon wórden, Joe, die zijn route aangaf op de kaart en van identiteit veranderde als het hem zo uitkwam. Tegelijkertijd voelde hij zich ook lichter, bevrijd van de pijn en de woede, de nutteloze ballast, waarmee hij zo lang, zoveel jaar, had rondgelopen.

Als je maar ver genoeg reist, zei Joe altijd, *vallen alle regels weg.*

Nu begon Jay te begrijpen wat hij bedoelde. Waarheid, loyaliteit, identiteit. Alles wat een mens bindt aan de plaatsen en gezichten van thuis was niet meer van toepassing. Hij had iedereen kunnen zijn. Overal naar op weg kunnen zijn. Op vliegvelden, in spoorwegstations en in busstations is alles mogelijk. Niemand stelt vragen. Je wordt er vrijwel onzichtbaar. Hij was hier gewoon een reiziger, een van de vele duizenden. Niemand zou hem herkennen. Niemand had zelfs ooit van hem gehoord.

In de trein lukte het hem een paar uur te slapen. Hij droomde – een wonderlijk levendige droom – dat hij langs de kanaaloever in Nether Edge rende en tevergeefs probeerde een vertrekkende kolentrein in te halen. Uitzonderlijk helder zag hij het antiek lijkende metaal van het onderstel van de trein. Hij kon het kolenstof en het oude vet van de assen ruiken. En op het laatste treinstel zag hij Joe boven op de kolen zitten; hij had zijn oranje mijnwerkersoverall aan en een monteurspet van de Britse spoorwegen op. Hij zwaaide hem gedag met een fles zelfgemaakte wijn in de ene hand en een kaart van de wereld in de andere, en met een stem die schril klonk door de afstand riep hij iets naar Jay dat deze niet goed kon verstaan.

Toen hij wakker werd had hij behoefte aan drank; ze zaten op zo'n vijfendertig kilometer afstand van Marseille en het landschap schoot als één lange, wazige, zonnige vlek voorbij. Hij liep naar de minibar om een wodka met tonic te halen en dronk hem langzaam op. Daarna stak hij een sigaret op. Het voelde nog steeds als een verboden genoegen, schuldgevoel vermengd met vreugde, alsof hij spijbelde.

Hij nam de brochure nog eens uit zijn zak. Er was nu niet veel meer van over: het goedkope papier begon op de vouwen al te scheuren. Even verwachtte hij haast dat hij zich anders zou voelen, dat die drang het te móéten hebben verdwenen zou zijn. Maar het was er nog steeds. In de plunjezak naast hem deinden en gorgelden de Bijzondere Wijnen op de beweging van de trein; de droesem van vele zomers verspreidde zich als karmozijnrood slik.

Het leek of de trein nooit in Marseille zou aankomen.

14

Pog Hill, zomer 1976

Hij was in zijn tuin op de spoordijk. De radio, die met een touwtje aan een tak was gebonden, stond aan en Jay kon hem horen meezingen – *The boys are back in town* van Thin Lizzy – met zijn extravagante musicalstem. Hij stond met zijn rug naar hem toe; met een snoeischaar in zijn hand stond hij over de loganbesstruiken gebogen en hij begroette Jay zonder zich om te draaien, nonchalant, alsof hij helemaal niet weg was geweest. Jays eerste gedachte was dat hij ouder was geworden: het haar onder de vettige pet was dunner en hij kon de scherpe, kwetsbare richel van zijn ruggengraat door zijn oude T-shirt heen zien, maar toen de oude man zich omdraaide, zag hij dat het dezelfde Joe was, dezelfde lichtblauwe ogen en daaronder een glimlach die meer paste bij een veertienjarige dan bij een man van vijfenzestig. Hij droeg een van zijn rode flanellen zakjes om zijn nek. Toen Jay wat beter om zich heen keek, zag hij dat aan iedere boom net zo'n zakje hing, aan iedere struik, zelfs aan de hoeken van de broeikas en de zelfgemaakte koude kas. Alle kleine zaailingen die beschermd werden door potten en halve limonadeflessen hadden een stukje rood draad of een symbool dat met dezelfde kleur getekend was. Het had een van Joe's uitgebreide grappen kunnen zijn, zoals de oorkruipervallen of de sorbetplant of hem naar de winkel sturen om een schop met het voetje te halen, maar deze keer had de geamuseerde blik op het gezicht van de oude man iets koppigs en sombers, alsof hij belaagd werd. Jay informeerde naar de tovermiddelen in de verwachting de gebruikelijke grap of knipoog te zullen krijgen, maar Joe bleef ernstig kijken.

'Bescherming, jong,' zei hij kalm. 'Bescherming.'

Het duurde lang voordat het tot de jongen doordrong dat hij het echt ernstig meende.

De zomer kronkelde voort als een stoffige weg. Jay ging bijna dagelijks naar Pog Hill Lane en wanneer hij alleen wilde zijn ging hij naar Nether Edge en het kanaal. Er was niet veel veranderd. Nieuwe aanwinsten op de stortplaats: weggegooide koelkasten, zakken met oude kleren, een klok met een kapotte behuizing, een kartonnen doos met verfomfaaide pocketboeken. Ook het spoor leverde schatten op: kranten, tijdschriften, kapotte platen, aardewerk, blikjes, flessen en potten waar statiegeld op zat. Iedere ochtend kamde hij de spoorbaan uit en raapte op wat hem interessant of waardevol leek, en hij deelde zijn vondsten met Joe wanneer hij weer bij hem was. Bij Joe ging niets verloren. Oude kranten gingen op de composthoop. Stukken tapijt hielden het onkruid tegen in de groentetuin. Plastic zakken gingen om de takken van de fruitbomen om ze te beschermen tegen vogels. Hij liet zien hoe je van de ronde kant van plastic limonadeflessen stolpen voor jonge zaailingen moest maken en van oude autobanden potten voor aardappelplantjes. Ze waren een hele middag bezig een oude vrieskist tegen de spoordijk op te slepen om er een koude kas van te maken. Schroot en oude kleren werden in kartonnen dozen gestopt en aan de voddenman verkocht. Lege verfblikken en plastic emmers veranderden in bloempotten. In ruil daarvoor leerde hij Jay meer over tuinieren. Langzaam leerde de jongen lavendel van rozemarijn en hysop en salie onderscheiden. Hij leerde hoe je grond moet proeven – een beetje tussen duim en wijsvinger nemen en onder de tong leggen, zoals je fijne tabak test

– om de zuurgraad te bepalen. Hij leerde hoe je hoofdpijn moet verlichten met gekneusde lavendel of maagpijn moet stillen met pepermunt. Hij leerde thee van glidkruid en kamille maken om de nachtrust te bevorderen. Hij leerde dat je goudsbloemen tussen de aardappelplanten moet planten om parasieten te weren, en dat je van brandneteltoppen bier kunt maken en hij leerde met zijn vingers het teken tegen boze geesten maken wanneer er een ekster langsvloog. Natuurlijk kon de oude man het soms niet laten grapjes uit te halen. Dan gaf hij hem narcissenbollen om te bakken in plaats van uien of plantte hij rijpe aardbeien in de border 'om te zien of ze zouden aanslaan'. Maar doorgaans was hij serieus, althans volgens Jay, en beleefde hij veel plezier aan zijn nieuwe rol als leraar. Misschien wist hij ook toen al dat er een einde aan zou komen, maar Jay vermoedde niets; het was het jaar waarin hij het gelukkigst was en met de radio aan in het tuintje zat of dozen rommel sorteerde of de groentesnijmachine voor Joe vasthield wanneer ze fruit selecteerden voor de volgende partij wijn. Ze bespraken de verdiensten van *Good vibrations* (Jays keuze) in vergelijking met die van *Brand new combine harvester* (die van Joe). Hij voelde zich veilig, beschérmd, alsof dit alles een stukje eeuwigheid was dat nooit verloren kon gaan, er altijd voor hem zou zijn. Maar er was iets aan het veranderen. Misschien was het Joe: een nieuwe rusteloosheid, een behoedzame blik, een afnemend aantal bezoekers, soms maar één of twee in een hele week, of de nieuwe, spookachtige rust in Pog Hill Lane. Er werd niet meer getimmerd of gezongen in de tuintjes, er hing minder wasgoed aan de lijnen, de konijnenhokken en duivenplatjes waren leeg en verlaten.

Vaak liep Joe naar de rand van zijn tuin en liet hij stilzwijgend zijn blik over de spoorweg gaan. Er waren ook minder treinen, een paar snelle passagierstreinen per dag en voor de rest rangeertreinen en kolenwagons die langzaam noordwaarts sukkelden, naar het emplacement. De rails, die het jaar daarvoor nog zo glanzend en licht geweest waren, begonnen tekenen van roest te vertonen.

'Het ziet ernaar uit dat ze de lijn gaan opheffen,' merkte Joe bij een van deze gelegenheden op. 'Volgende week gaan ze Kirby Central slopen.' Kirby Central was het hoofdseinhuis bij het station. 'En Pog Hill erbij, als ik het wel heb.'

'Maar dat is jouw kas!' protesteerde Jay. Zolang hij Joe kende, had de oude man het verlaten seinhuisje, dat vijftig meter van zijn achtertuin vandaan stond, officieus als kas gebruikt, en het stond vol tere planten: tomaten, twee perzikbomen, een paar wijnstokken die zich vertakten bij de dakrand; de ranken begonnen het witte dak al te koloniseren met een overdaad aan brede, lichtgroene bladeren.

Joe haalde zijn schouders op.

'Ze gaan meestal het eerst tegen de vlakte,' zei hij. 'Ik heb tot nu toe geluk gehad.' Zijn ogen gingen naar de rode gelukszakjes die aan de achtermuur hingen en hij pakte er een en keurde de inhoud tussen duim en wijsvinger.

'Maar weet je... we zijn voorzichtig geweest,' ging hij verder. 'Hebben niet de aandacht op onszelf gevestigd. Maar als ze die lijn opheffen, zullen ze het spoor hier bij Pog Hill helemaal tot Nether Edge weg komen halen. Dan zijn ze hier misschien wel maandenlang. En dit hier is privé-terrein. Het is van de Britse spoorwegen. Jij en ik, jong, zijn in overtreding.'

Jay volgde zijn blik naar het spoor en nam het in zich op alsof hij het voor het eerst zag: de breedte van Joe's tuin, de keurige rechte rijen groente, de koude bakken, de honderden plastic potten, de tientallen fruitbomen, de weelderige frambozenstruiken, zwarte-bessenstruiken en rabarberplanten. Wat gek, hij had het nog nooit als onwettig beschouwd.

'O. Denk je dat ze het terug willen hebben?'

Joe keek hem niet aan.

Natuurlijk zouden ze het terugnemen. Hij kon dat aan het profiel van de oude man zien, aan de berekenende uitdrukking op zijn gezicht. Hoe lang zou het duren voordat hij alles had overgeplant? Opnieuw had opgebouwd? Niet omdat ze het nodig hadden, maar omdat het van hen was, hun eigendom, of het nu braakliggend terrein was of niet, van hen. Jay zag ineens Zeth en zijn makkers levendig voor zich toen Zeth de radio de lucht in had geschopt. Op hun gezicht zou dezelfde uitdrukking liggen wanneer ze de spoorbaan losrukten, de kas afbraken, de planten en struiken uit de grond trokken en de zoetgeurende lavendelplanten, de halfrijpe peren, de gerooide aardappels en penen en pastinaken, en alle rariteiten die in de loop van een mensenleven verzameld waren, platwalsten. Jay voelde plotseling woede om de oude man opwellen, en zijn vuisten balden zich tegen de bakstenen tot het pijn deed.

'Dat mogen ze niet doen!' zei hij fel.

Joe haalde zijn schouders op. Natuurlijk mochten ze dat. Nu begreep Jay wat de zakjes met tovermiddelen te betekenen hadden die overal hingen, aan iedere spijker, iedere boom, aan alles wat hij wilde behouden. Het kon hem niet onzichtbaar maken, maar het zou wel... ja, wat? De bulldozers op afstand houden? Onmogelijk.

Joe zei niets. Zijn ogen stonden helder en sereen. Even had hij iets van de oude revolverheld uit honderden westerns die zijn wapenriem omgordt voor het laatste duel. Even leek alles, werkelijk álles, mogelijk. Wat er later ook gebeuren zou, toen geloofde hij erin.

15

Marseille, maart 1999

De trein kwam rond het middaguur in Marseille aan. Het was warm maar bewolkt, en Jay hield zijn jas over zijn arm terwijl hij zich een weg zocht door de doelloze menigte. Hij kocht een paar sandwiches aan een stalletje bij het perron, maar was nog te nerveus, te opgeladen om te eten. De trein naar Agen was bijna een uur te laat, bovendien een stoptrein. De reis duurde bijna even lang als die vanaf Parijs. De energie liep weg en ging over in uitputting. Hij sliep oncomfortabel terwijl ze van het ene stationnetje naar het andere hotsten; hij had het warm en hij had dorst en een lichte kater. Hij voelde telkens de behoefte de folder tevoorschijn te halen, alleen maar om zeker te weten dat hij het zich allemaal niet verbeeldde. Hij probeerde geluid uit de radio te krijgen, maar het enige wat die liet horen was ruis.

Het was laat in de middag toen hij eindelijk in Agen aankwam. Hij begon zich weer wakkerder te voelen, zich meer bewust van zijn omgeving. Vanuit de trein zag hij velden en boerderijen, boomgaarden en omgeploegde chocoladekleurige grond. Alles zag er heel groen uit. Veel bomen stonden al in bloei, ongewoon vroeg voor maart, dacht hij, maar zijn ervaring met tuinieren had hij opgedaan bij Joe, bijna tweeduizend kilometer verder noordwaarts. Hij nam een taxi naar de makelaar – het adres stond op de brochure – in de hoop toestemming te krijgen om het huis te bekijken, maar het kantoor was al dicht. Verdorie!

In de opwinding om weg te komen had Jay er helemaal niet bij stilgestaan wat hij zou doen als dit gebeurde. Een hotel in Agen zoeken? Niet zonder zijn huis te hebben gezien. *Zijn huis*. Bij de gedachte gingen de haren op zijn onderarm overeind staan. Morgen was het zondag. Het zat er dik in dat het makelaarskantoor dan ook dicht zou zijn. Hij zou moeten wachten tot maandagmorgen. Hij stond aarzelend voor de gesloten deur en de taxichauffeur achter hem begon ongeduldig te worden. Hoe ver lag Lansquenet-sous-Tannes hier eigenlijk vandaan? Er zou toch wel íéts zijn, al was het maar een eenvoudig ding als een Campanile of een Ibis of anders een *chambre d'hôte* waar hij kon overnachten? Het was halfzes. Hij zou tijd hebben om het huis te zien, al was het alleen maar van buiten, voordat het donker werd.

De drang was te sterk. Jay keerde zich met ongebruikelijke beslistheid om naar de verveelde taxichauffeur en liet hem het kaartje zien.

'Vous pouvez m'y conduire tout de suite?'

De man dacht even na, met die houding van trage bedachtzaamheid die zo kenmerkend is voor dat deel van het land. Jay trok een stapeltje bankbiljetten uit de zak van zijn spijkerbroek en liet het hem zien. Zonder blijk te geven van enige nieuwsgierigheid haalde de chauffeur zijn schouders op en maakte met zijn hoofd een gebaar in de richting van de taxi. Jay merkte dat hij niet aanbood met de bagage te helpen.

De rit duurde een half uur. Jay dommelde weg in de leer-en-tabaksgeur die achterin hing, terwijl de Gauloises rokende chauffeur tevreden in zichzelf bromde, toeterend en zonder richting aan te geven door de files op de snelweg heen raasde en daarna door smalle laantjes scheurde; bij de hoeken claxonneerde hij heftig en af en toe stoven er kippen kakelend weg. Jay begon trek in eten en behoefte aan een drankje te krijgen. Hij was ervan uitgegaan dat hij ergens zou kunnen eten wanneer hij in Lansquenet was. Maar nu hij de onverharde weg zag waar de taxi moeizaam overheen hobbelde, begon hij ernstig aan die mogelijkheid te twijfelen.

Hij tikte de chauffeur op de schouder.

'C'est encore loin?'

De chauffeur haalde zijn schouders op, wees naar voren en liet de auto protesterend tot stilstand komen.

'Là.'

En ja hoor, daar stond het, vlak achter een groepje bomen. Het rode, schuinvallende licht van een bescheiden zonsondergang zette het pannendak en de lichte muren in een haast spookachtige gloed. Jay zag ergens aan de zijkant water glanzen en de boomgaard – groen op de foto – was nu een schuimende massa van lichte bloesem. Het was prachtig. Hij betaalde de chauffeur te veel van zijn resterende Franse geld en zette zijn bagage op de weg.

'Attendez-moi ici. Je reviens tout de suite.'

De chauffeur maakte een vaag gebaar, dat hij voor toestemming versleet. Jay liet hem achter langs de kant van de verlaten weg en liep snel op de bomen af. Toen hij daar was aangekomen, had hij een beter zicht op het huis en de wijngaard. De foto in de folder was misleidend: de schaal van het geheel kwam er niet goed in tot uiting. Jay had als stadsmens geen idee hoe groot het areaal was, maar het zag er enorm groot uit; aan de ene kant werd het begrensd door de weg en de rivier en aan de andere kant door een lange heg, die aan de achterkant van het huis verder doorliep naar nog meer velden. Aan de overkant van de rivier zag hij nog een boerderij, klein en met een laag dak, en daarachter het dorp: een torenspits, een weg die van de rivier naar het dorp kronkelde en huizen. Het pad naar het huis voerde langs de wijngaard waar tussen het onkruid al groene stengels te zien waren, en daarna langs een verlaten moestuin, waar de asperges, artisjokken en kolen hun harige groen boven de paardebloemen verhieven.

Het duurde ongeveer tien minuten voor hij bij het huis was. Toen Jay dichterbij kwam, merkte hij dat er, net als bij de wijngaard en moestuin, het nodige aan gedaan moest worden. De rozige verf bladderde hier en daar af, waardoor het gebarsten grijze pleisterwerk eronder zichtbaar werd. Er waren pannen van het dak gevallen en op het overgroeide pad kapot gevallen. Voor de ramen op de begane grond zaten luiken of planken en een deel van de ruiten boven was kapot, gapende openingen met scherpe tanden in de bleke voorgevel. De voordeur was dichtgespijkerd. Het geheel maakte de indruk al jaren leeg te staan. En toch vertoonde de moestuin tekenen van recente, of vrij recente aandacht. Jay liep eenmaal om het gebouw heen, waarbij hij de omvang van de schade opnam; hij kreeg de indruk dat die voor het merendeel oppervlakkig was, het resultaat van verwaarlozing en de inwerking van de elementen. Binnen zou dat anders kunnen zijn. Hij vond een plek waar een kapot luik van de ondergrond had losgelaten en de opening was groot genoeg om doorheen te kijken. Hij hield zijn gezicht voor het gat. Het was binnen donker en hij hoorde ver weg het geluid van druppelend water.

Plotseling bewoog er iets in het huis. Ratten, was zijn eerste gedachte. Toen bewoog er weer iets, zachtjes, steels, het schraapte over de vloer. Het klonk als laarzen met metalen neuzen op een betonnen keldervloer. Bepaald geen ratten, dus.

Hij riep – idioot genoeg in het Engels – naar binnen: 'Is daar iemand?' Het geluid hield op.

Door de kier in het luik kijkend meende Jay iets te zien bewegen, een vage schim net binnen zijn gezichtsveld, iets dat leek op een gedaante met een ruime jas aan en een pet op die diep over de ogen getrokken was.

'Joe? Jóé?'

Het was belachelijk. Natuurlijk was het Joe niet. Het kwam gewoon doordat hij de afgelopen dagen zo veel aan hem had gedacht dat hij hem overal begon te zien. Het was logisch, veronderstelde hij. Toen hij weer keek was de gedaante – zo die er ooit geweest was – verdwenen. De stilte was weergekeerd. Jay voelde even een lichte teleurstelling, bijna iets dat op verdriet leek en dat hij niet te diepgaand durfde te analyseren voor het geval het iets nog veel gekkers bleek te zijn, misschien de overtuiging dat Joe hier inderdaad op hem zou kunnen zitten wachten. De oude Joe, met zijn pet en mijnwerkerslaarzen en zijn slobberige warme jas, wachtend in het verlaten huis, levend van wat het land opbracht. Jays gedachten gingen als vanzelf weer naar het pas verlaten groentetuintje; iemand moest toch die zaden in de grond gestopt hebben, dacht hij met een gek soort logica. Er was iemand geweest.

Hij keek op zijn horloge en schrok van de tijd: hij was al bijna twintig minuten bij het huis. Hij had de taxichauffeur gevraagd langs de kant van de weg te wachten, en hij wilde niet de nacht in Lansquenet doorbrengen. Uit wat hij van het dorp had gezien maakte hij op dat hij geen behoorlijk onderkomen zou kunnen vinden, en hij begon honger te krijgen. Ter hoogte van de boomgaard zette hij het op een lopen; terwijl hij rende bleef het kleefkruid aan de veters van zijn laarzen hangen, en hij zweette toen hij eindelijk via de bocht bij de bomen weer op het pad terechtkwam.

Geen taxi te zien.

Jay vloekte. Zijn koffer en plunjezak waren plompverloren langs de kant van de weg gezet. De chauffeur, het wachten op die rare Engelsman zat, was vertrokken.

Of hij het nu leuk vond of niet, hij moest blijven.

16

Pog Hill, zomer 1976

Kirby Central werd eind augustus onttakeld. Jay was er toen ze het sloten; hij zat verscholen in de hoog opgeschoten pluizige wilgenroosjes en toen ze weg waren – ze hadden de hendels, de lichtseinen en alles wat gestolen kon worden, meegenomen – sloop hij de treetjes op en gluurde door de ramen naar binnen. De treinschema's en routeoverzichten waren achtergelaten, maar het onderstel van de hendel was een gapend gat en het zag er vreemd bewoond uit, alsof de seinwachter even naar buiten was gegaan en ieder moment kon terugkomen. Jay meende dat er nog heel wat bruikbaar glas aanwezig was, als Joe en hij het zouden gaan halen.

'Doe geen moeite, jong,' zei Joe toen hij dit meldde. 'Ik heb dit najaar al mijn handen vol.'

Jay had geen uitleg nodig. Sinds begin augustus was Joe zich steeds meer zorgen gaan maken over het toekomstig lot van zijn tuin. Hij sprak er zelden openlijk over, maar hij hield soms op met werken en staarde dan naar zijn bomen, alsof hij beoordeelde hoeveel tijd hun nog restte. Soms bleef hij staan om de gladde bast van een appel- of pruimenboom aan te raken, en dan sprak hij met zachte stem tegen Jay of zichzelf. Hij noemde ze altijd bij naam, alsof het mensen waren.

'Mirabelle. Die doet het goed, hè? Dat is een Franse pruim, een gele, goed om jam of wijn van te maken, maar je kunt hem ook zo eten. Ze heeft het hier op de dijk best naar haar zin. Niet te nat, lekker zonnig.' Hij zweeg even. 'Maar die ouwe dame kan niet meer verplaatst worden,' zei hij spijtig. 'Dat zou ze nooit overleven. Je wortelt je diep omdat je denkt dat je altijd zult blijven, en dan gebeurt er dit. De rotzakken.'

Het was de meest rechtstreekse opmerking in weken over het tuinprobleem geweest.

'Ze willen Pog Hill Lane ook meteen maar slopen.' Joe's stem was nu luider en Jay realiseerde zich dat dit de eerste keer was dat hij zoiets als woede toonde. 'Pog Hill Lane. Deze straat is al een eeuw oud, of ouder nog. Hij werd aangelegd toen er bij Nether Edge nog een mijn was en er langs het kanaal nog grondwerkers bezig waren.'

Joe staarde hem aan.

'Pog Hill Lane slopen?' vroeg hij. 'Bedoel je de húízen?' Joe knikte.

'Er zat pasgeleden een brief bij de post,' zei hij even later. 'Die rotzakken vinden ze niet veilig meer. Ze gaan ze afkeuren. Het hele rijtje.' Zijn gezicht stond grimmig geamuseerd. 'Afgekeurd. Na al die tijd. Negenendertig jaar zit ik hier nu al, vanaf het moment dat Nether Edge en Upper Kirby dichtgingen. Heb bij diezelfde gemeente mijn eigen mijnwerkershuisje gekocht. Maar toen vertrouwde ik ze ook al niet...' Hij zweeg en hield zijn verminkte linkerhand bij wijze van spottende begroeting omhoog. 'Wat willen ze nog meer van me, hm? Ik heb mijn vingers al in die mijn verloren. Ik heb er verdomme zowat mijn léven gelaten. Dat is zeker toch wel iets waard? Dáár zouden ze toch wel eens rekening mee mogen houden!'

Jay keek hem met open mond aan. Deze Joe had hij nog nooit gezien. Ontzag, en een soort angst, deden hem er het zwijgen toe doen. Toen hield Joe even abrupt op als hij begonnen was; hij boog zich zorgzaam over een pas geënte tak om te kijken of de plek goed genas.

'Ik dacht dat het tijdens de oorlog gebeurd was,' zei Jay ten slotte.

'Wat?'

De nieuwe loot was met felrood katoen om de tak gebonden. Joe had er een soort hars opgesmeerd, die een scherpe, sapachtige geur afgaf. Hij knikte, alsof hij tevreden was met de vorderingen die de boom maakte.

'Je zei dat je je vingers in Dieppe was kwijtgeraakt,' hield Jay vol. 'Tijdens de oorlog.'

'Ja, o.' Joe was niet uit het veld geslagen. 'Het was eigenlijk overal zo'n beetje oorlog. Ik ben ze kwijtgeraakt toen ik zestien was; ze zijn verpletterd tussen twee vrachtwagens in 1931. Toen wilden ze me in het leger niet meer hebben, dus toen werd ik ter vervanging tewerkgesteld in de mijn. We hadden dat jaar drie instortingen. Er zaten zeven man onder de grond vast toen er een tunnel instortte. Sommigen waren nog niet eens volwassen, jongens van mijn leeftijd en nog jonger. Je kon op je veertiende al de mijn in met het loon van een volwassen man. We werkten een week lang het dubbele aantal uren om ze vrij te krijgen. We konden ze achter het neergestorte puin horen schreeuwen en huilen, maar telkens wanneer we bij ze probeerden te komen, stortte er weer een stuk tunnel boven ons hoofd in. We werkten in het donker vanwege het gas. We stonden tot onze knieën in de prut. We waren doornat en stikten zowat en we wisten dat het dak ieder moment kon instorten, maar we gaven het niet op. Pas toen de bazen zich ermee gingen bemoeien en de schacht afsloten, hielden we op.' Hij keek Jay met onverwachte heftigheid aan, zijn ogen donker van oude woede. 'Dus je hoeft mij niet te vertellen dat ik geen oorlog heb meegemaakt, jong,' snauwde hij. 'Ik weet net zo veel van oorlog af, van wat oorlog eigenlijk ís... als die knullen daar in Frankrijk.'

Jay keek hem met grote ogen aan, niet wetende wat hij

moest zeggen. Joe keek naar een punt in de verte; hij hoorde nog de kreten en smeekbeden van de langgeleden overleden jongemannen uit het stille litteken van Nether Edge opstijgen.

'Wat ga je nu doen?'

Joe nam hem aandachtig op, alsof hij op zijn gezicht naar tekenen van afkeuring zocht. Toen ontspande hij zich en verscheen de oude, treurige glimlach op zijn gezicht. Hij doorzocht zijn zakken en haalde er een groezelig pakje Jelly Babies uit. Hij zocht er een voor zichzelf uit en stak vervolgens Jay het pakje toe.

'Ik zal doen wat ik altijd heb gedaan, jong,' verkondigde hij. 'Ik zal uit alle macht vechten voor wat van mij is. Ik zal ze niet zomaar hun gang laten gaan. Pog Hill is van mij en ik zal me door niemand in een of ander klerehuis laten stoppen.' Hij beet met smaak het kopje van zijn Jelly Baby af en koos er nog een uit het pakje.

'Maar wat kun je dan doen?' protesteerde Jay. 'Ze zullen zeggen dat je je huis uit moet. Ze zullen het gas en de elektriciteit afsluiten. Kun je niet –'

Joe keek hem aan.

'Je kunt altijd wel wát doen, jong,' zei hij zachtjes. 'Ik denk dat het tijd wordt om eens te kijken wat echt werkt. Het wordt tijd om zandzakken aan te slepen en de luiken te dichten. Tijd om de zwarte haan vet te mesten, zoals ze in Haïti doen.' Hij gaf een vette knipoog, alsof hij een raadselachtige grap met Jay deelde.

Jay nam de tuin in zich op. Hij keek naar de toverzakjes die aan de muur gespijkerd waren en aan de takken waren vastgebonden, de symbolen die met glasscherven op de grond waren aangebracht en op de bloempotten waren gekalkt en ineens werd hij overvallen door een gevoel van verschrikkelijke hopeloosheid. Het zag er allemaal zo kwetsbaar uit, zo jammerlijk gedoemd. En toen keek hij naar de huizen, de zwart geworden, bekrompen huisjes met hun onregelmatige voegwerk en buitenwc's en venstergaten met plastic ervoor. Vijf of zes huizen verderop hing aan één lijn nog wasgoed. Een paar kinderen speelden in de goot aan de voorkant. En Joe – die lieve, oude, gekke Joe, met zijn dromen en zijn reizen en zijn *sjattoo* en zijn miljoenen zaadjes en zijn kelder vol flessen – bereidde zich voor op een oorlog die hij nooit zou kunnen winnen, slechts gewapend met huis-tuin-en-keukenmagie en een heleboel liters zelfgemaakte wijn.

'Trek het je niet aan, jong,' drong Joe aan. 'We redden het wel, heus. Ik heb nog meer trucjes achter de hand. Daar komen ze bij de gemeente nog wel achter.'

Maar zijn woorden klonken hol. Hij kon zeggen wat hij wou, maar het was niet meer dan stoerdoenerij. Hij kon niets doen. Jay deed voor hem natuurlijk alsof hij hem geloofde. Hij plukte kruiden op de spoordijk. Hij naaide gedroogde bladeren in rode zakjes. Hij herhaalde vreemde woorden en maakte rituele gebaren in navolging van Joe. Ze moesten tweemaal per dag 'de omtrek verzegelen' zoals Joe dat noemde. Dit hield in dat ze met een rode kaars en brandende laurierbladeren die in geurige olie gedoopt waren en onder het plechtig opzeggen van een reeks onbegrijpelijke formules, die volgens Joe Latijn waren, om Joe's domein heen moesten lopen, de spoordijk op en om de tuin heen, langs het seinhuisje, dat Joe als zijn bezit beschouwde, en dan Pog Hill Lane in en de nauwe overdekte passage door die Joe's huis met het buurhuis verbond, langs de voordeur en dan weer de muur over naar de andere kant. Uit wat Joe zei, maakte hij op dat dit ritueel ongewenste invloeden bij het huis en de grond moest weghouden, bescherming moest bieden en hem in zijn eigenaarschap moest bevestigen, en naarmate het eind van de vakantie in zicht kwam, werd de tocht dagelijks langer en ingewikkelder, en groeide van een drie minuten durend rondje om de tuin uit tot een plechtige processie die minstens een kwartier duurde. Als de omstandigheden anders waren geweest, zou Jay van deze dagelijkse ceremonies genoten hebben, maar terwijl er het jaar daarvoor in alles wat Joe zei spot had doorgeklonken, was er bij de oude man nu veel minder ruimte voor grapjes. Jay vermoedde dat er achter dit masker van zorgeloosheid een groeiende ongerustheid schuilging. Hij sprak steeds vaker over zijn reizen, hij rakelde oude avonturen op en plande toekomstige expedities; hij kondigde aan dat hij besloten had per direct Pog Hill Lane te verruilen voor zijn *château* in Frankrijk, en zwoer in dezelfde adem dat hij zijn oude huis alleen maar in een kist zou verlaten. Hij werkte als een bezetene in de tuin. De herfst zette dat jaar vroeg in en er moest fruit geoogst worden, er moest jam, wijn, ingelegde vruchten en zoetzuur gemaakt worden en er moesten aardappelen en rapen gerooid en opgeslagen worden. Daar kwamen de steeds hoger wordende eisen die Joe's magische grensritueel stelde, bij. Het nam nu een half uur in beslag: er werd veel gebaard en poeder verspreid en er moesten ook geuroliën en kruidenmengsels gemaakt worden. Joe had nu een gekwelde uitdrukking op zijn gezicht, alsof hij aan de grenzen van zijn kunnen zat; zijn ogen schitterden door slaapgebrek, of door de drank. Want hij dronk nu veel meer dan hij ooit gedaan had, niet alleen maar wijn of brandnetelbier, maar ook sterke drank, de aardappelwodka uit het distilleertoestel in de kelder en de likeuren van het jaar daarvoor uit zijn keldervoorraad. Jay vroeg zich af of Joe als hij zo doorging de winter wel door zou komen.

'Ik red me wel,' zei Joe tegen hem toen hij uiting gaf aan zijn bezorgdheid. 'Het kost alleen wat meer werk, dat is alles. De komende winter ben ik weer helemaal de oude, dat zul je zien.' Met de handen op zijn onderrug kwam hij overeind en hij rekte zich uit. 'Zo, dat is beter.' Hij grijnsde en even was hij bijna de oude Joe, met ogen die borrelden van de lach onder de vettige mijnwerkerspet. 'Voordat jij kwam heb ik wel wat langer voor mezelf gezorgd, jong. Er is meer voor nodig dan een paar gemeenteapen om mij klein te krijgen.' En meteen begon hij aan een lang, absurd verhaal uit de tijd dat hij nog reisde, over een man die probeerde een stam Amazone-indianen goedkope snuisterijen aan te smeren.

'En het hoofd van de stam – opperhoofd Mungawomba heette hij – overhandigde hem de spullen en zei – ik had hem in mijn vrije tijd Engels geleerd –: "Je kunt je kralen houwen, makker, maar ik zou je reuze dankbaar zijn als je mijn broodrooster maakte."'

Ze lachten allebei en even was de onrust vergeten, of in ieder geval ver weg. Jay wilde geloven dat Pog Hill Lane geen gevaar liep. Op sommige dagen keek hij naar het exotische allegaartje op het lapje grond en in de achtertuin en dan geloofde hij het bijna. Joe leek zo'n vast gegeven, alsof hij nooit weg zou gaan. Hij zou er vast altijd blijven.

17

Lansquenet, maart 1999

Hij bleef even langs de kant van de weg staan, ontdaan en uit zijn doen. Het was inmiddels bijna donker; de lucht had dat lichtende diepblauw dat aan de volledige duisternis voorafgaat en aan de horizon voorbij het huis zag hij bleekgele en groene en roze strepen. De schoonheid ervan – zíjn huis, zei hij weer tegen zichzelf, met dat ademloze, surrealistische gevoel vanbinnen – greep hem nogal aan. Ondanks de netelige situatie waarin hij zich bevond, kon hij een gevoel van opwinding niet van zich afschudden, alsof ook dit voorbestemd was om te gebeuren.

Niemand, echt niemand, wist waar hij zat. De wijnflessen rammelden tegen elkaar toen hij de plunjezak oppakte. Een geur – van zomer, van wilde spinazie of kleistof en stilstaand water – steeg even uit de vochtige grond op. Zijn blik viel op iets dat aan de tak van een bloeiende meidoorn hing te wapperen en hij pakte het automatisch vast en trok het naar zich toe.

Het was een stukje rood flanel.

In de tas begonnen de flessen te rammelen en te schuimen. Ze verhieven hun stem in een gefluister, gekraak, gezucht en gegrinnik van verborgen medeklinkers en geheime klinkers. Jay voelde een plotselinge bries aan zijn kleding rukken, een soort gemurmel, een kloppen diep in de zachte lucht, als van een hart. Daar waar je hart is, is je huis, was een van Joe's favoriete gezegden.

Jay keek achterom. Het was nog niet zo erg laat. In ieder geval niet te laat om een plek te zoeken waar hij kon overnachten en iets kon eten. Het dorp – een paar pinkellichtjes aan de overkant van de rivier en de verre klank van muziek uit de velden – kon nog geen half uur lopen zijn. Hij kon zijn koffer hier achterlaten, veilig verstopt in de bosjes langs de weg en alleen zijn zak meenemen. Om de een of andere reden – de flessen huppelden en grinnikten – had hij geen zin zijn plunjezak achter te laten. Maar het huis trok. Belachelijk, hield hij zichzelf voor. Hij had al gezien dat het huis onbewoonbaar was, in ieder geval voorlopig. *Er onbewoonbaar uitzag*, verbeterde hij zichzelf, terugdenkend aan Pog Hill Lane met zijn verlaten tuin en dichtgetimmerde ramen en het heimelijke, vrolijke leven dat erachter schuilging. Als er nou eens achter die deur...

Gek was dat, die gedachte bleef maar door zijn hoofd spelen. Er zat geen logica in en toch had het stiekem iets overtuigends. Die verlaten moestuin, dat stukje rode flanel, dat gevoel, die zekerheid, dat er werkelijk iemand ín het huis was.

In de plunjezak was het carnaval weer losgebarsten. Gejoel, gelach, zachte fanfaregeluiden. Het had iets van welkomstmuziek. Zelfs ik kon het voelen – ik, die opgegroeid ben in wijngaarden ver van hier, in Bourgondië, waar de lucht helderder is en de aarde voller, vriendelijker. Het was het geluid van haardvuren en opengaande deuren en de geur van broodbakken en schone lakens en warme, vriendelijke, ongewassen lichamen. Ook Jay voelde het, maar hij dacht dat het van het huis kwam; bijna zonder na te denken zette hij nog een stap in de richting van het inmiddels donker geworden gebouw. Het kon geen kwaad nog even te gaan kijken, dacht hij. Alleen maar voor de zekerheid.

18

Pog Hill, zomer 1977

Het werd september. Jay ging terug naar school met het gevoel dat er een einde aan iets was gekomen, dat er iets op Pog Hill veranderd was. Als dat zo was, bleek dat niet uit Joe's korte, schaarse brieven. Er was een kaart met Kerstmis – twee regels, zorgvuldig opgeschreven met de ronde letters van de nauwelijks geletterde – en nog een met Pasen. De trimesters kropen zoals gewoonlijk om. Jays vijftiende verjaardag kwam en ging – een cricketbat van zijn vader en Candide, en theaterkaartjes van zijn moeder. Daarna kwamen de examens en schoolfuiven; er werden geheimen verteld en beloften verbroken, er waren een paar ruzies door het warme weer en er was een schooltoneelstuk, *A midsummer night's dream*, waarin alle rollen door jongens vertolkt werden, net als in Shakespeares tijd. Jay speelde Puck, tot groot verdriet van de Broodbaron, maar zijn gedachten waren steeds bij Joe en Pog Hill, en toen het eind van het laatste trimester naderde, werd hij onrustig en prikkelbaar en ongeduldig. Dit jaar had zijn moeder besloten een paar weken met hem mee te gaan naar Kirby Monckton, zogenaamd om meer bij haar zoon te kunnen zijn, maar in werkelijkheid om aan de aandacht van de media te ontsnappen die haar laatste amoureuze debacle volgden. Jay verheugde zich er niet op het middelpunt van haar plotselinge moederlijke aandacht te worden en zei dat zo duidelijk dat er een theatrale woede-uitbarsting volgde. Hij lag al uit de gunst voordat de vakantie nog maar begonnen was.

Ze kwamen eind juni aan, per taxi, en het regende. Jays moeder zat helemaal in haar rol van Mater Dolorosa, en hij probeerde naar de radio te luisteren terwijl zij nu eens lange, droevige stiltes liet vallen en dan weer meisjesachtige uitroepen liet horen over vergeten kenmerken van het landschap.

'Jay, schat, kijk eens! Dat kleine kerkje, is het niet dóddig?' Hij schreef het toe aan al haar rollen in komische series, maar misschien had ze altijd wel zo gepraat. Jay zette de radio een beetje harder. De Eagles zongen *Hotel California*. Ze keek hem gepijnigd aan en vertrok haar mond tot een streep. Jay lette niet op haar.

Het regende de eerste week van de vakantie onophoudelijk. Jay bleef binnen en keek ernaar en luisterde naar de radio, zichzelf voorhoudend dat het niet eeuwig zou duren. De lucht was wit en dreigend. Wanneer hij omhoog keek naar de wolken, leken de regendruppels wel roet. Zijn grootouders verwenden hen allebei en behandelden zijn moeder als het kleine meisje dat ze ooit geweest was en kookten alles wat ze lekker vond. Vijf dagen lang leefden ze van appeltaart, ijs, gebakken vis en schnitzels. Op de zesde dag ging Jay op zijn fiets naar Pog Hill, ondanks het weer, maar Joe's deur zat op slot en er werd op zijn kloppen niet opengedaan. Jay zette zijn fiets bij de achtermuur neer en klom eroverheen, de tuin in, in de hoop door het raam naar binnen te kunnen kijken.

De ramen waren dichtgetimmerd.

Hij werd overspoeld door paniek. Hij bonkte met zijn vuist op een van de afgesloten ramen.

'Hé, Joe! Joe?'

Er gebeurde niets. Hij bonkte weer en riep weer Joe's naam. Een stukje rood flanel, gebleekt door het weer, was aan het raamkozijn gespijkerd, maar het zag er oud uit, uitgewerkt, magie van het jaar daarvoor. Achter het huis onttrok een scherm van hoog onkruid – dollekervel en alsem en wilgenroosjes – de verlaten tuin aan het oog.

Jay ging op de muur zitten; hij lette niet op de regen die zijn T-shirt aan zijn huid deed plakken en uit zijn haar in zijn ogen droop. Hij voelde zich totaal verdoofd. Hoe kon Joe weg zijn gegaan, vroeg hij zich wezenloos af. Waarom had hij niets gezegd? Niet eens een briefje geschreven? Hoe kon Joe zonder hem weg zijn gegaan?

'Trek het je niet aan, jong,' riep een stem achter hem. 'Het is niet zo erg als het lijkt.'

Jay draaide zich zo snel om dat hij bijna van de muur viel. Joe stond een meter of vijf bij hem vandaan, bijna onzichtbaar achter het hoge onkruid. Hij had een gele zuidwester over zijn pet heen gedaan. Hij had een schop in zijn hand.

'Joe?'

De oude man grijnsde.

'Ja. Wie dacht je dan?'

Jay kon geen woord uitbrengen.

'Dit is hoe ik het allemaal opgelost heb,' legde Joe uit, met een tevreden uitdrukking op zijn gezicht. 'Ze hebben mijn elektriciteit afgesloten, maar ik tap illegaal stroom af, dus kan ik er nog steeds gebruik van maken. Ik heb achter een put gegraven zodat ik water heb. Kom mee en zeg maar wat je ervan vindt.'

Zoals altijd deed Joe alsof er geen tijd verstreken was, alsof Jay nooit weg was geweest. Hij hield het onkruid opzij dat tussen hen in stond en gebaarde dat hij hem moest volgen. Het lapje grond verderop was even geordend als altijd, met limonadeflessen om de kleine plantjes heen, oude ramen die dienstdeden als koude kassen en stapels oude banden om aardappelpotten van te maken. Vanuit de verte leek het geheel op een hoop rommel die zich in de loop der jaren verzameld had, maar wanneer je dichterbij kwam, zag je dat het er allemaal was, net als vroeger. Op de spoordijk droop de regen van de vruchtbomen, waarvan sommige afgedekt waren met plastic. Het was de mooiste camouflage die Jay ooit gezien had.

'Het is ongelooflijk,' zei hij ten slotte. 'Ik dacht echt dat je weg was.'

Joe keek tevreden.

'Je bent niet de enige die dat denkt, jong,' zei hij geheimzinnig. 'Kijk daar eens.'

Jay keek naar het spoor in de diepte. Het seinhuisje dat Joe's kas was geweest stond er nog, maar was nu helemaal verwaarloosd. Door de gaten in het dak groeiden wijnranken, die langs de afbladderende zijkanten neervielen. Overal waren de rails weggehaald en de bielzen opgegraven, op het vijftig meter lange stuk tussen het seinhuisje en Joe's huis in na, alsof dat per ongeluk over het hoofd was gezien. Tussen de roestrode rails schoot het onkruid op.

'Als je volgend jaar komt, weet zelfs niemand meer dat er ooit een spoor bij Pog Hill was. Misschien laten ze ons dan met rust.'

Jay knikte langzaam, nog sprakeloos van verbazing en opluchting.

'Misschien, ja.'

19

Lansquenet, maart 1999

De lucht rook naar het invallen van de duisternis, bitterrokerig, als lapsangthee, zacht genoeg om buiten te slapen. De wijngaard aan de linkerkant was vol geluiden: vogels, kikkers, insecten. Jay kon het pad onder zijn voeten nog zien, vaag zilverachtig in het laatste licht, maar er viel geen zonlicht meer op het huis en het was nu donker, bijna grimmig. Hij begon zich af te vragen of hij zijn bezoek niet tot de volgende dag had moeten uitstellen.

De gedachte aan de lange wandeling naar het dorp overtuigde hem van het tegendeel. Hij droeg laarzen, wat toen hij uit Londen wegging een goed idee had geleken, maar die nu, na zoveel uren reizen, begonnen te knellen en niet meer lekker zaten. Kon hij maar in het huis komen – aan de veiligheidsmaatregelen te zien moest dat niet moeilijk zijn – en er slapen, dan kon hij bij daglicht naar het dorp gaan.

Wat hij deed was eigenlijk geen overtreding. Het huis was tenslotte bijna van hem. Hij was nu bij de moestuin. Aan de zijkant van het huis sloeg er iets – misschien een luik – ritmisch tegen het pleisterwerk, wat een monotoon, klaaglijk geluid gaf. Aan de andere kant van het gebouw bewogen schaduwen onder de bomen, waardoor de illusie geschapen werd dat daar een man stond, een gebogen gedaante met pet en overjas. Met een knappend geluid schoot er iets voor hem langs, een stekelige artisjokstengel, die nog de bloem van vorig jaar droeg, die bijna helemaal verschrompeld was. Daarachter zwaaiden de overgroeide resten van de moestuin heen en weer in de frisser wordende wind. Halverwege de verlaten tuin fladderde iets, alsof het gestrand was in een stijf stuk slingerplant. Een reepje stof. Waar Jay stond kon hij verder niets zien, maar hij wist meteen wat het was. Flanel. Rood. Hij liet zijn tas op het pad vallen en liep met grote stappen door het onkruid dat vroeger de moestuin was geweest, onder het lopen de lange stengels opzij duwend. Het was een teken. Dat moest wel.

Net toen hij een stap naar voren deed om het stukje flanel te pakken, was er een kort schrapend geluid onder zijn linkervoet; met een boos metalen gekletter schoot er iets weg, dat door het zachte leer van zijn voet heen in zijn enkel beet. Jays voet zakte door en hij struikelde achterover in het groen; de pijn, die meteen al behoorlijk was, werd nu zo hevig dat hij er misselijk van werd. Vloekend greep hij bij het vage licht het ding beet en zijn vingers voelden iets metaligs met scherpe tanden om zijn voet.

Een val, dacht hij, verbijsterd. De een of andere val.

Door de pijn kon hij niet logisch denken en een aantal kostbare minuten lang rukte Jay gedachteloos aan het voorwerp dat zich steeds dieper in zijn voet beet. Zijn vingers gleden langs het metaal en hij besefte dat hij bloedde. Hij begon in paniek te raken.

Met veel moeite dwong hij zichzelf op te houden met bewegen. Als het een val was, zou die met kracht geopend moeten worden. Het was paranoïde om te veronderstellen dat iemand die opzettelijk had neergelegd. Hij moest van iemand zijn die konijnen wilde vangen, of vossen of zo.

Even werd zijn pijn overstemd door woede. Het onverantwoordelijke, de misdadige nonchalance van het zetten van vallen zo dicht bij iemands huis, bij zíjn huis! Jay frummelde aan de val. Hij voelde ouderwets aan, primitief. Het was een schelpvormige klem, die met een metalen pin in de grond was verankerd. Aan de zijkant zat een vergrendeling. Jay worstelde vloekend met het mechanisme, terwijl hij voelde hoe de tanden van de val zich bij iedere beweging dieper in zijn enkel boorden. Ten slotte wist hij de vergrendeling los te krijgen, maar hij moest nog enkele pogingen doen voordat hij de metalen kaken open kon duwen, en toen hij die eindelijk los had, trok hij zijn voet er onhandig uit, waarna hij de schade probeerde op te nemen. Zijn voet was al helemaal tot aan het leer opgezwollen, zodat de laars moeilijk of onmogelijk op de normale manier uit te trekken zou zijn.

Hij probeerde niet te denken aan de vele bacteriën die zich misschien al naar binnen aan het werken waren en duwde zich overeind. Het lukte hem onhandig terug te hinken naar het pad, waar hij op de stenen ging zitten om te kijken of hij zijn laars uit kon krijgen.

Hij deed er bijna tien minuten over. Toen hij eindelijk klaar was, zweette hij. Het was al zo donker dat hij niet veel zag, maar hij kon wel merken dat het even zou duren voordat hij weer zou durven lopen.

20

Pog Hill, zomer 1977

Joe's nieuwe verdedigingswerken waren niet de enige verandering in Pog Hill dat jaar. Nether Edge kreeg bezoekers. Jay ging nog steeds om de paar dagen naar de Edge, aangetrokken door de belofte van vriendelijke verwaarlozing, van dingen die rustig lagen weg te rotten. Ook toen die zomer op zijn hoogtepunt was, gaf hij zijn favoriete plekjes nooit helemaal op; hij bleef naar het kanaal gaan en naar de askuil en de stortplaats, deels om te zoeken naar nuttige dingen voor Joe en deels omdat die omgeving hem nog steeds fascineerde. Hij moest de zigeuners ook aangetrokken hebben, omdat ze er op een dag waren, een viertal sjofele woonwagens, opgesteld in een carré, als wagens van kolonisten die de vijand wilden weren. De woonwagens waren grijs en roestig, de assen zakten door onder het gewicht van de in de loop der jaren verzamelde bagage, de deuren hingen aan een touwtje en de ramen waren wit geworden van de ouderdom. De mensen waren al even teleurstellend. Zes volwassenen en evenveel kinderen met spijkerbroeken of overalls of goedkope nylons van de markt, en ze hadden uit de verte iets smoezeligs, alsof ze een visueel verlengstuk waren van de geuren die uit hun kamp overdreven, de permanente geur van bakvet en vuile was en benzine en afval.

Jay had nog nooit zigeuners gezien. Zijn boeken hadden hem op deze grauwe, prozaïsche groep niet voorbereid. Hij had wagens met paarden verwacht met exotische versieringen erop, gevaarlijke meisjes met donker haar met een dolk tussen hun rokband en blinde oude vrouwen die helderziend waren. Joe's ervaring met zigeuners leek dit beeld te bevestigen, en terwijl Jay vanuit zijn uitkijkpost boven de sluis naar de woonwagens keek, ergerde hij zich aan deze inbreuk op hun leven. Dit leken gewone mensen, en zolang Joe hun exotische herkomst niet bevestigd had, was Jay geneigd te denken dat het gewone toeristen waren, kampeerders uit het zuiden die over de heidevelden gingen wandelen.

'Nee, jong,' zei Joe, toen hij hem op het kampement in de verte wees; uit een blikken schoorsteen steeg een bleke rooksliert de lucht van Nether Edge in. 'Dat zijn geen dagjesmensen. Maar het zijn wel zigeuners. Misschien geen echte Roma-zigeuners, maar zigeunerachtigen, zou je kunnen zeggen. Mensen die rondtrekken. Net als ik vroeger.' Hij keek met toegeknepen ogen door de sigarettenrook nieuwsgierig naar het kamp. 'Ze zullen wel de hele winter blijven,' zei hij. 'En weer verdergaan wanneer het lente wordt. Niemand zal ze bij de Edge lastigvallen. Er komt niemand meer.'

Niet helemaal waar, natuurlijk. Jay beschouwde Nether Edge als zijn territorium en een paar dagen lang sloeg hij de zigeuners gade met dezelfde wrok als hij tegen Zeth en zijn bende gekoesterd had in dat eerste jaar. Hij zag zelden iets gebeuren bij de woonwagens, maar soms hing er wasgoed tussen de bomen in de buurt. Een hond die aan het dichtstbijzijnde voertuig was vastgebonden, kefte schril en onophoudelijk. Een- of tweemaal zag hij een vrouw grote blikken water naar haar woonwagen dragen. Het water kwam uit een soort kraantje in het betonblok bij de onverharde weg. Er was net zo'n kraan aan de andere kant van het kamp.

'Jaren geleden aangelegd,' verklaarde Joe. 'Zigeunerkamp met water en elektriciteit. Er is daar een meter die op muntjes loopt en ook een septic tank. Zelfs het afval wordt eens per week opgehaald. Je zou verwachten dat meer mensen er gebruik van zouden maken, maar dat is niet zo. Rare mensen, zigeuners.'

De vorige keer dat er volgens Joe zigeuners op het braakliggende terrein hadden gestaan was ongeveer tien jaar geleden geweest.

'Dat waren Roma-zigeuners,' zei hij. 'Die zijn er niet zo veel meer tegenwoordig. Ze kochten altijd hun groenten en fruit bij mij. In die tijd waren er niet veel mensen die ze iets verkochten. Zij vonden ze geen haar beter dan bedelaars.' Hij grijnsde. 'Ach, ik kan niet zeggen dat alles wat ze deden door de beugel kon, maar je moet je nu eenmaal zien te redden wanneer je altijd op reis bent. Zo wisten ze bijvoorbeeld de meter te omzeilen. Daar moesten namelijk muntjes van vijftig pence in. Nou, ze gebruikten de hele zomer water en elektriciteit, maar toen ze weg waren en de gemeente de meter leeg kwam halen, vonden ze op de bodem alleen maar een plas water. Ze hebben nooit gesnapt hoe ze het 'm gelapt hebben. Het slot was nog heel. Er leek nergens mee geknoeid te zijn.'

Jay keek Joe met belangstelling aan.

'Maar hoe deden ze dat dan?' vroeg hij nieuwsgierig.

Joe grijnsde weer en tikte tegen de zijkant van zijn neus.

'Alchemie,' fluisterde hij tot Jays ergernis, en daarmee was de kous af.

Joe's verhalen hernieuwden zijn belangstelling voor de zigeuners. Jay hield het kamp daarna een paar dagen in de gaten, maar hij zag geen tekenen van illegale praktijken. Uiteindelijk verliet hij zijn uitkijkpost bij de sluis, op zoek naar interessantere buit, zoals stripboeken en tijdschriften op de stortplaats en allerlei zaken die de mensen bij het spoor achterlieten. Hij bedacht een goeie manier om gratis kolen te bemachtigen voor Joe's keukenkachel. Er waren elke dag twee kolentreinen, die langzaam vanuit Kirby Main aan kwamen rijden. Vierentwintig wagons elk en op de laatste een man die ervoor moest zorgen dat niemand op de trein klom. Er waren in het verleden ongelukken gebeurd, zei Joe: kinderen die elkaar hadden uitgedaagd om op de treinen te springen.

'Ze lijken misschien wel langzaam,' zei hij fronsend, 'maar dat zijn allemaal wagons van veertig ton. Probeer er maar nooit op te klimmen, jong.'

Dat deed Jay ook niet. Maar hij bedacht iets beters en Joe's fornuis brandde er die hele zomer op, tot in de herfst, en toen werd de lijn ten slotte helemaal buiten werking gesteld.

Elke dag, tweemaal per dag, vlak voordat de trein kwam, zette Jay een rij oude blikken neer op de zijkant van de spoorbrug. Hij maakte er piramiden van, net als op de kermis, om het zo aantrekkelijk mogelijk te maken. De verveelde man op de laatste wagon kon nooit weerstand bieden aan de verleiding. Telkens wanneer de trein erlangs reed, wierp hij stukken kool naar de blikken om te proberen ze van de brug te gooien en Jay kon op minstens zes flinke stukken kool per keer rekenen. Hij stopte ze in een groot leeg verfblik dat hij in de bosjes verstopte en om de paar dagen, wanneer het vol was, bezorgde hij de kolen bij Joe thuis. Het was tijdens een van deze gelegenheden, toen hij bij de spoorbrug aan het rommelen was, dat hij bij Nether Edge hoorde schieten. Hij verstarde en liet het blik met kolen uit zijn hand vallen.

Zeth was er weer.

21

Lansquenet, maart 1999

Jay diepte een zakdoek uit zijn plunjezak op en gebruikte die om het bloed te stelpen. Hij begon het koud te krijgen en hij wou dat hij zijn regenjas had meegenomen. Hij haalde ook een van de sandwiches tevoorschijn die hij eerder die dag op het station had gekocht en dwong zichzelf te eten. Hij smaakte muf, maar de misselijkheid week een beetje en hij had de indruk dat hij het wat warmer kreeg. Het was bijna nacht. Er verrees een maansikkel die net genoeg licht gaf om schaduwen te werpen en ondanks de pijn in zijn voet keek hij nieuwsgierig om zich heen. Hij wierp een blik op zijn horloge, haast verwachtend de lichtgevende wijzerplaat van de Seiko te zullen zien die hij met kerst had gekregen toen hij veertien was en die Zeth tijdens die laatste, afschuwelijke week van augustus kapot had gemaakt. Maar de Rolex gaf geen licht. *Trop* gewoontjes, *mon cher*. Kerry wilde altijd het beste van het beste.

In de schaduwen bij de hoek van het gebouw bewoog iets. Hij riep: ‘Hé!’ en hees zich op zijn goede been overeind en hinkte naar het huis. ‘Hé! Wacht even! Is daar iemand?’

Er sloeg iets tegen de zijkant van het gebouw met hetzelfde vlakke geluid als hij al eerder had gehoord. Een luik misschien. Hij meende het tegen de paarszwarte lucht te zien afsteken, losjes klapperend in de bries. Hij huiverde. Toch niemand. Kon hij maar het huis in, weg uit de kou.

Het raam bevond zich op ongeveer een meter hoogte. Er was binnen een brede vensterbank, half geblokkeerd door puin, maar hij merkte dat hij genoeg ruimte kon vrijmaken om zich erdoorheen te werken. Het rook naar verf. Hij bewoog zich behoedzaam, op zijn hoede voor kapot glas, en zwaaide zijn been over de rand de kamer in, de plunjezak met zich mee slepend. Zijn ogen waren aan het donker gewend geraakt en hij zag dat de kamer bijna leeg was, op een tafel en een stoel in het midden na en een stapel van iets – zakken misschien – in een hoek. Steunend op de stoel liep Jay naar de stapel toe en daar ontdekte hij een slaapzak en een kussen, keurig opgerold tegen de muur, en een kartonnen doos met verfblikken en een bundel waskaarsen.

Káársen? Wat moesten die hier?

Hij zocht in de zak van zijn spijkerbroek naar een aansteker. Het was maar een goedkope wegwerpaansteker die bijna leeg was, maar hij wist er een vlammetje uit te krijgen. De kaarsen waren droog. De lont knetterde, vatte toen vlam. De kamer werd zwak verlicht.

'Nou ja, dat is in ieder geval iets.'

Hij kon hier slapen. De kamer bood beschutting. Hij had dekens en beddengoed en de rest van het brood. Even vergat hij de pijn in zijn voet en hij grijnsde bij de gedachte dat dit zijn thuis werd. Dat moest gevierd worden.

Hij doorzocht zijn plunjezak en haalde er een van Joe's flessen uit. Hij sneed de verzegeling en het groene touwtje met de punt van zijn zakmes door. De heldere geur van vlierbloesem vulde de kamer. Hij dronk een beetje en proefde de vertrouwde, weeïg zoete smaak, als van fruit dat in het donker ligt te rotten. Beslist een goed jaar, dacht hij, en ondanks alles begon hij beverig te lachen. Hij dronk nog wat. Ondanks de smaak was de wijn verwarmend, muskusachtig. Hij ging op het opgerolde beddengoed zitten, nam nog een flinke slok en begon zich al wat beter te voelen.

Hij stak zijn hand weer in zijn plunjezak en haalde de radio eruit. Hij zette hem aan, half-en-half verwachtend weer dezelfde ruis te zullen horen als in de trein naar Agen, maar tot zijn verbazing was de ontvangst goed. Natuurlijk niet het station met de oude hits, maar de een of andere lokale Franse zender, een zacht muziekje, iets dat hij niet herkende. Jay lachte weer. Hij voelde zich plotseling licht in het hoofd.

De Bijzondere Wijnen in de plunjezak kwamen weer op gang: het was een heksenketel van geroep en gejoel en oorlogskreten; ze namen in kracht toe, totdat ze uitzinnig klonken, koortsachtig, als een vulgaire champagne van klanken en indrukken en stemmen en herinneringen, één grote roesverwekkende en triomfantelijke cocktail. Ik werd erin meegezogen, meegesleurd, zodat ik eventjes niet meer mezelf was, niet meer de Fleurie, een respectabele wijn met een vleugje zwarte-bessenaroma, maar een vat met kruiden dat schuimde en ziedde en naar het hoofd steeg in een wilde vlaag van warmte. Er stond iets te gebeuren. Ik wist het. Ineens was het weer stil.

Jay keek nieuwsgierig om zich heen. Even huiverde hij, alsof er een plotselinge bries was opgestoken, een bries die niet van hier is. De verf op de muur was vers, merkte hij; naast de doos met verfblikken stond een bak met kwasten, gewassen en netjes naast elkaar gelegd. De kwasten waren nog niet droog. De bries was nu killer; hij geurde naar rook en naar het circus, naar warme suiker en appels en een midzomernacht. De radio kraakte zachtjes.

'Zo, jong,' zei een stem in de schaduw. 'Daar heb je lang over gedaan!' Jay draaide zich zo snel om dat hij bijna zijn evenwicht verloor.

'Rustig aan,' zei Joe vriendelijk.

'Jóé?'

Hij was niets veranderd. Hij droeg nog zijn oude pet, een T-shirt met *Thin Lizzy* erop en zijn werkbroek en mijnwerkerslaarzen. In een hand hield hij twee wijnglazen. Voor hem op tafel stond de fles Vlierbloesemwijn van '76.

'Ik heb altijd gezegd dat je er ooit aan zou wennen,' merkte hij met voldoening op. 'Vlierbloesemchampagne. Wel een beetje sterk, vind je niet?'

'Jóé?'

Er trok een groot gevoel van vreugde door hem heen dat zo sterk was dat de flessen ervan schudden. De puzzelstukjes vielen nu op hun plaats, dacht hij uitzinnig van vreugde, het greep nu allemaal in elkaar. De tekenen, de herinneringen, allemaal hadden ze hiertoe geleid, eindelijk kon hij ze plaatsen.

Maar met het besef kwam de ontnuchtering, alsof hij wakker werd uit een droom waarin alles uitgelegd lijkt te gaan worden, maar die met het licht weer in stukjes uiteenvalt.

Het kon natuurlijk niet. Joe moest inmiddels al over de tachtig zijn. Tenminste, als hij nog leefde. Joe was als een dief in de nacht vertrokken, dacht hij fel, en had niets anders dan vragen achtergelaten.

Jay keek naar de oude man daar in het kaarslicht, met zijn vrolijke ogen en lachrimpeltjes, en voor het eerst merkte hij dat alles aan hem, zelfs de punt van zijn zware laarzen, op de een of andere manier omgeven leek door een spookachtige, gouden gloed, iets nostalgisch.

'Je bent niet echt, hè,' zei hij.

Joe haalde zijn schouders op.

'Ach, wat heet echt,' merkte hij nonchalant op. 'Zoiets bestaat niet, jong.'

'Echt in de zin van echt híér.'

Joe keek hem geduldig aan, als een leraar die een niet al te snuggere leerling voor zich heeft.

Jays stem schoot bijna uit van boosheid.

'Echt, in de zin van lijfelijk aanwezig. En niet in de zin van een product van mijn misleide, door wijn benevelde verbeelding, of een eerste symptoom van bloedvergiftiging of een uittreding terwijl mijn echte ik ergens in een witte kamer zit met een dwangbuis aan.'

Joe keek hem mild aan.

'Je bent dus schrijver geworden,' merkte hij op. 'Ik zei altijd al dat je een pienter joch was. Heb je iets goeds geschreven? Wat ermee verdiend?'

'Al heel wat verdiend, maar ik heb maar één goed boek geschreven. Te lang geleden al. Shit, ik kan niet geloven dat ik hier in mezelf zit te praten.'

'Eentje maar?'

Jay huiverde weer. Door de opening tussen de luiken kwam een koude avondwind naar binnen die koortsachtige tochtvlagen van andere plaatsen meebracht.

'Ik ben vast ziek,' zei Jay zachtjes voor zich heen. 'Een shock door vergiftiging of zo, door die rotklem. Ik ben aan het ijlen.'

Joe schudde zijn hoofd. 'Het valt wel mee met jou, jong.' Joe verviel altijd in dialect wanneer hij sarcastisch was. 'Het was maar een vossenklemmetje. Die ouwe vent die hier woonde hield kippen. De vossen liepen 's nachts in en uit. Hij gaf zelfs met een stukje stof aan waar de klemmen lagen.' Jay keek naar het stukje flanel in zijn hand.

'Ik dacht –'

'Ik wéét wat je dacht.' Joe had pretlichtjes in zijn ogen. 'Het was altijd hetzelfde met jou. Voor je wist wat er aan de hand was, had je je er al op gestort. En maar vragen stellen. Je wou altijd wel wat weten.' Hij hield een van de wijnglazen voor zich in de lucht; het was nu gevuld met de gele vlierbloesemwijn. 'Neem er maar wat van,' opperde hij vriendelijk. 'Dat zal je goed doen. Anders had ik tegen je gezegd dat je achter wat bladeren van de moerasandoorn moest gaan halen, maar de planeten staan helemaal verkeerd om te plukken.'

Jay keek hem aan. Voor een hallucinatie leek hij erg

echt. Er zat vuil van de tuin onder zijn nagels en in de plooien in zijn handpalmen.

'Ik ben ziek,' fluisterde Jay zacht. 'Je bent die zomer vertrokken. Je hebt niet eens afscheid genomen. Je bent nu niet hier. Dat weet ik.'

Joe schudde zijn hoofd. 'Ach,' zei hij vriendelijk. 'Daar praten we een andere keer wel over, wanneer je meer jezelf bent.'

'Wanneer ik meer mezelf ben, zul jij er niet zijn.'

Joe lachte en stak een sigaret op. De geur hing scherp in de koude lucht. Jay merkte zonder zich erover te verbazen dat die van een oud pakje Player's nummer 6 kwam.

'Wil je er ook een?' vroeg Joe, hem het pakje overhandigend.

Even voelde de sigaret bijna echt aan in zijn hand. Hij nam een trek, maar de rook geurde naar het kanaal en vreugdevuren. Hij gooide de peuk op de betonnen vloer en de vonken vlogen alle kanten op. Hij was een beetje duizelig.

'Waarom ga je niet even liggen?' opperde Joe. 'Daar liggen een slaapzak en een paar dekens, nog tamelijk schoon ook. Je ziet er afgepeigerd uit.'

Jay keek weifelend naar de stapel dekens. Hij was doodop. Hij had hoofdpijn, zijn voet deed zeer en hij was te moe om zich verward te voelen. Hij wist dat hij zich zorgen moest maken. Maar hij leek zijn kritische vermogen tijdelijk kwijt te zijn. Hij ging moeizaam op het geïmproviseerde bed liggen en trok de slaapzak over zich heen. Het was warm, schoon en troostgevend. Hij vroeg zich even af of dit misschien een hallucinatie was ten gevolge van onderkoeling, een zieke volwassen versie van *Het meisje met de zwavelstokjes*. Hij grinnikte zachtjes, *De Jackappleman*. Het was dolkomisch. Ze zouden hem 's morgens doodgevroren vinden met een rood lapje in zijn ene hand en een lege wijnfles in de andere en een glimlach op zijn gezicht.

'Je gaat heus niet dood,' zei Joe geamuseerd.

'Dat doen ouwe schrijvers nooit,' mompelde Jay. 'Ze raken alleen maar hun verstand kwijt.' Hij lachte weer, maar nu tamelijk onbeheerst. De kaars begon te druipen en ging uit, maar Jays geest bleef erbij dat hij de oude man de kaars zag uitblazen. Zonder het kaarslicht was het erg donker in de kamer. Op de stenen vloer viel alleen een streep maanlicht. Voor het raam liet een vogel een korte, ontroerend mooie triller horen. In de verte schreeuwde er iets, een kat of een uil. Hij lag in het donker even te luisteren. De nacht was vol geluiden. Toen hoorde hij buiten voor het raam een geluid, als van voetstappen. Hij lag stokstijf in bed.

'Joe?'

Maar de oude man was verdwenen – zo hij er ooit geweest was. Het geluid was er weer, zachtjes, steels. Het moest een dier zijn, hield hij zich voor. Misschien een hond of een vos. Hij stond op en liep naar het raam met de gesloten luiken.

Er stond een gedaante achter het luik.

'Jézus!' Hij deed een stap naar achteren en zakte door zijn gewonde enkel, zodat hij bijna op de grond viel. Het was een lange gestalte; de omvang werd sterk vergroot door de zware overjas en pet. Even zag hij wazige gelaatstrekken onder de klep van de pet, haar dat over de kraag viel, boze ogen in een bleek gezicht. Een flits van herkenning bijna. Toen was het moment alweer voorbij en bleek de vrouw die hem door het luik aankeek een volslagen onbekende te zijn.

'Wat doet u in godsnaam hier?' Hij sprak automatisch Engels, niet verwachtend dat ze hem zou verstaan. Na de gebeurtenissen van die nacht was hij er niet eens zo zeker van dat ze echt was.

'En wie bent u trouwens?'

De vrouw keek hem aan. Het oude geweer in haar hand wees niet echt naar hem, maar een kleine beweging volstond om daar verandering in te brengen.

'U bent op verboden terrein.' Haar Engels had een sterk accent maar was goed. 'Dit is geen verlaten huis. Het is privé-eigendom.'

'Dat weet ik. Ik...' Deze vrouw beheerde het huis misschien, bedacht Jay. Misschien werd ze betaald om ervoor te zorgen dat er niets met het gebouw gebeurde. Haar aanwezigheid verklaarde de geheimzinnige geluiden, de kaarsen, de slaapzak, de geur van verse verf. De rest, het onverwachte verschijnen van Joe bijvoorbeeld, was verbeelding geweest. Hij glimlachte opgelucht tegen de vrouw.

'Het spijt me dat ik tegen u schreeuwde. Ik begreep het niet. Ik ben Jay Mackintosh. Misschien heeft de makelaar het over mij gehad?'

Ze keek hem uitdrukkingloos aan. Haar ogen flitsten even naar een plek achter hem en namen de typemachine, de flessen en de bagage op.

'Makelaar?'

'Ja. Ik ben degene die het huis heeft gekocht. Telefonisch. Eergisteren.' Hij lachte even nerveus. 'Een impuls. De eerste die ik ooit gehad heb. Ik kon niet wachten tot ik de papieren had. Ik wilde het meteen zien.' Hij lachte weer, maar haar ogen lachten niet terug.

'U hebt het huis gekócht?'

Hij knikte. 'Ik wilde erheen om het te bekijken. Ik kon de sleutels niet krijgen. En toen ben ik hier per ongeluk gestrand. Ik heb mijn enkel verwond.'

'Dat kan niet.' Haar stem was vlak. 'Ze zouden het tegen me gezegd hebben als er een andere koper was.'

'Ik geloof dat ze me niet zo snel verwachtten. Het is eigenlijk heel simpel. Het spijt me dat ik u heb laten schrikken. Maar ik ben eigenlijk heel blij dat u op het gebouw past.'

De vrouw wierp hem een vreemde blik toe maar zei niets.

'Ik zie dat er al een beetje is opgeknapt. Ik zag verfpotten staan. Hebt u dat zelf gedaan?'

Ze knikte. Haar ogen hadden een uitgebluste blik. De lucht achter haar was wazig, een beetje dreigend. Jay vond haar stilzwijgen ontmoedigend. Zijn verhaal had haar duidelijk niet overtuigd.

'Hebt u... Ik bedoel, is er veel van dat soort werk hier? Op huizen passen, bedoel ik. Oude huizen opknappen.'

Ze haalde haar schouders op. Het gebaar kon van alles betekenen. Jay had geen idee wat het gebaar moest overbrengen.

'Jay Mackintosh.' Hij glimlachte weer. 'Ik ben schrijver.'

Weer die blik. Haar ogen namen hem snel minachtend of nieuwsgierig op.

'Marise d'Api. De wijngaard daar verderop is van mij.'

'Aangenaam.' Of handen schudden was geen plaatselijke gewoonte, of ze wilde hem opzettelijk beledigen door het niet te doen.

Geen conciërge dus, dacht Jay. Hij had het meteen kunnen weten. Die arrogante blik, die hardheid, ze zeiden genoeg. Dit was een vrouw met een eigen boerderij, eigen wijnstokken. Ze was even hard als haar land.

'We zijn dus blijkbaar buren.'

Weer geen reactie. Haar gezicht was een masker. Hij wist niet of er amusement, woede of gewoon onverschilligheid achter schuilging. Ze wendde zich af. Toen ze zich naar het maanlicht keerde, was haar gezicht even zilverachtig verlicht en hij zag dat ze jong was, niet ouder dan acht- of negenentwintig, en dat de gelaatstrekken onder die grote pet scherp en fijn waren. Toen liep ze weg, wonderlijk gracieus ondanks de wijde bovenkleding. Haar laarzen lieten een platgetrapt spoor in het vochtige onkruid achter.

'Hé, wacht even!' Te laat besefte Jay dat deze vrouw hem kon helpen. Ze zou eten, warm water en misschien een desinfecterend middel voor zijn gewonde enkel hebben. 'Wacht even! Madame d'Api! Misschien kunt u me helpen!'

Zo ze hem gehoord had, antwoordde ze niet. Even meende hij haar silhouet tegen de avondlucht te zien. Misschien maakte zij de geluiden in het struikgewas, of misschien was het toch iets anders.

Toen Jay besefte dat ze niet terugkwam, ging hij terug naar zijn provisorische bed in de hoek van de kamer en stak een kaars aan. De bijna lege fles met Joe's wijn stond naast het bed, hoewel Jay zeker wist dat hij die op tafel had gezet. Hij had hem met zijn duffe hoofd zeker zelf verplaatst. Dat was begrijpelijk. Hij had een schok gehad. Bij het kaarslicht stroopte hij zijn sok af om de schade aan zijn enkel op te nemen. Het was een lelijke wond en het vlees eromheen was gekneusd en gezwollen. Bladeren van de moerasandoorn, had de oude man gezegd, en er verscheen onwillekeurig een glimlach op zijn gezicht. Bladeren van de moerasandoorn waren een vast ingrediënt van Joe's beschermende mengsels in de zakjes geweest.

Maar de enige wondreiniger die hij nu tot zijn beschikking had was de wijn. Jay hield de fles scheef en goot een straaltje gele vloeistof in de open wond. Even was er een stekende pijn, terwijl er geuren vrijkwamen van zomer en geurige kruiden, en hoewel hij wist dat het absurd was, voelde hij zich door die geur al wat opknappen.

De radio liet krakend een stukje muziek horen en viel toen stil.

Een bries uit een andere wereld, de geur van appels, het slaapverwekkende ritme van passerende treinen en machines in de verte, en het geluid van de radio. Gek was dat, maar in zijn hoofd hoorde hij steeds weer dat liedje uit die winter: *Bohemian rhapsody*.

Jay sliep met het stukje rood flanel stevig in zijn hand geklemd.

Maar de wijn – rood voor de frambozenwijn, blauw voor de bramenwijn, geel voor de rozenbottelwijn en zwart voor de pruimenwijn – bleef wakker. En praatte.

22

Nether Edge, zomer 1977

Zeth was niets veranderd. Jay zou hem meteen herkend hebben, ook zonder de buks die hij met zijn arm omklemde, maar hij leek in een jaar wel veel langer geworden en zijn lange haar was nu in een dun staartje bijeengebonden. Hij droeg een spijkerjasje – op de rug was met balpen GRATEFUL DEAD geschreven – en zware laarzen. Vanuit zijn schuilplaats boven het kanaal kon Jay niet zien of hij alleen was of niet. Hij zag Zeth zijn buks opheffen en op iets mikken net voorbij het jaagpad. Hevig klapwiekend vlogen er een paar eenden op die aan de waterkant hadden gezeten. Zeth schreeuwde en vuurde weer. De eenden werden gek. Jay bleef waar hij was. Als Zeth eenden wilde schieten, moest hij dat zelf weten. Hij ging zich er niet mee bemoeien. Maar terwijl hij toekeek, begon hij te twijfelen. Zeth leek niet op het kanaal te schieten, maar op iets daar voorbij. Voorbij de bomen, ergens bij de rivier, hoewel het terrein daar veel te open was voor vogels. Misschien konijnen, dacht Jay, alhoewel ieder dier bij zoveel herrie allang gevlucht zou zijn. Hij kneep zijn ogen tot spleetjes om tegen de laagstaande zon in te kunnen kijken, in een poging erachter te komen wat Zeth aan het doen was. De knul vuurde weer, en nog een keer, en herlaadde toen het geweer. Jay besefte dat hij op bijna dezelfde plek stond als hijzelf altijd stond wanneer hij...

De zigeuners!

Zeth had waarschijnlijk op de waslijn geschoten die tussen de twee dichtstbijzijnde woonwagens hing, want één uiteinde lag al slap in het gras, als een lamme vogelvleugel, en flapperde af en toe zwakjes in de wind. De hond, die op de gebruikelijke plaats was vastgebonden, begon doordringend te blaffen. Jay dacht dat hij bij het raam van een van de woonwagens iets zag bewegen, even een gordijn opzij zag gaan en een gezicht zag verschijnen, een bleke vlek met wijdopen ogen van woede of ontzetting, waarna het gordijn met een ruk weer dichtging. Verder bewoog er niets bij de woonwagens en Zeth lachte weer en laadde opnieuw. Nu kon Jay verstaan wat hij riep.

'Smerige zi-geu-ners! Smerige zi-geu-ners!'

Jay bedacht dat hij niets kon doen. Zelfs Zeth was niet zo idioot om echt iemand te raken. Op een waslijn schieten, dat was zijn stijl. Mensen angst aanjagen. En dat lukte ook aardig, vermoedde hij. Hij moest weer denken aan die eerste zomer, waarin hij onder de sluis had gelegen, en hij voelde zijn gezicht warm worden.

Verdomme, hij kon niks doen.

De zigeuners liepen geen gevaar in hun woonwagen. Ze zouden het uitzitten totdat Zeth er genoeg van had of geen munitie meer had. Hij moest toch een keer naar huis. Bovendien was het maar een luchtbuks. Je kon met een luchtbuks geen échte schade aanrichten. Niet echt. Zelfs niet als je iemand raakte.

En trouwens, wat zou hij moeten doen?

Jay draaide zich om en stiet een kreet van verbazing uit. Er zat een meisje in de bosjes achter hem op nog geen anderhalve meter afstand. Hij was zo intens naar Zeth aan het kijken geweest dat hij haar niet had horen naderen. Ze leek ongeveer twaalf. Onder de warrige dos rood haar was haar gezicht klein en vlekkerig, alsof haar sproeten uitgerekt waren in een poging op huid te besparen. Ze droeg een spijkerbroek en een wit T-shirt dat zo groot was dat de mouwen om haar magere armen fladderden. In haar hand had ze een groezelige rode hoofddoek die gevuld leek met stenen.

Het meisje kwam even snel en geluidloos overeind als een Apache. Jay had nauwelijks de tijd om op haar aanwezigheid te reageren, of ze liet al met ongelooflijke snelheid en precisie een steen door de lucht suizen, die met een hoorbaar, pijnlijk gekraak zijn knieschijf trof.

Hij slaakte weer een gil en viel, zijn knie omklemmend, voorover. Het meisje keek naar hem, een tweede steen gereed in haar hand.

'Hé,' protesteerde Jay.

'Sorry,' zei het meisje zonder de steen neer te leggen.

Jay rolde zijn broekspijp op om zijn knie te inspecteren. Er ontstond al een blauwe plek. Hij keek het meisje woest aan, maar haar gezicht was uitdrukkingloos en vertoonde geen berouw.

'Je had je niet zo om moeten draaien,' zei het meisje. 'Je overviel me.'

'Ik overviel jóú?' Jay wist niet wat hij zeggen moest.

Het meisje haalde haar schouders op. 'Ik dacht dat je bij hem hoorde,' zei ze, met haar kleine kin een fel gebaar in de richting van de sluis makend. 'Die zak die daar onze woonwagen en die arme oude Toffee als schietschijf staat te gebruiken.'

Jay rolde zijn broekspijp terug.

'Díé? Dat is geen vriend van me,' zei hij verontwaardigd. 'Hij is gek.'

'O. Goed dan.'

Het meisje stopte de steen weer in de doek. Er klonken weer twee schoten, gevolgd door Zeths juichende oorlogskreet: 'Smerige zi-geu-ners!' Het meisje gluurde voorzichtig door de struiken, tilde daarna een tak op en maakte aanstalten om eronderdoor het talud af te glijden.

'Hé, wacht even!'

'Hè?'

Het meisje keek nauwelijks om. In de schaduw van de struik leken haar ogen goudkleurig, als die van een uil.

'Wat doe je?'

'Wat denk je?'

'Maar ik zei je toch' – Jays woede om haar onverwachte aanval had plaats gemaakt voor schrik – 'dat hij gek is. Je kunt maar beter niets met hem te maken hebben. Hij wordt het vanzelf wel zat. En dan laat hij jullie met rust.'

Het meisje staarde hem met onverholen minachting aan. 'Dat is zeker wat jíj doet?' vroeg ze op hoge toon.

'Eh... ja.'

Ze maakte een geluid dat geamuseerd of neerbuigend zou kunnen zijn geweest, en ging moeiteloos onder de tak door. Ze hield zichzelf met haar vrije hand rechtop terwijl ze het talud afgleed en ze remde met haar hielen toen ze bij een rul gedeelte kwam. Jay zag waar ze heen ging. Vijftig meter lager was een uitgraving die vlak boven de sluis uitkwam. Bij de plek waar men in de heuvelflank gegraven had, lagen rode schalie en losse stenen. Een scherm van dunne struiken bood dekking. De plek was moeilijk te bereiken – als je er te snel of te nonchalant heen ging, kon je via het losse puin over de rand schieten en op de stenen eronder terechtkomen –, maar hij zou haar een goede positie bieden om haar aanval uit te voeren. Als ze dat tenminste van plan was. Het was moeilijk te geloven dat dat het geval was. Jay tuurde de helling opnieuw af en zag haar weer, veel lager nu, nauwelijks zichtbaar in de begroeiing, op haar haar na. Ze moest haar gang maar gaan, dacht hij. Hij had haar gewaarschuwd.

Het had allemaal niet echt iets met hem te maken.

Het ging hem helemaal niet aan.

Zuchtend pakte hij zijn kolenemmer met de buit van drie dagen erin en begon het rotsachtige pad op te klauteren, achter het meisje aan.

Hij nam het andere pad naar de askuil, dat bijna helemaal door struiken aan het zicht onttrokken werd. Zeth keek in ieder geval niet. Die had het te druk met schieten en schreeuwen. Het was dus niet zo moeilijk om het open terrein van de askuil over te steken en onder de verborgen rand daarachter te gaan zitten. Het was wel niet zo'n goede schuilplaats als die van het meisje, maar hij moest het er maar mee doen, en met twee tegen één zou misschien zelfs Zeth zich gewonnen moeten geven. Als het tenminste twee tegen één was. Jay probeerde niet te denken aan vrienden van Zeth die in de buurt zouden kunnen zijn, misschien wel binnen roepafstand.

Hij zette het blik kolen neer en koos een plekje dicht bij de rand van de askuil. Zeth klonk nu heel dichtbij; Jay kon hem horen ademen en hij kon de klik horen wanneer hij zijn buks openknakte om hem opnieuw te laden. Als hij vlug over de rand van de askuil keek, kon hij ook de achterkant van zijn hoofd zien en een stukje van zijn profiel, zijn nek vol acne en de wapperende vettige haren. Boven de sluis was geen spoor van het meisje te bekennen en hij vroeg zich plotseling angstig af of ze weg was. Toen zag hij even iets roods boven de uitgraving uitsteken; er vloog een steen uit de bosjes, die Zeth op zijn arm raakte. Jay was even heel verbaasd over de accuratesse waarmee het meisje gooide, maar toen draaide Zeth zich om met een gebrul van pijn en verbazing. De volgende steen trof hem in zijn zonnevlecht en terwijl hij zich snel naar de uitgraving toekeerde, gooide Jay twee stukken kool naar zijn rug. De ene trof doel, de andere niet, maar Jay voelde een stroom van blije opwinding door zich heen gaan toen hij weer neerdook.

'Ik vermoord je, klootzak!' Zeths stem klonk niet alleen dichtbij, maar ook afschuwelijk volwassen, alsof hij een reus in tienerkleding was. Toen vuurde het meisje weer; ze raakte hem nu op de enkel. Daarna miste ze een keer en vervolgens scoorde ze een voltreffer op de zijkant van zijn hoofd, wat een geluid gaf alsof iemand met een keu tegen een biljartbal stootte.

'Laat ons met rust!' gilde het meisje vanuit haar arendsnest boven de sluis. 'Je moet ons met rust laten, rotzak!'

Nu had Zeth haar gezien. Jay zag hem een stukje in de richting van de uitgraving lopen met zijn buks in zijn hand. Hij zag wat Zeth van plan was. Hij wilde proberen onder de overhangende rand te komen, zodat hij niet meer te zien was, dan opnieuw laden en tevoorschijn springen om te vuren. Hij zou blindelings vuren, maar toch... Jay keek over de rand van de askuil en mikte. Hij raakte Zeth zo hard hij kon tussen de schouderbladen.

'Maak dat je wegkomt!' schreeuwde hij in een roes van opwinding en hij wierp nog een stuk kool over de rand van de kuil. 'Ga iemand anders pesten!'

Maar het was verkeerd om zich zo bloot te geven. Jay zag Zeths ogen zich opensperren toen hij hem herkende.

'Hé, wie hebben we daar.' Zeth was toch veranderd. Hij was breder geworden, zijn schouders voldeden aan de verwachtingen die zijn lengte schiep. Hij leek Jay nu zeer volwassen, volgroeid en meedogenloos. Hij glimlachte en begon in de richting van de askuil te lopen, zijn wapen in de aanslag. Hij bleef nu onder de rand, zodat het meisje hem niet kon raken. Hij grijnsde en Jay gooide nog twee stukken kool, maar hij miste doel en Zeth bleef op hem afkomen.

'Ga weg!'

'Want anders?' Zeth was nu dichtbij genoeg om goed in de askuil te kunnen kijken, terwijl hij tegelijkertijd een oogje hield op de rand die hem beschermde. Zijn grijns was een witte halvemaan. Hij bracht zijn buks met een spottende, bijna vriendelijke glimlach omhoog. 'Want anders, hm? Want ánders?'

Wanhopig gooide Jay met een slappe boog de laatste

stukken kool naar hem toe, maar zijn doel was te dichtbij. Ze ketsten van de schouders van de grotere jongen af als kogels van een tank. Jay keek in de loop van Zeths geweer. Het was maar een luchtbuks, zei hij telkens tegen zichzelf, alleen maar een stom hagelschot. Het is heus geen colt of luger of zo, en bovendien zou hij toch niet durven schieten.

Zeths vinger kromde zich om de trekker. Hij hoorde een klik. Van zo dichtbij zag het geweer er helemaal niet stom uit, maar dodelijk.

Plotseling was er achter hem een geluid; een regen van steentjes kwam vanuit de afgraving op zijn hoofd en schouders terecht. Zeth moest de beschutting van de rand verlaten hebben, besefte Jay, en weer in het zicht van Het Meisje gekomen zijn. Dat was voor hem nu haar eigennaam. Hij liep terug naar de rand van de kuil zonder zijn blik van Zeth af te wenden. Zijn veronderstelling dat Het Meisje met stenen uit haar omslagdoek gooide, moest verkeerd zijn: dit waren geen losse stenen, maar vele tientallen, of zelfs honderdtallen, tegelijk: steentjes, scherven, klein en groot grint, en soms zelfs hele brokken kwamen met een wolk okerkleurig stof naar beneden. Op de overhangende rand was iets losgeraakt en een puinregen schoot van de rand in een steeds dichter wordende steenlawine. Boven de uitgraving zag hij iets bewegen, een veel te groot, niet al te wit T-shirt, met daarboven een wortelkleurige haardos. Ze zat op handen en knieën op de helling en trapte als een bezeten konijn tegen de rulle ondergrond, stukken steen en grond en stof loswoelend, die op de stenen in de diepte stukvielen en Zeth bekogelden met aarde en stenen en bijtend oranje stof. Door het geluid van vallend puin heen kon Jay nog net haar iele, felle stem triomfantelijk horen schreeuwen: 'Eet dat vuil maar, klootzak!'

Zeth werd door de aanval volledig verrast. Hij liet zijn geweer vallen en wilde instinctief dekking zoeken onder de afgraving, maar hoewel de rand hem wel beschermde tegen projectielen, kon deze niets doen tegen een regen van stenen, en hij strompelde hoestend en kuchend precies het hart van de lawine in. Hij vloekte en hield zijn armen beschermend boven zijn hoofd, toen er plotseling grote stukken steen op hem neerkwamen. Een stuk met de omvang van een baksteen kwam op het benige gedeelte van zijn elleboog terecht en op dat moment verloor Zeth alle belangstelling voor het gevecht. Hoestend, naar adem happend en verblind door het stof, zijn gewonde arm tegen zijn maag klemmend, strompelde hij onder de rand vandaan. Boven zijn hoofd klonk een triomfantelijke oorlogskreet, gevolgd door een nieuwe lawine van kleine stenen, maar de strijd was al beslist. Zeth wierp nog één dodelijke blik achterom en nam de benen. Hij rende een zijpad op totdat hij boven was, en pas toen stond hij stil om iets uitdagends terug te brullen.

'Je bent hartstikke dood, hoor je?' Zijn stem rolde naar beneden over de stenen langs de kant van het kanaal. 'Als ik je ooit nog eens tegenkom, ben je er geweest!'

Het Meisje liet tussen de bomen een spottende kreet horen.

Zeth vluchtte.

23

Lansquenet, maart 1999

Toen Jay wakker werd, baadde zijn gezicht in het zonlicht. Het licht was vreemd gelig, onnatuurlijk en wijnachtig, niet de gewone bleke kleur van het eerste daglicht, maar toen hij op zijn horloge keek, merkte hij tot zijn verbazing dat hij ruim veertien uur had geslapen. Hij herinnerde zich dat hij die avond koortsig was geweest, zelfs waanvoorstellingen had gehad, en hij onderzocht angstvallig zijn voet om te zien of sprake was van een ontsteking, maar hij zag niets dat erop wees. De zwelling was afgenomen terwijl hij sliep, en hoewel er op zijn enkel een fraaie blauwe plek zat en een lelijke snee, leek er minder schade te zijn dan hij zich herinnerde. Het lange slapen had hem zeker goed gedaan.

Het lukte hem zijn laars weer aan te trekken. Zijn voet deed nu wel zeer, maar niet zo erg als hij had gevreesd. Nadat hij de tweede en laatste sandwich – heel oud nu, maar hij had honger – gegeten had, zocht hij zijn spullen bij elkaar en liep langzaam terug naar de weg. Hij zette zijn plunjezak bij de koffer in de struiken en begon aan de lange wandeling naar het dorp. Na bijna een uur en veel rustpauzes bereikte hij de hoofdstraat en hij had meer dan genoeg tijd om om zich heen te kijken. Lansquenet is een klein dorp; er is maar één hoofdstraat met een paar zijwegen, een plein met wat winkels – een drogist, een bakker, een slager, een bloemenwinkel –, een kerk tussen twee rijen lindebomen, dan een lange weg naar de rivier, een café en een paar verlaten, gammele huizen langs de onregelmatige oevers in de richting van de velden. Hij kwam van de rivier vandaan; ergens had hij een ondiepe plek gevonden waar hij via een paar stenen kon oversteken en dus kwam hij eerst bij het café. Een vrolijke rood-witte luifel beschutte een klein raam en op de stoep stonden een paar metalen tafeltjes. Een bord boven de deur kondigde aan dat dit Café des Marauds was.

Jay ging naar binnen en bestelde een *blonde*. De eigenares achter de bar bekeek hem nieuwsgierig en hij besefte welke indruk hij moest maken: ongewassen en ongeschoren, met een groezelig T-shirt aan en geurend naar goedkope wijn. Hij glimlachte naar haar, maar ze keek hem weifelend aan.

'Ik heet Jay Mackintosh,' legde hij haar uit. 'Ik kom uit Engeland.'

'Ah, Engeland.' De vrouw glimlachte en knikte, alsof dat alles verklaarde. Haar gezicht was rond en roze en glanzend, als dat van een pop. Jay nam een teug van zijn bier.

'Joséphine,' zei de caféhoudster. 'Bent u... een toerist?' Ze klonk alsof het vooruitzicht haar amuseerde.

Hij schudde zijn hoofd. 'Nee, dat niet. Het kostte me nogal wat moeite om hier gisterenavond te komen. Ik... ben verdwaald. Ik heb min of meer moeten kamperen.' Hij gaf een korte uitleg.

Joséphine bekeek hem met medelevende waakzaamheid. Ze kon zich duidelijk niet voorstellen dat je in zo'n klein, vertrouwd dorp als Lansquenet kon verdwalen.

'Hebt u kamers? Om te overnachten?'

Ze schudde haar hoofd.

'Is er dan misschien een hotel? Of een *chambre d'hôte*?

Weer die geamuseerde blik; Jay begon te begrijpen dat de toeristen hier niet voor het opscheppen lagen. Nou ja, dan moest hij maar naar Agen.

‘Mag ik dan misschien even bellen? Om een taxi te bestellen?’

‘Taxi?’ Ze barstte in lachen uit. ‘Een taxi, op zondagavond?’ Jay wees haar erop dat het pas zes uur was, maar Joséphine schudde haar hoofd en lachte weer. Alle taxi’s zouden op weg naar huis zijn, legde ze uit. Niemand zou hem hier helemaal op komen halen. De dorpsjongens bestelden wel eens iets voor de grap, legde ze glimlachend uit. Een taxi of een pizza... Dat vonden ze leuk.

‘O.’ Maar wacht eens even. Hij vergat helemaal het huis. Zijn huis. Hij had er al één nacht geslapen en met die slaapzak en kaarsen redde hij het nog wel een nacht. Hij kon in het café eten kopen. Hij zou hout kunnen verzamelen en een vuur in de haard kunnen maken. Er zaten kleren in zijn koffer. De volgende ochtend zou hij zich omkleden en naar Agen gaan om de papieren te tekenen en de sleutels op te halen.

‘Er was een vrouw daar waar ik heb overnacht. Madame d’Api. Ik geloof dat ze dacht dat ik een indringer was.’

Joséphine wierp hem een korte blik toe.

‘Dat zou kunnen, ja. Maar als het huis nu van u is –’

‘Ik dacht dat ze het beheerde. Ze bewaakte het.’ Jay grijnsde. ‘Ze was eerlijk gezegd niet erg vriendelijk.’

Joséphine schudde haar hoofd.

‘Dat kan best, ja.’

‘Kent u haar?’

‘Niet zo goed, nee.’

De naam Marise d’Api leek Joséphine waakzaam te maken. Ze keek weer weifelend en ze wreef ingespannen over een plek op de bar.

‘Ik weet nu in ieder geval dat ze echt bestaat,’ merkte Jay vrolijk op. ‘Gisteren om middernacht dacht ik dat ik een spook zag. Ze komt overdag zeker wel weer tevoorschijn?’

Joséphine knikte alleen maar en bleef de bar schoonwrijven. Jay verbaasde zich over haar terughoudendheid, maar had te veel trek om er dieper op in te gaan.

Het menu was niet erg uitgebreid, maar de plat du jour, een flinke omelet met een salade en gebakken aardappels, was lekker. Hij kocht een pakje Gauloises en een reserveaansteker en daarna gaf Joséphine hem een stokbrood met kaas, in vetvrij papier gewikkeld, om mee te nemen, en ook drie flessen bier en een zak appels. Hij ging weg toen het nog licht was; zijn aankopen zaten in een plastic tas en hij schoot goed op.

Hij haalde zijn bagage uit de schuilplaats langs de kant van de weg en liep ermee naar het huis. Hij was inmiddels moe en zijn mishandelde enkel begon te protesteren, maar hij wilde pas rusten nadat hij alles naar het huis had gesleept. De zon was al onder en de hemel was nog bleek maar begon donker te worden, en hij nam wat hout van de stapel achter het huis en stapelde het op in het gat van de open haard. Het hout leek pas gehakt en lag opgeslagen onder een stuk teerpapier om het droog te houden. Weer zo'n raadsel. Misschien had Marise het hout gehakt, maar hij begreep niet goed waarom ze dat gedaan zou hebben. Ze leek hem nu niet bepaald iemand die iets aardigs voor de buren doet. Hij vond de lege fles van de vlierbloesemwijn in een bak achter het huis. Hij kon zich niet herinneren dat hij hem erin gedaan had, maar hij was er die avond zo slecht aan toe geweest dat hij niet kon verwachten zich alles te herinneren. Hij had toen niet logisch kunnen denken, hield hij zichzelf voor. De hallucinatie over Joe, zo echt dat hij er bijna in had geloofd, was het duidelijke bewijs daarvoor. De enige sigarettenpeuk die hij aantrof in de kamer waarin hij had overnacht, zag er oud uit. Hij had er al tien jaar kunnen liggen. Hij maakte hem fijn en gooide de restjes de lucht in zodat de wind ze kon meevoeren, en deed de luiken aan de binnenkant dicht.

Hij stak een paar kaarsen aan en legde toen een haardvuur aan. Hij gebruikte daarvoor oude kranten die hij boven in een doos had gevonden en het hout dat achter het huis lag. Een paar keer vlamde het papier fel op, om dan weer uit te gaan, maar ten slotte vatten de houtjes vlam. Jay bouwde het vuur zorgvuldig op, met een licht gevoel van verbazing over het plezier dat hij eraan beleefde. Deze eenvoudige daad had iets primitiefs, iets dat hem deed denken aan de westerns waar hij als jongen zo graag naar had gekeken.

Hij maakte zijn koffer open en zette zijn typemachine op de tafel naast de flessen wijn en bekeek het effect met voldoening. Hij had haast het gevoel dat hij die avond iets zou kunnen schrijven, iets nieuws. Vanavond geen sciencefiction, Jonathan Winesap had vakantie. Vanavond zou hij eens kijken wat Jay Mackintosh ervan terechtbracht.

Hij ging achter de typemachine zitten. Het was een onhandig ding, nog mechanisch, en zwaar te bedienen. Hij had hem aanvankelijk gehouden om interessant te doen, maar het was al jaren geleden dat hij hem regelmatig had gebruikt. Maar nu voelden de toetsen goed onder zijn handen en hij typte een paar regels op het lint om te kijken hoe het ging.

Het klonk ook goed. Maar zonder papier...

Het onvoltooide manuscript van *De onverschrokken Cortez* zat in een enveloppe onder in zijn koffer. Hij haalde het eruit en keerde de eerste bladzij om, waarna hij hem in de gleuf liet glijden. De machine vóór hem voelde als een auto, een tank, een raket. In de kamer om hem heen suisde en bruiste het als donkere champagne. De toetsen van de typemachine dansten en klikten onder zijn vingers. Hij vergat de tijd. Hij vergat alles.

24

Pog Hill, zomer 1977

Het meisje heette Gilly. Jay zag haar daarna vrij vaak bij Nether Edge en ze speelden soms samen bij het kanaal; ze verzamelden rommel en schatten en plukten wilde spinazie of paardebloemen als bijdrage aan het avondeten. Ze waren niet echt zigeuners, zei Gilly smalend, maar mensen die rondtrokken, mensen die niet lang op één plaats konden blijven en die neerkeken op kapitalistisch huizenbezit. Haar moeder, Maggie, had in Wales in een tipi gewoond totdat Gilly werd geboren, en daarna had ze besloten dat het tijd werd voor een stabielere omgeving voor het kind. Vandaar de woonwagen, een oude viskraam die was opgeknapt en opnieuw ingericht om twee mensen en een hond te kunnen huisvesten.

Gilly had geen vader. Maggie hield niet van mannen, legde ze uit, omdat deze de joods-christelijke patriarchale samenleving hadden geschapen en niets liever wilden dan vrouwen aan zich onderwerpen. Dit soort praat maakte Jay altijd een beetje zenuwachtig, en hij deed altijd zijn best heel beleefd tegen Maggie te zijn voor het geval ze hem misschien als vijand ging beschouwen, maar hoewel ze soms betreurde dat hij van het verkeerde geslacht was, ongeveer zoals je betreurt dat je een gehandicapt kind hebt, gebruikte ze het nooit tegen hem.

Gilly kon meteen goed met Joe overweg. Jay stelde hen aan elkaar voor in de week na het stenengevecht, en hij voelde een kleine steek van jaloezie toen hij zag dat het zo goed klikte. Joe kende veel mensen die in de streek rondzwierven en was al met Maggie aan het handelen geslagen: hij ruilde groente en ingemaakte spullen tegen lappen die ze breide van koopjes uit de tweedehandswinkel, die Joe gebruikte om zijn 'tere overblijvertjes' af te dekken – hij zei dit met een gegrinnik dat Maggie deed gillen van de lach – wanneer het 's nachts koud was. Ze wist heel veel van planten en zowel zij als Gilly accepteerden met een volmaakte kalmte Joe's talismannen en rituelen om zijn domein te beschermen, alsof dat soort dingen voor hen heel gewoon was. Wanneer Joe in zijn tuin werkte, hielpen Jay en Gilly hem met zijn andere taken en hij praatte met hen of zong met de radio mee, terwijl zij zaden in potten deden of kruiden in roodflanellen zakjes naaiden of oude pallets bij het spoor zochten waarop het rijpende fruit van het seizoen kon worden opgeslagen. Het leek wel of Joe milder werd door Gilly's aanwezigheid. De manier waarop hij met haar sprak was anders, zodat Jay werd buitengesloten, niet op onvriendelijke wijze, maar toch voelbaar. Misschien omdat zij ook een zwerfster was. Misschien gewoon omdat ze een meisje was.

Niet dat Gilly op wat voor manier dan ook aan Jays verwachtingen voldeed. Ze was fel onafhankelijk en nam altijd de leiding, ondanks het feit dat hij ouder was. Ze was in fysiek opzicht roekeloos en sloeg opgewekt de ruwste taal uit, wat hem, conservatief opgevoed als hij was, heimelijk schokte, en ze zat vol met bizarre meningen en ideologieën die alle afkomstig waren uit haar moeders ideeënkast. Buitenaardse wezens, feministische politiek, alternatieve godsdiensten, pendelen, numerologie, milieuproblemen, allemaal hadden ze een plek in Maggies levensfilosofie, en Gilly accepteerde die ook volledig. Van haar hoorde Jay dat er zoiets als de ozonlaag bestond en ze vertelde hem over stukjes brood die op raadselachtige wijze de vorm van

Jezus hadden aangenomen, of over wat ze de 'nieuwe doodsbedreiging' noemde, of over het sjamanisme, of over het redden van de walvissen. Zij op haar beurt was het ideale gehoor voor zijn verhalen. Ze brachten hele dagen samen door; soms hielpen ze Joe, maar vaak slenterden ze al pratend en verkennend langs het kanaal.

Ze zagen Zeth na het stenengevecht nog éénmaal, in de verte bij de stortplaats, en ze meden hem zorgvuldig. Verrassend genoeg was Gilly helemaal niet bang voor hem, maar Jay wel. Hij was niet vergeten wat Zeth had geroepen toen ze hem bij de sluis hadden verjaagd en hij zou hem het liefst nooit meer hebben gezien. Maar dat was natuurlijk wel wat veel gevraagd.

25

Lansquenet, maart 1999

De volgende morgen vroeg kwam hij in Agen aan. Hij hoorde van Joséphine dat er maar twee bussen per dag gingen en na een snel kopje koffie met een paar croissants in Café des Marauds vertrok hij, omdat hij graag de papieren bij de makelaar wilde ophalen. Het duurde langer dan Jay had verwacht. De juridische kant was de dag daarvoor afgehandeld, maar elektriciteit en gas waren nog niet aangesloten en de makelaar wilde geen sleutels overhandigen zonder de nodige documentatie uit Engeland. Bovendien, zo vertelde de vrouw in het kantoor hem, waren er complicaties bijgekomen. Zijn bod op de boerderij was uitgebracht op een tijdstip waarop er nog een ander bod liep, dat in feite door de eigenaar geaccepteerd was, hoewel er formeel niets was vastgelegd. Jays bod – vijfduizend pond hoger dan het eerste bod – had deze eerste regeling wel ongedaan gemaakt, maar de persoon aan wie de boerderij beloofd was, had eerder op de ochtend gebeld en moeilijkheden veroorzaakt en dreigementen geuit.

'Ziet u, monsieur Mackintosh,' zei de agente verontschuldigend, 'in deze kleine gemeenschappen begrijpen ze niet dat land aan iemand beloven door middel van een mondelinge toezegging niet wettelijk bindend is.'

Jay knikte meelevend.

'Bovendien,' vervolgde ze, 'is de verkoper, die in Toulouse woont, een jongeman die een gezin te onderhouden heeft. Hij heeft de boerderij van zijn oudoom geërfd. Hij heeft een tijdlang geen contact met de oude man gehad en is niet verantwoordelijk voor wat deze voor zijn dood beloofd mag hebben.'

Jay begreep het. Hij liet hen het uitzoeken en ging inkopen doen. Toen wachtte hij in het café aan de overkant, terwijl de papieren vanuit Londen werden gefaxt. Er werd druk gebeld. De bank, de notaris, de agent, de bank.

'En u weet zeker dat deze persoon – van dit vorige bod – volgens de wet geen recht op het huis heeft?' vroeg hij ten slotte, toen de agente hem de sleutels overhandigde.

Ze schudde haar hoofd.

'Nee, monsieur. De afspraak met madame d'Api mag dan wel oud zijn, maar ze kan wettelijk nergens aanspraak op maken. In feite hebben we alleen haar woord dat de oude man haar bod aanvaard heeft.'

'D'Api?'

'Ja, een zekere madame Marise d'Api. Eigenlijk uw buurvrouw. Haar land grenst aan het uwe. Een plaatselijke zakenvrouw, als ik het wel heb.'

Dat verklaarde veel: haar vijandigheid, haar verbazing toen ze hoorde dat hij het huis gekocht had, zelfs de verse verf op de begane grond. Ze had aangenomen dat het huis van haar zou worden. Ze had gedaan wat hij zelf ook gedaan had: er voortijdig ingetrokken, voordat alles rond was. Logisch dat ze zo kwaad had gekeken! Jay besloot haar zo gauw mogelijk op te zoeken om alles uit te leggen. Om haar zonodig schadeloos te stellen voor alles wat ze aan het huis gedaan had. Ze werden tenslotte buren...

Pas laat in de middag waren alle zaken afgehandeld. Jay was moe. Via snelle onderhandelingen had hij gedaan gekregen dat het gas meteen werd aangesloten, maar hij moest op de elektriciteit nog vijf dagen wachten. De vrouw van het makelaarskantoor stelde voor een hotelkamer te nemen terwijl het huis bewoonbaar werd gemaakt, maar dat wilde hij niet. Hij kon geen weerstand bieden aan de romantiek van zijn verlaten, eenzame boerderij. Bovendien was daar nog het nieuwe manuscript, de twintig bladzijden die hij die avond op de achterkant van *De onverschrokken Cortez* geschreven had. Als hij dat verruilde voor het steriele comfort van een hotelkamer, zou het idee kunnen doodbloeden nog voor het ontkiemd was. Zelfs toen hij in een taxi terugreed naar Lansquenet met een hele lading aankopen en een hoofd dat tolde van vermoeidheid, voelde hij de beschreven vellen nog aan zich trekken, voelde hij de drang door te gaan, wilde hij de toetsen van de oude typemachine onder zijn vingers voelen en het verhaal daarheen laten gaan waar het heen wilde.

Toen hij terugkwam was de slaapzak verdwenen. Ook de kaarsen waren weg, en de doos met verfspullen. Verder was er niets aangeraakt. Hij nam aan dat Marise tijdens zijn afwezigheid was langs geweest om alle sporen van haar illegale bewoning uit te wissen. Het was al te laat om haar een bezoek te brengen, maar Jay nam zich voor dat de volgende dag te doen. Het had geen zin op slechte voet te staan met de enige buur die hij had.

Hij legde een vuur aan in de haard, stak de olielamp aan – een van de aankopen van die dag – en zette die op tafel. Hij had zelf een slaapzak gekocht en een paar kussens, alsmede een veldbed, en hiermee maakte hij een redelijk comfortabele slaapplaats in een hoekje bij de open haard. Omdat het nog licht was, waagde hij zich aan een verkenning van de keuken. Er stond een gaskachel, oud maar hij werkte, en er was een open haard. Er hing een zwart geworden gietijzeren pot in, die bedekt was met een dikke laag spinnenweb. Een ouderwets emaillen fornuis nam de halve wand in beslag, maar de oven zat vol troep: kolen, halfverbrand hout en vele generaties dode insecten. Jay besloot te wachten totdat hij hem goed schoon kon maken. De kachel was echter een heel ander verhaal; die ging vrij gemakkelijk aan en hij wist voldoende water op te warmen om zich te wassen en een kop koffie te zetten, die hij meenam op zijn tocht door het huis. Hij kwam tot de ontdekking dat het nog groter was dan hij bij zijn eerste verkenning had gedacht. Woonvertrekken, een eetkamer, distilleerruimten, provisiekamers, kasten zo groot als een opslagruimte, opslagruimten zo groot als een gewelf. Drie kelders – de duisternis beneden was te ondoordringbaar om de houten trap af te durven lopen – en een trap naar boven, waar slaapkamers, zolderkamers en graanzolders waren. Er stonden ook meubels, die grotendeels verpest waren door regen en verwaarlozing, maar een gedeelte was nog bruikbaar. Een lange tafel, waarvan het hout door ouderdom donker was geworden en die door de vele jaren van gebruik gehavend en kromgetrokken was, een dressoir van dezelfde primitieve makelij, stoelen en een kruk. Wanneer ze in de was gezet en hersteld waren, zouden ze prachtig zijn, precies het soort meubels waar Kerry in de elegante antiekwinkels in Kensington begerig naar keek. Overal in huis stonden in de hoeken dozen met spullen. In een zolderkamer serviesgoed en bestek, achter in een houthok gereedschap en tuingereedschap en onder een doos met kapot aardewerk een hele kist met linnengoed dat merkwaardig onaangetast was gebleven. Hij trok er harde, gesteven lakens uit, geel geworden bij de vouwen en stuk voor stuk geborduurd met een fraai medaillon dat de verstrengelde initialen D.F. boven een rozenguirlande bevatte: de uitzet van een vrouw, die misschien wel honderd of tweehonderd jaar oud was. Er waren nog andere schatten: dozen van sandelhout met zakdoeken, groen uitgeslagen koperen steelpannen en een oude radio die zo te zien nog van voor de oorlog was. Er zat een barst in de behuizing die zo breed was dat je kleppen kon zien die zo groot waren als deurknoppen. Het mooiste was echter een enorme oude specerijenkist van ruw donker eikenhout. Op een aantal laden stond met verbleekte inkt nog een naam – *Canelle, Poivre rouge, Lavande, Menthe verte* – en de reeds lang leegstaande vakjes geurden nog naar die specerijen of bevatten nog een poederlaagje dat zijn vingertoppen de kleur van kaneel, gember, paprika en geelwortel gaf. Het was een prachtige kist, fascinerend ook. Die verdiende beter dan dit lege, halfverlaten huis. Jay nam zich voor hem wanneer dat mogelijk was, naar beneden te laten brengen en schoon te maken.

Joe zou hem schitterend gevonden hebben.

Het werd avond. Met tegenzin staakte Jay de verkenning van het huis. Voordat hij naar zijn kampeerbed ging, inspecteerde hij nog eens zijn enkel en hij was verbaasd en verheugd over de snelheid waarmee hij genas. Hij had de arnicazalf die hij bij de drogist had gekocht nauwelijks nodig. Het was warm in de kamer; de gloeiende houtresten wierpen een warme gloed op de gewitte muren. Het was nog vroeg – niet later dan acht uur – maar de vermoeidheid begon hem weer parten te spelen en hij ging op zijn veldbed liggen kijken naar het vuur; hij lag na te denken over de plannen voor de volgende dag. Achter de gesloten luiken hoorde hij de wind in de boomgaard, maar dat geluid had deze avond niets onheilspellends. Het klonk juist wonderlijk vertrouwd, de wind, het geluid van water in de verte, het geroep en gekibbel van de nachtdieren en nog verder weg het geluid van de kerkklok dat wegstierf over de moerassen. Hij werd overvallen door een vlaag van nostalgie, een verlangen naar Gilly, naar Joe, naar Nether Edge en de laatste dag langs de spoorbaan bij Pog Hill Lane, naar alle dingen waarover hij in *Jackapple Joe* nooit had geschreven, omdat ze al te veel besmeurd waren met desillusie om onder woorden te worden gebracht.

Hij liet een slaperige, wrange, krakende lach horen. *Jackapple Joe* leek in de verste verte niet op wat er echt gebeurd was. Het was een verzinsel, een droom over hoe het geweest had moeten zijn, een naïeve heropvoering van die magische, vreselijke zomers. Het gaf zin aan iets wat zinloos was gebleven. In zijn boek was Joe de bruuske, vriendelijke oude man die hem had geholpen volwassen te worden. Jay, met zijn blozende, zorgvuldig geconstrueerde onschuld, was het volmaakte appeltaartjongetje. Zijn jeugd kreeg een roze randje, zijn puberteit een zekere charme. Vergeten waren al die keren dat de oude man hem had verveeld, last had bezorgd of met woede had vervuld. Vergeten de keren dat Jay zeker wist dat hij gek was. Zijn verdwijning, zijn verraad, zijn leugens; ze werden gladgestreken, afgezwakt door de nostalgie. Logisch dat iedereen van dat boek hield. Het was het toppunt van bedrog, waarin de grilligheid van het lot het won van de realiteit, de jeugd die we allemaal heimelijk dénken te hebben gehad, maar geen van allen ooit gehad hebben. *Jackapple Joe* was het boek dat Joe zelf geschreven had kunnen hebben. De ergste soort leugen die er was, half waar, maar gelogen op die punten waar het echt ertoe deed. Leugens van het hart.

'Je had terug moeten gaan, weet je,' zei Joe op zakelijke toon. Hij zat op de tafel naast de typemachine met een mok thee in zijn hand. Het T-shirt met *Thin Lizzy* erop was verruild voor een T-shirt met een afbeelding uit de dierenserie van Pink Floyd. 'Ze heeft op je gewacht, maar je bent nooit gekomen. Ze verdiende beter, jong. Zelfs een jongen van vijftien had dat kunnen weten.'

Jay keek hem met wijdopen ogen aan. Hij leek heel echt. Hij voelde met de achterkant van zijn hand aan zijn voorhoofd, maar dat voelde koel aan.

'Joe.'

Hij wist natuurlijk wel wat het was. Al dat denken aan Joe, zijn onbewuste verlangen hem daar te zullen vinden, zijn verwezenlijking van Joe's grootste fantasie.

'Je bent er nooit achter gekomen waar ze heen zijn gegaan, hè?'

'Nee, nooit.' Het was belachelijk dat hij hier met een fantasie zat te praten, maar er ging ook een vreemde troost van uit. Joe leek te luisteren; hij hield zijn hoofd scheef en zijn handen lagen losjes om de mok.

'Jij bent degene die weg is gegaan. Na al die beloften. Jij hebt me in de steek gelaten. Je hebt niet eens afscheid genomen.' Hoewel het een droom was, kon Jay de ingehouden woede in zijn stem voelen. 'En nu zeg jij tegen mij dat ik terug had moeten gaan?'

Joe haalde onverstoord zijn schouders op. 'Een mens is voortdurend in beweging,' zei hij kalm. 'De een gaat op zoek naar zichzelf, de ander wil voor zichzelf weglopen. Kies je eigen klie-sjee. Maarre, dat doe jij toch ook? Weglopen?'

'Ik weet niet wat ik momenteel aan het doen ben,' zei Jay.

'Voor die Kerry en zo,' vervolgde Joe, alsof hij het niet gehoord had. 'Zij was de volgende. Jij weet ook nooit wanneer je boft.' Hij grijnsde. 'Wist je dat ze groene contactlenzen draagt?'

'Hè?'

'Contactlenzen. Haar ogen zijn eigenlijk blauw. Je hebt het al die tijd niet geweten.'

'Dit is belachelijk,' mompelde Jay. 'Trouwens, je bent hier niet eens.'

'Hier? Hier?' Joe keerde zich naar hem toe en duwde met het kenmerkende gebaar dat Jay zich herinnerde, zijn pet omhoog. Hij grijnsde, zoals hij altijd deed wanneer hij iets buitenissigs ging zeggen. 'Wie bepaalt wat "hier" is? Wie zegt dat jíj hier bent?'

Jay sloot zijn ogen. Het nabeeld danste kort op zijn netvlies als een mot op een raam.

'Ik heb het altijd vreselijk gevonden als je zo praat,' zei Jay.

'Hoe?'

'De mystieke lariekoek.'

Joe grinnikte.

'Oosterse filosofie, jong. Heb ik bij monniken in Tibet geleerd, toen ik daar op mijn reizen was.'

'Jij hebt nooit gereisd,' zei Jay. 'Je bent nooit verder dan de ringweg gekomen.'

Toen hij in slaap viel, klonk Joe's lach nog in zijn oren.

26

Pog Hill, zomer 1977

Joe was het begin van die zomer in een uitstekende conditie. Hij leek jonger dan Jay hem ooit gezien had en hij zat vol ideeën en plannen. Hij werkte de meeste dagen in zijn tuin, maar omzichtiger dan voorheen, en ze namen hun theepauze in de keuken, omringd door tomatenplanten. Gilly kwam om de paar dagen en ze gingen dan naar het spoor beneden om zoals gewoonlijk schatten te verzamelen, die ze daarna naar Joe's huis brachten.

Ze waren in mei uit Monckton Town weggegaan, legde Gilly uit, toen een groep plaatselijke kinderen in hun vorige kampement herrie was gaan trappen.

'Rotzakken,' zei ze langs haar neus weg; ze nam een trek van de sigaret die ze samen deelden en gaf hem weer aan Joe. 'Eerst begonnen ze te schelden. Dat stelt niks voor. Toen gingen ze 's nachts de hele tijd op de deuren bonzen, daarna gingen ze stenen tegen de ramen gooien en toen legden ze vuurwerk onder de woonwagen. Daarna vergiftigden ze onze oude hond en toen vond Maggie het welletjes.'

Gilly ging dat jaar voor het eerst naar de plaatselijke middelbare school. Ze kon met de meeste mensen goed opschieten, zei ze, maar met die kinderen was het anders. Ze deed er heel luchtig over, maar Jay kon wel raden dat het voor Maggie heel erg moest zijn geweest, als ze de woonwagen zo ver weg had neergezet.

'De ergste, de leidster van het groepje, is een meisje dat Glenda heet,' zei ze tegen hem. 'Ze zit een klas hoger. Ik heb een paar keer met haar gevochten. Niemand durft iets tegen haar te doen uit angst voor haar broer.'

Jay keek haar aan.

'Je kent hem wel,' zei Gilly, terwijl ze nog een haal aan haar sigaret deed. 'Die grote knul met die tatoeages.'

'Zeth.'

'Ja. Die zit in ieder geval niet meer op school. Ik zie hem niet zo vaak. Soms bij de Edge, wanneer hij op vogels schiet.' Ze haalde haar schouders op. 'Ik ga er niet vaak heen,' voegde ze er een beetje verdedigend aan toe. 'In ieder geval niet echt vaak. Ik heb er niet zo'n zin in.'

Nether Edge was nu van hen, begreep Jay. Een bende van zes of zeven meisjes in de leeftijd van twaalf tot vijftien jaar, en geleid door Zeths zuster. In het weekend gingen ze de stad in en daagden ze elkaar uit om kleine dingen te stelen bij de krantenkiosk, meestal snoep en sigaretten, en daarna gingen ze naar de Edge om er wat rond te hangen of vuurwerk af te steken. Voorbijgangers meden hen meestal, uit angst te worden uitgescholden of te worden lastiggevallen. Zelfs de mensen die er altijd hun hond uitlieten meden die plek nu.

Het nieuws gaf Jay een vreemd leeg gevoel. Na het stenengevecht was hij op zijn hoede geweest in de Edge en had hij altijd Joe's talisman in zijn zak gehad, bang voor moeilijkheden. Hij meed het kanaal, de askuil en de sluis, die nu te riskant leken. Hij wilde Zeth liever mijden. Maar Gilly was niet bang. Niet voor Zeth en niet voor Glenda. Ze was voorzichtig voor hem, niet voor haarzelf.

Jay voelde een golf van verontwaardiging opkomen.

'Nou, maar ík blijf niet weg!' zei hij verhit. 'Ik ben niet bang voor een stelletje meiden. Jij?'

'Tuurlijk niet!' Haar ontkenning bevestigde zijn vermoedens.

Jay voelde de impuls haar te bewijzen dat hij best voor zichzelf kon opkomen, net als zij. Sinds het stenengevecht in de askuil had hij steeds het gevoel gehad dat hij waar het op natuurlijke agressie aankwam, in het nadeel was.

'We zouden er morgen heen kunnen gaan,' stelde hij voor. 'Naar de askuil en dan een paar flessen opgraven.'

Gilly grijnsde. In het zonlicht leek haar haar bijna even rood als het puntje van de sigaret. Er zat een roze streep op haar neus, waar haar vel verbrand was. Er welde een onbekend gevoel bij Jay op dat zo sterk was dat hij er een beetje misselijk van werd. Alsof er in zijn binnenste iets verschoof en op een frequentie afstemde die hij nog niet kende en waarvan hij het bestaan niet had vermoed. Hij voelde plotseling een onverklaarbare drang om haar haar aan te raken. Gilly keek hem spottend aan.

'Weet je zeker dat je het kunt?' vroeg ze. 'Je knijpt hem toch niet, hè, Jay? Zelfs niet een heel klein pietsie?'

Het gevoel, dat moment van mysterieuze openbaring, was voorbij. Gilly gooide, nog steeds grijnzend, de sigarettenpeuk in de bosjes. Jay deed een uitval naar haar en maakte haar haar in de war, totdat ze het uitgilde en hem tegen de schenen trapte. Het gewone leven, dat wil zeggen dat wat bij hen voor normaal doorging, hernam zijn loop.

Die nacht sliep hij slecht. Hij lag in het donker aan Gilly's haar te denken, aan die prachtige, opzichtige kleur tussen roestbruin en oranje in, en aan de rode schalie van de puinhelling boven de askuil. Hij hoorde steeds Zeths stem in zijn oor fluisteren: 'Ik kan wachten' en 'Je bent er geweest', totdat hij uiteindelijk wel op móést staan om Joe's oude roodflanellen talisman uit zijn schooltas, de vaste plek, te halen. Hij hield het zakje – na drie jaar versleten en glanzend door het vele vasthouden – stevig vast en voelde zich onmiddellijk beter.

Bang? Natuurlijk was hij niet bang.

Hij had immers een tovermiddel.

27

Lansquenet, maart 1999

Ik ben dol op Jay geworden. Hij en ik zijn samen gerijpt en in vele opzichten lijken we erg op elkaar. We zijn complex op manieren die voor de oppervlakkige waarnemer niet direct duidelijk zijn. Het ongeschoolde gehemelte ontdekt in ons iets uitdagends, iets praatzieks dat de diepere gevoelens verbergt. Vergeef me als ik met het stijgen der jaren pretenties krijg, maar dat doet eenzaamheid nu eenmaal met wijn, en het reizen en de ruwe behandeling hebben het er niet beter op gemaakt. Sommige dingen horen nu eenmaal niet te lang binnengehouden te worden.

Bij Jay lag dat natuurlijk anders. Bij Jay was het de woede.

Hij kon zich geen moment herinneren waarop hij niet boos op iemand was geweest. Op zijn ouders, op zijn school, op zichzelf. Maar bovenal op Joe. Joe, die op die dag zonder waarschuwing of reden was verdwenen en alleen een pakje zaadjes had achtergelaten, als iets uit een getikt sprookje. Slecht, die woede. Slecht voor de geest, zowel voor de mijne als de zijne. De Bijzondere Wijnen merkten het ook. Op tafel stonden de vier flessen die nog over waren in berustend en onheilspellend stilzwijgen te wachten, hun buik vol donker vuur.

Toen hij 's morgens wakker werd, was Joe er nog steeds. Hij zat aan tafel met zijn mok thee, de ellebogen steunend op het tafelblad, zijn pet scheef, zijn kleine leesbrilletje op het puntje van zijn neus. Door het siergat in de luiken viel stoffig zonlicht naar binnen; het zette een van zijn schouders in een gloed die hem bijna onzichtbaar maakte. Hij was van dezelfde ongrijpbare substantie gemaakt als die welke zijn flessen vulde; ik kon dwars door hem heen kijken daar waar het licht vol op hem viel, hoewel hij op Jay, die met een schok van de ene droom in de andere terechtkwam, substantieel genoeg overkwam.

'Goeiemorgen,' zei de oude man.

'Ik begrijp al wat er aan de hand is,' fluisterde Jay hees. 'Ik ben gek aan het worden.'

Joe grijnsde.

'Je was altijd al een beetje getikt,' zei hij. 'Die zaden zomaar op de spoorbaan gooien! Je had ze moeten houden. Ze moeten gebrúíken. Als je dat had gedaan, zoals de bedoeling was, dan zou dit allemaal niet gebeurd zijn.'

'Wat bedoel je?'

Joe negeerde de vraag.

'Weet je, er groeit nog steeds een flinke oogst *Tuberosa rosifea* daar onder de spoorbrug. Waarschijnlijk de enige plek ter wereld waar er zoveel te vinden zijn. Je zou er eens moeten gaan kijken. Wat wijn voor jezelf moeten maken.'

'Wat bedoel je met "ze moeten gebruiken"? Het waren maar zaadjes.'

'Maar zaadjes?' Joe schudde wrevelig zijn hoofd. 'Maar záádjes? Na alles wat ik je heb geleerd? Die jackapples waren heel bijzonder, dat had ik je toch verteld? Ik had het zelfs op het pakje gezet.'

'Ik zag het bijzondere er niet van in,' zei Jay tegen hem, terwijl hij zijn broek aantrok.

'O nee? Nou, jong, ik kan je wel vertellen dat ik een paar van die rosifea's in iedere fles wijn heb gestopt die ik ooit gemaakt heb. In iedere fles die ik heb gemaakt sinds ik ze meenam uit Zuid-Amerika. Ik heb er vijf jaar over gedaan om de bodem goed te krijgen. Ik zeg je –'

'Bespaar je de moeite.' Jays stem klonk hard. 'Jij bent nooit in Zuid-Amerika geweest. Het zou me verbazen als je ooit verder dan Zuid-Yorkshire bent gekomen.'

Joe lachte en haalde een pakje Player's uit zijn jaszak.

'Misschien niet, jong,' gaf hij toe, terwijl hij er een opstak. 'Maar toch heb ik het gezien. Ik heb al die plaatsen gezien waar ik het over heb gehad.'

'Ja, ja.'

'Joe schudde droevig zijn hoofd.

'Astráál reizen, jong. Astraal reizen, verdomme, hoe dacht je anders dat ik het had kunnen doen wanneer ik de helft van mijn leven onder de grond zat?'

Hij klonk bijna kwaad. Jay keek begerig naar de sigaret in zijn hand. Hij rook naar brandend papier en vreugdevuren.

'Ik geloof niet in astraal reizen.'

'Hoe dacht je verdomme dan dat ik hier gekomen was?'

Vreugdevuren, drop, bakvet, rook en Abba met *The name of the game* op nummer één die hele maand. Hij zat in de lege slaapzaal te roken, niet om het genoegen, maar gewoon omdat het tegen de regels was. Geen brief. Geen kaart. Niet eens een tijdelijk adres.

'Je bent níét hier. Ik wil dit gesprek niet voeren.'

Joe haalde zijn schouders op.

'Je bent altijd al een koppig type geweest. Altijd maar om uitleg vragen. Nooit genoegen nemen met de dingen zoals ze zijn. Altijd maar willen weten hoe alles werkt.'

Stilte. Jay begon zijn veters dicht te knopen.

'Herinner je je die zigeuners nog die destijds de meter in Nether Edge wisten te omzeilen?'

Jay keek even op. 'Ja, dat weet ik nog.'

'Heb je ooit bedacht hoe ze dat gedaan hadden?'

Jay schudde langzaam zijn hoofd. 'Alchemie, zei je toen.'

Joe grijnsde.

'Alchemie van de léék.' Hij stak een Player's op en keek

voldaan om zich heen. 'Ze maakten een mal in de vorm van een muntje van vijftig pence, snappie? Ze maakten ze van ijs. Die vent van de gemeente dacht dat die muntjes zomaar verdwenen waren.' Hij lachte smakelijk.

'Nou, dat was toch ook zo?'

28

Nether Edge, zomer 1977

Jay liep naar de Edge, de talisman van Joe diep weggestopt in zijn zak. De zon was versluierd, zoals die zomer heel vaak het geval was, maar de hemel was warm en bleek en beroofde de lucht van zuurstof en de natuur van zijn kleur. De velden, de bomen, de bloemen, allemaal leken ze een andere tint korrelig grijs, als het scherm van Maggies draagbare zwart-wittelevisie. Boven Nether Edge hing als een baken een kleine heldere vlek in de lucht. Misschien een waarschuwing.

Gilly droeg een afgeknipte spijkerbroek en een gestreept T-shirt. Haar haar was bijeengebonden met een rood lint. Ze at een dropstaaf en haar tong zag zwart van de drop.

'Ik was bang dat je het niet zou zien zitten,' zei ze.

Jay dacht aan de talisman in zijn zak en haalde zijn schouders op. Ze waren veilig, hield hij zichzelf voor. Veilig, beschermd, onzichtbaar. Het had al tientallen malen gewerkt.

'Hoezo?'

Gilly haalde haar schouders op.

'Ze hebben daar een soort hut,' zei ze, met haar hoofd naar het kanaal wijzend. 'Een boomhut, denk ik, waar ze hun spullen bewaren. Ik heb ze er een paar maal heen zien gaan. Ik wed dat je er niet heen durft.'

'Ik doe niet aan weddenschappen.'

Gilly keek hem sarcastisch aan.

'Ze zijn er heus niet,' drong ze aan. 'Op deze tijd in de ochtend zijn ze nog in de stad of aan het stelen op de markt. Het is maar een stomme hut, Jay. Je durft er vast niet heen.'

Haar ogen glansden sluw, het katachtige marmergroen van haar ogen weerspiegelde de kleurloze lucht. Ze nam het laatste stukje drop en gooide de verpakking met een boog het kanaal in, het dropeindje als een sigarenstompje tussen haar lippen houdend.

'Tenzij je natuurlijk een schijterd bent,' zei ze, Lee Marvin tamelijk goed imiterend.

'Oké.'

Ze vonden de hut dicht bij de sluis. Het was geen boomhut, maar een klein bouwsel dat van allerlei afval gemaakt was: golfkarton, vellen teerpapier en glaswol. Er zaten ramen van plastic in en een deur die afkomstig was van een oude schuur. Het zag er verlaten uit.

'Toe dan,' zei Gilly. 'Ik blijf wel op de uitkijk.'

Jay aarzelde even. Gilly grijnsde brutaal; haar gezicht leek één grote uitgerekte sproet. Hij werd plotseling duizelig toen hij naar haar keek.

'Nou, schiet je nog eens op?' drong ze aan.

Jay raakte de talisman in zijn zak aan en liep vastberaden op de hut af. Hij was groter dan hij vanaf het pad had geleken en ondanks de excentrieke constructie was hij stevig. Op de deur zat een hangslot, een zwaar bedrijfsslot, misschien afkomstig van een kolenkelder.

'Probeer het raam eens,' zei Gilly achter hem. Jay draaide zich razendsnel om.

'Ik dacht dat je wacht hield!'

Gilly haalde haar schouders op.

'Ach, er is toch niemand,' zei ze. 'Probeer het raam eens.'

Het raam was net groot genoeg om doorheen te kruipen. Gilly trok het plastic weg en Jay perste zich naar binnen. Het was er donker en er hing een geur van zure aarde en sigarettenrook. Op een paar kratten lag een stapel dekens. Er stond een doos met krantenknipsels. Aan een van de muren hing een verfomfaaide plaat die uit een meisjesblad was geknipt. Gilly stak haar hoofd door het raam.

'Iets goeds gevonden?' informeerde ze brutaal.

Jay schudde zijn hoofd. Hij begon zich daarbinnen ongemakkelijk te voelen en zag zichzelf er al opgesloten zitten wanneer Zeth en zijn vrienden de hoek om zouden komen.

'Kijk eens in die kistjes,' opperde Gilly. 'Daar bewaren ze hun spullen. Tijdschriften en sigaretten, dingen die ze gepikt hebben.'

Jay duwde een van de kratten omver. Een verzameling rommel verspreidde zich over de vloer. Make-up, lege limonadeflessen en stripverhalen. Een oude transistorradio, een glazen pot met snoepjes. Een papieren zak met vuurwerk, rotjes en voetzoekers en zevenklappers in hun waspapieren verpakking. Een twintigtal wegwerpaanstekers. Vier nieuwe pakjes Player's.

'Neem maar wat mee,' zei Gilly. 'Pak maar iets. Het is toch allemaal gejat.'

Jay pakte een schoenendoos met knipsels op. Niet helemaal overtuigd strooide hij ze uit over de aarden vloer van de hut. Toen deed hij hetzelfde met de tijdschriften.

'Neem de sigaretten mee,' drong Gilly aan. 'En ook de aanstekers. Die geven we aan Joe.'

Jay keek haar nerveus aan, maar de gedachte aan haar minachting was meer dan hij kon verdragen. Hij stopte de sigaretten en aanstekers in zijn zak en daarna, op aandringen van Gilly, ook de snoepjes en het vuurwerk. Aangestoken door haar enthousiasme scheurde hij de poster van de muur; hij danste op de platen en stompte tegen de potten. Hij dacht weer aan die keer dat Zeth zijn radio had stukgemaakt en pakte ook de transistor op, bedenkend dat hij hun nog iets betaald moest zetten. Hij gooide de make-up op de grond en trapte lippenstiften stuk en smeet toen een poederdoos tegen de muur. Wild lachend keek Gilly toe.

'Ik wou dat we hun gezicht konden zien!' zei ze, naar adem happend. 'Kon dat maar!'

'Tja, dat kan nu eenmaal niet,' zei Jay, terwijl hij snel de hut uitklom. 'Kom op, voor ze terugkomen.' Hij pakte haar hand en begon haar mee te trekken, het pad op dat naar de askuil voerde; hun maag trok plotseling samen toen ze zich realiseerden wat ze hadden gedaan. Het was niet helemaal een onprettig gevoel, en plotseling moesten ze allebei lachen alsof ze dronken waren, elkaar vasthoudend terwijl ze over het pad struikelden.

'Wat zou ik graag Glenda's gezicht willen zien!' proestte Gilly. 'De volgende keer moeten we een fototoestel meenemen of zo, dan kunnen we het vastleggen.'

'De volgende keer?' De gedachte benam hem de lust tot lachen.

'Ja, natuurlijk.' Ze zei het alsof het de gewoonste zaak van de wereld was. 'We hebben deze ronde gewonnen. We kunnen nu niet ineens ophouden.'

Hij had haar waarschijnlijk toen moeten zeggen dat het daar bij moest blijven. Dat het te gevaarlijk was. Maar het was juist het gevaar dat haar aantrok, en hij was te blij met haar bewondering om er bij haar op aan te dringen voorzichtig te zijn. Die blik in haar ogen.

'Waarom staar je me zo aan?' vroeg ze op een ruzieachtige toon.

'Ik staar je niet aan.'

'Ja, dat doe je wel.'

Jay grijnsde. 'Ik kijk naar die héle gróte óórwurm die net uit die struik in je haar is gevallen,' zei hij tegen haar.

'Rotzak!' schreeuwde Gilly, met haar hoofd schuddend.

'Wacht! Ik heb hem al,' zei hij, plagerig met zijn knokkels over haar hoofd wrijvend.

Gilly gaf hem een trap tegen zijn enkel. Alles was weer normaal.

Voorlopig.

29

Lansquenet, maart 1999

Het volgende dat Jay in Lansquenet deed was een aannemer zoeken. Er moest aardig wat aan het huis gerepareerd worden en hoewel hij een deel van het werk waarschijnlijk zelf kon doen, moest het meeste toch door vaklui gedaan worden. Jay vond er tot zijn grote genoegen een in de buurt. Hij vermoedde dat het veel meer zou kosten als hij er een uit Agen moest laten overkomen. Het terrein was groot en rommelig. Achterin lagen enorme stapels hout. Tegen de muren stonden raamkozijnen en deuren. Het hoofddepot was een verbouwde boerderij met een laag dak. Boven de deur hing een bord waarop stond: CLAIRMONT – MEUNUISERIE-PANNEAUX-CONSTRUCTION.

Onafgewerkte meubels, hekken, betonblokken, dakpannen en dakleien lagen in slordige stapels bij de deur. De naam van de aannemer was Georges Clairmont. Het was een kleine, gedrongen man met een hangsnor; hij droeg een wit hemd dat grijs geworden was van de transpiratie. Hij sprak met het zware accent van de streek, maar langzaam en peinzend, en dat gaf Jay de tijd om zijn woorden te begrijpen. Op de een of andere manier wist iedereen al van zijn bestaan af. Hij nam aan dat Joséphine de nodige informatie had verspreid. De werklui van Clairmont – vier mannen in met verf bespatte overalls, de petten achterstevoren tegen de zon – bekeken Jay met waakzame nieuwsgierigheid toen hij langsliep. Hij ving in snel gemompeld dialect het woord *Anglishe* op. Het werk, en dus ook het geld, lag in het dorp niet voor het opscheppen. Iedereen wilde een aandeel in de renovatie van Château Foudouin. Clairmont wapperde geërgerd met zijn hand toen vier paar ogen hen naar de houtopslag volgden.

'Aan het werk, *éh*, aan het werk!'

Jay ving de blik van een van de arbeiders op – een man met rood haar waar een hoofddoek omheen geknoopt zat – en grijnsde. De roodharige man grijnsde terug, een hand voor zijn gezicht houdend om zijn uitdrukking voor Clairmont te verbergen. Jay liep achter de bedrijfsleider aan het gebouw in.

Het vertrek was groot en koel, als een hangar. Een kleine tafel bij de deur diende als bureau en er lagen papieren en mappen op en er stond een fax. Bij de telefoon stond een fles wijn en twee kleine glazen. Clairmont schonk twee glaasjes in en overhandigde er een aan Jay.

'Bedankt.'

De wijn was dieprood en vol. Hij was goed en dat zei hij ook.

'Dat moet ook,' zei Clairmont. 'Hij is op uw land gemaakt. De vorige eigenaar, Foudouin, stond hier ooit goed bekend. Een goede wijnmaker. Goede druiven. Goed land.' Hij nam waarderend een slokje van zijn wijn.

'Ik denk dat u iemand zult moeten sturen om naar het huis te kijken,' zei Jay.

Clairmont haalde zijn schouders op. 'Ik ken het huis. Ik ben er vorige maand nog geweest. Heb zelfs nog een offerte gemaakt.'

Hij zag Jays verbazing en grijnsde.

'Ze is er vanaf december al mee bezig,' zei hij. 'Hier wat verven, daar wat pleisteren. Ze was zo zeker van haar afspraak met die ouwe.'

'Marise d'Api?'

'Tja, wie anders? Maar hij had al een overeenkomst met

zijn neef gesloten. Een vast inkomen, honderdduizend frank per jaar tot zijn dood, in ruil voor het huis en de boerderij. Hij was te oud om te werken. Te koppig om uit het huis weg te gaan. Niemand wilde het hebben, alleen zij. Er zit tegenwoordig geen geld in het boerenbedrijf en wat dat huis zelf betreft, *éh!*' Clairmont haalde met een veelzeggend gebaar zijn schouders op. 'Maar bij haar ligt dat anders. Ze is koppig. Heeft al jaren een oogje op het land. Heeft afgewacht. Heeft het stukje bij beetje omheind. Het is haar verdiende loon, *éh!*' Clairmont liet zijn korte, droge lachje horen. 'Ze zei dat ze mij nooit werk zou geven. Dat ze liever een aannemer uit de stad zou nemen dan iemand uit het dorp iets verschuldigd zijn. Ze zou het desnoods nog liever zelf doen.' Met een suggestief gebaar wreef hij zijn vingers tegen elkaar. 'Zuinig met haar spaarcentjes,' legde hij kort uit, de rest van zijn wijn naar binnen slaand. 'Zuinig met álles.'

'Ik neem aan dat ik haar een soort vergoeding moet geven,' zei Jay.

'Waarom?' Clairmont keek geamuseerd.

'Nou, als ze geld heeft uitgegeven –'

Clairmont lachte rauw.

'Geld! Ze heeft u waarschijnlijk eerder bestolen! Kijk maar eens naar uw omheining en uw heggen. Kijk maar eens hoe die verplaatst zijn. Tien meter hier, vijf meter daar. Ze heeft aan het land geknabbeld als een gretige rat. Ze deed dat al jaren, als ze dacht dat die ouwe het niet in de gaten had. En toen hij stierf...' Clairmont haalde met een veelzeggend gebaar zijn schouders op. '*Eh!* Ze is gif, monsieur Mackintosh, een adder. Ik heb haar arme man gekend en hoewel die nooit klaagde, hoorde ik toch wel eens het een en ander.'

Weer dat schouderophalen, filosofisch en zakelijk.

'Geef haar niets, monsieur Mackintosh. Kom vanavond bij mij thuis en maak kennis met mijn vrouw. Kom bij ons eten. Dan kunnen we uw plannen voor het huis van Foudouin bespreken. Je kunt er een fantastisch vakantieoord van maken, monsieur. Als je een beetje geld investeert is alles mogelijk. De tuin kan herbeplant worden en mooi worden aangelegd. De boomgaard kan worden hersteld. Een zwembad, misschien. Tegels, zoals in de villa's in Juan les Pins. Fonteinen.' Zijn ogen glommen bij de gedachte.

Op zijn hoede antwoordde Jay: 'Nou, ik had eigenlijk alleen maar de nodige reparaties in gedachten.'

'Nee, nee, dat komt nog wel, *éh*?' Hij gaf een vriendschappelijke klap op Jays arm.

'Mijn huis staat vlak bij het plein. Rue des Francs Bourgeois nummer vier. Mijn vrouw wil dolgraag kennismaken met onze nieuwe beroemdheid. Ze zou het enig vinden u te ontmoeten.' Zijn grijns, deels nederig, deels wervend, was wonderlijk aanstekelijk.

'Kom bij ons dineren. Proef de *gésiers farcis* van mijn vrouw. Caro weet alles van wat er in het dorp gebeurt. Dan kunt u Lansquenet leren kennen.'

Jay had een eenvoudige maaltijd verwacht. Eten wat de pot schaft bij de aannemer en zijn vrouw, die klein en saai zou zijn, met een schort voor en een hoofddoekje om, of lief en blozend, zoals Joséphine in het café, met haar heldere kraaloogjes. Ze zouden misschien eerst verlegen zijn en weinig praten, de vrouw zou de soep in aardewerken kommen scheppen en blozen van genoegen om zijn complimenten. Er zouden zelfgemaakte terrines zijn en rode wijn en olijven en pepers in kruidenolie. Later zouden ze aan hun buren vertellen dat de nieuwe Engelsman *un mec sympathique* was, *pas du tout prétentieux*, en dan zou hij snel geaccepteerd worden als een lid van de gemeenschap.

De werkelijkheid was heel anders.

De deur werd geopend door een mollige, elegante dame met lichtblauwe twinset en lichtblauwe schoenen met naaldhakken, die een kreet slaakte toen ze hem zag. Haar man, die er met zijn donkere pak en das nog treuriger uitzag, wuifde naar hem over de schouder van zijn vrouw. Jay hoorde binnen muziek en stemmen en ving een glimp op van een interieur dat zo ongelooflijk opzichtig was, dat hij met zijn ogen knipperde. Met zijn zwarte spijkerbroek en T-shirt en eenvoudige zwarte jasje voelde hij zich onaangenaam afsteken.

Er waren behalve Jay nog drie andere gasten. Caroline Clairmont stelde hen voor terwijl ze drankjes ronddeelde: 'Onze vrienden Toinette en Lucien Merle, en Jessica Mornay, die een modezaak in Agen heeft.' Ze drukte haar wang tegen de zijne en een champagnecocktail in zijn vrije hand.

'We vinden het érg prettig kennis met u te maken, meneer Mackintosh, of mag ik Jay zeggen?'

Hij begon te knikken, maar werd al meegenomen en in een leunstoel geplant.

'En je moet mij natuurlijk Caro noemen. Het is heerlijk een nieuw iemand in het dorp te hebben, iemand met *culture*. Ik vind cultuur érg belangrijk, jij niet?

'O ja,' viel Jessica Mornay haar bij, met te lange rode nagels die wel vals moesten zijn in zijn arm klauwend. 'Lansquenet is natuurlijk heerlijk onbedorven, maar soms verlang je als onderlegd persoon wel iets méér. En nu moet je ons iets over jezelf vertellen. Je bent schrijver, zegt Georges.'

Jay maakte zijn arm los en legde zich bij het onvermijdelijke neer. Hij beantwoordde talloze vragen. Was hij getrouwd? Nee? Maar hij had toch zeker wel iemand? Jessica glimlachte stralend en kwam dichterbij. Om haar af te leiden veinsde hij belangstelling voor banale dingen. De Merles, klein en parmantig in hun bij elkaar passende kasjmier, kwamen uit het noorden. Hij was wijnkoper en werkte voor een Duitse importeur. Toinette zat in de plaatselijke journalistiek. Jessica was de steunpilaar van de dorpstoneelgroep – "haar *Antigone* was *exquisite*" – en schreef Jay wel eens toneelstukken?

Hij gaf een korte beschrijving van *Jackapple Joe*, waar iedereen van gehoord had maar dat niemand gelezen had, en hij ontlokte Caro opgewonde kreetjes toen hij onthulde dat hij aan een nieuw boek begonnen was. Caro's kookkunst was net als haar huis overdadig; hij deed de *soufflé au champagne* en de *vol-au-vents* en de *gésiers farcis* en de *boeuf en croûte* eer aan, al betreurde hij heimelijk dat er geen zelfgemaakte terrine en olijven waren, zoals in zijn fantasie. Hij ontmoedigde vriendelijk de steeds gretiger wordende avances van Jessica Mornay. Hij was niet al te geestig en vertelde niet al te veel verhalen. Hij nam veel onverdiende complimenten over zijn *français superbe* in ontvangst. Na het eten kwam er een hoofdpijn opzetten, die hij zonder succes probeerde te temperen met alcohol. Het viel hem zwaar zich te concentreren op het steeds rapper wordende Frans. Hele stukken van het gesprek trokken als wolken aan hem voorbij. Gelukkig praatte de gastvrouw graag – vooral over zichzelf –, waardoor zijn stilte voor verrukte aandacht werd versleten.

Toen de maaltijd voorbij was, was het bijna middernacht. Bij de koffie en petitfours zakte de hoofdpijn wat en kon Jay de draad van het gesprek weer oppakken.

Clairmont had zijn das losgetrokken en zijn gezicht was vlekkerig en zweterig. Hij zei: 'Nou, ik kan wel zeggen dat het hoog tijd werd dat er iets gebeurde om Lansquenet op de kaart te zetten, *éh*? We hebben evenveel voordelen als Le Pinot verderop, als we alle neuzen maar dezelfde kant op krijgen.'

Caro knikte instemmend. Jay kon haar Frans beter begrijpen dan dat van haar man, wiens accent zwaarder naarmate zijn wijnglas leger werd. Ze zat tegenover hem op de leuning van een stoel. Haar benen waren over elkaar geslagen en ze had een sigaret in haar hand.

'Ik weet zeker dat nu Jay in onze kleine gemeenschap is gekomen' – ze lachte door de rook heen haar tanden bloot – 'er vooruitgang zal komen. De tóón zal veranderen. De mensen zullen zich gaan ontwikkelen. Wat ik al niet gedáán heb... voor de kerk, voor de toneelgroep, voor de literaire vereniging. Jay wil binnenkort vast wel een keer voor onze kleine schrijversgroep spreken.'

Als reactie schonk hij haar een vage glimlach.

'Dat wil je vást wel!' Caro straalde alsof Jay een antwoord had uitgesproken. 'Je bent precies wat een dorp als Lansquenet hard nodig heeft: een frisse wind. Je wilt toch niet dat de mensen denken dat we je helemaal voor onszélf houden?'

Ze lachte en Jessica liet een gretige kreet horen. De Merles stootten elkaar blij aan. Jay had het gekke gevoel dat het overvloedige diner maar bijzaak was geweest, dat ondanks de champagnecocktails en de gekoelde Sauternes en de *foie gras* hij het echte hoofdgerecht was.

'Maar waarom Lansquenet?' Jessica leunde voorover, haar langwerpige blauwe ogen halfgesloten vanwege het waas van sigarettenrook. 'Had een grotere plaats je niet beter bevallen? Agen, misschien, of een plaats meer naar het zuiden, bij Toulouse in de buurt?'

Jay schudde zijn hoofd. 'Ik ben de steden zat,' zei hij. 'Ik heb dit huis impulsief gekocht.'

'Ah!' riep Caro verrukt uit. 'Artistiek temperament!'

'Omdat ik een rustig plekje zocht, niet in de buurt van de stad.'

Clairmont schudde zijn hoofd. '*Eh*, rustig is het hier zeker,' zei hij. 'Te rustig voor ons. De huizenprijzen hebben hier een dieptepunt bereikt, maar in Le Pinot, nog geen veertig kilometer hier vandaan...'

Zijn vrouw legde snel uit dat Le Pinot een dorp aan de Garonne was en bij de toeristen zeer in trek.

'Georges heeft er vaak werk, hè, Georges? Hij heeft een zwembad aangelegd voor dat enige Engelse stel en hij heeft dat oude huis bij de kerk helpen renoveren. Konden we voor óns dorp ook maar zoveel belangstelling wekken.'

Toeristen, zwembaden, cadeauboutiques, hamburgertenten. Zijn gebrek aan enthousiasme was waarschijnlijk van zijn gezicht af te lezen, want Caro gaf hem schalks een por.

'Ik zie het al: monsieur Jay is een romanticus, Jessica! Hij houdt van leuke kleine weggetjes en wijngaarden en eenzame boerderijen. Typisch Engels!'

Jay knikte glimlachend en gaf toe dat zijn excentriciteit *tout à fait anglais* was.

'Maar een gemeenschap als de onze, *éh*, die moet groeien.' Clairmont was dronken en ernstig. 'We hebben investeringen nodig. Geld. Het boerenbedrijf levert niks meer op. Onze boeren verdienen net genoeg om in leven te blijven. Het werk zit allemaal in de grote steden. De jonge mensen trekken weg. Alleen de oude mensen en het uitschot blijven. De zwervers, de *pieds-noirs*. Dat willen de mensen maar niet begrijpen. Er moet vooruitgang komen want anders is het met ons gedaan, *éh*. Stilstand is achteruitgang.'

Caro knikte. 'Maar er zijn hier te veel mensen die niet vooruitkijken,' zei ze fronsend. 'Ze willen hun land niet verkopen als bouwgrond, ook wanneer het duidelijk is dat ze het niet kunnen winnen. Toen er plannen werden voorgelegd om verderop een nieuwe Intermarché te bouwen, protesteerden ze zo lang dat die in plaats daarvan naar Le Pinot is gegaan. Le Pinot was twintig jaar geleden net als Lansquenet. En moet je nu zien.'

Le Pinot was het plaatselijke succesverhaal. Een dorp van driehonderd zielen had zichzelf op de kaart weten te krijgen dankzij een ondernemend stel uit Parijs dat een aantal oude huizen had gekocht en opgeknapt om ze door te verkopen als vakantiehuis. Dankzij het sterke pond en een aantal uitstekende contacten in Londen hadden ze deze kunnen verkopen of verhuren aan welgestelde Engelse toeristen en was er stukje bij beetje een traditie ontstaan. De dorpelingen hadden algauw de mogelijkheden gezien. Er waren steeds meer zaken gekomen die in de behoeften van de nieuwkomers voorzagen. Er werden een paar nieuwe cafés geopend, spoedig gevolgd door een aantal pensions. Daarna kwamen er hier en daar gespecialiseerde winkels die luxeartikelen verkochten aan de zomergasten, een restaurant met een Michelin-ster en een klein maar luxueus hotel met een fitnessruimte en een zwembad. De plaatselijke geschiedenis werd doorgespit om alles wat van enig belang leek, aan te kunnen prijzen. Zo werd de uiterst oninteressante kerk via een combinatie van folklore en wishful thinking een historisch monument, er werd een tv-bewerking van *Clochemerle* opgenomen, en daarna was het aantal nieuwe ontwikkelingen niet meer te stuiten. Een Intermarché op loopafstand. Een ruiterclub. Een hele rij vakantiechâlets langs de rivier. En alsof dat nog niet genoeg was, waren er nu plannen voor een *Aquadôme* en kuuroord op slechts vijf kilometer afstand, waardoor er vanuit Agen en nog verder weer nieuwe toeristen zouden komen.

Caro leek het succes van Le Pinot als een persoonlijke belediging op te vatten.

'Het had net zo goed Lansquenet kunnen zijn,' klaagde ze, terwijl ze een petitfour nam. 'Ons dorp is minstens zo goed als dat van hen. Onze kerk stamt echt uit de veertiende eeuw. We hebben in Les Marauds de resten van een Romeins aquaduct. Wij hadden het ook kunnen zijn. Maar de enige bezoekers die wij krijgen zijn de mensen die 's zomers op het land helpen en de zigeuners van de rivier.' Ze beet kregelig in haar petitfour.

Jessica knikte. 'Het komt door de mensen hier,' zei ze

tegen hem. ‘Ze hebben geen ambitie. Ze denken dat ze net zo kunnen blijven leven als hun voorvaderen.’

Le Pinot, begreep Jay, was zo’n succes dat de productie van de lokale wijn, waarnaar het dorp was genoemd, helemaal was stilgelegd.

‘Je buurvrouw is een van die mensen.’ Caro’s mond werd een dunne streep van roze lippenstift. ‘Ze bewerkt de helft van het land tussen ons huis en Les Marauds, maar ze verdient met het wijnmaken maar net genoeg om het hoofd boven water te houden. Ze zit het hele jaar maar in dat oude huis van haar en praat met niemand. En dat arme kind zit daar ook opgesloten...’

Toinette en Jessica knikten, en Clairmont schonk weer koffie in.

‘Kind?’ De korte indruk die Jay van Marise d’Api had gekregen, gaf hem geen aanleiding te denken dat ze moeder was.

‘Ja, een meisje. Niemand krijgt haar ooit te zien. Ze gaat niet naar school. We zien ze nooit in de kerk. We hebben wel eens gesuggereerd dat ze dat misschien zouden kunnen doen’ – Caro vertrok haar gezicht in een grimas – ‘maar de scheldkanonnade die de moeder toen liet horen was echt weerzinwekkend.’

De andere vrouwen lieten instemmende geluiden horen. Jessica schoof nog wat naar hem toe, en Jay kon het parfum – Poison, dacht hij – dat van het kortgeknipte blonde haar af kwam, ruiken.

‘Ze zou beter af zijn bij haar grootmoeder,’ zei Toinette nadrukkelijk. ‘Dan zou ze tenminste de genegenheid krijgen die ze nodig heeft. Mireille aanbad Tony.’ Tony, legde Caro uit, was Marises echtgenoot.

‘Maar ze zou het kind nooit aan haar afstaan,’ zei Jessica. ‘Ik denk dat ze haar alleen maar houdt om Mireille dwars te zitten. En we zitten natuurlijk zo ver weg dat niemand zich iets aantrekt van wat een oude vrouw zegt.’

'Het was zogenaamd een ongeluk,' ging Caro duister verder. 'Dat moesten ze natuurlijk wel zeggen. Zelfs Mireille deed alsof het zo was, vanwege de begrafenis. Ze zei dat zijn geweer was afgegaan toen er een patroon in het magazijn was blijven steken. Maar iedereen weet dat die vrouw hem ertoe gedreven heeft. Dat ze zo ongeveer alles heeft gedaan behalve de trekker overhalen. Ze is tot alles in staat. Echt álles.'

Het gesprek begon Jay een ongemakkelijk gevoel te geven. Zijn hoofdpijn was teruggekeerd. Dit was niet wat hij van Lansquenet had verwacht, deze kleinzielige haat en nijd, dit vrolijke hinten op wreedheid achter de fraaie façade. Hij was niet naar Lansquenet gekomen om dit soort dingen te horen. Zijn boek – als het er ooit van kwam – zat hier niet op te wachten. Het gemak waarmee hij de twintig bladzijden op de achterkant van *De onverschrokken Cortez* had geschreven, bewees dat. Hij wilde vrouwen met blozende wangen die kruiden in hun tuin plukten. Hij wilde een Franse idylle, een *Cider with Rosette*, een luchtige tegenhanger van Joe.

En toch had het verhaal iets eigenaardig indringends, evenals de drie vrouwengezichten daar dicht bij elkaar, met dezelfde uitdrukking van sluw genoegen erop, met de neergeslagen ogen, de gestifte lippen en de witte, goedverzorgde tanden. Het was een oud verhaal, en niet eens origineel, en toch boeide het hem. Het gevoel, van voortgedreven te worden door een onzichtbare hand in zijn binnenste, was niet geheel onplezierig.

'Ga door,' zei hij.

'Ze zat hem altijd op zijn huid.' Jessica nam het verhaal over. 'Ook toen ze nog maar pas getrouwd waren. Hij was een gemakkelijke, lieve man. Flink uit de kluiten gewassen, maar ik zweer je dat hij bang voor haar was. Hij liet haar doen wat ze wou. En toen het kind geboren was, werd ze alleen maar erger. Geen lachje kon eraf. Ze sloot met niemand vriendschap. En de ruzies met Mireille! Ik denk dat je ze in het hele dorp kon horen.'

'Dat heeft hem er uiteindelijk toe gedreven: de ruzies.'

'Arme Tony.'

'Ze vond hem in de schuur – althans, wat er van hem over was. Zijn hoofd was half weggeblazen door het schot. Ze heeft de baby in de wieg gelegd en is op haar brommer naar het dorp gereden, zo koelbloedig als wat, om hulp te halen. En op de begrafenis, toen iedereen in de rouw was' – Caro schudde haar hoofd – 'was ze zo koud als ijs. Geen woord, geen traan. Ze wilde alleen maar de eenvoudigste, goedkoopste begrafenis betalen. En toen Mireille geld aanbood voor iets beters had je die ruzie eens moeten zien!'

Mireille, begreep Jay, was Marises schoonmoeder. In de zes jaar die inmiddels verstreken waren had Mireille, die nu eenenzeventig was en aan chronische artritis leed, nooit met haar kleindochter gesproken of haar gezien, behalve uit de verte.

Marise was na de dood van haar man weer haar meisjesnaam gaan gebruiken. Ze had aan iedereen in het dorp blijkbaar zo'n hekel dat ze alleen losse arbeiders in dienst nam en dan alleen op de voorwaarde dat ze zolang ze voor haar werkten, op de boerderij aten en sliepen. Dat gaf natuurlijk aanleiding tot geruchten.

'Je zult haar wel niet veel zien, neem ik aan,' eindigde Toinette. 'Ze praat met niemand. Ze rijdt zelfs helemaal naar La Percherie om haar wekelijkse inkopen te doen. Ik denk dat ze je wel met rust zal laten.'

Jay liep naar huis, ondanks het aanbod van Jessica en Caro om hem terug te rijden. Het was bijna twee uur en de nacht was fris en rustig. Zijn hoofd voelde vreemd licht aan, en hoewel er geen maan was, stond de lucht vol sterren. Toen hij langs het plein liep en afdaalde naar Les Marauds, besefte hij enigszins verbaasd hoe donker het eigenlijk was. De laatste straatlantaarn stond voor Café des Marauds, en aan de voet van de heuvel waren de rivier, de moerassen en de verwaarloosde gammele huisjes die hier en daar aan de waterkant stonden, in zo diepe duisternis gehuld dat je bijna niets zag. Toen hij bij de rivier kwam, waren zijn ogen echter aan het duister gewend. Hij stak bij de ondiepte over, luisterend naar het zachte geklots van het water tegen de oevers. Hij vond het pad door de velden en volgde het naar de weg, waar een lange rij bomen zich zwart aftekende tegen de paarse lucht. Overal om zich heen hoorde hij geluiden: nachtdieren, een uil in de verte, maar vooral het geluid van de wind en de bladeren, iets dat we minder goed horen wanneer we worden afgeleid door het zien.

De koele lucht had de rook en de alcohol uit zijn hoofd verjaagd en hij voelde zich alert en wakker; hij kon wel de hele nacht lopen. Onder het lopen nam hij telkens opnieuw het laatste gedeelte van het gesprek van die avond door. Dat verhaal, hoe lelijk het ook was, trok hem aan. Het had iets primitiefs, iets instinctmatigs. De vrouw die alleen met haar geheimen leefde, de man die dood in de schuur lag, de duistere driehoek van moeder, grootmoeder en dochter... En als decor dit lieflijke, wrede land met zijn wijnstokken, boomgaarden, rivieren, witte huizen, weduwen met zwarte hoofddoeken en mannen in overalls met afhangende, door het roken bruin geworden snorren.

De doordringende geur van tijm vulde de lucht. Die groeide in het wild langs de kant van de weg. Tijm verbetert het geheugen, zei Joe altijd. Hij maakte er altijd siroop van, die hij bewaarde in een fles in de provisiekast. Iedere ochtend vóór het ontbijt twee eetlepels. De heldergroene vloeistof rook precies als de nachtlucht boven Lansquenet, fris en aards en nostalgisch, als het schoffelen in de kruidentuin op een zomerdag, met de radio aan.

Plotseling wilde Jay thuis zijn. Zijn vingers jeukten. Hij

wilde de toetsen van de typemachine onder zijn handen voelen, het geklik van de oude machine in de stilte van de sterrennacht horen. Maar wat hij het liefst wilde was dat verhaal vastleggen op papier.

Joe lag languit op het kampeerbed, de handen achter zijn hoofd, op hem te wachten. Hij had zijn laarzen bij het voeteneinde neergezet, maar hij droeg zijn oude mijnwerkershelm, die hij zwierig scheef had gezet. Een gele sticker op de voorkant vermeldde: 'De mensen zullen altijd kolen nodig hebben'.

Jay was niet verbaasd hem te zien. Zijn woede was verdwenen en had plaatsgemaakt voor een gevoel van troost, bijna alsof hij hem verwachtte te zien – de spookverschijning werd vertrouwd naarmate hij erop begon te rekenen, werd...

Alledaagse magie.

Hij ging achter de typemachine zitten. Het verhaal had hem nu in zijn greep en hij typte snel. Zijn vingers ramden op de toetsen. Hij typte twee uur lang achterelkaar door; het ene vel van *De onverschrokken Cortez* na het andere verdween in de machine en werd met zijn eigen lekenalchemie omgezet in iets anders. De woorden liepen bijna te snel over het papier om ze bij te houden. Van tijd tot tijd pauzeerde hij even, zich vaag bewust van Joe's aanwezigheid op het bed naast hem, hoewel de oude man terwijl hij werkte, niets zei. Op een gegeven moment was er de geur van rook. Joe had een sigaret opgestoken. Om ongeveer vijf uur 's morgens zette hij koffie in de keuken, en toen hij weer bij zijn typemachine was, merkte hij met een vreemd gevoel van teleurstelling dat de oude man verdwenen was.

30

Nether Edge, zomer 1977

Ze gingen daarna vaker naar de Edge. Ze hielden zich meestal gedekt en gingen erheen wanneer ze vrij zeker wisten dat er niemand zou zijn. Er waren een paar schermutselingen met Glenda en haar vriendinnen – een keer bij de stortplaats om een oude diepvriezer (waarbij Glenda won) en eenmaal bij de oversteek van de rivier (een punt voor Gilly en Jay). Er waren geen ernstige gevolgen. Er werd gescholden, er werd met stenen gegooid en er werd gedreigd en gespot. Gilly en Jay kenden Nether Edge beter dan de anderen, ondanks het feit dat ze niet in het stadje woonden. Ze wisten de beste schuilplaatsen, de kortste routes. En ze hadden fantasie. Glenda en haar vriendinnen hadden niet veel anders dan boosaardigheid en gesnoef tot hun beschikking. Gilly vond het leuk om vallen te zetten. Een gebogen jonge boom met een strakgespannen draad onderaan, die tegen het gezicht aan zwiepte van degene die erop trapte. Een verfblik met vies kanaalwater dat op de deur van hun hut balanceerde. De hut zelf werd keer op keer geplunderd, totdat hij ten slotte verlaten werd. Daarna ontdekte Jay de nieuwe hut – in de stortplaats, tussen een roestig karkas en een oude koelkastdeur – en die overvielen ze ook. Ze lieten overal hun handtekening achter: op oude ovens in de stortplaats, op bomen, op de muren en deuren van een reeks hutten. Gilly maakte een katapult en oefende ermee op oude blikken en jampotten. Ze was een natuurtalent. Ze miste nooit doel. Ze kon op vijftien meter afstand een pot breken zonder het zelfs maar te proberen. Natuurlijk ontsnapten ze wel eens ternauwernood. Op een keer hadden ze Jay bijna in het nauw gedreven bij de plek waar hij zijn fiets had verstopt, dicht bij de spoorbrug. Het werd al donker en Gilly was al naar huis, maar hij had tussen het onkruid een voorraad kolen van het jaar ervoor gevonden, misschien wel een paar zakken vol, en hij wilde ze weghalen voordat iemand anders ze toevallig ontdekte. Hij had het te druk met het in een zak stoppen van stukken kool voor Joe om de vier meisjes op te merken die van de andere kant van het spoor kwamen, en Glenda had hem voor hij het wist bijna te pakken.

Glenda was even oud als Jay, maar voor een meisje had ze een flink postuur. Haar gezicht, net zo smal als dat van Zeth, was overdekt met een laag vlees, die haar ogen tot halvemaantjes kneep en haar lippen tot een tuitmondje. Haar grote, dikke wangen zaten al onder de acne. Het was de eerste keer dat hij haar van zo dichtbij zag, en de gelijkenis met haar broer werkte bijna verlammend. Haar vriendinnen bekeken hem achterdochtig en vormden een halve cirkel achter Glenda, alsof ze zijn ontsnappingsroute wilden afsluiten. De fiets lag drie meter verder in het lange gras verborgen. Jay begon er voorzichtig heen te lopen.

'Hij is in z'n uppie vandaag,' merkte een van de meisjes op, een magere blonde met een sigarettenpeuk tussen haar tanden. 'Waar is het vriendinnetje?'

Jay schuifelde weer een stukje naar de fiets. Glenda schuifelde mee, over het grint van de spoordijk in de richting van de weg glijdend. Stukjes grint sprongen onder haar gympen weg. Ze droeg een afgeknipt T-shirt en haar armen waren roodverbrand. Met haar plompe viswijfarmen zag ze er alarmerend volwassen uit, alsof ze zo geboren was. Jay veinsde onverschilligheid. Hij had graag iets slims gezegd, iets bijtends, maar de woorden die in een verhaal zo gemakkelijk opwelden, weigerden hun medewerking. In plaats daarvan liet hij zich langs het talud naar beneden zakken naar de plek waar hij zijn fiets had verborgen, waarna hij hem uit het lange gras trok en op de weg zette.

Glenda uitte een kreet van woede en begon naar hem toe te glijden, met haar grote, brede handen het grint wegmaaiend. Het stof vloog alle kanten uit.

'Ik krijg je verdomme wel, klerejoch,' zei ze op een manier die griezelig veel op die van haar broer leek, maar ze lette te veel op Jay om haar eigen bewegingen te sturen, en ze schoot beneden plotseling door, wat een grappige indruk maakte, en vloog de droge sloot in, waar brandnetels stonden die net begonnen te bloeien. Glenda schreeuwde van woede en chagrijn. Jay grijnsde en gooide zijn been over de stang van zijn fiets. Glenda lag in de sloot met haar gezicht in de brandnetels met haar armen te maaien en te worstelen.

Toen hij wegreed, waren de drie vriendinnen van Glenda haar eruit aan het trekken, maar toen hij aan het eind van de straat was gekomen, stopte hij en keerde zich om. Hij zag dat Glenda inmiddels half uit de sloot was. Haar gezicht was een donkere vlek van woede. Hij zwaaide even brutaal naar haar.

'Ik krijg jou nog wel!' Door de grote afstand die hen scheidde, klonk haar stem iel. 'M'n broer krijgt je wel te pakken!'

Jay zwaaide weer en toen hij de laan was ingeslagen en uit het zicht verdwenen, stuntte hij even op het achterwiel van zijn fiets. Hij voelde zich lachgasserig duizelig, zijn kaak deed pijn van het lachen en zijn ribbenkast voelde strak. De talisman die aan de lus van zijn spijkerbroek hing, wapperde als een vaantje aan zijn heup. De hele weg naar het dorp was hij uitgelaten en zijn stem sloeg langs hem heen en werd meegenomen door de wind. Hij was door het dolle heen. Hij voelde zich onkwetsbaar.

Maar de maand augustus liep ten einde. September doemde op als een wraakgodin. Zijn ondergang was nog maar een week weg.

31

Lansquenet, maart 1999

In de daaropvolgende week schreef Jay iedere avond. Op vrijdag werd de elektriciteit eindelijk aangesloten, maar toen was hij al gewend geraakt aan werken bij het licht van de olielamp. Het was op de een of andere manier vriendelijker, sfeervoller. De bladzijden van zijn manuscript vormden een dik pak op het tafelblad. Hij had er al bijna honderd. Op maandag kwam Clairmont met vier werklui om met de reparaties aan het huis te beginnen. Ze begonnen met het dak, waar een groot aantal dakpannen ontbrak. Ook naar de waterleiding moest gekeken worden. In Agen had hij een autoverhuurbedrijf gevonden, waar hij een vijf jaar oude Citroën had gehuurd om zijn aankopen in mee te nemen en zijn bezoekjes aan Lansquenet sneller te laten verlopen. Hij kocht ook drie pakken typepapier en een paar typemachinelinten. Hij werkte wanneer het donker was en Clairmont en zijn mannen naar huis waren, en het pak betypte vellen groeide gestaag.

Hij las de nieuwe bladzijden niet meer door. Misschien was hij bang dat de blokkade die hem zoveel jaren achtervolgd had, nog op de loer lag. Maar op de een of andere manier dacht hij van niet. Dat kwam gedeeltelijk door de omgeving. Het gevoel van vertrouwdheid, ondanks het feit dat hij er niet thuishoorde. Hij voelde zich er dicht bij het verleden, alsof Pog Hill Lane tussen de boom- en wijngaarden herbouwd was.

's Morgens liep hij naar Lansquenet om brood te kopen. Zijn enkel had zich snel en volledig hersteld en er was nog maar een heel vaag litteken te zien. Hij begon plezier in de wandeling te krijgen en een aantal gezichten die hij onderweg zag, te herkennen. Joséphine vertelde hem de namen en soms meer. Als eigenaar van het enige café in het dorp verkeerde ze in een uitstekende positie om alles te weten wat er gaande was. De saai ogende man met de blauwe baret was Narcisse, een kweker die de plaatselijke levensmiddelenwinkel en bloemenzaak van waren voorzag. Ondanks zijn reserve verried zijn gezicht een wrange, verborgen humor. Jay wist van Joséphine dat hij bevriend was met de zigeuners die iedere zomer de rivier afzakten; hij handelde met hen en bood hun seizoenarbeid op zijn land aan. Jarenlang hadden hij en een reeks lokale *curés* strijd geleverd om deze tolerante houding jegens de zigeuners, maar Narcisse was onverzettelijk en de zigeuners bleven. De roodharige man bij Clairmont was Michel Roux, uit Marseille, een man die op de rivier gevaren had en die vijf jaar daarvoor twee weken was gebleven en nooit meer was vertrokken. De vrouw met het rode sjaaltje was Denise Poitou, de vrouw van de bakker. De vrouw met het bleke gezicht en de zwarte kleding en de hoed met de brede rand als bescherming tegen de zon was Mireille Faizande, de schoonmoeder van Marise. Jay probeerde haar blik te vangen toen ze langs het caféterras liep, maar ze leek hem niet te zien.

Aan al die gezichten waren verhalen verbonden. Leunend op de bar met een kop koffie in haar hand leek Joséphine maar al te zeer bereid hem erover te vertellen. Haar aanvankelijke verlegenheid was verdwenen en ze begroette hem met plezier. Soms, wanneer er niet al te veel klanten waren, maakten ze een praatje. Van de mensen over wie ze sprak, kende Jay er maar weinig, maar dat leek Joséphine niet te ontmoedigen.

'Heb ik je nog nooit iets over de oude Albert verteld? Of over zijn dochter?' Ze klonk verbaasd over zoveel onwetendheid. 'Ze woonden vroeger naast de bakkerij. Nou ja, wat vroeger dan de bakkerij was, voordat het een chocolaterie werd. Tegenover de bloemenwinkel.'

Eerst liet Jay haar gewoon praten. Hij lette niet erg goed op en liet namen, verhalen en beschrijvingen over zich heen komen, terwijl hij zijn koffie dronk en de mensen die langskwamen, bekeek.

'Heb ik je nooit verteld over Arnauld en het truffelvarken? Of over die keer dat Armande zich had verkleed als de Maagd Maria en hem op het kerkhof opwachtte? Moet je horen...'

Er waren veel verhalen over haar beste vriendin, Vianne, die een paar jaar daarvoor vertrokken was, en over mensen die allang dood waren en wier namen hem niets zeiden. Maar Joséphine gaf niet op. Misschien was ook zij eenzaam. De vaste ochtendgasten zeiden meestal niet veel; het waren merendeels oude mannen. Misschien vond ze het prettig een jonger publiek te hebben. Langzaam maar zeker begon hij geboeid te raken door het vervolgverhaal van Lansquenet-sous-Tannes.

Jay was zich ervan bewust dat hij nog steeds een vreemde eend in de bijt was. Sommige mensen staarden hem met onverholen nieuwsgierigheid aan. Sommigen glimlachten. De meesten waren gereserveerd, beleefd stug, een knik ter begroeting en een zijdelingse blik wanneer hij langsliep. De meeste dagen ging hij naar Café des Marauds om er een *blonde* of een *café-cassis* te drinken wanneer hij bij Poitou vandaan kwam. Het beschutte terras was klein, niet groter dan een breed stuk stoep langs de smalle weg, maar het was prettig om er te zitten en het dorp tot leven te zien komen. Zo dicht bij het plein was het een gunstige plek om alles te overzien: de lange heuvel die naar de moerassen in de diepte liep, de boomkruinen boven de rue des

Francs Bourgeois, de kerktoren die iedere morgen om zeven uur zijn carillonklanken over de velden strooide, en het vierkante, roze schoolgebouw bij de splitsing van de weg. Aan de voet van de heuvel lag de Tannes, wazig en vaag glanzend, de velden verderop nauwelijks zichtbaar. Het vroege zonlicht was erg helder, in vergelijking bijna hard, en de witte voorgevels staken scherp af tegen hun bruine schaduwen. In de rivier lag een boot aangemeerd, dicht bij het groepje verlaten huizen die op hun wankele houten stelten boven de rivier hingen. Uit de schoorsteen van de boot zag hij een rookkringel komen en hij rook de geur van gebakken vis.

Tussen zeven en acht uur kwamen er verscheidene mensen langs, bijna allemaal vrouwen, met broden of papieren zakken met croissants die ze bij Poitou gehaald hadden. Om acht uur luidde de klok voor de mis. Jay herkende de kerkgangers altijd. Hun goede voorjaarsjassen, hun gepoetste schoenen en hun hoeden en baretten straalden een plechtige weerstand uit die hen herkenbaar maakte. Caro Clairmont was er altijd met haar man; hij onhandig in zijn strakke schoenen, zij elegant met telkens weer een andere zijden sjaal. Ze begroette Jay altijd wanneer ze langsliep; ze zwaaide uitbundig en riep iets in de trant van: 'Hoe staat het met het boek?' Haar man gaf een kort knikje en liep snel langs, in elkaar gedoken, bescheiden. Terwijl de mis gelezen werd, nam een aantal oude mannen met een houding van vermoeid verzet plaats op het terras van Café des Marauds om *café-crème* te drinken en te schaken, of om met elkaar te praten. Jay herkende Narcisse, de kweker, altijd op dezelfde plaats bij de deur. Uit zijn jaszak stak een beduimelde zaadcatalogus, die hij zwijgend las, een kop koffie bij zijn elleboog. Op zondag kocht Joséphine *pains au chocolat* en de oude man nam er altijd twee. Wanneer hij de broodjes naar zijn mond bracht leken zijn grote, gebruinde handen vreemd elegant. Hij sprak zelden en stelde zich tevreden met een korte knik in de richting van de andere klanten, waarna hij zich op zijn vaste plek nestelde. Om half negen begonnen de schoolkinderen langs te komen, een bonte verzameling, met hun jacks en fleecetruien en de vele logo's tegen een paarse, rode, gele, turkooizen of felgroene achtergrond. Ze keken Jay openlijk nieuwsgierig aan. Sommigen lachten en riepen vrolijk spottend: '*Rosbif! Rosbif!*' terwijl ze langsrenden. Er waren in Lansquenet ongeveer twintig kinderen van de basisschoolleeftijd, verdeeld over twee klassen. De oudere moesten naar Agen met de schoolbus, waarvan de ramen vol vlekken van de nieuwsgierige neusjes zaten en overdekt waren met in het vuil gevingerde teksten.

Overdag had Clairmont een oogje gehouden op de reparaties aan het huis. De begane grond zag er al beter uit en het dak was bijna af, maar Jay kon merken dat Georges teleurgesteld was over zijn gebrek aan ambitie. Clairmont droomde van serres en overdekte zwembaden, van bubbelbaden en piazza's en mooi aangelegde gazons, hoewel hij filosofisch genoeg was toen Jay hem vertelde dat hij niet in een Rivièra-achtige villa wilde wonen.

'*Bof, ce que vous aimez, à ce que je comprends, c'est le rustique*,' zei hij schouderophalend tegen Jay, maar in zijn ogen lag al een speculatieve blik.

Jay begreep dat hij als hij bij deze man geen duidelijke grens trok, bijna zeker met ongewenste voorwerpen overspoeld zou worden, die hij zou moeten kopen, zoals kapot aardewerk, melkkrukjes, lelijk namaakantiek, wandelstokken, gebarsten tegels, hakborden en oude boerenwerktuigen, kortom: al die spullen van zolder en kelder die niet meer in trek of overbodig waren en die van de brandstapel gered waren omdat ze 'rustiek' zouden zijn. Hij had het hem ter plaatse voor eens en voor altijd duidelijk moeten maken. Maar de man had iets aandoenlijks; in de ratachtige ogen blonk iets nederigs maar ook absurd hoopvols, en dat maakte het hem onmogelijk.

Zuchtend legde Jay zich bij het onvermijdelijke neer.

Op donderdag kreeg hij Marise voor het eerst sinds hun eerste korte ontmoeting te zien. Hij kwam na zijn ochtendwandeling thuis met een brood onder zijn arm. Op de plaats waar zijn grond aan die van haar grensde stond een meidoornheg en er was een pad dat parallel liep aan de grens tussen hun land. De heg was jong, hooguit drie of vier jaar oud; de nieuwe uitlopers van maart waren nog te dun om een scherm te vormen. Erachter zag hij de onregelmatige lijn waar de oude heg had gestaan, een ongelijke rij stompen en kluiten die onder een nieuwe vore nog goed zichtbaar was. In gedachten berekende Jay de afstand. Clairmont had gelijk. Ze had de grens zo'n vijftien meter verlegd. Waarschijnlijk toen de man ziek was geworden. Vaag nieuwsgierig tuurde hij door de heg. Het contrast tussen haar kant en de zijne was opvallend. Aan de Foudouinkant waren de wijnstokken onregelmatig en niet gesnoeid; er waren nauwelijks jonge scheuten te zien, op een paar harde bruine knoppen aan het eind van de dunne takken na. Die van haar waren ver teruggesnoeid, tot zo'n dertig centimeter boven de grond, klaar voor de zomer. Er stond aan Marises kant van de heg geen onkruid; de voren waren keurig recht en er liep een pad langs iedere rij dat breed genoeg was voor een tractor. Aan Jays kant liepen de rijen in elkaar over; de niet-gesnoeide wijnranken hielden elkaar over de paden heen wellustig omklemd. Door de wildernis heen staken vrolijke pieken kruiskruid, munt en arnica. Toen hij omkeek naar Marises land kon hij aan het eind van het veld net de puntgevel van haar boerderij zien, die aan het oog onttrokken was door een groepje populieren. Er stonden ook fruitbomen – het wit van appelbloesem op kale takken – en er was iets wat een moestuin zou kunnen zijn. Een stapel hout, een tractor en nog iets dat de schuur moest zijn.

Ze moest het schot vanuit het huis gehoord hebben. Ze

had de baby in het wiegje gelegd. Was weggegaan. Had de tijd genomen. Het beeld was zo levendig dat Jay het haar bijna kon zien doen: de laarzen die over dikke sokken heen waren aangetrokken, het te grote jasje om haar schouders – het was winter –, de bevroren grond die onder haar voeten kraakte. Haar gezicht had onbewogen gestaan, net als op die ochtend toen ze elkaar voor het eerst hadden ontmoet. Het beeld achtervolgde hem. Op deze wijze had Marise al meer dan eens over de bladzijden van zijn nieuwe boek gelopen; hij had het gevoel dat hij haar kende, en toch hadden ze nog nauwelijks met elkaar gesproken. Maar er was iets aan haar dat hem aantrok, iets onweerstaanbaar geheimzinnigs. Hij wist niet goed waarom ze hem aan Joe deed denken. Die jas, misschien, of de mannenpet die te diep over haar voorhoofd was getrokken, dat verwarrende halfvertrouwde silhouet dat hij om een hoek zag verdwijnen. Haar gelaatstrekken leken in ieder geval totaal niet op die van Joe. Joe had nooit zo'n kil, uitdrukkingloos gezicht kunnen hebben. Jay had zich al half omgedraaid, toen zijn blik op iets viel: een gedaante die snel langs de andere kant van de heg liep, een paar honderd meter bij hem vandaan. Omdat hij achter de dunne haag stond, zag hij haar voordat ze hem in het oog kreeg. Het was een warme ochtend en ze had haar omvangrijke bovenkleding verruild voor een spijkerbroek en een gestreepte visserstrui. De verandering van kleding maakte haar jongensachtig slank. Haar rode haar was ondeskundig op kaaklengte afgeknipt; Jay vermoedde dat ze het zelf had gedaan. Op dat onbewaakte ogenblik stond haar gezicht levendig, gretig. Even herkende Jay haar nauwelijks.

Toen schoten haar ogen in zijn richting en het leek wel of er een luik werd dichtgesmeten, zó snel dat hij zich afvroeg of hij zich alles verbeeld had.

'Madame...'

Even stond ze stil, keek ze hem aan met een vlakheid

die aan brutaliteit grensde. Haar ogen waren groen, een wonderlijk lichte grijsgroene kleur. In zijn boek had hij ze zwart gemaakt. Jay stak ter begroeting glimlachend zijn hand over de heg.

'Madame d'Api, het spijt me als ik u aan het schrikken heb gemaakt. Ik ben...'

Maar voor hij ook maar iets had kunnen zeggen, was ze weg; ze was een pad tussen de rijen wijnstokken ingeslagen en liep zonder om te kijken met lichte tred snel op de boerderij af.

'Madame d'Api!' riep hij haar na. 'Madame!'

Ze moest hem gehoord hebben en toch negeerde ze hem. Hij keek haar een paar minuten na terwijl ze zich steeds verder van hem verwijderde. Daarna haalde hij zijn schouders op en liep terug naar zijn huis. Hij hield zichzelf voor dat zijn teleurstelling absurd was. Er was geen enkele reden waarom ze met hem zou willen praten. Hij liet zijn fantasie te veel de vrije loop. In het zachte daglicht leek ze helemaal niet op de donkerogige heldin uit zijn verhaal. Hij besloot haar uit zijn gedachten te zetten.

Toen Jay thuiskwam, stond Clairmont hem met een vrachtwagen vol rommel op te wachten. Hij knipperde met zijn lichten toen Jay de oprijlaan op liep en schoof zijn blauwe baret naar achteren.

'*Holà*, monsieur Jay,' riep hij vanuit de cabine. 'Ik heb een paar spullen voor je nieuwe huis gevonden!'

Jay zuchtte. Zijn intuïtie was juist geweest. Om de paar weken zou hij door Clairmont worden lastiggevallen met een partij te dure *brocante* die voor boerenchic moest doorgaan. Van wat hij uit de lading opmaakte, zou de afschuwelijke werkelijkheid nog veel erger zijn dan zijn vermoedens: kapotte stoelen, bezems, oude deuren, een werkelijk afschuwelijke papier-maché drakenkop van het een of andere carnaval.

'Tja, ik weet het niet,' begon hij.

Clairmont grijnsde.

'Je zult het prachtig vinden, wacht maar af,' kondigde hij aan, uit zijn cabine springend. Terwijl hij dat deed, zag Jay dat hij een fles wijn in zijn hand had. 'Om je in de stemming te brengen, *éh*? Dan kunnen we de zaak bespreken.'

Hij kon niet om de man heen. Jay had zin in een bad en stilte. In plaats daarvan zou hij een uur moeten pingelen in de keuken, wijn moeten drinken waar hij geen zin in had en daarna moeten bedenken wat hij met Clairmonts *objets d'art* moest doen zonder hem voor het hoofd te stoten. Hij berustte in zijn lot.

'Op de zaken!' zei Clairmont, terwijl hij twee glazen wijn inschonk. 'Die van mij en die van jou!' Hij grijnsde. 'Ik ga in de antiekbusiness, *éh*? In Le Pinot en Montauban valt veel geld te verdienen met antiek. Als je nu goedkoop inslaat, kun je het weer kwijt wanneer de toeristen komen.'

Jay proefde de wijn, maar die was goed.

'Je zou in die wijngaard van jou twintig vakantiehuisjes kwijt kunnen,' vervolgde Clairmont vrolijk. 'Of een hotel. Hoe zou je dat vinden: je eigen hotel, *éh*?'

Jay schudde zijn hoofd.

'Het bevalt me zoals het is,' zei hij.

Clairmont zuchtte.

'Jij en die *païenne* van een d'Api,' verzuchtte hij. 'Jullie hebben geen visie, geen van beiden. Dat land is in de juiste handen een vermogen waard. Het slaat nergens op het te houden zoals het is, terwijl je met een paar vakantiehuisjes –'

Jay probeerde greep te krijgen op het woord en Clairmonts accent.

'*Païenne*? Goddeloze vrouw?' vertaalde hij aarzelend.

Clairmont wees met zijn hoofd in de richting van de andere boerderij.

'Geboren Marise. We noemden haar altijd "la Parisienne". Maar die andere naam past beter bij haar, *éh*? Gaat nooit naar de kerk. Heeft nooit haar kind laten dopen. Praat nooit. Lacht nooit. Behoudt dat land uit louter koppige haatdragendheid, terwijl ieder ander...' Hij haalde zijn schouders op. '*Bof*. Het gaat me niets aan, *éh*? Maar ik zou de deuren op slot houden als ik jou was, monsieur Jay. Ze is gek. Ze heeft al jaren een oogje op dat land. Ze zou je iets aandoen als ze de kans kreeg.'

Jay fronste zijn voorhoofd, zich de vossenklemmen rond het huis herinnerend.

'Ze heeft ooit bijna Mireilles neus gebroken,' ging Clairmont verder. 'Alleen maar omdat ze in de buurt van het meisje kwam. Daarna is ze nooit meer in het dorp geweest. Ze gaat op de brommer naar La Percherie. Ik heb haar ook naar Agen zien gaan.'

'Wie past er op de dochter?' informeerde Jay.

Clairmont haalde zijn schouders op.

'Niemand. Ik denk dat ze haar gewoon alleen laat.'

'Het verbaast me dat de sociale dienst niet –'

'*Bof*. In Lansquenet? Dan moeten ze helemaal uit Agen of Montauban komen, misschien zelfs uit Toulouse. Wie neemt die moeite? Mireille heeft het geprobeerd. Meer dan eens. Maar ze is slim. Ze heeft ze op een dwaalspoor gebracht. Mireille zou het kind geadopteerd hebben als ze de kans had gekregen. Ze heeft het geld. De familie zou haar gesteund hebben. Maar op haar leeftijd, en dan ook nog een doof kind, ik denk dat ze dachten –'

Jay staarde hem aan. 'Een doof kind?'

Clairmont keek verbaasd.

'Jaaa... Wist je dat niet? Al sinds ze klein was. En dan moet *zíj* voor het kind zorgen.' Hij schudde zijn hoofd. 'Dat houdt haar hier, *éh*? Daarom kan ze niet terug naar Parijs.'

'Waarom?' vroeg Jay nieuwsgierig.

'Geld,' zei Clairmont kortaf, en hij nam nog een slok.

'Maar de boerderij is toch wel wat waard?'

'Ja, dat wel,' zei Clairmont. 'Maar hij is niet van haar. Waarom dacht je anders dat ze zo graag dat huis van Foudouin wil hebben? Ze pacht hem. Zodra het contract afloopt, moet ze eruit, tenzij ze een verlenging kan krijgen. En na alles wat er gebeurd is, is daar niet veel kans op.'

'Waarom? Wie is de eigenaar?'

Clairmont dronk zijn glas leeg en likte voldaan langs zijn lippen.

'Pierre-Emile Foudouin. De man die jou het huis heeft verkocht. De achterneef van Mireille.'

Ze liepen daarna samen de oprijlaan op om te zien wat Clairmont had meegebracht. Ze waren net zo erg als hij gevreesd had. Maar Jay had zijn hoofd bij andere dingen. Hij bood Clairmont vijfhonderd frank voor de hele lading: de ogen van de aannemer werden even groot, maar hij liet zich snel overhalen. Vet knipogend zei hij: 'Gevoel voor koopjes, *éh*?'

Het bankbiljet verdween als een goochelkaart in zijn roestbruine handpalm.

'En wees maar niet bang, *éh*. Ik kan aan nog veel meer komen!'

Hij reed weg, met zijn uitlaat roze stof van de oprit opwerpend. Jay bleef achter met de stapel troep.

Maar ook nu kwam alles wat Jay van Joe geleerd had, hem weer goed van pas: hij vond het nog steeds moeilijk iets weg te gooien wat nog enig nut kon hebben. Zelfs toen hij besloot de hele lading als brandhout te gebruiken, keek hij nog speculerend het een en ander na. Een deur met glas erin dat in het midden gebarsten was, kon een redelijke koude bak vormen. De potten die omgekeerd over zaailingen gezet konden worden, zouden een goede bescherming bieden tegen late vorst. Stukje bij beetje begonnen de rariteiten die Clairmont had aangevoerd zich over de tuin en het land te verspreiden. Hij ontdekte zelfs een plekje voor de carnavalskop. Hij droeg hem voorzichtig naar de afrastering tussen zijn en Marises wijngaard en zette hem boven op een paal, met het gezicht naar de boerderij gekeerd. Uit de open mond van de draak hing een lange, rode crêpepapieren tong en zijn gele ogen gloeiden. Invoelende magie, zou Joe het genoemd hebben, zoiets als waterspuwers op een kerkdak. Jay vroeg zich af hoe *la païenne* het zou uitleggen.

32

Pog Hill, zomer 1977

Jays herinneringen aan het eind van die zomer waren vaag, wat met de herinneringen aan de tijd daarvoor niet het geval was. Dat kwam door diverse factoren, zoals de bleke en drukkende lucht, waardoor hij met zijn ogen moest knijpen en hoofdpijn kreeg. Joe leek een beetje afwezig, en door Gilly's aanwezigheid hadden ze niet meer de lange discussies die ze het jaar daarvoor hadden gehad. En wat Gilly betrof... Toen juli overging in augustus, leek het wel of Gilly altijd ergens op de achtergrond aanwezig was. Jay merkte dat hij steeds vaker aan haar dacht. Het plezier om haar gezelschap was gekleurd door onzekerheid, jaloezie en andere gevoelens die hij moeilijk kon omschrijven. Hij bevond zich voortdurend in een toestand van verwarring. Hij was vaak bijna boos zonder te weten waarom. Hij maakte constant ruzie met zijn moeder, die hem die zomer heviger leek te irriteren dan ooit – álles irriteerde hem hevig dat jaar – en hij voelde zich heel kwetsbaar, alsof iedere zenuw constant bloot lag. Hij kocht *Pretty vacant* van de Sex Pistols en draaide het keihard in zijn kamer, tot afgrijzen van zijn grootouders. Hij droomde ervan zijn oren te laten piercen. Gilly en hij gingen naar de Edge en voerden oorlog met Glenda's bende en vulden tassen met nuttig afval en namen dat mee naar Joe. Soms hielpen ze Joe in zijn tuin en af en toe praatte hij met hen over zijn reizen en zijn tijd in Afrika bij de Masai, of zijn reizen door het Andesgebergte. Maar op Jay kwam het over als iets plichtmatigs, iets achteloos, alsof Joe al met zijn hoofd bij iets anders was. Het grensritueel leek ook korter, hooguit nog een minuut of twee, met een wierookstaafje en een zakje strooisel. Het kwam niet bij hem op er vragen over te stellen, maar naderhand besefte hij hoe het had gezeten. Joe wist het. Toen al had hij de beslissing genomen.

Op een dag nam hij Jay mee naar de achterkamer en liet hem nog eens de zaadkist zien. Hij had dat al ruim een jaar niet meer gedaan en hij liet hem de duizenden zaden zien, verpakt en in papier gerold en gelabeld, klaar om te planten, en in het halfduister – de ramen waren nog dichtgetimmerd – leek de kast stoffig, verlaten, de papieren pakjes knisperend van ouderdom, de opschriften verbleekt.

'Lijkt niet veel soeps, hè?' zei Joe, terwijl hij met zijn vinger door het stof op de kist ging.

Jay schudde zijn hoofd. De kamer rook muf en vochtig, als een ruimte waar tomaten in zijn gekweekt. Joe grijnsde een beetje droevig.

'Geloof dat maar niet, jong. Al die zaadjes zijn stuk voor stuk van prima kwaliteit. Je zou ze zó kunnen planten en dan zouden ze als een gek groeien. Als een raket opschieten. Stuk voor stuk.' Hij legde zijn hand op de schouder van de jongen. 'Onthoud maar goed dat het er niet om gaat hoe de dingen eruitzien, maar om wat erín zit. Om de kérn.'

Maar Jay luisterde niet echt. Hij luisterde die zomer nooit echt. Hij had het te druk met zijn eigen gedachten, was er te zeker van dat wat hij had, er altijd zou zijn. Hij vatte dit droefgeestige onderonsje met Joe op als een gewone les van een volwassene. Hij knikte vaag; hij had het warm en verveelde zich en hij kon geen lucht krijgen in het bedompte, donkere vertrek. Hij wilde weg.

Pas later bedacht hij dat Joe toen misschien afscheid van hem genomen had.

33

Lansquenet, maart 1999

Joe zat op hem te wachten toen hij thuiskwam. Hij keek kritisch uit het raam naar de verwaarloosde moestuin.

'Je zult daar iets aan moeten doen, jong,' zei hij tegen Jay toen deze de deur opende. 'Anders wordt het niks deze zomer. Je zult de grond moeten omspitten en het onkruid moeten weghalen nu het nog kan. En dan die appelbomen. Je zult moeten kijken of er maretak in zit. Als je daar niks aan doet, gaan ze kapot.'

In de afgelopen week was Jay bijna gewend geraakt aan de plotselinge verschijningen van de oude man. Hij was zich er gek genoeg zelfs op gaan verheugen; hij hield zichzelf voor dat ze geen kwaad konden en hij bedacht ingenieuze post-jungiaanse redenen om te verklaren waarom ze bleven aanhouden. De oude Jay, de Jay van 1975, zou ervan genoten hebben. Maar die Jay geloofde alles, wílde alles geloven: astrale projectie, buitenaardse wezens, betoveringen, rituelen, magie. Vreemde verschijnselen waren voor díé Jay gesneden koek. Die Jay had geloof en vertrouwen. Déze Jay wist beter.

En toch bleef hij de oude man zien, of hij nu in hem geloofde of niet. Dat kwam deels door eenzaamheid, maakte hij zichzelf wijs, en deels door het boek, de nieuweling die uit het manuscript van *De onverschrokken Cortez* aan het groeien was. Het proces van schrijven lijkt een beetje op waanzin, op een soort bezetenheid die allesbehalve weldadig is. In de tijd dat hij *Jackapple Joe* schreef, praatte hij de hele tijd in zichzelf, liep hij heen en weer in zijn kleine appartementje in Soho, met een glas in zijn hand te praten en fel te discussiëren met zichzelf, met Joe, met Gilly, met Zeth en met Glenda. Hij verwachtte hen haast te zien wanneer hij van zijn typewerk opkeek, zijn ogen branderig van oververmoeidheid, zijn hoofd bonzend, de radio luid spelend. Een hele zomer lang was hij een beetje gek. Maar dit boek zou anders zijn, in zekere zin gemakkelijker. De personages waren om hem heen. Ze liepen moeiteloos over de bladzijden: Clairmont de aannemer, Joséphine de cafébhoudster, Michel uit Marseille, met zijn rode haar en prettige glimlach, Caro met haar Hermès-sjaal, Marise, Joe, Marise. Er was geen echte verhaallijn. Er was een grote hoeveelheid verhalen, losjes met elkaar verweven, sommige nog van Joe en overgebracht naar Lansquenet, andere verteld door Joséphine aan de tap van Café des Marauds, en weer andere bijeengeraapt. Hij mocht graag denken dat hij iets van de sfeer, van het licht van die plek had weten te vangen. Misschien iets van Joséphines heldere, ongeoefende verteltrant. In haar roddel was nooit een zweem van kwaadaardigheid te ontdekken. Haar verhalen waren altijd warm en vaak amusant. Hij begon naar zijn bezoekjes uit te kijken, genoeg om teleurgesteld te zijn wanneer Joséphine het te druk had om te praten. Hij ging nu iedere dag naar het café, ook wanneer hij geen enkele reden had om in het dorp te zijn. Hij maakte in gedachten aantekeningen.

Toen hij nog geen drie weken in het dorp was, ging hij naar Agen om de eerste honderdvijftig pagina's van het nog titelloze manuscript naar Nick Hornely, zijn agent in Londen, te sturen. Nick had Jonathan Winesap onder zijn hoede, evenals de royalties van *Jackapple Joe*. Jay had hem altijd gemogen, een man met wrange humor, die de gewoonte had hem kleine knipsels uit kranten en tijdschriften te sturen in de hoop nieuwe inspiratie op te wekken. Hij gaf geen contactadres op, maar een poste-restante-adres in Agen, en wachtte op antwoord.

Tot zijn teleurstelling merkte hij dat Joséphine niet met hem over Marise wilde praten. Er waren ook andere mensen over wie ze het zelden had: de Clairmonts, Mireille Faizande, de Merles, zichzelf. Wanneer hij probeerde haar aan het praten te krijgen over deze mensen, had ze meestal ineens iets in de keuken te doen. Hij kreeg steeds meer het gevoel dat er zaken waren, geheime zaken, die ze niet graag besprak.

'En mijn buurvrouw? Komt die wel eens in het café?'

Joséphine pakte een doek en begon het glanzende oppervlak van de bar op te wrijven.

'Ik zie haar nooit. Ik ken haar niet zo goed.'

'Ik heb gehoord dat ze niet goed kan opschieten met de mensen uit het dorp.'

Een schouderophalen. *'Bof.'*

'Caro Clairmont schijnt heel wat van haar af te weten.'

Weer dat gebaar.

'Caro vindt het belangrijk alles te weten.'

'Ik ben nieuwsgierig.'

Effen: 'Het spijt me, maar ik moet nu gaan.'

'Maar je hebt vast wel eens iets gehoord –'

Ze keek hem even recht aan; haar wangen werden rood. Haar armen waren verdedigend over elkaar geslagen, de duimen groeven zich afwerend in haar ribben.

'Monsieur Jay. Sommige mensen houden ervan hun neus in de zaken van andere mensen te steken. God weet dat er ooit ook heel wat over mij werd geroddeld. Sommige mensen denken dat ze kunnen oordelen.' Hij schrok van haar plotselinge felheid. Ineens was ze iemand anders, haar gezicht was strak en smal. Hij bedacht dat ze misschien bang was.

Later op de avond, toen hij weer thuis was, overdacht hij hun gesprek nog eens. Joe zat op zijn vaste plek op het bed, de handen in de nek gevouwen. De radio liet lichte muziek horen. De typemachinetoetsen voelden koud en dood aan onder zijn vingertoppen. De duidelijke draad van zijn verhaal was eindelijk op.

'Dat wordt niks.' Hij zuchtte en schonk koffie in zijn halflege kop. 'Zo kom ik nergens.'

Joe keek hem lui aan, zijn pet over zijn voorhoofd getrokken.

'Ik kan dit boek niet schrijven. Ik ben geblokkeerd. Er zit geen lijn in. Het gaat nergens over.'

Het verhaal dat hij een paar nachten eerder zo duidelijk in zijn hoofd had gehad, was nu bijna in het niets verdwenen. Zijn hoofd tolde van het gebrek aan slaap.

'Je moet haar leren kennen,' adviseerde Joe. 'Schenk geen aandacht aan wat anderen zeggen en vel je eigen oordeel. Of blaas het helemaal af.'

Jay maakte een ongeduldig gebaar.

'Hoe zou ik dat moeten doen? Ze wil kennelijk niets met me te maken hebben. Met niemand, trouwens.'

Joe haalde zijn schouders op.

'Zie maar. Je hebt blijkbaar nooit geleerd een beetje moeite te doen.'

'Dat is niet waar! Ik heb geprobeerd.'

'Jullie zouden tien jaar naast elkaar kunnen wonen zonder dat iemand de eerste stap zette.'

'Dit is anders.'

'Dat zal best.'

Joe stond op en slenterde naar de radio. Hij prutste even aan de knoppen, maar toen vond hij een duidelijk signaal. Op de een of andere manier wist Joe het station met oude hits te vinden, waar hij ook was. Rod Stewart zong *Tonight's the night*.

'Maar je zou het eens kunnen proberen.'

'Misschien wil ik dat wel niet.'

'Zo te zien niet, nee.'

Joe's stem werd zwakker en zijn contouren vervaagden, zodat Jay de pas gewitte muur achter hem kon zien. Tegelijkertijd kraakte de radio luid en brak het signaal af. In plaats van de muziek was er nu een hoop ruis.

'Joe?'

De stem van de oude man was bijna niet meer te horen.

'De groeten.'

Dat zei hij altijd als hij zijn afkeuring wilde laten blijken, of wanneer hij een eind aan een discussie wilde maken.

'Joe?'

Maar Joe was alweer verdwenen.

34

Pog Hill, zomer 1977

Het begon eigenlijk met Elvis. Dat wil zeggen: het was midden augustus en Jays moeder treurde met een heftigheid die bijna echt was. Misschien omdat ze even oud waren geweest, hij en zij. Ook Jay voelde het, al was hij dan nooit echt enthousiast geweest. Dat zwaard van Damocles dat boven hun hoofd hing, dat gevoel dat alles uiteen aan het vallen was, als een bal wol die wordt afgerold. Er hing die augustus een doodsdreiging in de lucht, de lucht had iets donkers, iets ondefinieerbaars. Er waren die zomer meer wespen dan hij ooit gezien meende te hebben, lange, krullende, bruine wespen die het einde leken te ruiken en al vroeg gemeen werden. Jay werd twaalfmaal gestoken, eenmaal in zijn mond toen hij een slok cola uit een fles nam, waarvoor hij gelukkig niet naar de eerste hulp hoefde, en Gilly en hij brandden zeven nesten uit. Gilly en Jay begonnen die zomer een kruistocht tegen de wespen. Op hete, vochtige middagen, wanneer de insecten slaperig en niet zo fel waren, gingen ze samen op wespenjacht. Ze vonden een nest, stopten krantensnippers en aanmaakblokjes in de opening en staken de zaak in de fik. Wanneer het goed ging branden en de rook het nest instroomde, vlogen de wespen naar buiten. Sommige zoemden en brandden als Duitse vliegtuigen in oude zwart-wit oorlogsfilms; ze verduisterden de lucht en maakten een zuchtend geluid, spookachtig en bloedstollend, terwijl ze zich verward en woedend over het oorlogsgebied verspreidden. Gilly en Jay lagen roerloos in een holte in de buurt, op veilige afstand van de gevaarlijke plek, maar zo dichtbij als ze durfden, en keken toe. Deze tactiek was natuurlijk door Gilly bedacht. Ze zat op haar hurken, haar wijdopen ogen schitterden, zo dichtbij als ze kon. Ze werd nooit door een wesp gestoken. Ze leek even immuun voor hen als een honingdas voor bijen, en even fataal. Jay was in wezen doodsbang en kroop weg in de holten met zijn hoofd, dat bonsde van duistere vreugde, naar beneden, maar de angst werkte verslavend en ze zochten die steeds weer op, terwijl ze zich aan elkaar vastklemden en lachten van angst en opwinding. Op een keer stopte Jay, daartoe door Gilly aangezet, twee vuurwerkbommetjes in een nest onder een muur van gestapelde stenen, en stak de lontjes aan. Het nest spatte uit elkaar, maar er was geen rook, en de verdoofde en boze wespen werden overal heen geslingerd. Het lukte er een zijn T-shirt binnen te komen en die stak hem keer op keer. Het leek wel of er iemand op hem schoot, en Jay rolde schreeuwend over de grond. Maar de wesp was onverwoestbaar, en draaide en stak zelfs nog door toen hij hem met zijn dolgeworden lichaam plette. Ten slotte doodden ze hem door het shirt los te scheuren en met vloeistof uit een aansteker te overgieten. Later telde Jay negen steken. De herfst kwam dreigend naderbij, geurend naar brand.

35

Lansquenet, april 1999

Hij zag haar de volgende dag weer. Naarmate April vorderde, werden de wijnstokken hoger en Jay zag haar af en toe aan het werk tussen de planten; ze bestoof ze met schimmelwerende middelen en inspecteerde de jonge loten en de bodem. Ze sprak niet met hem. Ze leek opgesloten te zitten in een capsule van isolement, haar profiel naar de aarde gekeerd. Hij zag haar achtereenvolgens in overalls, slobbertruien, mannenhemden, spijkerbroeken en laarzen, haar lichte haar streng weggestopt onder haar baret. Het was moeilijk de vorm die in die kleren stak te herkennen. Zelfs haar handen waren buitenproportioneel in veel te grote handschoenen. Jay probeerde een paar maal een praatje aan te knopen, maar zonder succes. Eenmaal ging hij bij haar langs, maar op zijn kloppen werd niet gereageerd, hoewel hij zeker wist dat hij achter de deur iemand hoorde.

'Ik zou niets met haar te maken willen hebben,' zei Caro Clairmont, toen hij over het voorval sprak. 'Ze praat met niemand uit het dorp. Ze weet hoe we allemaal over haar denken.'

Ze zaten op het terras van Café des Marauds. Caro had zich de gewoonte eigen gemaakt na de kerk bij hem te komen zitten terwijl haar man cakejes haalde bij Poitou. Ondanks haar overdreven vriendelijkheid, had Caro iets onaangenaams dat Jay niet goed kon analyseren. Misschien was het haar bereidheid kwaad te spreken van anderen. Wanneer Caro er was, bleef Joséphine op een afstand en bekeek Narcisse zijn zaadcatalogus met bestudeerde onverschilligheid. Maar ze bleef een van de weinige mensen uit het dorp die zijn vragen graag leek te willen beantwoorden. En ze was van alle roddels op de hoogte.

'Je moet maar eens met Mireille praten,' raadde ze hem aan, terwijl ze een heleboel suiker in haar koffie deed. 'Een van mijn dierbaarste vriendinnen. Wel van een andere generatie, natuurlijk. Wat zij allemaal van die vrouw te verduren heeft gehad, dat kun je je niet voorstellen.' Ze depte met een servetje zorgvuldig haar gestifte lippen voordat ze haar eerste slok nam. 'Ik zal je een keer aan haar voor moeten stellen,' zei ze.

Een uitnodiging bleek niet nodig. Mireille Faizande zocht hem een paar dagen later zelf op, wat hem volledig verraste. Het was warm. Jay had een paar dagen eerder een begin gemaakt met het werk aan de moestuin, en nu de voornaamste reparaties aan het huis af waren, bracht hij een paar uur per dag in de tuin door. Hij hoopte dat lichamelijke inspanning hem het inzicht zou geven dat nodig was om zijn boek af te maken. De radio hing aan een spijker in de zijmuur van het huis, en hij had het station met oude hits aanstaan. Hij had een paar flesjes bier uit de keuken meegenomen, die hij in een emmer water had gezet om af te koelen. Met zijn ontblote bovenlijf en de oude strohoed die hij in het huis had gevonden, op zijn hoofd om de zon uit zijn ogen te houden, was hij niet echt op bezoek ingesteld.

Hij was op een hardnekkige wortel aan het inhakken toen hij haar zag staan. Ze moest gewacht hebben totdat hij op zou kijken.

'O, sorry.' Jay kwam verbaasd omhoog. 'Ik zag u niet.'

Ze was een grote, vormloze vrouw, die moederlijk had moeten lijken maar dat niet deed. Met haar grote gemoed en heupen als keistenen zag ze er merkwaardig massief uit, alsof de aangename laag vet versteend was tot iets dat harder was dan vlees. Onder de strooien hoed zag hij een mond waarvan de hoeken waren neergetrokken, alsof ze eeuwig treurde.

'Het is een pittig eind,' zei ze. 'Ik was vergeten hoe ver het was.' Haar plaatselijke accent was heel geprononceerd, en even begreep Jay haast niet wat ze zei. De radio achter hem liet *Here comes the sun* horen, en hij kon Joe's schaduw vlak achter haar zien – het kale stukje boven op zijn hoofd weerkaatste het zonlicht.

'Madame Faizande...'

'Laten we niet zo formeel doen. Noem me maar Mireille. Ik stoor toch niet?'

'Nee, natuurlijk niet. Ik wilde er toch net mee ophouden.'

'O.' Haar ogen dwaalden even over de halfvoltooide moestuin. 'Ik had wist niet dat je tuinman was.'

Jay lachte.

'Dat ben ik ook niet. Ik ben gewoon een enthousiaste amateur.'

'Je gaat toch niet de wijngaard onderhouden, *éh*?' Haar stem klonk scherp. Hij schudde zijn hoofd.

'Dat gaat me helaas boven mijn pet.'

'Verkoop je hem dan?'

'Dat denk ik niet.'

Mireille knikte.

'*Eh*, ik dacht dat je misschien iets had afgesproken,' zei ze. 'Met haar.' De woorden werden bijna toonloos uitgesproken. Haar artritische handen draaiden en bewogen tegen de donkere stof van haar rok.

'Met je schoondochter?'

Mireille knikte.

'Ze heeft altijd een oogje op dit land gehad,' zei ze. 'Het ligt hoger boven de moerassen dan haar land. De afwatering is beter. Het overstroomt nooit in de winter en het droogt nooit uit in de zomer. Het is goed land.'

Jay keek haar onzeker aan.

'Ik weet dat er een... misverstand is geweest,' zei hij voorzichtig. 'Ik weet dat Marise verwachtte... misschien als ze met mij sprak, dat we iets zouden kunnen regelen –'

'Ik ga over iedere prijs heen die ze je voor het land biedt,' zei Mireille abrupt. 'Het is al erg genoeg dat ze de boerderij van mijn zoon heeft, *éh*; ze hoeft niet ook nog het land van mijn vader te hebben. De boerderij van mijn vader,' herhaalde ze met luidere stem, 'die van mijn zoon had moeten zijn, waarop hij zijn kinderen had moeten grootbrengen. Als zij er niet was geweest.'

Jay zette de radio af en pakte zijn hemd.

'Sorry,' zei hij. 'Ik realiseerde me niet dat er een familieconnectie was.'

Mireilles ogen gingen bijna teder naar de voorgevel van het huis.

'Je hoeft je niet te verontschuldigen,' zei ze. 'Het ziet er nu beter uit dat het er in jaren heeft uitgezien. Nieuwe verf, nieuwe ramen, nieuwe luiken. Na mijn moeders dood heeft mijn vader het helemaal verwaarloosd. Alleen het land niet. De wijn. En toen mijn arme Tony...' Ze hield abrupt op. Haar handen bewogen onrustig. 'Ze wilde niet in het familiehuis wonen, *éh*, nee... Mevrouw wilde haar eigen huis, bij de rivier. Tony bouwde een van de schuren voor haar om. Mevrouw wilde haar bloementuin, haar patio, haar naaikamer. Telkens wanneer het huis af leek, bedacht mevrouw wel weer iets nieuws. Alsof ze tijd rekte. En toen, eindelijk, nam hij haar mee naar huis.'

Mireilles gezicht vertrok. 'Mee naar mij.'

'Komt ze niet uit Lansquenet?' Dat zou de fysieke verschillen verklaren. De lichte ogen, het fijne gezicht, de exotische kleuren en het accurate, hoewel niet accentloze Engels.

'Ze komt uit Parijs.' Mireilles toon drukte al haar wantrouwen en wrok ten aanzien van de hoofdstad uit. 'Tony heeft haar daar tijdens een vakantie ontmoet. Hij was negentien.'

Ze kon niet meer dan een paar jaar ouder zijn geweest, dacht Jay. Drieëntwintig, misschien vierentwintig. Waarom was ze met hem getrouwd? Met deze boerenzoon? Mireille moest de vraag op zijn gezicht hebben gezien.

'Hij zag er ouder uit, monsieur Jay. En hij was knap, *éh, oui*. Knapper dan goed voor hem was. En de enige zoon. De boerderij, het land, alles had van hem kunnen zijn. Zijn vader heeft hem nooit iets ontzegd. Ieder meisje uit het dorp zou zichzelf gelukkig hebben geprezen. Maar mijn Tony wilde iets beters. Verdíénde ook iets beters.' Hoofdschuddend hield ze op met praten.

'Maar genoeg hierover, *éh*. Ik ben hier niet gekomen om over Tony te praten. Ik wilde weten of je van plan was het land te verkopen.'

'Dat ben ik niet,' zei hij tegen haar. 'Ik vind het leuk om het land te bezitten, ook al heb ik geen serieuze plannen voor de wijngaard. Ik stel bijvoorbeeld privacy erg op prijs.'

Mireille leek tevredengesteld.

'Maar je vertelt het me als je van gedachten verandert?'

'Uiteraard. Zeg, je hebt het vast warm.' Nu ze hier toch was, wilde Jay haar niet laten gaan zonder meer te weten te komen over Tony en Marise. 'Ik heb wat wijn in de kelder. Misschien wil je een glaasje met me meedrinken?'

Mireille keek hem even aan en knikte.

'Een klein glaasje dan,' zei ze. 'Al is het maar om weer even in mijn vaders huis te zijn.'

'Ik hoop dat het je goedkeuring kan wegdragen,' zei Jay, en hij ging haar voor naar binnen.

Er viel niet veel af te keuren. Jay had het huis bijna helemaal gelaten zoals het was; de oude waterleiding was vervangen door nieuwe buizen, maar de porseleinen gootsteenbakken, het fornuis, de grenen kasten en de gehavende oude keukentafel had hij behouden. Hij hield van de ouderdom van deze dingen, het verhaal dat iedere plek, ieder litteken vertelde. Hij hield van de glanzend gesleten plavuizen op de vloer, die hij veegde maar niet onder kleedjes probeerde weg te moffelen, en hoewel hij het hout in de olie had gezet en had schoongemaakt, had hij geen poging gedaan de schade die in de loop der jaren was aangericht, weg te schuren.

Mireille bekeek alles met een kritisch oog.

'En?' vroeg Jay glimlachend.

'*Eh*,' antwoordde Mireille. 'Het had erger gekund. Ik had plastic kasten en een vaatwasmachine verwacht.

'Ik zal de wijn halen.'

De kelder was donker. De elektriciteit was hier nog niet vernieuwd, en de enige verlichting bestond uit een zwak peertje dat aan een eindje snoer bengelde. Jay pakte een fles van het korte rek bij de trap.

Er lagen maar vijf flessen in het rek. In zijn haast om gastvrij te zijn had hij daar niet aan gedacht; een fles zoete Sauternes was de laatste geweest en die had hij de nacht ervoor opgedronken toen hij tot 's morgens vroeg had zitten typen. Maar hij had zijn hoofd bij andere zaken. Hij dacht aan Marise en Tony en aan hoe hij Mireille naar de afloop van haar verhaal kon vragen. Zijn vingers sloten zich even om mijn hals, maar gingen toen verder. Hij dacht niet aan de Bijzondere Wijnen. Hij wist zeker dat ergens nog een fles Sauternes lag, misschien een die hij over het hoofd had gezien. De Bijzondere Wijnen naast me bewogen onmerkbaar, ze verschoven, kropen naar elkaar toe, wreven tegen elkaar aan als slapende, spinnende katten. De fles naast me – op het etiket stond 'Rozenbottel '74' – begon te rammelen. Een volle, goudgele geur van warme suiker en siroop bereikte zijn neusgaten. In de fles hoorde ik zachtjes iets lachen. Jay kon het natuurlijk niet horen. Maar toch bleef zijn hand op de hals van de fles rusten. Ik kon hem onder zijn vingers horen fluisteren en flemen, ik zag hem van vorm veranderen en zijn etiket tersluiks naar beneden draaien terwijl hij die geheime geur afgaf. Sauternes, fluisterde hij verlokkend, heerlijke gele Sauternes van de andere kant van de rivier. Wijn om de tong van een oude vrouw los te maken, wijn die een droge keel smeert, wijn die héééł zachtjes naar beneden glijdt. Met een tevreden geluidje pakte Jay de fles.

'Ik wíst dat ik er nog een had.'

Het etiket was besmeurd, en bij het vage licht deed hij geen poging het te lezen. Hij nam hem mee naar boven, de keuken in, waar hij hem opende en inschonk. Terwijl de wijn het glas vulde, steeg uit de hals van de fles een zacht gegrinnik op.

36

'Mijn vader maakte de beste wijn van de streek,' zei Mireille. 'Toen hij stierf nam zijn broer Emile het land over. Daarna had het naar Tony moeten gaan.'

'Ik weet het. Wat naar.'

Ze haalde haar schouders op.

'Toen hij stierf ging het in ieder geval weer terug naar de mannelijke lijn,' zei ze. 'Ik zou het vreselijk gevonden hebben als het naar haar was gegaan was, *éh*?'

Jay glimlachte verlegen. Ze leek iets te hebben dat veel verder ging dan verdriet. Haar ogen vlamden. Haar gezicht was als steen. Hij probeerde zich voor te stellen hoe het moest zijn een enige zoon te verliezen.

'Het verbaast me dat ze is gebleven,' zei hij tegen haar. 'Daarna.'

Mireille lachte even.

'Natuurlijk is ze gebleven,' zei ze hard. 'Je kent haar niet, *éh*? Ze is gebleven uit louter kwaadaardigheid en koppigheid. Ze wist dat het niet lang zou duren voordat mijn oom stierf, en dan zou ze het landgoed voor zichzelf hebben, precies zoals ze altijd had gewild. Maar hij wist wat hij deed, *éh*. Hij liet haar in het ongewisse, die ouwe vos. Hij liet haar denken dat ze er goedkoop aan kon komen.' Ze lachte weer.

'Maar waarom zou ze het willen hebben? Waarom liet ze de boerderij niet voor wat hij was en ging ze weer naar Parijs?'

Mireille haalde haar schouders op.

'Wie zal het zeggen, *éh*? Misschien om mij een hak te

zetten.' Ze nam nieuwsgierig een slokje van haar wijn.

'Wat is dit?'

'Sauternes. Hè, verdorie!'

Jay begreep niet hoe hij zich zo vergist kon hebben. Het smoezelige, met de hand geschreven etiket. Het gele touwtje om de hals. 'Rozenbottel '74'.

'Hè, verdorie. Het spijt me. Ik moet de verkeerde fles gepakt hebben.'

Hij nam zelf een slok. Het smaakte ongelooflijk zoet; het was stroperig en er dreven deeltjes bezinksel in. Ontdaan keerde hij zich naar Mireille.

'Ik maak wel een nieuwe open. Ik bied mijn verontschuldigingen aan. Het was helemaal niet mijn bedoeling je dit te geven. Ik snap niet hoe ik die flessen –'

'Het geeft niet.' Mireille hield haar glas vast. 'Ik vind het lekker. Het doet me ergens aan denken. Ik weet niet precies waaraan. Aan een medicijn dat Tony als kind had, misschien.' Ze dronk weer en hij ving de honingachtige geur van de wijn uit haar glas op.

'Heus, madame, ik wil echt –'

Ferm: 'Ik vind het lékker.'

Achter haar, door het raam, kon hij Joe nog steeds onder de appelbomen zien. De zon scheen vrolijk op zijn oranje overall. Joe zwaaide toen hij hem zag kijken en stak zijn duim omhoog. Jay deed de kurk op de fles van de rozenbottelwijn en nam nog een slok uit zijn glas, op de een of andere manier onwillig de inhoud weg te gooien. De smaak was nog steeds vreselijk, maar de geur was aromatisch en heerlijk. Hij deed hem weer denken aan de emmers vol wasachtige rode bessen barstensvol zaadjes, die wanneer ze de pan ingingen, opensprongen en hun sap loslieten, en aan Joe in de keuken met de radio luid aan. *Kung Fu fighting* stond die hele maand op nummer één en Joe stopte af en toe even om een zogenaamde *atemi* te demonstreren die hij op zijn reizen door het oosten geleerd had. Hij dacht weer aan het oktoberzonlicht dat verblindend door de gebarsten ramen naar binnen scheen...

De wijn leek op Mireille eenzelfde uitwerking te hebben, hoewel haar gehemelte duidelijk gevoeliger was voor het bijzondere aroma van de wijn. Ze dronk hem met kleine, nieuwsgierige slokjes, telkens even pauzerend om de smaak in zich op te nemen.

Dromerig: '*Eh*, het smaakt naar... rozenwater. Nee, naar rozen. Rode rozen.'

Hij was dus niet de enige die het speciale effect van Joe's zelfgemaakte wijn voelde. Jay hield de oude vrouw nauwlettend in de gaten terwijl ze haar glas leegdronk, en hij lette op haar gezichtsuitdrukking om te weten of er mogelijk nadelige gevolgen waren. Die waren er niet. Integendeel: haar gezicht leek iets van de vastgeroeste uitdrukking te verliezen, en ze glimlachte.

'*Eh*, stel je voor. Rozen. Ik heb ooit mijn eigen rozentuin gehad, daar verderop bij de appelbomen. Ik weet niet wat ermee gebeurd is. Toen mijn vader overleed, werd er niets meer aan gedaan. Rode rozen waren het, met een geur, *éh!* Ik ben hier weggegaan toen ik met Hugues trouwde, maar wanneer ze bloeiden, kwam ik hier iedere zondag rozen plukken. Toen stierven Hugues en mijn vader, in hetzelfde jaar, maar dat was ook het jaar waarin mijn Tony geboren werd. Een verschrikkelijk jaar, op mijn lieve Tony na. De beste zomer voor rozen die ik me heugen kan. Het huis stond er vol mee. Tot de nok toe ermee gevuld. *Eh*, maar dit is sterke wijn. Hij maakt me helemaal duizelig.'

Jay keek haar bezorgd aan.

'Ik zal je naar huis rijden. Je moet niet dat hele eind teruglopen. Niet in die zon.' Mireille schudde haar hoofd.

'Ik wil lopen. Ik ben nog niet zo oud dat ik bang ben voor een paar kilometer. Trouwens,' – ze wees met haar hoofd in de richting van de andere boerderij – 'ik vind het prettig het huis van mijn zoon aan de overkant van de rivier te zien. Als ik geluk heb, zie ik misschien ook nog even mijn kleindochter. In de verte.'

Natuurlijk. Jay was bijna vergeten dat er een kind was. Hij had haar in ieder geval nog nooit gezien, noch op de velden, noch op weg naar school.

'Mijn kleine Rosa. Zeven is ze nu. Ik ben sinds de dood van mijn zoon niet meer bij haar in de buurt geweest. Niet één keer.' Haar mond begon zijn vaste zure trek terug te krijgen. Haar grote, misvormde handen bewogen fel tegen haar rok. 'Zíj weet wat dat met me gedaan heeft. Ze weet het. Ik zou alles voor het kind van mijn zoon hebben gedaan. Ik had de boerderij terug kunnen kopen, *éh*, ik had ze geld kunnen geven – God weet dat ik niemand anders heb om het aan te geven.' Ze kwam met moeite overeind; ze steunde met haar handen op de tafel om haar omvangrijke lichaam omhoog te hijsen.

'Maar ze weet dat ze als ze dat wil, mij het kind moet laten zien,' ging Mireille verder. 'Dan zou ik erachter komen wat er allemaal gebeurt. Als ze wisten hoe ze mijn Rosa behandelde, als ik maar eens kon bewijzen wat ze allemaal doet.'

'Toe nou.' Jay ondersteunde haar elleboog met een hand. 'Maak je niet zo druk. Ik weet zeker dat Marise zo goed mogelijk voor Rosa zorgt.'

Mireille wierp hem een minachtende blik toe. 'Wat weet jij daarvan, *éh*? Was je erbij? Had je je achter de schuurdeur verstopt toen mijn zoon stierf?' Haar stem was kil. Haar arm voelde als een hete baksteen onder zijn vingers.

'Sorry, ik wilde alleen maar –'

Mireille schudde moeizaam haar hoofd. 'Nee, ík moet me verontschuldigen. De zon en de sterke wijn, *éh*? Mijn tong wordt er wild van. En wanneer ik aan haar denk, gaat mijn bloed koken, *éh!*' Ze glimlachte plotseling, en Jay ving een onverwachte glimp op van de charme en intelligentie die achter het ruwe uiterlijk schuilgingen. 'Vergeet maar wat ik gezegd heb, monsieur Jay. De volgende keer moet je bij mij komen. Iedereen kan je mijn huis wijzen.'

Haar toon liet een weigering niet toe.

'Dat zou ik leuk vinden. Je kunt je niet voorstellen hoe blij ik ben dat ik iemand gevonden heb die mijn vreselijke Frans kan verdragen.'

Mireille keek hem even aandachtig aan en glimlachte toen. 'Je mag dan een buitenlander zijn, maar je hebt het hart van een Fransman. Mijn vaders huis is in goede handen.'

Jay keek haar na toen ze vertrok; ze zocht zich stijfjes een weg over het overgroeide pad naar de afscheiding, totdat ze uiteindelijk verdwenen was achter het scherm van bomen aan het eind van de boomgaard. Hij vroeg zich af of haar rozen er nog zouden staan.

Hij goot zijn glas wijn terug in de fles en deed de kurk er weer op. Hij spoelde de glazen om en borg het tuingereedschap op in de schuur. Pas toen drong het tot hem door. Na dagen van werkeloosheid, waarin hij geworsteld had met de onhandelbare stukken van zijn onvoltooide roman, zag hij alles ineens weer voor zich, zo duidelijk als wat, als een verloren munt die in het stof lag te glanzen.

Hij rende naar de typemachine.

'Ik denk dat je ze wel weer kunt opkweken, als je dat zou willen,' zei Joe, terwijl hij de verwarde rozenhaag bekeek. 'Ze zijn een tijd niet gesnoeid, en een paar zijn er verwilderd, maar het zou kunnen, als je er een beetje werk in stopt.'

Joe deed altijd of bloemen hem niets konden schelen. Hij gaf de voorkeur aan fruitbomen, kruiden en groenten, dingen die je kunt plukken en oogsten, opslaan, drogen, inmaken, in flessen stoppen, pureren of in wijn veranderen. Maar in zijn tuin hadden toch altijd bloemen gestaan. Ze waren met een zekere achteloosheid geplant: dahlia's, papavers, lavendel en stokrozen. Rozen tussen de tomatenplanten. Lathyrus tussen de bonenstaken. Deels dienden ze natuurlijk ter camouflage en deels om bijen te lokken. Maar uiteindelijk kwam het erop neer dat Joe van bloemen hield en er zelfs moeite mee had onkruid uit te trekken.

Jay had de rozentuin niet gezien als hij niet had geweten waar hij moest kijken. De muur waar de rozen ooit langs waren geleid, was gedeeltelijk afgebroken, waardoor een onregelmatig stuk bakstenen muur van ongeveer vijf meter lang was overgebleven. Het was bijna tot bovenaan begroeid met groen, waardoor een dikke haag was ontstaan waarin hij de rozen nauwelijks terugvond. Toen hij met de snoeischaar een paar stengels van klimplanten wegknipte, kwam er een grote rode roos tevoorschijn die bijna op de grond hing.

'Oude rozen,' merkte Joe op, terwijl hij hem van dichtbij bekeek. 'Heel geschikt om te verwerken. Je moet er maar eens rozenblaadjesjam van maken. Eersteklas.'

Jay ging er weer tegenaan met de snoeischaar en trok de stengels die zich om de struik geslingerd hadden, weg. Hij zag nu meer rozenknoppen, nog dicht en groen, omdat ze geen zon kregen. De geur van de open bloem was licht en aardachtig.

Hij had de halve nacht zitten schrijven. Mireille had genoeg stof aangedragen voor tien nieuwe bladzijden, die goed bij de rest pasten, alsof het verhaal hierdoor weer op gang gekomen was. Zonder dit centrale verhaal was zijn boek niet meer dan een verzameling losse verhalen, maar met het verhaal over Marise als bindmiddel kon het een rijke, boeiende roman worden. Wist hij maar waar het heen ging.

In Londen ging hij meestal naar de sportschool om na te denken. Hier ging hij naar de tuin. Tuinieren maakt de geest helder. Hij herinnerde zich die zomers in Pog Hill

Lane, waar hij onder Joe's oplettende supervisie knipte en snoeide, harsmengsels maakte voor de enten, en in Joe's grote, oude vijzel kruiden mengde voor de zakjes. Het gaf hem een goed gevoel wanneer hij dat hier ook deed: rode linten aan de fruitbomen om de vogels af te schrikken, zakjes met sterk geurende kruiden tegen de parasieten.

'Ze hebben wel voeding nodig,' merkte Joe op, terwijl hij zich over de rozen boog. 'Giet maar een beetje van die rozenbottelwijn op de wortels. Dat zal ze heel erg goed doen. En je moet iets aan die bladluis doen.'

De planten zaten inderdaad helemaal vol. De stengels waren plakkerig van de insecten. Jay grijnsde om de volharding waarmee Joe hem begeleidde.

'Misschien gebruik ik dit jaar maar gewoon een chemisch middel,' opperde hij.

'Als je dat maar uit je hoofd laat,' riep Joe uit. 'Je verpest alles met die chemische rommel. Daarvoor ben je toch niet hierheen gekomen?'

'Waarvoor dan wel?'

Joe liet een geluid van afkeer horen.

'Jij weet ook niks,' zei hij.

'Genoeg om niet meer te grazen te worden genomen,' zei Jay tegen hem. 'Jij met je toverzakjes en je talismannen en je reizen naar het oosten. Je had me goed te pakken, hè? Je zult je wel suf gelachen hebben.'

Joe keek hem over zijn leesbrilletje heen streng aan.

'Ik heb nooit gelachen,' zei hij. 'En als je zo verstandig was geweest om verder te kijken dan je neus lang is –'

'O ja?' Jay begon nu geïrriteerd te raken, en trok onnodig heftig aan de losse braamstengels om het rozenbed. 'En waarom ben je dan weggegaan? Zonder ook maar gedag te zeggen? Waarom moest ik het huis in Pog Hill leeg aantreffen?'

'O jee, daar gaan we weer!'

Joe nestelde zich tegen de appelboom en stak een

Player's op. De radio in het lange gras liet *I feel love* horen, het nummer dat in die augustusmaand op nummer één gestaan had.

'Hou daarmee op,' zei Jay boos.

Joe haalde zijn schouders op. De radio jankte even en ging toen uit. 'Had nou maar die *rosifea's* geplant, zoals de bedoeling was,' zei Joe.

'Ik had behoefte aan een beetje meer dan een paar rottige zaadjes,' repliceerde Jay.

'Je was altijd al een harde noot.' Joe mikte zijn peuk keurig over de heg. 'Ik kon je niet vertellen dat ik wegging, omdat ik het zelf niet wist. Ik moest er weer vandoor, ik moest weer een beetje zeelucht inademen, weer wat wegen zien. En trouwens, ik dacht dat ik je goedverzorgd had achtergelaten. Ik zeg je: je had alleen maar die zaadjes hoeven planten. Je had gewoon een beetje vertróúwen moeten hebben.'

Jay had er genoeg van. Hij wendde zich naar hem toe. Voor een hallucinatie was Joe erg echt, er zat zelfs vuil onder zijn nagels. Maar om de een of andere reden werd hij daar alleen maar kwader van.

'Ik heb je nooit gevraagd of je wou komen!' Hij schreeuwde nu. Hij voelde zich weer vijftien, alleen in Joe's kelder, met overal om hem heen gebroken flessen en potten. 'Ik heb nooit gevraagd om me te komen helpen! Ik heb je nooit hier gewild! Waarom ben je hier trouwens? Waarom laat je me niet gewoon met rust?'

Joe wachtte geduldig tot hij uitgeraasd was. 'Ben je klaar?' zei hij toen Jay stilviel.'Ben je nou eindelijk eens klaar?'

Jay begon zonder hem aan te kijken weer in de rozenstruiken te knippen. 'Verdwijn, Joe,' zei hij, bijna onhoorbaar.

'Misschien doe ik dat ook wel, ja,' zei Joe. 'Dacht je soms dat ik niks beters te doen had? Dat er geen leukere plaatsen zijn om heen te gaan? Dacht je soms dat ik alle tijd van de wereld had, hè?' Zijn accent werd zwaarder, zoals alle zeldzame keren dat Jay hem geïrriteerd had gezien.

Jay keerde hem de rug toe.

'Goed dan.' Uit Joe's woorden sprak een vermoeide beslistheid, zodat Jay zich wel om had willen draaien, maar hij deed het niet. 'Zoek het maar uit. De groeten.'

Jay dwong zichzelf even door te gaan met de rozenstruiken. Achter zich hoorde hij alleen het zingen van de vogels en het suizen van de aanwakkerende wind over de velden. Joe was verdwenen. En ditmaal was Jay er niet zo zeker van dat hij hem ooit nog terug zou zien.

37

Toen hij de volgende ochtend in Agen kwam, trof hij een briefje van zijn agent aan. Nick klonk klaaglijk en opgewonden en de woorden waren zwaar onderstreept om het belang ervan te benadrukken. *'Neem contact op. Het is dringend.'* Jay belde hem vanuit Joséphines café. De boerderij had geen telefoon en hij was ook niet van plan er een te nemen. Nick klonk heel zacht, als een ver radiostation. Op de voorgrond hoorde Jay de geluiden van het café, het getinkel van glazen, het verschuiven van damstenen, gelach, stemmen.

'Jay! Jay, wat ben ik blij je te horen! Het is hier een gekkenhuis. Het nieuwe boek is fantastisch. Ik heb het al naar een vijftal uitgevers gestuurd. Het is –'

'Het is nog niet af,' bracht Jay onder zijn aandacht.

'Dat geeft niet. Het wordt geweldig. De verandering van klimaat doet je kennelijk goed. Moet je horen. Wat ik dringend nodig heb is een –'

'Wacht.' Jay begon zich gedesoriënteerd te voelen. 'Ik ben nog niet zover.'

Nick moest iets in zijn stem gehoord hebben, want hij nam gas terug. 'Hé, rustig maar. Niemand zet je onder druk. Niemand weet zelfs waar je zit.'

'Dat bevalt me best,' zei Jay. 'Ik moet nog wat langer alleen zijn. Ik heb het hier erg naar mijn zin, ik rommel wat in de tuin en ik denk na over mijn boek.'

Hij kon Nick de mogelijkheden in gedachten horen doornemen. 'Oké, als je het zo wilt, zal ik de mensen bij je weg houden. Ik zal er wat minder vaart achter zetten.

Wat moet ik tegen Kerry zeggen? Ik heb haar om de dag aan de telefoon en dan wil ze van me weten wat –'

'Als je maar niets tegen Kerry zegt,' zei Jay met klem. 'Zij is wel de laatste die ik om me heen wil hebben.'

'O-o,' zei Nick.

'Wat bedoel je?'

'Zit je een beetje achter de *femmes* aan?' Hij klonk geamuseerd. 'Je talent aan het testen?'

'Nee.'

'Zeker weten?'

'Heel zeker.'

Het was waar, dacht hij. Hij had wekenlang nauwelijks aan Marise gedacht. Trouwens, de vrouw die over de eerste bladzijden van zijn boek beende, was een heel ander iemand dan de kluizenares die verderop woonde. Het was haar verhaal dat hem interesseerde.

Op Nicks aandringen gaf hij hem het nummer van Joséphine, voor het geval hij een dringende boodschap moest doorgeven. Weer vroeg Nick wanneer hij de rest van het manuscript te zien zou krijgen. Jay kon het hem niet vertellen. Hij wilde er niet eens over nadenken. Hij vond het al vervelend genoeg dat Nick het onvoltooide manuscript zonder zijn toestemming had laten lezen, ook al was dat dan zijn werk. Toen hij de telefoon neerlegde, zag hij dat Joséphine al een potje verse koffie op zijn tafel had gezet. Roux en Poitou zaten er met Popotte, de postbode. Jay was even totaal gedesoriënteerd. Londen had nog nooit zo ver weg geleken.

Hij liep zoals gewoonlijk door de velden naar huis. Het had 's nachts geregend en het pad was glibberig en de heggen dropen. Hij liet de weg links liggen en volgde de rivier naar de grens van Marises land, genietend van de stilte en de bomen die zwaar waren van de regen. In de wijngaard was geen spoor van Marise te bekennen. Jay zag een kleine rookwolk boven de schoorsteen van de andere boerderij, maar dat was het enige wat bewoog. Zelfs de vogels maakten geen geluid. Hij was van plan de rivier over te steken waar deze het smalst en het ondiepst was, het punt waar Marises land aan het zijne grensde. Aan weerszijden was een glooiende oever met bomen erop; een scherm van fruitbomen aan haar kant en een verwarde massa haagdoorn en vlierbes aan zijn kant. In het langslopen zag hij dat de rode linten die hij aan de takken had gebonden, verdwenen waren, waarschijnlijk meegenomen door de wind. Hij moest een betere manier vinden om ze vast te maken. De rivier werd hier vlakker en ondieper, en wanneer het regende, verspreidde het water zich. Er vormden zich dan eilandjes van rietkluiten en in de rode grond van de rivieroever werden grillige vormen uitgesleten, die de zon keihard bakte. Er lagen op deze oversteekplaats stapstenen; ze waren gladgesleten door de rivier en de vele voeten die eroverheen waren gegaan, hoewel hij nu nog de enige was die hier overstak. Althans, dat dacht hij.

Maar toen hij bij de oversteek kwam, zat er op de oever een meisje op haar hurken met een stok in het stille water te roeren. Naast haar stond een bruin geitje kalm voor zich uit te staren. De beweging die hij maakte, deed het kind opschrikken, en ze verstijfde. Hij werd aangestaard door ogen die even glanzend en nieuwsgierig waren als die van de geit.

Even keken ze elkaar alleen maar aan, zij aan de grond genageld, met wijdopen ogen, Jay verlamd door een sterk déjà-vugevoel.

Het was Gilly.

Ze droeg een oranje trui en een groene broek die tot haar knieën was opgestroopt. Haar schoenen lagen een eindje verderop in het gras. Naast haar lag een geopende rode rugzak. De ketting van geknoopte rode linten om haar nek loste het raadsel van Jays verdwenen talismannen op.

Toen hij haar beter in zich opnam, zag hij dat het toch Gilly niet was. Het krullende haar was meer kastanjekleurig dan rood, en ze was jong, zeker niet ouder dan acht of negen, maar toch was de gelijkenis zeer treffend. Ze had hetzelfde levendige sproetengezicht, dezelfde brede mond en achterdochtige groene ogen. Ze had dezelfde manier van kijken, dezelfde knokige knie. Geen Gilly, nee, maar wel zo veel gelijkenis dat het hem diep trof. Jay begreep dat dit Rosa moest zijn.

Ze hield hem gevangen met een lange blik zonder glimlach, griste toen haar schoenen weg en vluchtte. De geit maakte wat nerveuze pasjes en danste in Jays richting; vervolgens bleef hij even staan om op de riempjes van de achtergebleven rugzak te knabbelen. Het meisje bewoog zich even snel voort als de geit en gebruikte haar handen om zich tegen de gladde oever omhoog te werken, naar het hek toe.

'Wacht!' riep Jay haar na. Ze negeerde hem. Snel als een wezel klom ze de oever op; pas toen ze boven was, draaide ze zich om en stak ze als een stille uitdaging haar tong tegen hem uit.

'Wacht!' Jay stak zijn handen naar voren om aan te geven dat hij geen kwaad in de zin had. 'Niet bang zijn. Niet wegrennen.'

Nieuwsgierig of vijandig, hij wist het niet, staarde het meisje hem aan met haar hoofd scheef naar één kant, alsof ze zich concentreerde. Het was niet duidelijk of ze het begrepen had.

'Dag Rosa,' zei Jay.

Het kind staarde alleen maar.

'Ik ben Jay. Ik woon daar.' Hij wees naar de boerderij, die achter de bomen net zichtbaar was.

Ze keek hem niet recht aan, merkte hij; ze keek naar een punt links van hem en iets lager. Haar houding was gespannen, klaar voor de aanval. Jay voelde in zijn zak naar iets dat hij haar kon geven, zoals een snoepje of een koekje, maar hij vond alleen maar een aansteker. Het was een wegwerpaansteker van goedkoop gekleurd plastic, die glansde in de zon.

'Die mag je hebben, als je dat wilt,' opperde hij, terwijl hij hem haar over het water heen toestak. Het kind reageerde niet. Misschien kon ze niet liplezen, bedacht hij.

Op zijn kant van de rivier stond de geit mekkerend zachtjes kopjes tegen zijn benen te geven. Rosa keek even naar hem, toen naar de geit, met een mengeling van minachting en ongerustheid. Hij zag dat haar ogen steeds even naar de rugzak gingen, die nog bij de rivier lag. Hij bukte zich en raapte hem op. De geit verlegde razendsnel zijn aandacht van Jays benen naar de mouw van zijn hemd. Hij hield de rugzak in de lucht.

'Is die van jou?'

Op de andere oever deed het meisje een pas naar voren.

'Wees maar niet bang.' Jay sprak langzaam, voor het geval ze niet kon liplezen, en glimlachte. 'Weet je wat? Ik breng hem naar je toe.' Met de zware rugzak in zijn armen liep hij op de stapstenen af. De geit bekeek hem met een cynische uitdrukking op zijn kop. Gehinderd als hij werd door de rugzak waren zijn eerste bewegingen onhandig. Hij keek op om naar het meisje te glimlachen en verloor zijn houvast op een glibberige steen; hij gleed weg en viel bijna. De geit, die hem nieuwsgierig over de stenen achternagelopen was, wrong zich onverwachts langs hem heen, en Jay deed blindelings een stap naar voren, waarna hij pardoes in de gezwollen rivier belandde.

Rosa en de geit keken toe. Allebei leken ze te grijnzen.

'Verdomme.' Jay probeerde terug te waden naar de oever. Er stond een sterkere stroming dan hij had verwacht, en hij liep dronken over de stenen in de rivier, zijn laarzen gleden weg in de modder. De rugzak leek het enige aan hem wat droog was.

Rosa grijnsde weer.

Die uitdrukking maakte een heel ander mens van haar. Het was een wonderlijk zonnige, plotselinge grijns; de tanden in het gevlekte gezicht waren spierwit. Ze lachte bijna geluidloos en stampte met haar blote voet op het gras om uiting te geven aan haar vrolijkheid. Toen ging ze er weer vandoor, na haar schoenen opgepakt te hebben en de helling naar de boomgaard te zijn opgeklauterd. De geit volgde haar, vol genegenheid aan een afhangende veter knabbelend. Toen ze boven waren, draaide Rosa zich om en zwaaide, maar of dat een uitdagend of vriendelijk gebaar was, was Jay niet duidelijk.

Toen ze weg was, drong het tot hem door dat hij haar rugzak nog had. Hij maakte hem open en trof een aantal dingen aan die alleen voor een kind van waarde konden zijn: een pot met slakken, een paar stukjes hout, stenen uit de rivier, touw en een aantal rode talismannen, zorgvuldig vervlochten met de linten, zodat er een vrolijke guirlande ontstond. Jay deed alle schatten terug in de tas en hing hem aan een paal dicht bij de heg, op de plaats waar hij twee weken eerder ook de drakenkop had neergezet. Hij wist dat Rosa hem zou vinden.

'Ik heb haar al maanden niet gezien,' zei Joséphine later in het café. 'Marise laat haar niet meer naar school gaan. Jammer. Een meisje als zij heeft speelkameraadjes nodig.' Jay knikte.

'Ze ging altijd naar de speelzaal in het dorp,' wist Joséphine zich te herinneren. 'Ze zal drie geweest zijn, misschien iets jonger. Ze kon toen nog een beetje praten, maar ik geloof dat ze niets kon horen.'

'O?' Jay was nieuwsgierig. 'Ik dacht dat ze doof geboren was.'

Joséphine schudde haar hoofd. 'Nee. Het kwam door een infectie. Het was het jaar waarin Tony doodging. Een nare winter. De rivier stroomde weer over en de helft van Marises land stond drie maanden onder water. En dan nog dat gedoe met de politie...'

Jay keek haar vragend aan.

'O ja, sinds Tony was gestorven, probeerde Mireille steeds de schuld op Marise te schuiven. Er was een soort ruzie geweest, zei ze. Tony zou zichzelf nooit gedood hebben. Ze probeerde iedereen wijs te maken dat er een andere man geweest was, of zoiets, dat ze samen een complot hadden gesmeed om Tony te vermoorden.' Ze schudde fronsend haar hoofd. 'Mireille was halfgek geworden,' zei ze. 'Ik denk dat ze alles zou hebben gezegd. Het is natuurlijk nooit zover gekomen. De politie kwam langs, stelde vragen en ging weer weg. Ik denk dat ze toen wel zo'n beetje wisten wie ze met Mireille voor zich hadden. Maar ze heeft daarna toch nog zo'n drie à vier jaar lang brieven geschreven en campagne gevoerd en petities ingediend. Er is een- of tweemaal iemand langs geweest, dat is alles. Maar het liep op niets uit. Ze heeft geruchten verspreid dat Marise het kind opgesloten houdt in een achterkamer of zo.'

'Dat geloof ik niet.' Het levendige, sproeterige kind dat Jay gezien had, wekte niet de indruk dat ze ooit in een achterkamer opgesloten had gezeten.

Joséphine haalde haar schouders op. 'Nee, ik geloof het ook niet,' zei ze. 'Maar toen was de schade al aangericht. Er verzamelden zich steeds mensen bij het hek van de boerderij en aan de overkant van de rivier. Voor het merendeel naïeve mensen, die niet echt kwaad wilden, maar Marise kon dat niet weten; die zat in haar huis verschanst, terwijl buiten de fakkels brandden en de mensen vuurwerk afstaken en stenen naar de luiken gooiden.' Ze schudde haar hoofd. 'Toen de boel weer tot rust kwam, was het al te laat,' legde ze uit. 'Toen was ze er al van overtuigd dat iedereen tegen haar was. En toen Rosa verdween...'

Joséphine goot een maatje cognac in haar koffie. 'Ik denk dat ze dacht dat we allemaal mee hadden gedaan. Je kunt in een dorp niet veel verborgen houden, en iedereen wist dat Mireille Rosa bij zich te logeren had. Het kind was toen drie, en we dachten allemaal dat ze de ruzie hadden bijgelegd of zo, en dat Rosa daar op bezoek was. Natuurlijk wist Caro Clairmont wel dat het anders zat, en ook nog een paar anderen, Joline Drou, die toen haar beste vriendin was, en Cussonnet, de dokter. Maar de rest... tja, niemand vroeg iets. De mensen dachten waarschijnlijk dat ze zich na alles wat er gebeurd was beter met hun eigen zaken konden bemoeien. En niemand kende Marise natuurlijk echt goed.'

'Ze maakt het ook niet makkelijk,' merkte Jay op.

'Rosa was ongeveer drie dagen zoek. Mireille heeft maar eenmaal geprobeerd haar mee naar buiten te nemen. Op de eerste dag. Dat duurde niet lang. Je kon haar helemaal in Les Marauds horen schreeuwen. Wat er ook met haar aan de hand was, een goed stel longen had ze wel. Niets kon haar tot bedaren brengen, geen snoepjes of cadeautjes of afleiding of geschreeuw. Ze probeerden het allemaal, Caro, Joline, Toinette, maar het kind hield maar niet op met schreeuwen. Uiteindelijk begon Mireille zich zorgen te maken en haalde de dokter erbij. Ze staken de koppen bij elkaar en namen haar mee naar een specialist in Agen. Het was gewoon niet normaal dat een kind van die leeftijd de hele tijd gilde. Ze dachten dat er iets met haar geest was, dat ze misschien op de een of andere manier mishandeld was.' Ze fronste haar voorhoofd. 'Maar toen Marise Rosa kwam ophalen bij de speelzaal, kwam ze erachter dat de dokter en Mireille haar mee naar Agen hadden genomen. Ik heb nog nooit iemand zó kwaad gezien. Ze is hen op haar brommer achternagereden, maar ze kon alleen maar te weten komen dat Mireille Rosa naar het een of andere ziekenhuis had gebracht. Voor onderzoeken, zei ze. Ik weet niet wat ze wilden uitzoeken.'

Ze haalde weer haar schouders op. 'Als het iemand anders was geweest, had ze op de hulp van het dorp kunnen rekenen,' zei ze. 'Maar Marise, die zegt nooit iets, tenzij het moet, en ze glimlacht nooit; ik denk gewoon dat niemand zich ermee wilde bemoeien. Meer was het eigenlijk niet; het was geen boos opzet. Ze wilde met rust gelaten worden, en dat deden de mensen. Niet dat iemand wist waar Mireille Rosa nu eigenlijk heen had gebracht, behalve misschien Caro Clairmont. O, we hoorden allerlei verhalen. Maar dat was naderhand. Dat Marise met een geweer Cussonnets spreekkamer binnen was komen lopen en hem had gedwongen in zijn auto te stappen. Als je de mensen hoorde praten zou je denken dat half Lansquenet het had gezien. Het is altijd hetzelfde, *éh!* Het enige wat ik kan zeggen is dat ik er niet bij ben geweest. En al was Rosa dan voor het eind van die week weer thuis, in het dorp hebben we haar nooit meer gezien, niet op school, zelfs niet bij het vuurwerk op de veertiende juli, of op het chocoladefestival met Pasen.' Joséphine dronk abrupt haar koffie op en veegde haar handen aan haar schort af. 'En dat was dan dat,' besloot ze op besliste toon. 'Dat was de laatste keer dat we Marise en Rosa zagen. Ik zie hen af en toe wel eens, misschien eenmaal per maand of zo, op de weg naar Agen of wanneer ze naar de kwekerij van Narcisse lopen, of in de velden aan de overkant van de rivier. Maar dat is alles. Ze heeft het dorp niet vergeven wat er na de dood van Tony is gebeurd of dat ze partij trokken, of dat ze niets deden toen Rosa verdween. Je kunt haar niet vertellen dat het niets met haar te maken had; ze gelooft het gewoon niet.'

Jay knikte. Het was te begrijpen. 'Het moet een eenzaam bestaan zijn,' zei hij. Hij dacht aan Maggie en Gilly, aan het feit dat ze altijd vrienden wisten te maken, waar ze ook waren, dat ze altijd handelden en rommelden en klusjes deden om de eindjes aan elkaar te knopen, dat ze nooit ergens lang bleven en altijd met dezelfde opgewekte, uitdagende houding beledigingen en vooroordelen incasseerden. Hoe anders dan Joc's vrienden van Nether Edge was deze stugge, wantrouwende vrouw. En toch leek het kind heel erg op Gilly.

Op de terugweg naar de boerderij keek hij of de rugzak er nog hing, maar hij was al weggehaald, zoals hij verwacht had. Alleen de drakenkop was er nog; de lange crêpepapieren tong hing nog uit de bek, maar hij was nu verfraaid met een guirlande van flapperende rode linten, die zwierig op de dikke groene manen was gezet. Toen Jay dichterbij kwam, merkte hij dat tussen de tanden van de draak zorgvuldig een stompje van een stenen pijp was gestopt, waaruit een paardebloempje stak. En toen hij er, een grijns onderdrukkend, langsliep, wist hij bijna zeker dat hij in de heg naast hem iets zag bewegen, een korte flits van iets oranjes onder het jonge groen, en dat hij in de verte het brutale gemekker van een geit hoorde.

38

Later, toen hij met zijn favoriete *grand crème* in Café des Marauds zat, luisterde hij met een half oor naar Joséphine terwijl ze hem vertelde over het eerste chocoladefestival in het dorp en de weerstand daartegen van de kerk. De koffie was lekker; er was schaafsel van bittere chocola op gestrooid en er lag een kaneelkoekje bij. Narcisse zat tegenover hem met zijn gebruikelijke zaadcatalogus en een *café-cassis*. 's Middags was het er drukker, maar Jay merkte dat de klantenkring nog steeds voornamelijk uit oude mannen bestond, die schaakten of kaartten en in hun zachte, snelle *patois* spraken. 's Avonds was het er vol arbeiders die terugkwamen uit de velden en van de boerderijen. Hij vroeg zich af waar de jonge mensen 's avonds heen gingen.

'Niet veel jonge mensen blijven hier,' verklaarde Joséphine. 'Er is geen werk, tenzij je op het land wilt werken. En de meeste boerderijen zijn al zo vaak verdeeld onder de zoons van de familie dat er voor niemand meer veel te verdienen valt.'

'Altijd de zoons,' zei Jay. 'Nooit de dochters.'

'Er zijn niet veel vrouwen die een boerderij in Lansquenet zouden willen runnen,' zei Joséphine, haar schouders ophalend. 'En sommige kwekers en distributeurs vinden het niet prettig om voor een vrouw te werken.'

Jay lachte kort.

Joséphine keek hem aan. 'Geloof je dat niet?'

Hij schudde zijn hoofd. 'Het is voor mij moeilijk te begrijpen,' legde hij uit. 'In Londen –'

'Dit is Londen niet.' Joséphine leek geamuseerd. 'De

mensen hangen hier erg aan hun tradities. De kerk, het gezin, het land. Daarom gaan veel jonge mensen weg. Ze willen de dingen waar ze in de tijdschriften over lezen. Ze willen de steden, auto's, winkels. Maar er zijn er altijd wel een paar die blijven. En er zijn er ook die terugkomen.'

Ze schonk nog een *café crème* in en glimlachte. 'Er was een tijd waarin ik er alles voor over zou hebben gehad om uit Lansquenet weg te komen,' zei ze. 'Ik heb zelfs een keer op het punt gestaan weg te gaan. Ik had mijn koffers al gepakt en ik was het huis al uit.'

'En wat gebeurde er toen?'

'Ik ging onderweg even een kop warme chocola halen.' Ze lachte. 'En toen besefte ik dat ik niet weg kon. En dat ik dat eigenlijk ook nooit echt gewild had.' Ze zweeg even en pakte een paar lege glazen van een tafel in de buurt. 'Wanneer je hier lang genoeg gewoond hebt, zul je het begrijpen. Na verloop van tijd vinden de mensen het moeilijk om uit een plaats als Lansquenet weg te gaan. Het is niet zomaar een dorp. De huizen zijn niet zomaar huizen. Alles is van iedereen. Alles is van iemand anders. Eén enkel iemand kan hier veel betekenen.'

Hij knikte. Dat was wat hem in het begin zo in Pog Hill Lane had aangetrokken. Het komen en gaan van mensen. De gesprekken over de muur heen. De uitwisseling van recepten, manden fruit en flessen wijn. De voortdurende aanwezigheid van andere mensen. Zolang Joe er was, had Pog Hill geleefd. Met zijn vertrek was alle leven verdwenen. Plotseling benijdde hij Joséphine om haar leven, haar vrienden, haar uitzicht op Les Marauds. Om haar herinneringen.

'Ik vraag me af,' mijmerde hij, 'of ik iets zal kunnen betekenen.'

'Natuurlijk.'

Hij had zich niet gerealiseerd dat hij hardop gesproken had.

'Iedereen kent je, Jay. Het duurt wel even voordat iemand hier wordt geaccepteerd. De mensen moeten eerst weten of je blijft. Ze willen zich niet aan iemand geven die niet blijft. En een aantal van hen is bang.'

'Waarvoor?'

'Verandering. Het komt op jou misschien belachelijk over, maar de meesten van ons vinden het dorp best zoals het is. We willen niet als Montauban of Le Pinot worden. We willen geen toeristen, geen mensen die voor een hoge prijs een huis kopen en het in de winter leeg laten staan. Toeristen zijn net een wespenplaag. Ze komen overal. Ze eten alles. Na een jaar zou er niets van ons over zijn. Er zouden alleen nog maar pensions en gokhallen zijn. Lansquenet, het échte Lansquenet, zou verdwijnen.'

Ze schudde haar hoofd. 'De mensen houden je in de gaten, Jay. Ze zien dat je veel omgaat met Caro en Georges Clairmont, en ze denken dat jij en zij misschien...' Ze aarzelde. 'Dan zien ze Mireille Faizande weer bij je op bezoek gaan, en dan denken ze dat je misschien van plan bent de andere boerderij te kopen, volgend jaar, wanneer de pachttermijn afloopt.'

'Marises boerderij? Waarom zou ik dat willen?' vroeg hij bevreemd.

'Wie de boerderij bezit, heeft al het land tot aan de rivier. De snelweg naar Toulouse ligt maar een paar kilometer verder. Ideaal voor projecten, om op te bouwen. Het is eerder gebeurd, in andere dorpen.'

'Niet hier. Niet door mij.' Jay keek haar effen aan. 'Ik kom hier om te schrijven, dat is alles. Om mijn boek af te maken. Dat is het enige waarin ik geïnteresseerd ben.'

Joséphine knikte tevreden. 'Ik weet het. Maar je stelde zoveel vragen over haar. Ik dacht misschien –'

'Nee!'

Narcisse wierp hem vanachter zijn zaadcatalogus een nieuwsgierige blik toe.

Hij dempte snel zijn stem. 'Luister, ik ben schrijver. Ik ben geïnteresseerd in wat er allemaal gebeurt. Ik houd van verhalen. Dat is alles.'

Joséphine schonk nog een koffie in en sprenkelde hazelnootsuiker op het schuim.

'Het is de waarheid,' hield Jay aan. 'Ik ben hier niet om van alles te veranderen. Ik vind het hier prettig zoals het is.'

Joséphine keek hem even aan en knikte toen, schijnbaar tevreden. 'Goed, monsieur Jay,' zei ze met een glimlach. 'Ik zal tegen ze zeggen dat ze niet bang hoeven zijn.'

Ze toostten met hun hazelnootkoffie op haar besluit.

39

Sinds die keer bij de rivier had Jay Rosa slechts uit de verte gezien. Een paar maal meende hij gezien te hebben dat zij vanachter de heg naar hem zat te kijken, en eenmaal wist hij zeker dat hij achter een hoek van het huis zachte voetstappen had gehoord, en hij trof natuurlijk de sporen aan die ze achterliet. De veranderingen aan de draak bijvoorbeeld. De kleine kransen van bloemen en bladeren en veren die op palen en hekken werden gezet ter vervanging van de rode linten die ze gestolen had. Een- of tweemaal was er een tekening – een huis, een tuin, poppetjes die onder onwaarschijnlijk paarse bomen speelden – aan een boomstronk geprikt; het papier krulde al om, de tekening vervaagde. Hij kon niet uitmaken of het een geschenk was, een speels element, of een manier om hem te tarten. Ze was even ongrijpbaar als haar moeder, maar even nieuwsgierig als haar geit, en hun ontmoeting moest haar ervan overtuigd hebben dat ze van Jay niets te vrezen had. Eenmaal zag hij hen samen. Marise was achter de heg aan het werk. Even kon Jay haar gezicht zien. Weer besefte hij hoezeer deze vrouw verschilde van de heldin van zijn boek. Hij had tijd genoeg om de fijne boog van haar wenkbrauwen op te merken, de smalle, maar gracieuze lijn van haar mond, de scherp uitstekende jukbeenderen, nauwelijks gekleurd door de zon. Onder de juiste omstandigheden zou ze mooi kunnen zijn. Niet rond en knap-mollig als Popotte, of bruin en sensueel als de jonge meisjes van het dorp. Nee, haar schoonheid was ernstig en bleek, de schoonheid van het noorden, en de trekken onder het rechte rode haar waren fijn. Er bewoog iets achter haar. Ze sprong overeind en keerde zich vliegensvlug om, en in dat korte moment zag hij nóg een verandering. Ze was sneller dan een kat: ze draaide zich om alsof ze aangevallen werd, niet naar hem toe, maar van hem af, en hoewel het snel gebeurde, zag hij toch even een blik van... ja, wat?

Angst?

Het duurde nog geen seconde. Rosa sprong op haar af, kraaiend, met uitgestrekte armen; op haar gezicht lag een brede, verrukte grijns. Weer zoiets wonderlijks. Jay had gedacht dat het kind bang zou zijn, zich tussen de wijnstokken verschool zoals hij zich in de tijd van Nether Edge voor Zeth verscholen had, maar in die blik zag hij niets anders dan adoratie. Hij keek toe terwijl ze Marise beklom als een boom, haar benen om haar moeders middel sloeg en haar armen om haar nek klemde. Even hield Marise haar vast en hij zag hun profielen dicht bij elkaar. Rosa's handen bewogen zich zacht, dicht bij haar moeders gezicht; ze maakte tekens in de gebarentaal van de doven. Marise wreef zachtjes haar neus tegen die van Rosa. Er lag een lievere glans op haar gezicht dan hij zich ooit had kunnen voorstellen. Plotseling schaamde hij zich dat hij Mireilles suggestie dat Marise het kind misschien mishandelde, ook maar een beetje had geloofd. Hun liefde was iets wat de lucht tussen hen kleurde als zonlicht. Het contact tussen hen verliep in volledig en volmaakt stilzwijgen.

Marise zette Rosa neer en gebaarde naar haar. Jay had nog nooit gebarentaal gezien en hij werd getroffen door de elegantie en levendigheid van de bewegingen, van de gezichtsuitdrukkingen. Rosa gebaarde terug alsof ze ergens op aandrong. Zijn gevoel een indringer te zijn werd sterker. De gebaren waren zo snel dat hij moest raden waar hun gesprek over ging. Ze zaten in hun cirkel van privacy. Hun gesprek was het intiemste wat Jay ooit had gadegeslagen.

Marise lachte stilletjes, net als haar dochter. Haar gezicht werd even stralend als glas waar zonlicht doorheen valt. Rosa wreef over haar maag, terwijl ze lachend stampvoette. Ze hielden elkaar tijdens het communiceren vast, alsof ieder deel van het lichaam bij het gesprek betrokken was, alsof ze in plaats van een zintuig verloren te hebben, er een hadden bij gekregen.

Sinds dat moment dacht hij vaker aan hen beiden. Het ging veel verder dan nieuwsgierigheid naar haar verhaal, het was iets geworden wat hij niet kon definiëren. Joséphine plaagde hem ermee. Narcisse onthield zich van ieder commentaar, maar wanneer Jay over haar sprak had zijn blik iets wetends. Hij sprak te vaak over haar. Hij kon het niet helpen. Mireille Faizande was de enige die hij kende die eindeloos over haar wilde praten. Jay was al een paar maal bij haar geweest, maar kon zich er niet toe zetten haar te vertellen over de intieme scène tussen moeder en dochter waar hij getuige van was geweest. Toen hij een keer voorzichtig hintte op een warmere relatie tussen hen dan ze had geschilderd, voer Mireille vol minachting tegen hem uit.

'Wat weet jij daarvan?' snauwde ze. 'Hoe zou je kunnen weten hoe ze is?' Haar ogen gingen naar de vaas met verse rozen op tafel. Er stond een ingelijste foto naast van een lachende jongen op een motor. Tony.

'Ze wil haar niet,' zei ze, zachter nu. 'Net zoals ze mijn zoon niet wou.' Haar ogen stonden hard. 'Ze nam mijn zoon zoals ze alles neemt. Om te verknoeien. Om mee te spelen. Dat doet ze ook met mijn Rosa. Het is een speelgoedje, dat ze weg kan doen wanneer ze er genoeg van heeft.' Haar handen bewogen onrustig. 'Het is haar schuld dat het kind doof is,' zei ze. 'Tony was volmaakt. Het kan niet van zijn kant van de familie zijn gekomen. Ze is kwaadaardig. Ze verpest alles wat ze aanraakt.'

Ze keek weer even naar de foto naast de vaas.

'Ze heeft hem de hele tijd bedrogen, weet je. De hele tijd was er een andere man. Een man van het ziekenhuis.'

Jay herinnerde zich dat iemand iets had gezegd over een ziekenhuis. Een kliniek voor zenuwpatiënten in Parijs.

'Was ze ziek?' informeerde hij.

Mireille liet een smalend geluid horen. 'Ziek? Tony zei van wel, ja. Hij zei dat ze beschermd moest worden. Mijn Tony was een rots voor haar, zo jong als hij was. *Eh*, hij was sterk, duidelijk. Hij dacht dat iedereen even duidelijk en eerlijk was als hij.' Haar blik ging weer naar de rozen. 'Je hebt niet stilgezeten,' zei ze zonder warmte in haar stem, 'je hebt mijn arme rozenstruiken weer tot leven geroepen.'

De zin hing als rook tussen hen in.

'Ik heb geprobeerd medelijden met haar te hebben,' zei Mireille. 'Omwille van Tony. Maar ook dat was niet gemakkelijk. Ze zat maar in dat huis en praatte met niemand, zelfs niet met familieleden. En dan die woedeaanvallen, zomaar. Enorme woedeaanvallen, waarbij ze schreeuwde en met van alles smeet. Soms verwondde ze zichzelf met messen of scheermesjes, met alles wat ze maar te pakken kon krijgen. We moesten alles wat gevaarlijk kon zijn, verstoppen.'

'Hoe lang zijn ze getrouwd geweest?'

Ze haalde haar schouders op. 'Nog geen jaar. Hun verkering heeft langer geduurd. Hij was eenentwintig toen hij stierf.'

Haar handen bewogen weer; ze balden zich tot vuisten en openden zich.

'Ik moet er steeds aan denken,' zei ze uiteindelijk. 'Aan die twee. Hij moet haar gevolgd zijn vanuit het ziekenhuis. Zich in de buurt gevestigd hebben, waar ze elkaar konden ontmoeten. *Eh*, ik moet er steeds aan denken dat die rotmeid dat hele jaar waarin ze met Tony getrouwd was, en zijn kind droeg, hem heeft zitten uitlachen. Samen pret hebben gemaakt om mijn jongen.' Ze keek me kwaad aan. 'Denk daar maar eens aan, *éh*, voordat je begint te praten over dingen waar je niets van begrijpt. Bedenk maar eens wat dat met mijn jongen gedaan moet hebben.'

'Het spijt me. Als je er liever niet over praat –'

Mireille snoof. 'Andere mensen willen er liever niet over praten,' zei ze zuur. 'Willen er liever ook niet aan denken, *éh*, ze laten die gekke oude Mireille maar liever praten. Mireille die sinds haar zoon zelfmoord heeft gepleegd, nooit meer dezelfde is geweest. Het is veel gemakkelijker om je eigen gang te gaan, haar het zelf uit te laten zoeken, en er geen aandacht aan te schenken dat ze mijn zoon gestolen heeft en hem te gronde heeft gericht, alleen maar omdat ze dat kon, *éh*, net zoals ze mijn Rosa heeft gestolen.' Haar stem brak, of het nu van woede of verdriet was, kon hij niet zeggen. Even later stond haar gezicht weer kalm, bijna zelfvoldaan.

'Maar ik zal haar leren,' vervolgde ze. 'Volgend jaar, *éh*, wanneer ze een dak boven haar hoofd moet hebben. Wanneer de pacht afloopt. Dan zal ze naar me toe moeten komen, als ze hier wil blijven, *éh*? En blijven wil ze.' Haar gezicht stond sluw en glad.

'Waarom zou ze dat willen?' Het leek wel alsof iedereen die hij het vroeg, hierop uitkwam. 'Waarom zou ze hier willen blijven? Ze heeft geen vrienden. Ze heeft hier niemand. Als ze weg wil uit Lansquenet, zal niemand haar toch tegenhouden?'

Mireille lachte. 'Laat haar dat maar willen,' zei ze kortaf. 'Ze heeft me nodig. Ze weet waarom.'

Mireille weigerde die laatste opmerking te verduidelijken, en toen Jay haar weer opzocht, was ze op haar hoede en niet erg spraakzaam. Hij begreep dat een van hen te ver was gegaan en hij probeerde voortaan behoedzamer te werk te gaan, haar met rozen te paaien. Ze nam de geschenken wel opgewekt in ontvangst, maar maakte geen aanstalten hem in vertrouwen te nemen. Hij moest zich tevredenstellen met wat hij al te weten was gekomen.

Wat hem aan Marise het meest fascineerde was dat er in het dorp zo verschillend over haar werd gedacht. Iedereen had een mening, maar niemand, behalve Mireille, leek beter op de hoogte te zijn dan een ander. Voor Caro Clairmont was ze een vrekkige kluizenaar. Voor Mireille een ontrouwe echtgenote die gebruik had gemaakt van de onschuld van een jonge man. Voor Joséphine een dappere vrouw die alleen een kind opvoedde. Voor Narcisse een pientere zakenvrouw die recht op privacy had. Roux, die toen hij nog op de rivier voer ieder jaar tijdens de wijnoogst bij haar had gewerkt, herinnerde zich haar als een rustige, beleefde vrouw die haar kind in een draagdoek op haar rug droeg, ook wanneer ze op het veld werkte, die hem een koeler met bier bracht wanneer het warm was en die hem contant betaalde.

'Sommige mensen vertrouwen ons niet, *éh*,' zei hij met een grijns op zijn gezicht. 'Mensen die langs rivieren reizen, altijd onderweg. Ze stellen zich daar van alles bij voor. Ze doen hun kostbare spullen achter slot en grendel. Ze houden hun dochters in de gaten. Of ze doen te veel hun best. Ze glimlachen te vaak. Ze slaan je op de rug en noemen je *mon pote*. Zij was zo niet. Ze noemde me altijd *monsieur*. Ze zei niet veel. Het was gewoon een zakelijke afspraak, van man tot man.' Hij haalde zijn schouders op en dronk zijn blikje Stella leeg.

Iedereen die hij sprak had zijn eigen beeld van haar. Popotte herinnerde zich een ochtend vlak na de begrafenis waarop Marise met een koffer en de baby in een draagzak bij Mireille op de stoep had gestaan. Popotte was brieven aan het bezorgen en kwam net bij het huis toen Marise op de deur klopte.

'Mireille deed open en trok Marise zo ongeveer naar binnen,' herinnerde ze zich. 'De baby sliep in de draagzak, maar door de beweging werd ze wakker en begon te schreeuwen. Mireille griste de brieven uit mijn hand en sloeg de deur dicht, maar ik kon hun stemmen door de deur heen horen en dat kind schreeuwde ondertussen maar door.' Ze schudde haar hoofd. 'Ik geloof dat Marise van plan was die ochtend weg te gaan – ik had de indruk dat ze klaar stond om te vertrekken –, maar Mireille heeft het haar op de een of andere manier uit haar hoofd gepraat. Ik weet dat ze daarna haast nooit meer in het dorp is geweest. Misschien was ze bang voor wat de mensen zeiden.'

De geruchten waren niet lang daarna op gang gekomen. Iedereen had een verhaal. Ze had een griezelig vermogen om nieuwsgierigheid, vijandigheid, nijd en woede op te wekken.

Lucien Merle geloofde dat haar weigering het onbewerkte moerasland bij de rivier op te geven, zijn grootse plannen in de weg hadden gestaan.

'We hadden iets van dat land kunnen maken,' herhaalde hij bitter. 'Er zit geen toekomst meer in het boerenbedrijf. Het toerisme heeft de toekomst.' Hij nam een flinke teug van zijn *diabolo-menthe* en schudde zijn hoofd. 'Kijk maar naar Le Pinot. Die hele ontwikkeling is slechts door één man op gang gebracht. Een man met visie.' Hij zuchtte. 'Ik wed dat die man inmiddels miljonair is,' zei hij treurig.

Jay probeerde alles wat hij had gehoord, op een rijtje te zetten. In sommige opzichten had hij het idee dat hij meer inzicht had gekregen in het mysterie Marise d'Api, maar in andere opzichten was hij nog even onwetend als toen hij begon. Geen van de dingen die hij gehoord had, stemde overeen met wat hij had gezien. Marise had te veel gezichten, haar wezen glipte hem als rook door de vingers, telkens wanneer hij dacht het gevangen te hebben. En niemand had het ooit gehad over dat wat hij die dag in haar gezien had, die intense blik van liefde voor haar kind. Of over dat moment van angst, die blik van een wild dier dat álles doet, ook doden, om zichzelf en haar jong te beschermen.

Angst? Waarvoor kon ze bang zijn in Lansquenet?

Hij wou dat hij het wist.

40

Pog Hill, zomer 1977

Het was augustus toen alles voorgoed ten kwade veranderde. De tijd van de wespennesten, de hut bij Nether Edge, Elvis. De Broodbaron schreef om te vertellen dat hij en Candide gingen trouwen, en de kranten stonden er een poos vol mee: kiekjes van hen terwijl ze bij het strand van Cannes in een limousine stapten, bij een filmpremière, in een club op de Bahama's of op zijn zeiljacht. Jays moeder bewaarde deze artikelen met de ijver van een verzamelaar en las ze telkens opnieuw, zich vergapend aan Candides haar en Candides jurken. Zijn grootouders namen het zwaar op en bemoederden zijn moeder zelfs nog meer dan voorheen en behandelden Jay met koele onverschilligheid, alsof de genen van zijn vader als een tijdbom in hem tikten en ieder moment konden ontploffen.

Het grijze weer werd warmer, benauwd en betrokken. Het regende vaak, maar de regen was warm en niet verfrissend. Joe bewerkte vreugdeloos zijn grond. Het fruit bedierf dat jaar; het rotte aan de takken en bleef groen door gebrek aan zonlicht.

'Ik kan het net zo goed laten, jong,' mompelde hij steeds, de zwart geworden stam van een peren- of appelboom betastend. 'Ik kan er dit jaar net zo goed de brui aan geven.'

Gilly's moeder wist er echter een slaatje uit te slaan; ze had op de een of andere manier een hele lading doorzichtige, stolpvormige paraplu's die op dat moment zo populair waren, op de kop weten te tikken en verkocht ze met een enorme winst op de markt. Gilly dacht dat ze wel tot december van de opbrengst konden leven. Die gedachte versterkte alleen maar Jays doemgevoel. Eind augustus was al heel dichtbij en hij moest binnen een week alweer naar school. Gilly zou in de herfst verdertrekken – Maggie had het over een commune in het zuiden waar ze van gehoord had –, in de buurt van Abingdon, en het was niet zeker of ze ooit nog terug zouden komen. Jay was prikkelbaar: het ene moment had hij vage voorgevoelens, het volgende was hij totaal paranoïde; hij zei het tegenovergestelde van wat hij bedoelde en vatte alles wat tegen hem werd gezegd, op als spot. Hij maakte met Gilly herhaaldelijk ruzie om niets. Dan legden ze het weer bij, omzichtig en onvolledig; ze draaiden als wantrouwende dieren om elkaar heen en hun intimiteit was verstoord. Over alles hing een waas van doem.

Op de laatste dag van augustus ging hij alleen naar Joe's huis, maar de oude man leek ver weg, ergens anders met zijn gedachten. Hoewel het regende, vroeg hij Jay niet binnen te komen; hij bleef op een vreemd formele manier met hem aan de deur staan. Jay zag dat hij een aantal oude kratten tegen de achtermuur had opgestapeld, en zijn blik bleef hierheen gaan, alsof hij graag door wilde gaan met een klus waar hij van af was gehaald. Jay voelde plotseling woede opwellen. Hij verdiende beter, vond hij. Hij dacht dat Joe hem respecteerde. Met wangen die rood waren van woede rende hij naar Nether Edge. Hij liet zijn fiets in de buurt van Joe's huis staan – na dat voorval bij de spoorbrug kon hij zijn fiets er niet meer veilig verstoppen –, en liep over het verlaten spoor bij Pog Hill naar beneden naar de Edge en daarna in de richting van de rivier. Hij had niet gedacht dat Gilly daar zou zijn – ze hadden niets afgesproken –, en toch was Jay niet verbaasd toen hij haar bij de oever zag. Haar haar hing in krulslierten boven het water en ze had een lange stok in haar hand. Ze lag op haar knieën en prikte met de stok naar iets in het water, en ze keek pas op toen hij haar heel dicht genaderd was.

Haar gezicht was rozig en gevlekt, alsof ze gehuild had. Jay verwierp de gedachte vrijwel meteen. Gilly huilde nooit.

'O, ben jij het,' zei ze onverschillig.

Jay zei niets. Hij stopte zijn handen diep in zijn zakken en probeerde te glimlachen, maar het leek niet erg te lukken. Gilly glimlachte niet terug.

'Wat is dat?' Hij knikte naar het ding in het water.

'Niks.' Ze wierp de stok in de stroming en hij werd meegenomen. Er lag schuim op het water en het was bruinachtig. Gilly's haar was bezaaid met druppeltjes die als kleine zilverspikkeltjes aan haar krullen kleefden.

'Rotregen.'

Jay had toen graag iets willen zeggen, iets dat het tussen hen misschien weer goed had gemaakt. Maar de lucht drukte zwaar op hen, en de geur van rook en doem was overweldigend, als een voorteken. Plotseling wist Jay zeker dat hij Gilly nooit meer zou zien.

'Zullen we bij de stortplaats gaan kijken?' stelde hij voor. 'Ik geloof dat ik onderweg een paar goeie nieuwe spullen zag. Tijdschriften en zo. Je weet wel.'

Gilly haalde haar schouders op. 'Nee.'

'Het is goed weer voor wespennesten.' Het was een laatste, wanhopige manoeuvre. Gilly had tot dan toe nog nooit een voorstel om op wespenjacht te gaan, afgewezen. Wespen zijn slaperig wanneer het nat weer is en het is dan gemakkelijker en veiliger om in het nest te komen. 'Ga je mee nesten zoeken? Ik heb bij de brug een plek gezien waar er een paar kunnen zitten.'

Weer dat ophalen van haar schouders. Gilly schudde haar vochtige krullen. 'Ik heb niet zo'n zin.'

De stilte duurde ditmaal langer. Het leek een draad die

zich eindeloos leek af te wikkelen.

'Maggie trekt volgende week verder,' zei Gilly ten slotte. 'We gaan naar de een of andere stomme commune in Oxfordshire. Ze zegt dat ze daar een baan kan krijgen.'

'O.'

Hij had het natuurlijk verwacht. Dit was niets nieuws. Maar waarom kneep zijn hart dan zo samen toen ze het zei? Haar gezicht was naar het water gekeerd en ze leek iets te bestuderen op het bruine oppervlak. Jays handen balden zich tot vuisten in zijn zakken. Terwijl ze dat deden voelde hij iets langs zijn hand strijken. Joe's talisman. Hij voelde vettig, glad door het vele vasthouden. Hij was er zo aan gewend geraakt hem bij zich te hebben dat hij vergeten was dat hij er was. Hij ging naast haar op zijn hurken zitten. Hij rook de rivier, een zure, metaalachtige geur, als van muntjes die in ammoniak hebben gelegen.

'Kom je nog terug?' vroeg hij.

'Nee.'

Er moest op het water iets interessants te zien zijn, want ze weigerde hem aan te kijken.

'Denk 't niet. Maggie zegt dat ik nu echt naar school moet. Dat we niet meer zoveel moeten zwerven.'

Weer dat oplaaien van een gevoel van haat, van irrationele woede. Jay keek vol walging naar het water. Plotseling wilde hij iemand kwetsen – Gilly, zichzelf – en hij kwam abrupt overeind.

'Shit!' Het was het ergste woord dat hij kende. Zijn mond leek gevoelloos. Zijn hart ook. Hij schopte kwaad tegen de walkant en een kluit aarde met gras raakte los en plonsde in het water. Gilly keek niet naar hem.

Toen liet hij zijn drift de vrije loop; hij schopte tegen de oever aan, zodat er een regen van aarde en gras in het water terechtkwam. Een deel vloog ook in Gilly's richting en bespatte haar spijkerbroek en haar geborduurde shirt.

'Hou daar alsjeblieft mee op,' zei Gilly toonloos. 'Doe

toch eens niet zo verdomd kinderachtig.'

Het was waar, dacht hij, hij dééd kinderachtig, maar dat zij dat tegen hem zei maakte hem woedend. Dat ze zo gemakkelijk, zo onverschillig accepteerde dat ze van elkaar gescheiden werden. In Jays hoofd was een zwart gapend gat, een grote, grijnzende leegte.

'Ach, krijg wat,' zei hij. 'Ik ga ervandoor.'

Met een licht gevoel in het hoofd keerde hij zich om; hij liep de oever op naar het jaagpad langs het kanaal, met het zekere gevoel dat ze hem terug zou roepen. Tien passen. Twaalf. Hij was nu bij het jaagpad; hij keek niet om, want hij wist dat ze keek. Hij liep langs de bomen, waar ze hem niet kon zien, en daar keerde hij zich om, maar Gilly zat nog steeds waar ze had gezeten, en ze keek niet en liep hem niet achterna; ze keek alleen maar naar het water, met haar haar voor haar gezicht, terwijl de zilveren regensporen door de warme zomerlucht kriskrasten. 'Krijg wat,' herhaalde Jay fel, hopend dat ze het zou horen. Maar ze draaide zich niet één keer om en ten slotte was hij degene die zich boos en enigszins onzeker afwendde en naar de brug begon te lopen.

Hij vroeg zich later vaak af wat er gebeurd zou zijn als hij terug was gegaan, of als ze precies op dat moment had opgekeken. Wat er gered of afgewend had kunnen worden. In Pog Hill had alles dan misschien heel anders gelopen. Misschien had hij dan ook van Joe afscheid kunnen nemen. Het lot wilde echter dat hij, al wist hij dat toen nog niet, hen allebei nooit meer zou zien.

41

Lansquenet, mei 1999

Hij had Joe sinds de dag na Mireilles bezoek niet meer gezien. Eerst luchtte zijn afwezigheid hem op, maar met het verstrijken van de dagen werd hij onrustiger. Hij probeerde de oude man met zijn wilskracht terug te halen, maar Joe bleef koppig weg, alsof zijn komen en gaan niets met Jay te maken had. Zijn vertrek gaf hem een raar gevoel, een gevoel van gemis. Jay verwachtte hem ieder moment in de tuin te zien uitkijken over de moestuin of in de keuken het deksel van een pan te zien optillen, om te kijken wat erin zat. Hij was zich bewust van Joe's afwezigheid wanneer hij zat te typen, van het Joe-vormige gat in alle dingen, van het feit dat hij, hoe hij het ook probeerde, de radio maar niet op de zender met de oude hits kreeg afgestemd die Joe altijd moeiteloos vond. Erger nog: zonder Joe was zijn nieuwe boek levenloos. Hij had geen zin meer in schrijven. Hij wilde drinken, maar dronkenschap verhevigde zijn gevoel van verlies alleen maar.

Hij hield zichzelf voor dat dit belachelijk was. Hij kon niet iets missen wat er hoe dan ook nooit geweest was. Maar toch kon hij niet het gevoel van zich afschudden dat hij iets belangrijks was kwijtgeraakt, dat er iets helemaal mis was.

Als je wat meer vertrouwen had gehad.

Was dat niet eigenlijk het probleem? Vertrouwen. De oude Jay zou niet getwijfeld hebben. Die geloofde alles.

Op de een of andere manier wist hij dat hij weer die oude Jay moest zien te worden, dat hij af moest maken wat hij toen onafgemaakt had gelaten, Joe en hij, in de zomer van 1977. Als hij maar wist hoe. Hij zou er alles voor overhebben, bezwoer hij. Echt alles. Ten slotte haalde hij het restje rozenbottelwijn van Joe tevoorschijn. De fles was stoffig door zijn verblijf in de kelder en het touwtje om de hals was strokleurig van ouderdom. De inhoud zweeg, wachtte af. Met een verlegen, maar tegelijkertijd vreemd opgewonden gevoel schonk Jay een glas in en bracht het naar zijn lippen.

'Het spijt me, ouwe. Zullen we het bijleggen?'

Hij ging op Joe zitten wachten.

Hij wachtte tot het donker werd.

In de kelder klonk gelach.

42

Joséphine moest na dat laatste gesprek met hem rondverteld hebben hoe het zat. Jay merkte dat de mensen vriendelijker werden. Velen groetten hem wanneer hij langsliep, en Poitou in de bakkerij, die voorheen alleen op beleefde winkelierstoon met hem gepraat had, vroeg hem nu hoe het met zijn boek ging en adviseerde hem wat hij moest kopen.

'De *pain aux noix* is vandaag heel lekker, monsieur Jay. Probeer het eens met geitenkaas en een paar olijven. Laat de olijven en de kaas een uurtje voor het eten op een zonnige vensterbank liggen om de smaak los te laten komen.' Hij kuste zijn vingertoppen. 'Dát zul je in Londen nergens vinden.'

Poitou was al vijfentwintig jaar bakker in Lansquenet. Hij had reumatiek in zijn vingers, maar beweerde dat ze soepel bleven door het kneden van het deeg. Jay beloofde hem een graanpakking te maken die zou helpen – weer iets dat hij van Joe had geleerd. Vreemd dat dat allemaal zomaar weer bovenkwam. Toen Poitou tevreden bleek, kreeg hij meer introducties. Hij werd voorgesteld aan Guillaume, die onderwijzer was geweest, aan Darien, de kleuterjuf, aan Rodolphe, de chauffeur van de minibus die de kinderen iedere dag naar school en naar huis reed, aan Nénette, die verpleegster was in het bejaardentehuis in de buurt en aan Briançon die bijen hield aan de andere kant van Les Marauds, alsof ze allemaal op het startsein gewacht hadden om hun nieuwsgierigheid de vrije loop te mogen laten. Ze zaten vol vragen. Wat Jay in Londen deed, of hij getrouwd was. Nee? Maar hij had toch zeker wel een vriendin, *éh*? Nee? Grote verbazing. Nu de achterdocht was weggenomen, was hun nieuwsgierigheid niet te stillen en werden met dezelfde onschuldige belangstelling de persoonlijkste onderwerpen ter sprake gebracht. Hoe heette zijn vorige boek? Hoeveel verdiende een Engelse schrijver eigenlijk? Was hij wel eens op de televisie geweest? En Amerika, was hij daar wel eens geweest? Er werd verrukt gezucht toen hij antwoord gaf. Deze informatie zou gretig in het hele dorp doorverteld worden bij kopjes koffie en flessen *blonde*, doorgefluisterd worden in winkels, van mond tot mond gaan en daarbij telkens worden verfraaid.

In Lansquenet was roddel harde valuta. Er volgden meer vragen, die hij niet beledigend kon vinden omdat ze zo ongekunsteld waren. En ik? Kom ik in je boek voor? En ik? En ik? Eerst aarzelde Jay. Het valt niet altijd goed wanneer mensen merken dat ze geobserveerd worden, dat hun gelaatstrekken worden geleend en hun eigenaardigheden worden naverteld. Sommigen willen ervoor betaald worden. Anderen voelen zich beledigd door de manier waarop ze worden afgeschilderd. Maar hier was dat anders. Plotseling had iedereen een verhaal te vertellen. 'Zet maar in je boek,' zeiden ze tegen hem. Sommigen schreven het zelfs op, op losse velletjes, op cadeaupapier, en één keer zelfs op de achterkant van een pakje zaadjes. Een groot aantal van deze mensen, vooral de ouderen, nam zelden een boek ter hand. Sommigen, zoals Narcisse, hadden al moeite met lezen. Maar desondanks hadden ze groot ontzag voor boeken. Joe was net zo. Door het mijnwerkersmilieu waar hij uit kwam, had hij al jong geleerd dat lezen tijdverspilling was. Hij verstopte zijn *National Geographics* onder bed, maar genoot stilletjes van de verhalen die Jay hem voorlas; onder het luisteren knikte hij steeds ernstig met zijn hoofd. En hoewel Jay hem nooit iets anders zag lezen dan het *Culpeper's herbal* en soms een tijdschrift, liet hij zich af en toe een citaat of een literaire verwijzing ontvallen die alleen het gevolg kon zijn van een uitgebreide, zij het geheime, studie. Joe hield van poëzie op dezelfde wijze als hij van bloemen hield: hij verborg zijn voorliefde bijna beschaamd achter een schijn van ongeïnteresseerdheid. Maar zijn tuin verried hem. Rondom de koude bakken staarden de madeliefjes je aan. Tussen de snijbonen groeiden wilde rozen. Lansquenet was in dit opzicht net als Joe. Er liep een dik spoor van romantiek door de praktische instelling die er heerste. Jay merkte dat hij zo'n beetje in één klap de nieuwe lieveling van het dorp was geworden, iemand over wie je het hoofdschuddend kon hebben – de Engelse schrijver, *dingue mais sympa, éh!* –, iemand die gelijkelijk de lachlust opwekte en ontzag inboezemde. De dorpszot. Voorlopig kon hij geen kwaad doen. De schoolkinderen riepen geen '*Rosbif!*' meer. En dan de cadeaus! Hij werd overladen met geschenken. Een pot met raathoning van Briançon, met een verhaal erbij over zijn jongere zuster, dat ze ooit geprobeerd had een konijn te bereiden en het konijn na een uur de keuken uit had gesmeten met de toevoeging: 'Hier, neem maar weer mee, ik krijg dat rotding niet geplukt!' En een briefje: 'Je mag het in je boek gebruiken'. Een cake van Popotte, die in haar posttas zat, bij de brieven, en die ze met zorg in haar fietsmandje had vervoerd. Een onverwacht pakje aardappelzaad van Narcisse met de gemompelde instructie om ze op een zonnig plekje te planten. Als hij voor deze dingen had willen betalen, zou hij hen beledigd hebben. Jay probeerde deze stroom van vriendelijke gebaren te beantwoorden door in Café des Marauds te trakteren, maar toch hoefde hij veel minder rondjes te betalen dan alle anderen.

'Het geeft niet,' verklaarde Joséphine toen hij het ter sprake bracht. 'Zo zijn de mensen hier. Ze moeten even aan je wennen, maar dan...' Ze grijnsde. Jay had een boodschappentas vol geschenken die allerlei mensen onder Joséphines bar voor hem hadden achtergelaten: cakes, koekjes, flessen wijn, een kussenhoes van Denise Poitou en een terrine van Toinette Arnauld. Ze keek naar de tas en haar grijns werd breder: 'Ik denk dat we wel kunnen stellen dat je geaccepteerd bent, denk je ook niet?'

Op dit nieuwe welkom was er één uitzondering. Marise d'Api bleef even onbenaderbaar als altijd. Hij had drie weken geleden voor het laatst een poging gedaan om met haar in gesprek te komen. Hij had haar sindsdien wel gezien, maar altijd uit de verte, tweemaal op de tractor en eenmaal te voet, altijd aan het werk op het land. Van de dochter geen spoor. Jay zei tegen zichzelf dat zijn gevoel van teleurstelling absurd was. Uit wat hij had gehoord kon hij weten dat Marise nauwelijks beïnvloed werd door wat er in het dorp gebeurde.

Hij schreef weer naar Nick en stuurde vijftig nieuwe pagina's van het manuscript mee. Sindsdien was hij langzamer gevorderd. Dat kwam deels door de tuin. Er was veel te doen en nu de zomer in zicht kwam, begon het onkruid op te rukken. Joe had gelijk gehad. Hij zou er iets aan moeten doen nu het nog kon. Er waren meer dan genoeg planten die de moeite van het redden waard waren, als hij maar orde wist te scheppen. Er was een vierkant met kruiden van ongeveer zes bij zes meter, met daaromheen de restanten van een kleine tijmhaag. Van aardappels, rapen, artisjokken, wortelen en wat vermoedelijk knolselderie was, had hij drie rijen elk. Jay zaaide goudsbloemen tussen de rijen aardappels om de kevers weg te houden en citroenmelisse om de wortelen tegen de slakken. Maar hij moest bedenken welke groenten hij voor de winter wilde en welke voor de zomersalades. Hij ging naar de kwekerij van Narcisse om zaden en zaailingen te halen: jonge broccoliplantjes voor september, rucola en friseesla voor juli en augustus. In de koude kas die hij van Clairmonts deuren gemaakt had, had hij al wat kleinblijvende groenten gezaaid, minisla en kleine worteltjes en pastinaken, die over ongeveer een maand volgroeid zouden zijn. Joe had gelijk, de grond was hier goed. De bodem was vruchtbaar en rood, vochtig, maar toch minder zwaar dan aan de overkant van de rivier. Er waren ook minder stenen. De stenen die hij vond gooide hij op een plek die zijn rotstuin moest worden. Hij was bijna klaar met het herstelwerk aan de rozentuin. Nu de rozen weer langs de oude muur geleid werden, begonnen ze op te zwellen en te ontluiken; een waterval van halfopen bloemen hing, wijnachtige geuren afgevend, tegen de achtergrond van roze steen. Ze waren nu bijna luisvrij. Joe's oude recept – zakjes met lavendel, citroenmelisse en kruidnagel vlak boven de grond aan de stengel vastmaken – had zijn gebruikelijke magische uitwerking niet gemist. Vrijwel iedere zondag stelde hij een bos samen van de bloemen die het verst open waren en daarmee ging hij na de mis naar Mireille Faizandes huis op de place Saint-Antoine.

Men verwachtte niet van Jay dat hij de mis bijwoonde. *En tout cas, tous les Anglais sont païens*. De term werd met genegenheid gebruikt. Anders dan de toon waarop ze het over *la païenne* aan de andere kant van de rivier hadden. Zelfs de oude mannen op het caféterras bekeken haar met wantrouwen. Misschien omdat ze een vrouw alleen was. Toen Jay er rechtstreeks naar vroeg, werd hij beleefd tegengewerkt.

De eerste keer dat hij Mireille rozen bracht, keek ze er lang naar. Ze bracht ze naar haar gezicht en snoof de geur op. Haar artritische handen, vreemd fijn in verhouding tot haar omvangrijke lichaam, raakten de bloemblaadjes aan.

'Dank je.' Ze gaf een formeel knikje. 'Mijn prachtige rozen. Ik zal ze in het water zetten. Kom binnen, dan zet ik thee.'

Haar huis was schoon en fris; de muren waren wit en de vloer was van steen, zoals gebruikelijk in deze streek, maar de eenvoud was bedrieglijk. Er hing een Aubusson-kleed aan de muur, en in de hoek van de huiskamer stond een staande klok waarvoor Kerry heel wat over zou hebben gehad. Mireille zag hem kijken. 'Die is van mijn oma geweest,' zei ze. 'Hij stond bij mij in de kinderkamer toen ik klein was. Ik weet nog dat ik naar het slagwerk luisterde wanneer ik in bed lag en nog wakker was. Op het hele uur, het halve uur en het kwartier speelt hij verschillende melodietjes. Tony was er gek op.' Haar mond trok strak en ze wendde zich van hem af om de rozen in een schaal te schikken. 'Tony's dochter zou het énig gevonden hebben.'

De thee was slap, als bloemenwater. Ze serveerde hem in wat ooit haar beste Limoges-porselein moest zijn geweest, met een zilveren tang voor de suiker en de citroen.

'Dat weet ik wel zeker. Ik wou dat haar moeder een beetje minder teruggetrokken leefde.'

Mireille keek hem aan. Smalend. 'Teruggetrokken? Ha! Ze is niet op gezelschap gesteld, monsieur Jay. Ze haat iedereen. Haar familie nog wel het meest.' Ze nam een slokje van haar thee. 'Ik zou haar geholpen hebben, als ze me de kans had gegeven. Ik wilde ze bij mij laten inwonen. Het kind geven wat ze het meest nodig heeft: een goed thuis, een gezin. Maar zij...' Ze zette haar kop neer. Jay merkte dat ze Marise nooit bij de naam noemde. 'Ze wil per se haar tijd volmaken. Ze wil per se tot juli volgend jaar blijven, wanneer het contract afloopt. Ze weigert naar het dorp te komen. Ze weigert met mij te praten of met mijn neef, die aanbiedt haar te helpen. En daarna, *éh*? Ze is van plan het land van Pierre-Emile te kopen. Waarom? Ze wil onafhankelijk zijn, zegt ze. Ze wil ons niets verschuldigd zijn.' Mireilles gezicht was een gebalde vuist. 'Ons niets verschúldigd zijn! Ze heeft álles aan mij te danken. Ik heb haar een huis gegeven. Ik heb haar mijn zóón gegeven! Het enige wat er nu nog van hem rest, is het kind. En ook dat heeft ze ons weten te ontnemen. Alleen zij kan met haar praten, in die gebarentaal die ze gebruikt. Ze zal nooit weten wie haar vader was en hoe hij aan zijn eind is gekomen. Zelfs dat heeft ze geregeld. Ook al zou ik...'

De oude vrouw stopte abrupt. 'Enfin, het doet er niet toe,' zei ze, zich moeizaam beheersend. 'Ze trekt nog wel bij. Ze zal wel bij moeten trekken. Ze kan het niet eeuwig uithouden. Niet wanneer ik...' Weer hield ze op; haar tanden klapten met een klik op elkaar.

'Ik snap niet waarom ze zo vijandig is,' zei Jay ten slotte. 'Het dorp is toch heel vriendelijk. Kijk maar hoe aardig iedereen voor mij is geweest. Als ze de mensen de kans zou geven, zouden ze haar vast en zeker met open armen ontvangen. Het kan niet gemakkelijk zijn, om zo op haarzelf te wonen. Het zou toch prettig voor haar moeten zijn te weten dat mensen zich zorgen om haar maakten.'

'Je begrijpt het niet.' Mireilles stem drukte minachting uit. 'Ze weet wat voor welkom haar te wachten staat, wanneer ze haar gezicht hier ooit laat zien. Daarom blijft ze weg. Vanaf het moment dat hij haar meenam uit Parijs, is het altijd zo geweest. Ze heeft hier nooit thuisgehoord. Ze heeft het zelfs nooit geprobeerd. Iedereen weet wat ze heeft gedaan, *éh*. Daar heb ik wel voor gezorgd.' Haar zwarte ogen werden triomfantelijke spleetjes.

'Iedereen weet dat ze mijn zoon heeft vermoord.'

43

'Ach, ze overdrijft,' zei Clairmont goelijk. Ze zaten in Café des Marauds, dat snel begon vol te lopen met werkvolk; hij met zijn met olie bespatte overall en blauwe baret en een groep van zijn werklui, waaronder Roux, verzamelden zich om een tafel achter hem. De aangename geur van Gauloises en koffie vulde de lucht. Achter hem was iemand een recente voetbalwedstrijd aan het analyseren. Joséphine was druk bezig stukken pizza op te warmen in de magnetron.

'Eh, José, un croque, tu veux bien?'

Op de bar stond een schaal hardgekookte eieren en een bakje zout. Clairmont nam er een en begon het zorgvuldig te pellen. 'Iedereen weet toch dat ze hem niet echt vermoord heeft. Maar er zijn allerlei andere manieren dan de trekker overhalen, *éh*?'

'Hem ertoe gedreven, bedoel je?'

Clairmont knikte. 'Hij was een makkelijke jongen. Hij vond haar volmaakt. Deed alles voor haar, ook toen ze getrouwd waren. Hij wilde geen kwaad van haar horen. Hij zei dat ze zwakke zenuwen had en niet veel kon hebben. Nou, misschien was dat ook wel zo, *éh*?' Hij nam wat zout uit het bakje. 'Hij ging met haar om alsof ze een porseleinen poppetje was. Ze kwam net uit zo'n ziekenhuis, zei hij. Er was iets met haar zenuwen.' Clairmont lachte. 'Zenuwen, *éh!* Nou, met háár zenuwen was niks mis! Maar wie iets over haar durfde te zeggen...' Hij haalde zijn schouders op. 'Het is zijn dood geworden dat hij het haar altijd maar naar de zin probeerde te maken, arme Tony.

Hij heeft zich halfdood voor haar gewerkt, en toen ze hem wilde verlaten, heeft hij zichzelf doodgeschoten.' Hij beet met melancholieke animo in zijn ei.

'O ja, ze wilde hem verlaten,' voegde hij eraan toe, toen hij Jays verbazing zag. 'Ze had haar koffers al gepakt. Mireille zag hen. Er was ruzie geweest of zo,' legde hij uit, terwijl hij het ei opat en naar Joséphine gebaarde dat hij nog een *blonde* wilde. 'Er was daar altijd wel ruzie om het een of ander. Maar deze keer zag het ernaar uit dat ze echt wilde doorzetten. Mireille –'

'Wat wil je?' Joséphine liep met een rood en moe gezicht rond met een blad vol warme pizzapunten.

'Twee Stella's, José.'

Joséphine overhandigde hem de flessen, die hij opende met de flesopener die in de bar was aangebracht. Ze keek hem even indringend aan en liep toen weer door met de pizza's.

'Enfin, zo ging dat,' eindigde Clairmont, terwijl hij hun bier inschonk. 'Ze beweerden dat het een ongeluk was, *éh*, dat zou jij ook doen. Maar iedereen weet dat die gekke vrouw van hem erachter zat.' Hij grijnsde. 'Het gekke was dat hij haar geen cent naliet. Ze is aan de genade van de familie overgeleverd. Ze heeft een contract voor zeven jaar, daar kunnen ze niets aan veranderen. Maar wanneer het afloopt, *éh!*' Hij haalde met een veelzeggend gebaar zijn schouders op. 'Dan vertrekt ze, en dat is maar goed ook.'

'Tenzij ze de boerderij koopt,' zei Jay. 'Mireille zei dat ze dat zou kunnen proberen.'

Clairmonts gezicht betrok even. 'Ik zou zelf tegen haar bieden als ik het me kon veroorloven,' verklaarde hij, terwijl hij zijn glas leegdronk. 'Dat is goede bouwgrond. Ik zou wel tien vakantiehuisjes op die oude wijngaard kunnen zetten. Pierre-Emile is gek als hij haar die grond gunt.' Hij schudde zijn hoofd. 'Met een beetje geluk gaan de grondprijzen in Lansquenet als een raket omhoog. Kijk maar naar

Le Pinot. Dat land kan een vermogen opleveren, als je er iets verstandigs mee doet. Maar zoiets zou zij nooit doen. Ze wilde niet eens het moerasland langs de rivier afstaan toen ze de weg wilden verbreden. Ze heeft uit louter wraakzucht het plan tegengehouden.' Hij schudde zijn hoofd.

'Maar het ziet er nu allemaal veel vrolijker uit, *éh*?' Zijn goede humeur was alweer terug; zijn grijns vormde een vreemd contrast met zijn droevige snor. 'Over één, misschien twee jaar lijkt Le Pinot bij ons vergeleken misschien wel een sloppenwijk. Nu alles begint te veranderen.' Weer liet hij zijn nederige, gretige grijns zien. 'Soms is daar maar één persoon voor nodig. Zo is het toch, monsieur Jay?'

Hij tikte met de rand van zijn glas even dat van Jay aan en gaf hem een knipoog.

'Santé!'

44

Gek, hoe gemakkelijk het allemaal weer terugkwam. Het was nu vier weken geleden dat hij Joe voor het laatst had gezien en toch had hij nog steeds het gevoel dat de oude man zó binnen zou kunnen stappen. Overal in de moestuin hingen roodflanellen zakjes en ook op de hoeken van het huis. De bomen op de grens van zijn land waren er ook mee getooid, maar de wind bleef ze losrukken. Tussen Narcisses zaaiaardappels begonnen goudsbloemen, opgekweekt in de zelfgemaakte koude bak, hun felgekleurde kopjes te openen. Poitou bakte een speciaal *couronne*-brood als dank voor zijn graanpakking, die naar hij beweerde beter geholpen had dan welk ander medicijn ook. Jay wist natuurlijk dat hij dat hoe dan ook gezegd zou hebben.

Inmiddels had zijn tuin de beste verzameling kruiden van het dorp. De lavendel was nog groen, maar rook al sterker dan die van Joe ooit had gedaan, en er stonden tijm en watermunt en citroenmelisse en rozemarijn en flinke hoeveelheden basilicum. Hij gaf Popotte een hele mand mee toen ze langskwam met de post, en ook een aan Rodolphe. Joe gaf vaak kleine bosjes kruiden – 'geluksbrengers' noemde hij ze – aan bezoekers mee, en Jay begon hetzelfde te doen. Bundeltjes lavendel of munt of schijfkamille met een geëigende kleur lint eromheen: rood voor bescherming, wit voor geluk en blauw voor genezing. Gek dat dat allemaal weer bovenkwam. De mensen dachten dat het een Engelse gewoonte was, wat de algemene verklaring voor al zijn eigenaardigheden was. Sommigen begonnen deze kleine ruikertjes op hun jas of colbertje te dragen. Hoewel het al mei was, vond de plaatselijke bevolking het nog te koel om in zomerkleding te lopen, maar Jay droeg allang dagelijks een korte broek en een T-shirt. Vreemd genoeg vond Jay de terugkeer naar Joe's bekende gewoonten tamelijk troostgevend. Toen hij nog een jongen was, hadden Joe's grensrituelen, zijn wierook, zakjes, spreuken in potjeslatijn en kruidenstrooierij hem maar al te vaak geïrriteerd. Hij schaamde zich ervoor, net als wanneer er iemand tijdens de samenzang op school te hard zong. In zijn puberogen had veel van Joe's alledaagse magie té gewoon geleken, te vanzelfsprekend, zo'n beetje als koken of tuinieren, alsof er geen mysterie aan verbonden was. Hoewel hij de werking ervan serieus nam, had het allemaal iets vrolijk praktisch, wat Jays romantische ziel in opstand bracht. Hij had liever plechtige bezweringen, zwarte gewaden en middernachtelijke ceremonies gehad. Daarin had hij misschien kunnen geloven. Opgegroeid met stripverhalen en pulpboeken als hij was, zou dat hem tenminste echt hebben geleken. Nu het te laat was, merkte Jay dat hij de rust die het bewerken van de grond gaf, had herontdekt. Alledaagse magie, noemde Joe het. De alchemie van de leek. Nu begreep hij wat de oude man bedoeld had. Maar ondanks dit alles bleef Joe weg. Jay bereidde het land als een keurig geharkt zaaibed voor op zijn terugkeer. Hij plantte en wiedde volgens de maancyclus, zoals Joe dat ook zou hebben gedaan. Hij deed alles goed. Hij probeerde vertrouwen te hebben.

Hij maakte zichzelf wijs dat Joe er helemaal niet geweest was, dat het allemaal verbeelding was geweest. Maar gek genoeg wilde hij nu Joe verdwenen was, graag geloven dat het niet zo was. Joe was er echt geweest, hield een deel van hem vol. Hij was er echt geweest, en hij had het verpest met zijn woede en ongeloof. Kon hij hem maar terug laten komen, dan zou alles anders worden. Er was nog zoveel af te maken. Hij voelde een hulpeloze woede jegens zichzelf. Hij had een tweede kans gehad, en die had hij met zijn stomme kop verknald. Hij werkte dagelijks tot het donker werd in de tuin. Hij was ervan overtuigd dat Joe zou komen. Dat hij ervoor kon zorgen dat hij kwam.

45

Misschien kwam het doordat Jay steeds zo met het verleden bezig was, dat hij steeds meer tijd bij de rivier doorbracht, waar de waterkant schuin afliep. Daar ontdekte hij een wespennest in de grond, onder de heg vlakbij, en hij sloeg het met constante fascinatie gade; hij moest weer denken aan die zomer van 1977, waarin hij zo gestoken werd en Gilly zo gelachen had bij de hut in Nether Edge. Hij lag op zijn buik de wespen te bekijken die het gat in de grond in- en uitvlogen, en verbeeldde zich dat hij hen net onder de oppervlakte kon horen bewegen. De hemel boven hen was wit en dreigend. De Bijzondere Wijnen die nog over waren, hielden zich ook stil, even dreigend als de lucht. Zelfs het fluisteren was opgehouden.

Rosa trof hem liggend naast de oever aan. Zijn ogen waren open, maar hij leek nergens naar te kijken. De radio, die aan een uitstekende tak boven het water hing, liet Elvis Presley horen. Naast hem stond een geopende fles wijn. Op het etiket, dat voor haar te ver weg was om te lezen, stond: 'Frambozen '75'. Er zat een rood touwtje om de hals van de fles, dat haar aandacht trok. Terwijl ze keek, pakte de Engelsman de fles beet en nam er een slok uit. Hij trok een gezicht, alsof het niet lekker smaakte, maar van de overkant kwam de geur overwaaien van wat hij dronk, een plotseling opstijgende geur van rijpe rode, wilde bessen die heimelijk geplukt zijn. Ze nam hem vanaf haar kant van de rivier rustig in zich op. In weerwil van wat *maman* haar verteld had, zag hij er ongevaarlijk uit. Dit was nou de man die die gekke rode zakjes aan de bomen hing. Ze vroeg zich af waarom. Eerst nam ze ze weg om hem uit te dagen, wiste ze zijn sporen op haar terrein zoveel mogelijk uit, maar ze was ze leuk gaan vinden, die vormpjes die als rode vruchten aan de zwaaiende takken bengelden. Ze vond het niet meer erg haar geheime plek met hem te moeten delen. Rosa ging verzitten om een prettiger hurkhouding te vinden in de lange begroeiing aan de overkant van de rivier. Ze overwoog of ze zou oversteken, maar de stapstenen waren door de regen die onlangs gevallen was, onder water komen te staan, en ze wilde niet graag naar de andere oever springen. Naast haar snuffelde de nieuwsgierige bruine geit rusteloos aan haar mouw. Ze duwde de geit met een afwerend gebaar van zich af. *Later, Clopette, later.* Ze vroeg zich af of de Engelsman wist dat daar een wespennest zat. Hij was namelijk nog geen meter bij de ingang vandaan.

Jay tilde de fles weer op. Hij was meer dan halfleeg en hij voelde zich al duizelig, bijna dronken. Het kwam deels door de lucht dat hij die indruk kreeg: de regendruppels vielen zigzaggend als roetvlokken op zijn naar boven gekeerde gezicht. Aan de hemel kwam geen einde.

De geur uit de fles werd sterker, werd iets dat borrelde en bruiste. Het was een uitgelaten geur, een vleug midzomer, van overrijp fruit dat van de takken ploft, van onderen verwarmd door de zon die door de kalkachtige stenen op het spoor weerkaatst wordt. Deze herinnering was niet alleen maar aangenaam. Misschien kwam het door de lucht dat hij ook weer moest denken aan zijn laatste zomer in Pog Hill, aan die rampzalige confrontatie met Zeth en de wespennesten, aan hoe Gilly geboeid had toegekeken en hoe hij zich tegen de grond had aan gedrukt. Gilly had altijd het meest van de wespenjacht genoten. Zonder haar zou hij zich nooit in de buurt van een wespennest gewaagd hebben. Die gedachte verontrustte hem op de een of andere manier. Deze wijn zou 1975 terug moeten brengen, dacht hij verongelijkt. In dat jaar was hij gemaakt. Een vrolijk jaar, vol beloften en ontdekkingen. De radio liet *Sailing* horen. Zo was het in ieder geval met de vorige flessen gegaan. Maar deze tijdmachine zat er twee jaar naast en bracht hem nu hier, waardoor Joe nog verder weg leek. Hij goot de rest van de wijn op de grond en sloot zijn ogen.

Van onder uit de fles kwam een rood gegrinnik. Jay deed zijn ogen weer open, niet op zijn gemak, met het zekere gevoel dat iemand naar hem keek. De droesem was in dit gedempte daglicht bijna zwart, zwart en stroperig, en wanneer hij zo keek leek het wel of er rond de hals van de fles beweging was, alsof er iets probeerde te ontsnappen. Hij ging zitten en keek er wat aandachtiger naar. In de fles had zich een aantal wespen verzameld die aangetrokken waren door de geur van de suiker. Er kropen er twee traag rond op de hals. Een andere was de buik van de fles ingevlogen om het residu op de bodem te onderzoeken. Jay huiverde. Wespen verschuilen zich soms in flessen en blikjes. Hij wist dat van die zomer. Een steek in de mond is zowel pijnlijk als gevaarlijk. De wesp kroop moeizaam over het glas. Zijn vleugels waren besmeurd met siroop. Hij dacht dat hij het insect in de fles steeds radelozer hoorde zoemen, maar misschien was dat wel de roep van de wijn zelf, misschien veroorzaakte de warme, vrolijke geur wel onrust in de lucht, steeg die op als een kolom rode rook, als een teken misschien, of als een waarschuwing.

Plotseling bracht de nabijheid van het wespennest hem van zijn stuk. Het drong tot hem door dat hij de insecten daar beneden onder de dunne korst van de bodem kon horen. Hij wilde opstaan om er wat verder vandaan te gaan, maar hij kreeg ineens een aanval van roekeloosheid en in plaats van zich terug te trekken kwam hij wat dichterbij.

Als Gilly hier was geweest...

Voordat hij het wist werd hij weer nostalgisch. Hij werd

erin gevangen als in een braamstruik. Misschien kwam het door de geur uit de fles, van de wijn op de grond dat hij zich zo voelde, die zomergeur van toen, bedwelmend en overweldigend. De radio kraakte even van de statische elektriciteit en liet toen *I feel love* horen. Jay huiverde.

Dit was belachelijk, dacht hij. Hij hoefde niets te bewijzen. Het was twintig jaar geleden dat hij voor het laatst een wespennest in brand had gestoken. Het leek nu een roekeloze daad die slecht kon aflopen, iets wat alleen een kind zou doen, omdat het de risico's niet kende. En bovendien...

Een stem – uit de fles, scheen het hem toe, hoewel het ook nog de wijn had kunnen zijn – probeerde hem, een beetje smalend, over te halen. Hij klonk een beetje als Gilly's stem, en ook een beetje als die van Joe. Er klonken ongeduld en geamuseerde ergernis in door. *Als Gilly hier was geweest, zou je niet zo lafhartig zijn.*

In het lange gras aan de overkant van de rivier bewoog iets. Even meende hij haar te zien, een roestrode vlek die haar haar geweest had kunnen zijn, iets anders dat een T-shirt of trui met strepen zou kunnen zijn.

'Rosa?'

Geen reactie. Ze zat tussen het lange gras toe te kijken, haar groene ogen blinkend van nieuwsgierigheid. Hij kon haar zien nu hij wist waar hij moest kijken. Niet ver daarvandaan hoorde hij het geluid van een mekkerende geit.

Rosa scheen hem bemoedigend aan te kijken, bijna verwachtingsvol. Onder zich hoorde hij de wespen zoemen, een vreemd, gistend geluid, alsof er in de aarde iets heftig aan het fermenteren was. Het geluid en Rosa's verwachtingsvolle blik samen waren hem te veel. Hij kwam in een uitgelaten stemming, die de jaren deed wegvallen en hem weer veertien maakte, onkwetsbaar.

'Let op,' zei hij, en hij bewoog zich in de richting van het nest.

Rosa sloeg hem nauwlettend gade. Hij bewoog onhandig doordat hij steeds een stukje naar het nest toeschoof. Hij hield zijn hoofd naar beneden gekeerd, alsof hij zo de wespen kon wijsmaken dat hij er niet was. Een paar wespen streken even neer op zijn rug. Ze keek toe terwijl hij zijn zakdoek uit zijn zak haalde. In zijn ene hand had hij een aansteker, de aansteker die hij Rosa die dag bij de rivier had aangeboden. Voorzichtig maakte hij de aansteker open en doordrenkte de zakdoek met vloeistof. Het ding zo ver mogelijk van zich af houdend schoof hij verder in de richting van het nest. Er was onder de oeverrand een groter gat, een gat waarin ooit ratten konden hebben gezeten. Eromheen zat een complex van moddercellen. Even aarzelde hij; hij koos de beste plek uit en duwde toen de zakdoek het nest in. Er hing slechts een puntje stof als een lont naar buiten. Terwijl ze toekeek, keek hij haar aan en grijnsde.

Banzai.

Hij moest dronken zijn geweest. Dat was later de enige verklaring die hij kon bedenken, maar op dat moment voelde het helemaal niet zo. Op dat moment leek het juist, goed en opwindend. Het was verbazend hoe snel die dingen terugkwamen. Eén vonk van de aansteker was genoeg om het ding meteen vlam te laten vatten; het vuur laaide met een plotselinge, hevige felheid op. Er moest in het gat flink wat zuurstof zijn. Mooi. Even wou Jay dat hij wat vuurwerk had meegenomen. Heel even kwam er geen reactie van de wespen, maar toen kwamen er een paar als gloeiende kolen naar buiten gevlogen. Jay voelde een golf van euforie door zich heen gaan en sprong overeind, klaar om weg te rennen. Dat was de eerste fout. Gilly had hem altijd geleerd dicht bij de grond te blijven, meteen een schuilplaats te zoeken en zich zo klein mogelijk te maken, onder een boomwortel, of achter een boomstronk, wanneer de furieuze wespen naar buiten kwamen. Deze keer had Jay het te druk met naar Rosa kijken. De wespen kwamen in een angstaanjagende golf naar buiten, en hij rende naar de struiken. Tweede fout. Nooit rennen. De beweging trekt hun aandacht, prikkelt hen. Het beste kun je plat op de grond gaan liggen en je gezicht bedekken. Maar hij raakte in paniek. Hij rook de benzine van de aansteker en een smerige stank, als van verbrand tapijt. Hij voelde iets in zijn arm steken en hij sloeg ernaar. Daarna staken meerdere wespen hem wild door zijn T-shirt heen en in zijn handen en armen; ze gierden om zijn oren als kogels, ze verduisterden de lucht en Jay raakte zijn laatste beetje zelfbeheersing kwijt. Hij vloekte en sloeg op zijn huid. Vlak onder zijn linkeroog werd hij gestoken door weer een andere wesp en hij voelde een gloeiende pijnscheut zijn gezicht doorboren; hij liep blindelings weg, over de rand van de oever het water in. Als de rivier ondieper was geweest had hij zijn nek kunnen breken. Maar nu werd hij gered door zijn val. Hij viel met zijn gezicht voorover in het water; hij zakte weg, schreeuwde, kreeg rivierwater naar binnen, kwam boven, zakte weer weg en werkte zich naar de overkant, waar hij een minuut later een paar meter verderop aankwam, zijn T-shirt bobbelig van de verdronken wespen.

Onder het nest was het vuur dat hij had aangestoken alweer uit. Jay braakte rivierwater. Hij hoestte en vloekte zwakjes. Veertien had nog nooit zo ver weg geleken. Op haar verre eiland in de tijd meende hij Gilly te kunnen horen lachen.

Het water was aan die kant van de rivier ondiep, en hij waadde naar de oever; daar liet hij zich languit in het gras vallen. Zijn armen en handen zwollen al op van de tientallen steken, en één oog zat dicht, als bij een bokser. Hij voelde zich net een lijk van een week oud.

Langzaam drong het tot hem door dat Rosa vanuit haar uitkijkpost verderop zat toe te kijken. Ze was wijselijk wat achteruitgegaan om de boze wespen te ontwijken, maar hij kon haar zien. Ze zat op de bovenste sport van het hek naast de drakenkop. Ze leek nieuwsgierig, maar onbekommerd. De geit naast haar knabbelde aan het gras.

'Dat nooit meer,' zei Jay, naar adem happend. 'Echt nooit meer.'

Hij was net aan het overwegen of hij op zou staan, toen hij in de wijngaard achter het hek voetstappen hoorde. Hij keek op en zag nog net Marise d'Api ademloos bij het hek aankomen en Rosa beetpakken en van het hek af tillen. Het duurde even voordat ze doorhad dat hij er was, want zij en Rosa waren aan een snelle uitwisseling van gebaren begonnen. Jay probeerde op te staan, gleed uit, glimlachte en maakte een vaag handgebaar, alsof hij door de hofetiquette te volgen haar de ogen kon laten sluiten voor de rest. Hij was zich plotseling erg bewust van zijn dikke oog, zijn natte kleren en zijn modderige spijkerbroek.

'Ik heb een ongelukje gehad,' legde hij uit.

Marises blik ging naar het wespennest in de rivieroever. De resten van Jays verkoolde zakdoek staken nog uit het gat, en van de overkant kwam nog steeds de geur van aanstekerbenzine. Ongelukje, ja, ja.

'Hoeveel keer ben je gestoken?' Hij meende voor het eerst een lach in haar stem te horen.

Jay keek even naar zijn armen en handen.

'Ik weet het niet... Ik had niet verwacht dat ze zo snel naar buiten zouden komen.' Hij zag haar naar de achtergebleven wijnfles kijken en haar conclusies trekken.

'Ben je allergisch?'

'Ik geloof het niet.' Jay probeerde weer overeind te komen, gleed uit en viel op het natte gras. Hij voelde zich misselijk en duizelig. Overal op zijn kleren zaten dode wespen. Marise leek zowel ontdaan als nauwelijks in staat haar lachen te bedwingen.

'Kom maar mee,' zei ze ten slotte. 'Ik heb iets tegen insectenbeten in huis. Soms is er een uitgestelde reactie.'

Behoedzaam hees Jay zich de oever op in de richting van de heg. Rosa draafde achter hen aan, met in haar kielzog de geit. Halverwege voelde Jay het koude handje van het kind in de zijne glijden en toen hij naar beneden keek, zag hij dat ze naar hem lachte.

Het huis was groter dan het vanaf de weg had geleken. Het was een schuur die tot woonhuis was omgebouwd, met een lage gevel en hoge, smalle ramen. Midden in de voorgevel kwam een deur op het niets uit; hij hoorde bij de hooizolder waar ooit de balen hooi werden bewaard. Bij een van de bijgebouwen stond een oude tractor. Naast het huis was een keurige moestuin, aan de achterkant een kleine boomgaard met twintig goedverzorgde appelbomen en aan de andere kant een houtstapel, de houtjes keurig opgestapeld voor de winter. Een paar bruine geitjes zwierven dartel over de paadjes van de wijngaard. Jay liep over het pad met de diepe sporen tussen de rijen wijnstokken door achter Marise aan, en Marise stak haar hand uit om hem te steunen toen ze bij het hek kwamen, hoewel hij voelde dat dat meer was vanwege de wijnstokken dan uit bezorgdheid om hem, omdat hij ze met zijn onhandige bewegingen beschadigen kon.

'Hierheen,' zei ze kortaf, naar de keukendeur wijzend. 'Ga maar zitten, dan haal ik mijn spullen.'

Haar keuken was vrolijk en netjes. Hij zag een plank met stenen potten boven een porseleinen gootsteen, een lange eikenhouten tafel, zoals hij ook in zijn eigen boerderij had, en een reusachtige zwarte kachel. Er hingen bosjes kruiden aan de lage balken boven de schoorsteen: rozemarijn, salie en polei. Rosa liep naar de voorraadkast om limonade te halen en schonk een glas in. Ze ging aan tafel zitten om hem op te drinken en nam Jay met een nieuwsgierige blik op.

'Tu as mal?' vroeg ze.

Hij keek haar aan. 'Dus je kunt praten,' zei hij.

Rosa glimlachte ondeugend.

'Mag ik ook wat?' Jay gebaarde naar het glas limonade, en ze schoof het over de tafel naar hem toe. Hij bedacht dat ze dus kon liplezen én gebarentaal gebruiken. Hij vroeg zich af of Mireille dat wist. Op de een of andere manier dacht hij van niet. Rosa's stem klonk kinderlijk maar vast, zonder de toonfluctuaties die de spraak van de doven kenmerkt. De limonade was zelfgemaakt en lekker.

'Dank je wel.'

Marise wierp hem even een wantrouwende blik toe toen ze de keuken binnenkwam met de insectenbeetset. Ze had een wegwerpinjectienaald in haar hand.

'Adrenaline. Ik ben verpleegster geweest.'

Na een korte aarzeling stak Jay zijn arm uit en sloot zijn ogen.

'Daar gaat-ie.'

Hij had even een branderig gevoel in de holte van zijn elleboog. Even een licht gevoel in zijn hoofd en toen niets meer. Marise keek hem geamuseerd aan.

'Voor een man die met wespen speelt ben je nogal kleinzerig.'

'Zo zit het niet helemaal,' zei Jay terwijl hij over zijn arm wreef.

'Als je je zo gedraagt, kun je verwachten dat je gestoken wordt. Je bent er nog goed vanaf gekomen.'

Hij nam aan dat ze gelijk had, maar zo voelde het niet. Zijn hoofd bonsde nog. Zijn linkeroog was opgezwollen en strak-glanzend. Marise liep naar de keukenkast en haalde er een strooibus met wit poeder uit. Ze deed een beetje in een kop, voegde er wat water aan toe en roerde het om. Ze overhandigde hem de kop. 'Zuiveringszout,' raadde ze hem aan. 'Je moet er wat van op de beten doen.'

Ze bood niet aan hem te helpen. Jay volgde beteuterd haar raad op. Zo had hij zich een ontmoeting met haar helemaal niet voorgesteld. Hij zei het.

Marise haalde haar schouders op en keerde zich weer naar de kast. Jay keek toe terwijl ze pasta in een pan goot, water en zout erbij deed en de pan zorgvuldig op het fornuis zette.

'Ik moet eten voor Rosa maken,' legde ze uit. 'Neem rustig de tijd.' Ondanks haar woorden kreeg Jay sterk de indruk dat ze hem zo snel mogelijk haar keuken uit wilde hebben. Hij ging aan de slag met het zuiveringszout en probeerde ook bij de steken op zijn rug te komen. De bruine geit stak zijn kop om de hoek van de deur en mekkerde.

'Clopette, non! Pas dans la cuisine!' Rosa sprong overeind en verjoeg de geit. Marise keek haar met een nadrukkelijk waarschuwende blik aan, en het kind sloeg haar hand voor haar mond en hield zich weer rustig. Niet-begrijpend keek Jay haar aan. Waarom mocht het kind van Marise niet spreken in zijn bijzijn? Ze gebaarde naar de tafel om aan te geven dat Rosa de borden moest neerzetten. Rosa haalde drie borden uit de kast. Marise schudde weer haar hoofd. Met tegenzin zette het kind een van de borden terug.

'Bedankt voor de eerste hulp,' zei Jay, met zorg zijn woorden kiezend.

Marise knikte, druk bezig de tomaten voor de saus te snijden. Op de vensterbank stond in een plantenbak verse basilicum en ze voegde een handvol toe.

'Je hebt een mooie boerderij.'

'O?' Hij meende een lichte geprikkeldheid in haar stem te bespeuren.

'Niet dat ik hem wilde kopen of zo,' voegde Jay er vlug aan toe. 'Het is gewoon een leuke boerderij. Mooi. Onbedorven.'

Marise keerde zich om en keek hem aan.

'Wat bedoel je?' Haar gezicht was één en al achterdocht. 'Wat bedoel je met "niet willen kopen"? Heb je met iemand gesproken?'

'Nee!' protesteerde hij. 'Ik probeer alleen maar een praatje aan te knopen. Ik zweer je –'

'Bespaar je de moeite,' zei ze toonloos. De warmte die hij even in haar had gevoeld was weer verdwenen. 'Zeg dat maar niet. Ik weet dat je met Clairmont hebt gesproken. Ik heb zijn bus voor je huis zien staan. Ik weet zeker dat hij je van alles heeft aangepraat.'

'Aangepraat?'

Ze lachte.

'O, ik weet wel wat voor iemand je bent, meneer Mackintosh. Je sluipt rond en stelt overal vragen. Eerst koop je het oude Château Foudouin en vervolgens toon je veel belangstelling voor het land aan de rivier. Wat ben je van plan? Vakantiehuisjes? Een sportcomplex, net als in Le Pinot? Misschien iets nog gekkers?'

Jay schudde zijn hoofd.

'Je hebt het mis. Ik ben schrijver. Ik ben hier gekomen om mijn boek af te maken. Meer niet.'

Ze keek hem cynisch aan. Haar ogen waren lasers.

'Van mij hoeft Lansquenet geen tweede Le Pinot te worden,' hield hij vol. 'Dat heb ik Clairmont meteen gezegd. Als je zijn bus hebt gezien, komt dat doordat hij steeds maar *brocante* bij me af blijft leveren. Hij kan maar niet het idee uit zijn hoofd zetten dat ik geïnteresseerd ben in het kopen van rommel.'

Marise begon, schijnbaar niet overtuigd, fijngehakte uitjes aan de pastasaus toe te voegen, maar Jay meende te zien dat haar ruggengraat zich ontspande, een klein beetje maar.

'Als ik vragen stel,' zei hij, 'komt dat doordat ik schrijver ben: ik ben nieuwsgierig. Ik heb jarenlang een *writer's block* gehad, maar toen ik in Lansquenet kwam...' Hij was zich nauwelijks bewust van wat hij op dat moment zei, gefascineerd als hij was door de holling van haar rug onder het mannenhemd. 'De lucht is hier op de een of andere manier anders. Ik heb als een gek zitten schrijven. Ik heb alles achtergelaten om hier te kunnen zijn...'

Toen keerde ze zich om; in de ene hand had ze een rode ui, in de andere het mes.

Hij hield vol: 'Ik bezweer je dat ik niet ben gekomen om wat dan ook te gaan bouwen. Jezus, moet je me zien zitten: drijfnat en ónder het zout. Zie ik eruit als een ondernemer?'

Ze dacht even na. 'Misschien niet, nee,' zei ze eindelijk.

'Ik heb het huis impulsief gekocht. Ik wist niet eens dat je... Ik had niet gedacht dat je... Ik heb niet zo vaak impulsen,' besloot hij tam.

'Dat kan ik maar moeilijk geloven,' zei Marise glimlachend. 'Heel moeilijk, als je bedenkt dat je zojuist willens en wetens je hand in een wespennest hebt gestoken.'

Het was een klein lachje, misschien twee op een schaal van één tot tien, maar het was er toch een.

Daarna praatten ze nog wat. Jay vertelde haar iets over Londen en Kerry en *Jackapple Joe*. Hij had het over de rozentuin en de moestuin naast het huis. Natuurlijk sprak hij niet over de mysterieuze aanwezigheid van Joe en diens verdwijning, of over de zes flessen, of over het feit dat ze zijn nieuwe boek was binnengeslopen. Hij wilde niet dat ze dacht dat hij gek was.

Ze bereidde de lunch, pasta met bonen, en nodigde hem uit om mee te eten. Daarna dronken ze koffie met armagnac. Ze liet hem een overall van Tony aantrekken, terwijl Rosa buiten speelde met Clopette. Jay vond het vreemd dat ze niet over Tony sprak als haar man, maar als 'Rosa's vader', maar de verstandhouding tussen hen was te jong, te broos om haar in gevaar te brengen door vragen te stellen. Wanneer, en als, ze het over Tony wilde hebben, zou ze daar zelf wel het moment voor kiezen.

Tot dusverre liet ze weinig los. Een sterk onafhankelijkheidsgevoel, tederheid voor haar dochter, trots in haar werk, in het huis en in het land. Een manier van glimlachen, ernstig lijkend, maar met een lieve kern. Een manier van stil luisteren, een spaarzaamheid van beweging die een snelle geest verried. Af en toe een vleugje wrange humor onder de praktische buitenkant. Toen hij terugdacht aan de eerste glimp die hij ooit van haar had opgevangen, aan zijn vroegere veronderstellingen, aan het feit dat hij naar de meningen van mensen als Caro Clairmont en Mireille Faizande had geluisterd en ze half had geloofd, voelde hij het schaamrood naar zijn kaken stijgen. De heldin van zijn roman, onvoorspelbaar, gevaarlijk, misschien zelfs waanzinnig, had niets met deze rustige, kalme vrouw te maken. Zijn fantasie was met hem op de loop gegaan. Terwijl hij beschaamd zijn koffie dronk, besloot hij zijn neus niet meer in haar zaken te steken. Haar leven en zijn verhaal hadden niets met elkaar gemeen.

Later pas, veel later, kwam het ongemakkelijke gevoel terug. O, Marise was charmant, zeker. Slim was ze ook, want ze had hem over zichzelf laten vertellen zonder ook maar iets over haar eigen achtergrond los te laten. Aan het eind van de middag wist ze alles van hem. Maar er was nog iets, iets dat te maken had met Rosa. Hij dacht na over Rosa. Mireille was ervan overtuigd dat Rosa slecht behandeld werd, maar er was niets dat daarop wees. Integendeel, de liefde tussen moeder en dochter was onmiskenbaar. Jay herinnerde zich de keer dat hij hen samen bij de heg had gezien. Die stilzwijgende band. *Stilzwijgende.* Dat was het! Rosa kon wél praten, spontaan en met gemak. De manier waarop ze naar de geit in de keuken had geroepen, bewees het, die snelle, opgewonden uitbarsting. *Clopette, non! Pas dans la cuisine!* Alsof ze gewend was tegen de geit te praten. En dan die blik van Marise naar haar, alsof ze haar waarschuwde dat ze haar mond moest houden.

Waarom wilde ze haar waarschuwen? De vraag liet hem niet los. Was er iets dat hij van Marise niet mocht horen?

En het kind – had ze niet met haar rug naar de deur gezeten toen de geit binnenkwam?

Hoe kon ze dan geweten hebben dat die er was?

46

Nether Edge, zomer 1977

Nadat Jay bij Gilly vandaan was gelopen, zat hij een poosje bij de brug. Hij was boos en voelde zich schuldig en hij wist zeker dat ze alsnog naar hem toe zou komen. Toen ze niet verscheen, lag hij een poos in het natte gras, genietend van de bittere geuren van aarde en planten, en keek hij naar de lucht totdat hij duizelig werd van de vallende motregen. Hij begon het koud te krijgen, dus stond hij op en begon hij terug te lopen naar Pog Hill. Hij liep over het spoor dat niet meer gebruikt werd en af en toe stond hij even stil om iets naast de rails te bekijken, meer uit gewoonte dan uit echte belangstelling. Hij was zo diep in gepeins verzonken dat hij helemaal niet de vier gedaanten hoorde, of zag, die stilletjes tussen de bomen achter hem vandaan kwamen en achter hem uitwaaierden om hem te achtervolgen.

Toen hij hen zag, was het al te laat. Glenda was er en ook twee van haar vriendinnen: de magere blonde – ze heette Karen, dacht hij – en een jonger meisje, Paula – of was het Patty? – van tien of elf jaar oud, met gepiercete oren en een gemene pruilmond. Ze liepen al op zijn pad om hem de weg af te snijden, Glenda aan de ene kant, Karen en Paula aan de andere. Hun gezicht glom van de regen en de gretigheid. Glenda's ogen ontmoette de zijne over het spoor heen en ze blonken. Even leek ze bijna mooi.

Maar wat het erger maakte, was dat Zeth bij haar was.

Even stond Jay verstijfd van schrik. De meisjes waren

niets bijzonders. Hij had hen al eerder van zich afgeschud door harder te lopen of van zich af te bijten of hen te overbluffen, en ze waren maar met hun drieën. Ze waren vertrouwd, ze hoorden bij de Edge, net als de open steenkoolgroeve of de grinthelling boven de sluis in het kanaal; een natuurlijk gevaar, als de wespen, iets dat je met omzichtigheid behandelde, maar niet met angst.

Zeth was echter een heel ander verhaal.

Hij droeg een Status Quo-T-shirt met opgerolde mouwen. In een van de mouwen was een pakje Winston-sigaretten gestopt. Zijn haar was lang en fladderde om zijn smalle, uitgekookte gezicht. Zijn acne was verdwenen, maar waar de puistjes hadden gezeten, zaten nu diepe sporen op zijn wangen, inwijdingslittekens, geulen voor krokodillentranen. Hij grijnsde.

'Heb jij mijn zus lastiggevallen?'

Jay rende al voordat hij zijn zin had afgemaakt. Het was de slechtst mogelijke plaats om in het nauw gedreven te worden: hoog boven het kanaal met zijn vele schuilplaatsen; het rechte, open spoor strekte zich als een woestijn voor hem uit. De struiken aan weerszijden waren te dicht om zich doorheen te wurmen en te klein om bescherming te bieden. Door een diepe sloot en een wand van struikgewas was hij vanuit de dichtstbijzijnde huizen niet eens te zien. Zijn gympen gleden gevaarlijk weg op het grint. Glenda en haar vriendinnen waren vóór hem en Zeth lag maar een hartslag achter. Het leek Jay het slimst de twee meisjes te ontwijken en recht op Glenda af te rennen. Ze deed een pas opzij om hem te onderscheppen. Haar vlezige armen strekten zich alsof ze een verre bal moest vangen, maar hij duwde met al zijn kracht tegen haar aan, haar als een rugbyspeler met zijn schouders opzijschuivend, en holde door over het verlaten spoor. Achter zich hoorde hij Glenda jammeren. Zeths stem achtervolgde hem, nu onheilspellend dichtbij: 'Jij kleine klootzak!'

Jay keek niet om. Er was een spoorbrug en een diepliggend spoor op een paar honderd meter afstand van Pog Hill en een pad omhoog dat op straat uitkwam. Er zouden ook andere paden zijn die naar de afgraving leidden, en naar het braakliggende terrein daarachter. Als hij daar kon komen... De brug was niet ver. Hij was jonger dan Zeth, en lichter. Hij kon harder rennen dan hij. Als hij de brug kon bereiken, zou hij zich ergens kunnen verstoppen.

Hij keek even over zijn schouder. De afstand tussen hen was groter geworden. Er lag een meter of dertig, veertig tussen hen. Glenda was weer opgekrabbeld en rende nu ook, maar ondanks haar omvang maakte Jay zich om haar geen zorgen. Ze leek nu al buiten adem en haar veel te grote borsten hobbelden idioot op en neer onder haar strakzittende shirt. Zeth draafde heel langzaam naast haar, maar toen Jay omkeek, maakte hij ineens eng veel vaart, terwijl zijn armen op en neer gingen en het grint rondom zijn enkels opspatte.

Jay begon duizelig te worden en zijn adem leek wel een hete steen. Net om de bocht van het spoor zag hij nu de brug en de rij populieren bij de verlaten wissels. Nog vijfhonderd meter en hij was er.

Joe's talisman zat nog in zijn zak. Hij voelde hem onder het lopen tegen zijn heup aankomen en hij voelde een vage opluchting dat hij hem had meegenomen. Voor hetzelfde geld was hij hem vergeten. Hij had het die zomer te druk gehad, was te veel in zichzelf verstrikt geweest om zich bezig te houden met magie.

Hij hoopte maar dat hij nog steeds werkte.

Toen hij bij de brug was aangekomen, was de afstand tussen hen nog groter geworden, en hij keek om zich heen of hij zich ergens kon verbergen. Het was te riskant om het steile pad naar de weg op te gaan. Jay was bijna buiten adem en hij moest misschien zo'n vijftien meter over een kronkelig zandpaadje afleggen voordat hij veilig bij de weg was. Hij pakte Joe's talisman stevig beet en nam de tegenovergestelde richting, waarvan ze niet zouden verwachten dat hij die nam, de brug onderdoor en dan in de richting van Pog Hill. Achter de boog van de spoorbrug stond het vol met wilgenroosjes die vol zaadpluis zaten, en hij dook erin onder, met een bonzend hoofd en een hart dat samenkneep van duistere vreugde.

Hij was in veiligheid.

Vanuit zijn schuilplaats hoorde hij stemmen. Zeths stem was dichtbij. Die van Glenda was verder weg, onduidelijk door de afstand; hij weerkaatste door de open ruimte tussen de brug en de afgraving.

'Waar is-ie in godsnaam gebleven?'

Jay kon hem aan de andere kant van de boog horen en zag voor zich hoe hij het pad afkeek en de afstanden inschatte. Hij maakte zich klein onder de wuivende witte koppen van de wilgenroosjes.

Glenda's stem, hees van het rennen.

'Je bent 'm kwijtgeraakt, sukkel!'

'Niet waar. Hij moet hier ergens zijn. Hij kan niet ver zijn.'

Er verstreken enige minuten. Jay hield zijn talisman stevig vast terwijl ze het gebied doorzochten. Joe's talisman, die al vaker zijn werk had gedaan. Hij had er toen niet helemaal in geloofd, maar hij wist nu wel beter. Hij geloofde in magie. Hij geloofde er echt in. Hij hoorde een geluid alsof iemand over het opgehoopte afval onder de spoorbrug liep. Er liepen voeten over het grint. Maar hij was veilig. Hij was onzichtbaar. Dacht hij.

'Hij zit hier!'

Het was de tienjarige Paula-of-Patty. Ze stond tot haar middel in de pluizenzee.

'Vlug! Zeth, pak hem! Pak hem!'

Jay begon terug te lopen naar de brug en bij iedere beweging vlogen er wolken witte pluisjes weg. De talisman hing losjes aan zijn vingers. Glenda en Karen verschenen met zwetende gezichten in de boog van de brug. Vlak achter de boog was een diepe sloot die vol stond met late zomerbrandnetels. Daarheen kon hij niet ontsnappen. Toen kwam Zeth onder de brug vandaan; hij pakte zijn arm beet en trok Jay met een afschuwelijk kameraadschappelijk, onverbiddelijk welkomstgebaar glimlachend bij de schouders naar zich toe.

'Hebbes.'

De magie werkte niet meer.

Jay dacht niet graag terug aan wat er toen gebeurd was. Het speelde zich af in een eigenaardige stilte, als een soort droom. Eerst trokken ze zijn T-shirt uit en terwijl hij trapte en schreeuwde, duwden ze hem in de sloot met de brandnetels. Hij probeerde eruit te klimmen, maar Zeth duwde hem steeds terug en de bladeren veroorzaakten bultjes die nog dagenlang zouden jeuken en branden. Jay hield zijn armen voor zijn gezicht en dacht vaag: wat gek dat dit Clint nooit overkomt, maar toen trok iemand hem aan zijn haar omhoog en hoorde hij Zeth met zachte stem zeggen: 'En nu is het mijn beurt, klootzak die je bent.'

Als het een verhaal was geweest, had hij teruggevochten, maar dat deed hij niet. Hij zou dan in ieder geval een uitdagende houding hebben gehad, een beetje stoerheid aan de dag hebben gelegd. Dat deden al zijn helden.

Maar Jay was geen held.

Hij begon al te schreeuwen voordat hij de eerste klap kreeg. Misschien ontkwam hij daardoor wel aan een zwaar pak slaag. Het had erger gekund, dacht hij, toen hij later de schade opnam. Een bloedneus, een paar blauwe plekken en kapotte knieën in zijn spijkerbroek toen hij was uitgegleden op het grint van het spoor. Het enige wat echt kapot was, was zijn horloge. Later ging hij begrijpen dat er die dag iets meer was stukgegaan, iets ernstigers en blijvenders dan het horloge, of zelfs een bot. Het had iets te maken met vertrouwen, zo leek het. Er was vanbinnen iets stukgegaan dat niet meer gemaakt kon worden.

De lol was eraf.

Hij zei tegen zijn moeder dat hij van zijn fiets was gevallen. Het was een plausibele leugen, in ieder geval plausibel genoeg om zijn kapotte broek en gezwollen neus te verklaren. Ze maakte zich er niet zo druk om als hij gevreesd had: het was al laat en iedereen zat naar *Blue Hawaii* te kijken, die opnieuw werd uitgezonden als onderdeel van de programma's rond de dood van Elvis.

Langzaam zette hij zijn fiets weg. Hij maakte een sandwich voor zichzelf en nam een blikje cola uit de koelkast; daarna ging hij naar zijn kamer, waar hij naar de radio luisterde. Alles leek reuze normaal, alsof Gilly, Zeth en Pog Hill allang tot het verleden behoorden. De Stranglers zongen *Straighten out*.

Jay en zijn moeder gingen dat weekend weg. Hij nam van niemand afscheid.

47

Lansquenet, mei 1999

Jay was in de tuin aan het werk, toen Popotte met haar posttas kwam. Ze was een kleine, ronde vrouw met een olijk gezicht, en ze droeg een felrode trui. Ze liet haar oude fiets altijd bij de weg staan en bracht de post over het voetpad naar hem toe.

'*Eh*, monsieur Jay,' zuchtte ze, hem een pak brieven overhandigend. 'Ik wou dat je wat dichter bij de weg woonde! Mijn *tournée* is altijd een half uur langer wanneer er iets voor jou bij zit. Telkens wanneer ik hier kom raak ik tien kilo kwijt. Dat kan zo niet doorgaan! Je moet een brievenbus neerzetten!'

Jay grijnsde. 'Kom binnen, dan geef ik je een van Poitou's verse *chaussons aux pommes*. Ik heb koffie op de kachel staan. Ik ging net zelf ook wat nemen.'

Popotte keek zo streng als haar vrolijke gezicht toestond.

'Probeer je me om te kopen, *rosbif*?'

'Nee, madame.' Hij grijnsde. 'Alleen maar te verleiden.'

Ze lachte. 'Nou, eentje dan. Ik heb de calorieën nodig.'

Jay maakte de brieven open terwijl zij haar gebak opat. Een elektriciteitsrekening, een vragenlijst van het stadhuis in Agen, een klein plat pakje, verpakt in bruin papier, aan hem geadresseerd in een klein, zorgvuldig, bijna bekend handschrift.

Het poststempel was van Kirby Monckton.

Jays handen begonnen te trillen.

'Ik hoop dat het niet allemaal rekeningen zijn,' zei Popotte, die haar gebakje op had en er nog een nam. 'Ik wil me niet vermoeien met het brengen van ongewenste post.'

Jay had moeite met het openmaken van het pakje.

Hij moest tweemaal stoppen om zijn handen onder controle te krijgen. Het pakpapier was dik en verstevigd met een stuk karton. Er zat geen briefje in. Wel een stukje geel papier dat zorgvuldig was dichtgevouwen om een kleine hoeveelheid zwarte zaadjes. Er waren met potlood op het papier slechts twee woorden geschreven: 'Bijzondere zaden'.

'Is er iets?' Popotte leek bezorgd. Hij moest een vreemde indruk gemaakt hebben, zoals hij daar stond te staren met de zaadjes in zijn ene hand en het papier in de andere.

'Nee, het zijn alleen maar zaadjes uit Engeland die ik nog zou krijgen,' bracht Jay met moeite uit. 'Ik... ik was ze helemaal vergeten.'

De mogelijkheden schoten door zijn hoofd. Hij voelde zich verdoofd, dichtgeklapt door de ontzaglijke betekenis van dat kleine pakje zaadjes. Hij nam een slok koffie en legde toen de zaadjes op het gele papier om ze beter te bekijken.

'Het lijkt mij niks bijzonders,' merkte Popotte op.

'Ja, ze stellen niet veel voor, hè?' Het waren er zo'n honderd, nauwelijks genoeg om de palm van zijn hand te bedekken.

'Alsjeblieft niet niezen,' zei Joe achter hem, waarop Jay ze bijna liet vallen. De oude man stond tegen de keukenkast geleund, zo nonchalant alsof hij nooit was weggeweest. Hij droeg een belachelijk gestreept short en een T-shirt van Bruce Springsteens *Born to run*, en zijn mijnwerkerslaarzen en pet. Zoals hij daar stond zag hij er ontzettend echt uit, maar Popotte gaf geen krimp, hoewel ze hem recht aan leek te kijken. Joe grijnsde en bracht een vinger naar zijn lippen.

'Neem de tijd, jong,' adviseerde hij vriendelijk. 'Ik denk dat ik in de tussentijd even naar de tuin ga kijken.'

Jay keek hulpeloos toe terwijl hij de keuken uit slenterde en de tuin inliep; hij moest zich bedwingen om niet achter hem aan te rennen. Popotte zette haar koffiemok neer en keek hem nieuwsgierig aan.

'Heb je vandaag jam gemaakt, monsieur Jay?'

Hij schudde zijn hoofd. Achter haar, door het keukenraam, zag hij Joe over de geïmproviseerde koude kas gebogen staan.

'O.' Popotte leek te twijfelen, snoof geuren op. 'Ik dacht dat ik iets rook. Een geur van zwarte bessen en gebrande suiker.'

Zij registreerde dus ook zijn aanwezigheid. In Pog Hill Lane had altijd een geur van gist en fruit en gekarameliseerde suiker gehangen, of Joe nu wijn aan het maken was of niet. De vloerbedekking, de gordijnen, het hout, alles was ervan doortrokken. De geur volgde hem overal, hij hing aan zijn kleren, vermengde zich zelfs met de muffe rooklucht die zo vaak om hem heen hing.

'Ik moet weer eens aan het werk,' zei Jay, terwijl hij probeerde zijn stem neutraal te houden. 'Ik wil die zaadjes zo snel mogelijk in de grond hebben.'

'O?' Ze tuurde weer naar de zaadjes. 'Zijn ze zo bijzonder?'

'Jazeker,' zei hij tegen haar. 'Heel bijzonder.'

48

Pog Hill, herfst 1977

September was niet veel beter. Elvis stond weer in de hitparade, met *Way down*. Jay studeerde lusteloos voor zijn *O-level*-examen van het jaar daarop. Het normale leven leek zijn loop te hervatten, maar dat doemgevoel was er nog steeds, misschien juist nog heviger doordat alles zo zijn gewone gangetje ging. Hij hoorde niets van Joe, noch van Gilly, wat hem verbaasde, ook al was het niet verwonderlijk, gezien het feit dat hij uit Kirby Monckton vertrokken was zonder van hen afscheid genomen te hebben. Zijn moeder werd door fotografen van de *Sun* gesnapt aan de arm van een vierentwintigjarige fitnessinstructeur bij een nachtclub in Soho. Marc Bolan kwam om bij een autoongeluk, en slechts een paar weken later werden Ronnie Van Zant en Steve Gaines van Lynyrd Skynyrd bij een vliegtuigongeluk uit het leven weggerukt. Het leek plotseling alsof iedereen om hem heen stierf, alsof zijn wereld uiteenviel. Niemand anders scheen het te merken. Zijn vrienden rookten stiekem sigaretten en glipten na schooltijd naar de bioscoop. Jay sloeg hen met minachting gade. Hij rookte vrijwel niet meer. Het leek zo zinloos, bijna kinderachtig. De kloof tussen hem en zijn klasgenoten werd breder. Op sommige dagen voelde hij zich tien jaar ouder.

Toen werd het 5 november, de avond van Guy Fawkes. De anderen legden vreugdevuren aan en roosterden aardappels op het binnenplein. Jay bleef op de slaapzaal en keek op een afstand toe. De lucht rook bitter, nostalgisch. Vonkenregens waaierden op uit het vuur, de rook en de zachte lucht in. Hij rook de warme geur van bakvet en de sigarettenvloeiachtige geur van knalvuurwerk. Voor het eerst realiseerde hij zich hoe erg hij Joe miste.

In december liep hij weg.

Hij pakte zijn jas en zijn slaapzak en zijn radio en wat geld en propte alles in zijn sporttas. Hij vervalste een excuusbriefje en vertrok vlak na het ontbijt om zichzelf voldoende tijd te geven om zo ver mogelijk te komen. Hij liftte vanuit de stad naar de snelweg en kreeg daarna een lift naar Sheffield via de M1. Hij wist precies waar hij heen wilde.

Hij deed er twee dagen over om Kirby Monckton te bereiken. Na de laatste lift liep hij bijna het hele stuk; hij liep dwars door de velden naar de hoger gelegen heidegebieden om af te steken. Hij sliep in een bushokje, totdat er een politieauto naast hem stopte. Toen werd hij bang en durfde hij niet meer te stoppen uit angst opgepakt te worden. Het was koud, maar het sneeuwde niet; de lucht was grauw en Jay trok alle reservekleding aan die hij had meegenomen, zonder het warmer te krijgen. Hij had blaren op zijn voeten, zijn laarzen zaten onder de modder, maar hij bleef zich vastklampen aan de herinnering aan Pog Hill Lane, aan de wetenschap dat Joe hem daar wachtte. Joe's huis, met de warme keuken, de geur van warme jam en in de oven gedroogde appels, en het geluid van de radio in de vensterbank boven de tomatenplanten.

Laat in de middag kwam hij aan. Hij hees zich de laatste paar meter naar de achterkant van Pog Hill Lane omhoog, zwaaide zijn sporttas over de muur bij Joe en werkte zich er daarna zelf ook overheen. De achtertuin was verlaten.

Het lapje grond verderop zag er kaal uit, verlaten. Joe had het wel heel mooi gecamoufleerd. Zelfs vanuit de achtertuin leek het alsof er al maanden niemand woonde. Tussen de stenen was onkruid opgeschoten en er door de kou doodgegaan, bedekt met een zilverachtig laagje rijp. De ramen waren dichtgetimmerd. De deur zat op slot.

'Joe!' Hij klopte op de deur. 'Joe! Doe eens open!'

Stilte. Het huis zag er geblindeerd uit, onverstoorbaar in zijn wintertooi. De deurknop in Jays vuist rammelde hol. Zijn stem kwam uit het huis terug, een zwakke echo in een holle ruimte.

'Joe!'

'Het staat leeg, jong.'

De oude vrouw gluurde over de muur; haar zwarte ogen onder de gele sjaal blonken nieuwsgierig. Jay herkende haar vaag; ze was die eerste zomer vaak op bezoek geweest, en ze maakte soms aardbeienvlaai, die ze naar Joe bracht in ruil voor producten uit zijn tuin.

'Mevrouw Simmonds?'

'Dat klopt, ja. Je zoekt zeker meneer Cox?

Jay knikte.

'Tja, die is weg. Ik dacht dat-ie misschien overleden was, maar onze Janice zegt dat-ie op een dag zomaar is weggegaan. Zomaar weggegaan,' herhaalde ze. 'Je zult hem hier niet meer vinden.'

Jay staarde haar aan. Dit was niet mogelijk. Joe was niet weggegaan. Joe had beloofd...

'Ze gaan Pog Hill Lane slopen, moet je weten,' zei mevrouw Simmonds, het gesprek voortzettend. 'Ze gaan er luxeappartementen neerzetten. Een beetje luxe kan geen kwaad na alles wat wij hier hebben meegemaakt.'

Jay lette niet op haar. 'Ik weet dat je daarbinnen zit, Joe! Kom naar buiten! Verdomme, Joe, kom nou naar buiten!'

'Je hoeft niet zulke taal uit te slaan,' zei mevrouw Simmonds.

'Joe! Joe! Doe nou open! Jóé!'

'Als je nu niet ophoudt, jong, bel ik de politie.'

Jay hief zijn handen sussend op. ‘Goed, goed. Sorry. Ik ga al. Sorry hoor.’

Hij wachtte totdat ze verdwenen was. Toen sloop hij terug en liep achterom, nog steeds ervan overtuigd dat Joe ergens daarbinnen, misschien kwaad op hem, zat te wachten totdat hij het zou opgeven en zou weggaan. Hij was tenslotte al eens eerder om de tuin geleid. Hij doorzocht het overwoekerde stuk grond, in de verwachting hem er zijn bomen te zullen zien inspecteren of in zijn broeikas in het seinhuisje bezig te zien, maar er was niets dat erop wees dat er onlangs iemand anders geweest was dan hijzelf. Pas toen het tot hem doordrong wat er verdwenen was, begon hij te begrijpen dat het waar was. Op geen enkele boomstam of steen was er een runenteken, lint of gekrabbeld symbool te bekennen. Er zaten geen rode zakjes meer aan de zijkanten van de kas, aan de muur en aan de takken van de bomen. De zorgvuldig gerangschikte steentjes op de paden lagen in wanorde verspreid. De maanstandtabellen die aan de muur van de schuur en de kas hadden gehangen, de geheimzinnige symbolen die op de bomen hadden gezeten, alle tekens die Joe had aangebracht als onderdeel van zijn permanente oplossing, waren verdwenen. De koude kassen waren ingestort, zodat de planten die erin stonden het op eigen kracht moesten redden. De boomgaard was bezaaid met fruit dat in de zomer van de bomen was gevallen, grijsbruin en half versmolten met de inmiddels hard geworden grond. Er lagen honderden vruchten. Peren, appelen, pruimen en kersen. Toen wist hij het zeker. Dat gevallen fruit.

Joe was weg.

De achterdeur zat niet goed op slot. Jay wist de klink omhoog te krijgen en ging het lege huis binnen. Er hing een lucht van bederf, van fruit dat in een kelder ligt te rotten. In de keuken stonden tomatenplanten die in het donker tot monsterachtige stengels waren uitgegroeid en die hun bleke, tere slierten naar het kiertje licht bij het raam uitstrekten alvorens, uitgerekt en waterloos, tegen de rand van de gootsteen aan de geest te geven. Joe had alles blijkbaar zó achtergelaten: de ketel stond nog op de kachel, in de koekjestrommel zaten nog een paar koekjes, oud maar nog eetbaar, en zijn jas hing nog aan de haak achter de deur. Het licht in de kelder was niet aan, maar er viel genoeg daglicht uit de keuken naar binnen om de keurige rijen flessen, potten en mandflessen te zien die als onderwaterjuwelen op de planken stonden te glanzen.

Jay doorzocht het huis. Er was niet veel te vinden; Joe's bezittingen hadden nooit veel voorgesteld, en voorzover hij kon zien had de oude man praktisch niets meegenomen. Zijn oude valies was verdwenen, het *Culpeper's herbal* en de weinige kleding die hij had bezeten, waaronder zijn mijnwerkerspet en -laarzen. De zaadkist stond nog naast zijn bed, maar toen Jay hem opendeed, zag hij dat er niets meer in zat. De zaadjes, wortels, pakjes, enveloppen en keurig beschreven, dichtgedraaide stukjes vergeeld krantenpapier waren verdwenen. Er zat alleen nog maar stof in de kist.

Waar Joe ook heen mocht zijn gegaan, hij had zijn zaden meegenomen.

Maar waar was hij naartoe gegaan? Zijn kaarten hingen nog op hun oude plek aan de muur, en de opschriften en aantekeningen in Joe's kleine, moeizame handschrift stonden er nog op, maar er was niet aan af te lezen waar hij heen zou kunnen zijn gegaan. Er zat geen patroon in zijn vele reisroutes, de gekleurde lijnen die op een tiental verschillende plaatsen samenkwamen, zoals in Brazilië, Nepal, Haïti of Frans Guyana. Jay keek onder zijn bed, maar vond alleen een kartonnen doos met oude tijdschriften. Nieuwsgierig haalde hij ze eruit. Joe was nooit een geweldige lezer geweest. Behalve het *Culpeper's herbal* en af en toe een krant zag Jay hem zelden lezen, en wanneer hij dat wel deed, las hij langzaam, met gefronst voorhoofd en met zijn vinger aanwijzend, typerend voor iemand die maar tot zijn veertiende heeft schoolgegaan. Maar deze tijdschriften waren oud, verbleekt, maar netjes bewaard in de doos en afgedekt met een stuk karton zodat ze niets te lijden zouden hebben van het stof. De jaartallen op de voorkant waren verbazingwekkend: 1947, 1949, 1951, 1964... Oude tijdschriften, met ook toen al het opvallende geel en zwart. Oude nummers van de *National Geographic*.

Jay zat even op de grond te bladeren; de bladzijden knisperden van ouderdom. Er ging troost van die tijdschriften uit, alsof hij door ze aan te raken Joe dichterbij kon brengen. Deze plekken had Joe bezocht, bij deze mensen had Joe geleefd, herinneringen misschien aan de lange tijd waarin hij rondgezworven had.

Daar had je Frans Guyana, Egypte, Brazilië, Zuid-Afrika, Nieuw-Guinea. De ooit vrolijk gekleurde omslagen lagen naast elkaar op de stoffige vloer. Jay zag dat hij bepaalde passages met potlood had gemarkeerd en bij sommige passages aantekeningen had gemaakt. Haïti, Zuid-Amerika, Turkije, de Zuidpool. Dit waren zijn reizen, dit was de route die hij in zijn zwerftijd had afgelegd. Overal stonden datums, handtekeningen en codes bij in verschillende kleuren.

Datums en handtekeningen.

Een koude vinger van achterdocht kroop langs zijn rug omlaag.

Eerst sloeg hij de bladzijden langzaam om, maar toen kreeg het gevoel van afschuwelijke zekerheid de overhand en begon hij het te begrijpen. De kaarten. De verhalen. De oude nummers van de *National Geographic*, die helemaal teruggingen tot de oorlog.

Hij staarde naar de tijdschriften, probeerde een andere reden te vinden, iets dat het kon verklaren. Maar er was maar één verklaring mogelijk.

Er was helemaal geen sprake van zwerven geweest. Joe Cox was een mijnwerker en was altijd een mijnwerker geweest, van de dag dat hij van school was gegaan tot aan het moment waarop hij met pensioen ging. Toen de mijn bij Nether Edge was dichtgegaan, had hij in Pog Hill Lane met zijn pensioengeld een mijnwerkershuisje van de gemeente gekocht – misschien had hij ook een invaliditeitsuitkering, vanwege zijn verminkte linkerhand – en daar van reizen gedroomd. Zijn ervaringen, verhalen en avonturen, de keren dat hij ternauwernood ontsnapt was, de koene daden, de dames op Haïti en de zigeuners, allemaal waren ze afkomstig uit deze stapel oude tijdschriften, allemaal waren ze even vals als zijn magie, zijn lekenalchemie en zijn kostbare zaden, die hij ongetwijfeld via kwekers of postorderbedrijven had verzameld terwijl hij in zijn eentje zijn droomverhalen spon, zijn léúgens.

Leugens. Allemaal. Leugens en bedrog.

Plotseling vlamde er een enorme woede in hem op. Die was onberedeneerd. Het waren alleen maar de pijn en de verwarring van de afgelopen paar maanden, het waren Gilly's afstandelijkheid en Joe's verraad, het waren zijn ouders, hijzelf, zijn school, het was Zeth, het was Glenda met haar bende, het waren de wespen, het was zijn woede om álles, die even samenkwam in een enkele flits van pijn en razernij. Hij smeet de tijdschriften op de grond en trapte en stampte op het papier. Hij scheurde de omslagen eraf en liep de plaatjes in het stof en de modder. Hij trok de kaarten van de muren. Hij gooide de lege zaadkist om. Hij rende de kelder in en sloeg alles wat hij zag kapot, flessen, potten, fruit en brandewijn. De glassplinters knerpten onder zijn voeten.

Hoe had Joe zo kunnen liegen?

Hoe had hij dat kunnen doen?

Hij vergat dat hij degene was geweest die was weggelopen, dat hij degene was geweest die het vertrouwen had verloren. Het enige waaraan hij kon denken was Joe's bedrog. Trouwens, hij was toch teruggekomen? Hij was teruggekomen. Maar als er magie was geweest, dan was die allang verdwenen.

Zijn rug deed pijn – hij had hem vast te veel belast toen hij zo tekeer was gegaan in de kelder –, en toen hij terugging naar de keuken voelde hij zich loodzwaar en nutteloos. Hij had zijn hand gesneden aan een stuk glas. Hij probeerde hem in de gootsteen schoon te spoelen, maar het water was al afgesloten. En toen zag hij de enveloppe.

Hij stond keurig op de aanrecht, bij het raam, naast het uitgedroogde stuk teerzeep. Bovenaan stond zijn naam geschreven in kleine, beverige hoofdletters. Hij was te groot om gewoon een brief te zijn: hij zag er dik uit, als een pakje. Jay scheurde de enveloppe onhandig open, denkende dat dit alles zou verklaren, dat Joe hem toch niet vergeten was; dit was een soort verklaring, een teken...

Een talisman.

In de enveloppe zat geen brief. Hij keek tweemaal, maar er was niet eens een stukje papier. Er zat alleen een pakketje in. Hij herkende het als een van Joe's zaadpakketjes uit de kist, dat een vaag, met rood potlood geschreven opschrift droeg: 'Bijzondere zaden'.

Jay scheurde een hoek open. Er zaten zaadjes in, piepkleine, zwarte, verderlichte zaadjes, zeker honderd stuks, die tussen zijn onhandige vingers rolden terwijl hij probeerde het te begrijpen. Geen papiertje. Geen brief. Geen instructies. Alleen maar zaadjes.

Wat moest hij ermee? Weer voelde hij woede opkomen. Ze in zijn tuin planten? Er een bonenstaak uit laten groeien? Er ontsnapte hem een lach die rauw was van woede. Wat moest hij er in jezusnaam mee begínnen?

De zaadjes rolden betekenisloos tussen zijn vingers. Hij lachte schamper en tranen van boosheid en ontgoocheling sprongen hem in de ogen.

Jay ging naar buiten en klom de achtermuur op. Hij scheurde het pakje open en liet de zaadjes de diepte in dwarrelen, als zwarte insectjes in de vochtige winterwind. Hij gooide de snippers van de verscheurde enveloppe erachteraan. Het gaf hem een zuur gevoel van vreugde.

Later bedacht hij dat hij dat misschien niet had moeten doen, dat er in die zaadjes misschien toch magie had gescholen, maar het was al te laat. Wat Joe ook voor hem had achtergelaten, hij had het niet gevonden.

49

Lansquenet, zomer 1999

Juni kwam binnenzeilen als een schip, met blauwe, bolle zeilen. Een goede tijd om te schrijven – Jays boek werd weer vijftig bladzijden langer – maar een nog betere tijd om te planten, de jonge plantjes te verspenen en in hun geharkte bedden te zetten, om aardappelplanten uit te dunnen en ze in rijen te zetten, of om te wieden en de slierten kleefkruid en zevenblad uit de bessenstruiken te halen, of om aardbeien en frambozen die verscholen zitten in het groen, te plukken om er jam van te maken. Dit gaf vooral Joe veel plezier.

'Er gaat niets boven fruit plukken uit eigen tuin,' merkte hij op, een sigaret tussen zijn tanden geklemd. De aardbeienoogst was overvloedig dit jaar – drie rijen van vijftig meter lang, genoeg om te verkopen als hij dat wilde – maar Jay was daar niet in geïnteresseerd. Hij gaf ze weg aan zijn nieuwe vrienden, maakte jam en at aardbeien met ponden tegelijk, soms zó van het land, nog bewaasd met het roze stof van de bodem. Joe's vogelverschrikkers, buigzame rieten met slierten folie en de onvermijdelijke rode talisman eraan, waren afdoende om de vogelpopulatie af te schrikken.

'Je zou eens wat wijn moeten maken, jong,' raadde Joe hem aan. 'Ik heb zelf nog nooit aardbeienwijn gemaakt. Ik had er nooit zo veel staan dat het de moeite waard was. Ik zou wel eens willen weten hoe dat smaakt.' Jay kon Joe's aanwezigheid nu accepteren zonder vragen te stellen, maar niet omdat hij geen vragen wist. Hij kon zich er gewoon niet toe zetten ze te stellen. Hij wilde het liever laten zoals het was, het aanvaarden als een voorbeeld van alledaagse magie. Te veel gespit zou meer kunnen onthullen dan hij bereid was te onderzoeken. Ook zijn woede was nog niet helemaal verdwenen. Die bleef een deel van hem, als een sluimerend zaadje, klaar om onder de juiste omstandigheden te ontkiemen. Maar als hij alle andere dingen in aanmerking nam, leek die nu minder belangrijk, iets dat bij een ander leven hoorde. Te veel ballast, had Joe altijd gezegd, maakt je traag. Bovendien was er veel te veel te doen. Juni was een drukke maand. De moestuin had aandacht nodig: er moesten nieuwe aardappels worden gerooid en in houten bakken worden opgeslagen met droge aarde erop, de jonge prei moest omheind en de andijvie overdekt worden met zwart plastic om ze tegen het zonlicht te beschermen. 's Avonds, wanneer het koeler werd, werkte hij aan zijn boek terwijl Joe toekeek vanuit de hoek van de kamer. Hij lag op het bed met zijn laarzen tegen de muur, of hij stond met stralende, luie ogen en een sigaret in zijn mond over de velden uit te kijken. Net als de tuin en de boomgaard vergde het boek in dit stadium meer werk dan ooit. Toen de laatste honderd pagina's bijna klaar waren, werd hij trager en begon hij te weifelen. Het einde was in zijn hoofd nog net zo wazig als toen hij begon te schrijven. Hij zat steeds vaker naar zijn typemachine te staren, of uit het raam, of naar patronen te zoeken in de schaduwen op de witgepleisterde muren. Hij nam de volgetypte vellen onder handen met correctievloeistof. Hij hernummerde de vellen, onderstreepte titels. Hij deed van alles om zichzelf wijs te maken dat hij nog aan het werk was. Maar Joe liet zich niets wijsmaken.

'Vanavond niet veel geschreven, jong,' zei hij op een van zijn onproductieve avonden. Zijn accent was zwaarder geworden, zoals altijd wanneer hij uiterst satirisch was.

Jay schudde zijn hoofd.

'Het gaat wel.'

'Je kunt het maar beter afmaken,' vervolgde Joe. 'Het eruit gooien nu het nog kan.'

Geïrriteerd: 'Dat kan ik niet.'

Joe haalde zijn schouders op.

'Ik meen het, Joe. Dat kan ik niet.'

'Kan niet is dood.' Dat was ook een van Joe's uitdrukkingen. 'Wil je dat stomme boek nou af hebben of niet? Ik kan hier niet eeuwig blijven, dat weet je.'

Het was de eerste keer dat Joe erop zinspeelde dat hij misschien niet zou blijven. Jay keek met een ruk op.

'Wat bedoel je? Je bent nog maar net terug.'

Weer haalde Joe zijn schouders losjes op. 'Tja...' Alsof het duidelijk was, alsof sommige dingen niet gezegd hoefden te worden. Maar Joe nam geen blad voor de mond. 'Ik wilde je op weg helpen,' zei hij ten slotte. 'Je zogezegd verzorgd achterlaten. Maar hier blíjven –'

'Je gaat weg.'

'Nou, waarschijnlijk nog niet, nee.'

Waarschijnlijk. Het woord was als een steen in een roerloze vijver.

'Weer.' De toon was meer dan beschuldigend.

'Nu nog niet.'

'Maar wel gauw.'

Joe haalde zijn schouders op. Na een poos zei hij: 'Ik weet het niet.'

Woede, de oude vriend. Als een steeds terugkerende koorts. Hij voelde hem opkruipen; zijn nek werd rood en de haren gingen overeind staan. Woede jegens zichzelf, om de leemte die nooit gevuld kon worden.

'Ik moet weer eens verder, jong. Dat moeten we allebei. Jij meer dan ooit.'

Stilte.

'Maar ik red het nog wel een poosje. Zeker tot de herfst.'

Het drong ineens tot Jay door dat hij de oude man nog nooit 's winters had meegemaakt. Alsof hij een droombeeld was dat uit de zomerlucht voortkwam.

'Waarom ben je hier trouwens, Joe? Ben je een geest? Is dat het? Kom je bij me spoken?'

Joe lachte. In de streep maanlicht die door de gesloten luiken viel leek hij inderdaad spookachtig, maar zijn grijns was zo echt als wat.

'Je stelde altijd al te veel vragen.' Zijn zware accent was nu een bespotting van zichzelf, een uithaal naar de nostalgie.

Jay vroeg zich ineens af in hoeverre ook dat vals was geweest.

'Ik zei het je toch meteen al? Astraal reizen, jong. Ik reis wanneer ik slaap. Ik heb het tot een kunst verheven. Ik kan overal heen: Egypte, Bangkok, de Zuidpool, dansmeisjes in Hawaï, het noorderlicht. Ik heb het allemaal gezien. Daarom slaap ik zo verrekte veel.' Hij lachte, en wierp zijn sigarettenpeukje op de betonnen vloer.

'Als dat waar is, waar ben je nu dan?' Jay klonk wantrouwend, zoals altijd wanneer hij dacht dat Joe de spot met hem dreef. 'Ik bedoel: waar ben je nu écht? Op het pakje met zaad stond Kirby Monckton. Ben je –'

'Tja, ach.' Joe stak een nieuwe sigaret op. De geur was wonderlijk sterk in de kleine kamer. 'Dat doet er niet toe. Het gaat erom dat ik nu hier ben.'

Meer wilde hij niet zeggen. Beneden, in de kelder, wreven de laatste Bijzondere Wijnen verlangend en verwachtingsvol tegen elkaar aan. Ze maakten haast geen geluid, maar ik kon hun activiteit voelen, een snelle, gistachtige fermentatie, alsof er onraad dreigde. 'Binnenkort,' leken ze te fluisteren vanuit hun donkere ligplaatsen. Binnenkort. Binnenkort. *Binnenkort*. Ze waren nu niet meer stil te krijgen. Daar naast me in de kelder leken ze nu levendiger, alerter dan ze ooit geweest waren; hun stemmen zwollen aan tot een kakofonie van gepiep, geknor, gelach en gekrijs, tot het huis op zijn grondvesten schudde. Bramenwijn blauw, pruimenwijn zwart. Alleen deze waren er nog, maar toch waren de stemmen luider geworden. Alsof de geest die uit de andere flessen was gekomen, nog actief was en de drie laatste flessen tot grotere razernij opzweepte. De lucht knisterde van hun energie. Ze waren tot in de grond doorgedrongen. Ook Joe was er bijna de hele tijd; hij ging zelden weg, zelfs niet wanneer er andere mensen waren. Jay moest zichzelf eraan herinneren dat anderen Joe niet konden zien, maar uit hun reacties bleek dat ze meestal wel gevoelig waren voor zijn aanwezigheid. Bij Popotte was het de geur van kokend fruit. Bij Narcisse het geluid van een pruttelende auto. Bij Joséphine iets als een dreigend onweer, waardoor de haren op haar armen overeind gingen staan en ze zo onrustig werd als een nerveuze kat.

Jay kreeg heel wat bezoek. Met Narcisse, die voorraden voor de tuin kwam afleveren, was hij op goede voet komen te staan. Hij bekeek de pas herstelde moestuin met barse goedkeuring.

'Niet gek,' zei hij, terwijl hij een basilicumblaadje tussen zijn vingers nam om de geur los te laten komen. 'Voor een Engelsman. Je zou wel boer kunnen worden.'

Nu de bijzondere zaden van Joe in de grond zaten, begon Jay aan de boomgaard. Hij had ladders nodig om hoog genoeg te kunnen komen om de oprukkende maretak weg te halen, en netten om het jonge fruit tegen de vogels te beschermen. Er stonden misschien wel honderd bomen. Er was de laatste jaren niets aan gedaan, maar ze waren nog steeds goed: perenbomen, appelbomen, perzikbomen en kersenbomen. Narcisse haalde afwijzend zijn schouders op.

'Er valt aan fruit niet veel te verdienen,' zei hij stug. 'Iedereen teelt fruit, maar er is te veel en dan moet je het uiteindelijk aan de varkens voeren. Maar als je van inmaken houdt...' Hij schudde zijn hoofd om zoveel excentriciteit. 'Maar het kan geen kwaad, neem ik aan.'

'Ik zou er misschien wat wijn van kunnen maken,' gaf Jay glimlachend toe.

Narcisse keek hem niet-begrijpend aan. 'Wijn van fruit?'

Jay wees hem erop dat druiven ook vruchten waren, maar Narcisse schudde verbijsterd zijn hoofd.

'Tja, als je het zo ziet. *C'est bien anglais, ça.*'

Onderdanig gaf Jay toe dat het inderdaad zeer Engels was. Misschien wilde Narcisse eens een glaasje proberen? Op zijn gezicht verscheen plotseling een boosaardige grijns. De laatste Bijzondere Wijnen wreven verwachtingsvol tegen elkaar aan. Ze vulden de lucht met hun carnavalsachtige vrolijkheid.

Bramenwijn uit 1976. Een goede zomer voor bramen, rijp en donkerblauw en zwemmend in dieprood sap. De geur was doordringend. Jay vroeg zich af hoe Narcisse op de smaak zou reageren.

De oude man nam een slok en liet hem over zijn tong rollen. Even meende hij muziek te horen, een uitbundige uitbarsting van doedelzakken en trommels aan de andere kant van het water. Rivierzigeuners, dacht hij vaag, alhoewel het nog een beetje vroeg in het jaar was voor zigeuners, die voornamelijk voor de seizoenarbeid in het najaar kwamen. Het ging vergezeld van een geur van rook en gebakken aardappels en *boudin* zoals Marthe die altijd gemaakt had, maar Marthe was al tien jaar dood en het was zeker al dertig jaar geleden dat ze met de zigeuners meegekomen was die zomer.

'Niet gek.' Zijn stem was een beetje hees toen hij het lege glas terugzette op tafel. 'Het smaakt naar...' Hij kon zich nauwelijks voor de geest halen waarnaar het nu eigenlijk smaakte, maar die geur bleef hem bij, de geur van Marthes kookkunst en de rook die altijd om haar haar hing en haar appelwangen roder deed lijken. Wanneer ze het 's avonds uitkamde en de bruine krullen losliet uit de strakke knot waarin ze altijd opgeborgen zaten, vond hij alle kookgeuren van de dag terug in de haarplukjes in haar nek: olijvenbrood en *boudin* en gebak en houtrook. Hij maakte de rookgeur los met zijn vingertoppen, liet haar haar over zijn handen vallen.

'Hij smaakt een beetje naar rook.'

Rook. Het kwam zeker door de rook dat zijn ogen zo begonnen te tranen, dacht Narcisse vaag. Daardoor of door de alcohol. Wat die Engelsman ook in zijn wijn stopte, hij was zeker...

'Sterk.'

50

Naarmate juli in zicht kwam werd het weer warmer en vervolgens heet. Jay was blij dat hij maar een paar rijen groenten en fruit te verzorgen had, want ondanks de nabijheid van de rivier was de aarde droog en gebarsten en verbleekte het gebruikelijke rood tot roze en daarna bijna tot wit onder de aanvallen van de zon. Hij was inmiddels twee uur per dag kwijt aan water geven. Hij gebruikte hiervoor de koele avond en de vroege ochtend, zodat de aarde het vocht zou vasthouden. Hij gebruikte materiaal dat hij in Foudouins verlaten schuur had gevonden: grote metalen gieters om het water in te vervoeren en een handpomp om water uit de rivier te halen, die hij installeerde vlak bij de drakenkop aan de grens tussen zijn land en de wijngaard van Marise.

'Ze zal het bij dit weer niet zo slecht doen,' vertrouwde Narcisse hem bij een kop koffie in Les Marauds toe. 'Dat land van haar droogt nooit uit, zelfs niet wanneer het hoogzomer is. Er is heel lang geleden eens een drainagesysteem aangelegd, toen ik nog klein was, iets van buizen en tegels geloof ik, maar dat was al voor de oude Foudouin erover dacht het te kopen. Maar dat werkt nu niet meer. Ik denk niet dat het ooit bij haar opgekomen is het drainagesysteem te repareren.' Zijn stem klonk niet rancuneus. 'Als ze het niet zelf kan,' zei hij onomwonden, 'dan laat ze het helemaal maar. Zo is ze nu eenmaal, *éh!*'

Narcisse leed onder de intense julihitte. Zijn kwekerij was uiterst kwetsbaar, nu de gladiolen, pioenen en camelia's juist klaar waren voor de verkoop aan de winkels en de minigroenten op zijn sappigst waren en het fruit zich aan de takken van de bomen begon te ontwikkelen. De plotselinge hitte zou de bloemen doen verwelken – ze hadden stuk voor stuk een gieter water per dag nodig – en het fruit aan de takken verbranden en de bladeren verzengen.

'*Bof.*' Hij haalde filosofisch zijn schouders op. 'Zo gaat het nu al het hele jaar. Sinds februari geen regen van betekenis. Misschien genoeg om de grond nat te maken, *éh*, maar niet genoeg om diep door te dringen, op de plekken waar het nodig is. De zaken zullen weer niet best lopen.' Hij gebaarde naar de mand met groenten die naast hem stond, een geschenk voor Jay, en schudde zijn hoofd. 'Moet je zien,' zei hij. De tomaten waren zo groot als cricketballen. 'Ik schaam me ervoor ze te verkopen. Ik geef ze maar weg.' Hij dronk treurig zijn koffie. 'Ik kan er net zo goed mee stoppen,' zei hij.

Daar meende hij natuurlijk niets van. Narcisse, die eerst geen woord zei, was de laatste paar weken tamelijk spraakzaam geworden. Onder zijn stugge uiterlijk ging een vriendelijk hart schuil en een norse warmte die hem geliefd maakte bij de mensen die de tijd namen om hem te leren kennen. Hij was de enige in het dorp met wie Marise zaken deed, misschien omdat ze dezelfde arbeiders inhuurden. Eens per kwartaal leverde hij bij de boerderij spullen af: kunstmest, insecticide voor de wijnstokken en zaaigoed.

'Ze bemoeit zich met niemand,' was zijn enige commentaar. 'Dat zouden meer vrouwen moeten doen.' Vorig jaar had ze achter in haar tweede veld een sproei-installatie aangebracht, die gevoed werd met water uit de rivier. Narcisse hielp haar met dragen en monteren, maar ze installeerde het ding zelf. Ze groef dwars door het veld geulen naar het water en legde de buizen er diep in. Ze verbouwde er maïs en om de drie jaar zonnebloemen, gewassen die niet zo goed tegen de warmte kunnen als wijnstokken.

Narcisse had haar aangeboden te helpen met installeren, maar dat had ze geweigerd.

'Als iets de moeite waard is om te doen, moet je het zelf doen,' had ze gezegd. De sproeiers werkten inmiddels de hele nacht. Overdag had het geen nut, omdat het water al in de lucht verdampt was voordat het bij de gewassen kwam. Jay kon het door zijn open raam horen, een zwak gejengel in de roerloze lucht. Bij het licht van de maan leek het witte druppelwaas uit de buizen spookachtig, toverachtig. Haar belangrijkste gewas waren de druiven, zei Narcisse. Ze verbouwde de maïs en de zonnebloemen als veevoer en de groenten en het fruit voor haarzelf en Rosa. Er waren een paar geiten voor kaas en melk, en die liepen los op het erf, als huisdieren. De wijngaard was klein: hij leverde maar achtduizend flessen per jaar op. Dat leek Jay een heleboel, en dat zei hij ook. Narcisse glimlachte.

'Niet genoeg,' zei hij kortaf. 'Het is natuurlijk wel goeie wijn. Die oude Foudouin wist wel wat hij deed toen hij die wijnstokken plantte. Heb je gezien dat het land heel schuin afloopt naar de moerassen?'

Jay knikte.

'Daarom kan ze die druiven telen, chenin-druiven. Ze plukt ze heel laat, in oktober of november. Ze selecteert ze stuk voor stuk met de hand. Ze zijn dan al bijna uitgedroogd, *éh*, maar omdat er iedere ochtend mist van de moerassen opstijgt, worden de wijnstokken vochtig en dat geeft die *pourriture noble*, de rotting die de druif zijn zoetheid en smaak geeft.' Narcisse had een bedachtzame blik in zijn ogen. 'Ze moet nu zo'n honderd vaten in die kelder van haar hebben liggen; ze rijpen op eikenhout. Ik heb ze gezien toen ik vorig jaar mijn spullen afleverde. Over anderhalf jaar is die wijn honderd frank per fles waard, misschien meer. Daarom kon ze zich veroorloven een bod uit te brengen op jouw boerderij.'

'Ze moet hier echt graag willen blijven,' merkte Jay op.

'Als ze geld heeft, kan ik me voorstellen dat ze maar al te graag weg zou willen. Ik heb gehoord dat ze niet zo goed kan opschieten met de mensen in het dorp.'

Narcisse keek hem aan. 'Ze bemoeit zich met haar eigen zaken,' zei hij scherp. 'Dat is alles.'

Daarna kwam het gesprek weer op tuinieren.

51

De zomer was een deur die openzwaaide naar een geheime tuin. Zijn boek bleef onvoltooid, maar hij dacht er zelden meer aan. Zijn belangstelling voor Marise was verder gegaan dan de pure noodzaak materiaal te verzamelen. Tot het eind van juli nam de hitte nog toe. Wat het erger maakte was een felle, warme wind die de maïs uitdroogde, zodat de vliesjes wild ratelden op het veld. Narcisse schudde mistroostig zijn hoofd en zei dat hij het had zien aankomen. Joséphine verdubbelde haar omzet van drank. Joe raadpleegde getijden- en maantabellen, en gaf Jay specifieke instructies op het gebied van water geven om het beste effect te bereiken.

'Voor je het weet slaat het om, jong,' zei hij. 'Wacht maar af.'

Niet dat er veel te verliezen was. Een paar rijen groenten. Zelfs met de droogte gaf de boomgaard nog meer fruit dan Jay zelf kon verwerken. In het café schudde Lucien Merle met somber plezier zijn hoofd.

'Zie je nou wat ik bedoel?' zei hij. 'Ook de boeren weten het. Er zit geen toekomst meer in. Mensen als Narcisse gaan door omdat ze niets anders kunnen, maar de volgende generatie, *éh!* Die weet dat er geen geld in zit. Ieder jaar brengen de gewassen minder op. Ze leven van regeringssubsidies. Er hoeft maar één slecht jaar te zijn, en je moet al een lening afsluiten bij de Crédit Mutuel, zodat je het jaar daarop kunt planten. En met de wijn is het niet veel beter.' Hij lachte even. 'Te veel kleine wijngaarden, te weinig geld. Je kunt van een kleine boerderij niet meer leven.

Dat willen mensen als Narcisse maar niet begrijpen.' Hij dempte zijn stem en kwam dichterbij. 'Maar daar komt verandering in,' zei hij insinuerend.

'O?' Lucien begon Jay een beetje te vervelen, met zijn grootse plannen voor Lansquenet. Zijn enige gespreksonderwerp leek tegenwoordig nog Lansquenet te zijn en hoe ze het meer op Le Pinot zouden kunnen laten lijken. Hij en Georges Clairmont hadden op de hoofdweg en de weg naar Toulouse borden neergezet die toeristen moesten lokken.

Visitez LANSQUENET*-sous-Tannes!*
Visitez notre église historique
Notre viaduc romain
Goûtez nos spécialités

De meeste mensen vonden het wel best. Als het iets opleverde was dat mooi meegenomen. De meesten deed het niet veel, omdat Georges en Lucien bekend stonden om het uitbroeden van grootse plannen die weinig resultaat hadden. Caro Clairmont had al een paar maal geprobeerd Jay voor het eten uit te nodigen, maar tot dusverre had hij het onvermijdelijke weten uit te stellen. Ze hoopte dat hij haar literaire groep in Agen zou toespreken. Het was het laatste waar hij zin in had.

Die dag regende het voor het eerst sinds weken. Een felle regenbui uit een heet-witte lucht die nauwelijks verkoeling bracht. Narcisse mopperde dat de regen zoals gewoonlijk te laat kwam en dat hij nooit lang genoeg zou aanhouden om de grond nat te maken, maar desondanks regende het tot diep in de nacht; het water viel luid kletterend uit de dakgoten op de keiharde grond.

De volgende ochtend was het mistig. De zware regenval had plaatsgemaakt voor een aanhoudende motregen. Jay kon uit de doordrenkte toestand van zijn tuin opmaken hoe hevig het geregend moest hebben, maar hoewel de zon niet scheen, begon het water dat op de grond lag al te verdampen, waarbij de scheuren in de aarde begonnen dicht te trekken en het water diep doordrong.

'Dat hadden we nodig,' merkte Joe op, terwijl hij zich diep vooroverboog om een paar jonge plantjes te inspecteren. 'Het is maar goed dat je deze jackapples afgedekt hebt, anders waren ze weggespoeld.' De Bijzondere Zaden stonden in een koude kas, lekker dicht tegen het huis aan, en liepen geen schade op. Jay merkte dat ze opmerkelijk snel groeiden; degene die hij het eerst had gezaaid waren al dertig centimeter hoog en hun hartvormige bladeren waaierden uit tegen het glas. Er waren ongeveer vijftig plantjes klaar om uitgezet te worden, een uitstekend succespercentage voor zo'n veeleisende soort. Joe had altijd met graagte verteld dat het hem vijf jaar had gekost om de bodem goed te krijgen.

'Mmm...' Joe bekeek de planten met voldoening. 'Misschien is de grond zo al goed genoeg.'

Die ochtend kwam er weer een brief van Nick met het nieuws dat twee nieuwe uitgevers een bod hadden gedaan op de rechten van Jays onvoltooide roman. Dat was niet het laatste bod, zei hij, maar de bedragen waar het om ging leken Jay exorbitant, bijna belachelijk. Zijn leven in Londen, Nick, de universiteit, zelfs de onderhandelingen over het boek leken hier iets abstracts, leken in het niet te zinken bij zelfs maar een klein beetje schade door een onverwachte regenbui. Hij werkte de rest van de ochtend in de tuin en dacht verder nergens aan.

52

Augustus was grillig nat voor Lansquenet. Om de dag regende het en de rest van de tijd was het bewolkt; het woei zo hard dat de gewassen gegeseld werden en van hun bladeren ontdaan. Joe schudde zijn hoofd en zei dat hij het had verwacht. Hij was de enige. De regen was genadeloos en spoelde de grond weg en legde boomwortels bloot. Jay ging in de regen de boomgaard in en legde stukken tapijt om de voet van zijn bomen om ze tegen het water te beschermen en rotting te voorkomen. Het was een van de trucjes uit Pog Hill Lane en het werkte goed. Maar als de zon onvoldoende scheen, zou het fruit vroegtijdig en onrijp van de takken vallen. Joe haalde zijn schouders op. Er kwamen nog meer jaren. Jay was daar niet zo zeker van. Na de terugkeer van de oude man was hij bovennatuurlijk gevoelig voor de veranderingen in Joe geworden; hij merkte iedere verandering in zijn gezichtsuitdrukking op en overdacht alles wat hij zei. Hij merkte dat Joe minder sprak dan voorheen, dat zijn contouren soms wazig waren, dat de radio, die sinds mei permanent op de zender met de oude popsongs was afgestemd, soms minutenlang ruis liet horen voordat er een signaal kwam. Alsof Joe ook een signaal was, dat langzaam wegzakte in de vergetelheid. Erger nog: hij had het gevoel dat het op de een of andere manier zijn schuld was dat het gebeurde, dat Lansquenet het op de een of andere manier aan het overnemen was en Joe in de schaduw stelde. De regen en de dalende temperatuur dempten de geuren die zo karakteristiek waren voor de oude man, de geur van suiker en fruit en gist en rook. In de afgelopen weken waren ook die vervaagd, zodat er ondraaglijke momenten waren waarop Jay zich helemaal alleen voelde, een groot gemis ervoer, als een man die aan het bed van een stervende vriend zit en luistert of hij nog ademt.

Sinds het incident met de wespen meed Marise hem niet meer. Ze begroetten elkaar over het hek of over de heg en hoewel ze zelden uitbundig of toeschietelijk was, had Jay de indruk dat Marise hem een beetje begon te mogen. Soms maakten ze een praatje. September was voor haar een drukke tijd, omdat de druiven volgroeid waren en geel begonnen te worden, maar de regen, die sinds de maand ervoor eigenlijk niet meer was opgehouden, gaf hernieuwde problemen. Narcisse weet de desastreuze zomer aan het broeikaseffect. Anderen mompelden vaag iets over El Niño, de chemische fabrieken van Toulouse of de aardbeving in Japan. Mireille Faizande zei met een laatdunkend gezicht iets over het Einde der Tijden. Joséphine dacht terug aan de vreselijke zomer van '75, toen de Tannes was opgedroogd en hondsdolle vossen vanuit de moerassen het dorp in waren komen rennen. Het regende niet iedere dag, maar toch was de zon nauwelijks aanwezig, een matte munt in de lucht, die weinig warmte gaf.

'Als het zo doorgaat is er deze herfst voor niemand fruit,' zei Narcisse somber. De perziken en abrikozen en andere vruchten met een zachte schil waren al niet meer te redden. De regen vrat het zachte vlees aan en ze vielen al verrot op de grond voordat ze volledig tot ontwikkeling waren gekomen. De tomaten werden niet rijp en met de appels en de peren was het niet veel beter gesteld. Hun wasachtige schil bood enige bescherming, maar niet genoeg. De wijnstokken waren er het slechtst aan toe.

In dit stadium hadden de druiven zonlicht nodig, zei Joe, vooral druiven die later geoogst werden, zoals de chenins, waar kwaliteitswijn van werd gemaakt, die door de zon gedroogd moesten worden, als rozijnen. Deze druiven zijn afhankelijk van de uitzonderlijke omstandigheden van het moerasland in Lansquenet: de warme, lange zomers, de mist die de zon van over de rivier meeneemt. Dit jaar had de *pourriture noble* echter niets nobels. De pure rotting had toegeslagen. Marise deed wat ze kon. Ze bestelde in de stad plastic dekzeil, dat ze met behulp van metalen hoepels over de rijen wijnstokken aanbracht. Dit hield de ergste regen tegen, maar beschermde de blootliggende wortels niet. En wat er aan zonlicht was, werd tegengehouden door het plastic, zodat het fruit erin stond te zweten. De aarde was allang vertrapt tot een modderbrij. Net als Jay legde ze stukken tapijt en karton tussen de rijen om de grond voor nog meer schade te behoeden. Maar het was onbegonnen werk.

Jays tuin deed het wat beter. Daar zijn land verder bij de moerassen vandaan lag en zich boven het grondwaterpeil bevond, had het natuurlijke afwateringskanalen waarlangs het teveel aan water naar de rivier kon worden afgevoerd. Maar ook de Tannes stond hoger dan ooit en het water liep aan Marises kant al over de wijngaard heen en naderde die van Jay al gevaarlijk dicht; dit vormde zo'n grote belasting voor de oever dat er al grote brokken aarde in de rivier waren gevallen. Rosa had strenge instructies niet in de buurt van de beschadigde oever te komen.

De gerst was een ramp. De akkers rondom Lansquenet waren door de regen vernield. In een van de velden verscheen een graancirkel en die stamgasten van Joséphine die wat lichtgeloviger waren, begonnen te speculeren over buitenaardse wezens. Roux achtte het echter waarschijnlijker dat de ondeugende zoon van Clairmont en zijn vriendinnetje er meer van wisten. Zelfs de bijen waren dit jaar minder productief, meldde Briançon: er waren minder bloemen en de honing was van slechtere kwaliteit. Deze winter moest de broekriem worden aangehaald.

'Het is al erg genoeg dat we met de opbrengst van dit jaar de aanplant van volgend jaar moeten bekostigen,' legde Narcisse uit. 'Wanneer de oogst slecht is, moet je op krediet planten. En nu gehuurd land steeds minder zin heeft, *éh!*' Hij schonk zijn armagnac voorzichtig in het warme bodempje koffie en goot dat in één keer naar binnen. 'Zonnebloemen of maïs leveren niet meer genoeg op,' gaf hij toe. 'Zelfs bloemen en kasproducten brengen niet meer zoveel op als vroeger. We hebben behoefte aan iets nieuws.'

'Rijst misschien?' stelde Roux voor.

Clairmont was niet zo somber gestemd, ondanks het feit dat de zaken de hele zomer al niet zo best liepen. Hij was kortgeleden met Lucien Merle een paar dagen in het noorden geweest en vol enthousiasme voor zijn project in Lansquenet teruggekeerd. Het lekte uit dat hij en Lucien van plan waren samen een nieuw project te starten om Lansquenet te promoten in de streek rond Agen, maar ze gingen daarbij ongewoon geheimzinnig te werk. Caro leek ook binnenpret te hebben en bemoeide zich niet veel met anderen. Ze kwam tweemaal 'toevallig langs', hoewel het voor haar een enorme omweg was, en bleef koffie drinken. Ze zat vol roddelpraatjes, was verrukt over de veranderingen die Jay op de boerderij had aangebracht, was uiterst nieuwsgierig naar het boek en zinspeelde erop dat haar invloed bij de literaire verenigingen in de omgeving er zeker een succes van zouden maken.

'Je zou echt eens wat contacten hier in Frankrijk moeten leggen,' zei ze naïef. 'Toinette Merle kent een heleboel mensen uit de mediawereld. Misschien kan ze een interview voor je regelen met een plaatselijk tijdschrift.'

Hij probeerde een lach te onderdrukken en legde haar uit dat een van de belangrijkste redenen waarom hij naar Lansquenet was gevlucht, was dat hij aan de aandacht van de media wilde ontsnappen.

Caro zei met een onnozele glimlach iets over artistiek temperament.

'Toch zou je er echt over moeten nadenken,' hield ze vol. 'Ik weet zeker dat de aanwezigheid van een beroemde schrijver ons allemaal de impuls zou geven die we nodig hebben.'

Destijds schonk Jay er nauwelijks aandacht aan. Zijn nieuwe boek was bijna af; hij had nu een contract met WorldWide, een grote internationale uitgever, en hij had zich voorgenomen het in oktober af te hebben. Hij werkte ook aan het verbeteren van de oude afvoerkanalen op zijn land, met behulp van een aantal betonnen buizen die Georges geleverd had. Ook was zijn dak gaan lekken; Roux had aangeboden hem te helpen met het repareren en met het opnieuw voegen van de bakstenen. Zijn dagen waren te zeer gevuld om veel aandacht aan Caro en haar plannen te schenken.

Daarom werd hij volledig verrast door het krantenartikel. Hij zou het helemaal niet geweten hebben, als Popotte het niet had zien staan in een krant die in Agen werd uitgegeven, en het voor hem had uitgeknipt. Popotte was zo blij dat het roerend was om te zien, maar het gaf Jay meteen een ongemakkelijk gevoel. Het was namelijk het eerste teken dat men wist waar hij zat. De precieze bewoordingen wist hij niet meer. Er stond veel onzin in over het schitterende begin van zijn loopbaan. Wat blabla dat hij Londen ontvlucht was en in Lansquenet weer tot zichzelf was gekomen. Het had voor het grootste deel bestaan uit tweedehands gemeenplaatsen en vage speculaties. Maar het ergste was dat er een foto bij stond, genomen in Café des Marauds op 14 juli. Daarop zag je Jay, Georges, Roux, Briançon en Joséphine aan de bar zitten met een fles *blonde* in hun hand. Op de foto droeg Jay een zwart T-shirt en een gestreepte short. Georges rookte een Gauloise. Hij kon zich niet herinneren wie de foto had genomen. Het had iedereen kunnen zijn. Het onderschrift luidde: 'Jay Mackintosh en vrienden in Café des Marauds in Lansquenet-sous-Tannes'.

'Ach, je had het toch niet eeuwig geheim kunnen houden, jong,' merkte Joe op toen Jay het hem vertelde. 'Het moest een keer uitlekken.'

Hij zat in de huiskamer achter zijn typemachine; bij zijn ene elleboog stond een fles wijn, bij zijn andere een kop koffie. Joe droeg een T-shirt waarop stond: *Elvis is alive and well and living in Sheffield.* Jay merkte dat zijn gedaante nu aan de randen steeds vaker doorschijnend was, als bij een foto die te sterk ontwikkeld is.

'Ik zie niet in waarom,' zei hij. 'Als ik hier wil wonen is dat toch míjn zaak?'

Joe schudde zijn hoofd.

'Ja, misschien. Maar je gaat toch niet altijd zo door?' zei hij. 'Je zult papieren moeten regelen, vergunningen. Praktische zaken. Poen en zo. Je zult dat binnenkort toch wel nodig hebben.' Het was waar dat een verblijf van vier maanden in Lansquenet zijn spaarsaldo zwaar had aangetast. De reparaties aan het huis, de meubels, het gereedschap, de benodigdheden voor de tuin, de afvoerbuizen, de dagelijkse kosten van eten en kleding, en dan natuurlijk nog de aankoop van de boerderij zelf, hadden een groter gat geslagen dan hij had verwacht.

'Er komt wel weer geld binnen,' antwoordde hij. 'Ik teken binnenkort dat contract voor het boek.' Hij zei om welk bedrag het ging, half-en-half verwachtend Joe daarmee de mond te snoeren. Maar deze haalde zijn schouders op.

'Tja, ík heb liever geld in mijn hand dan dat ik per post een cheque krijg,' zei hij stug. 'Ik wilde alleen maar graag zien dat je orde op zaken stelde, meer niet. Zeker weten dat het goed met je ging.'

Voordat ik vertrek. Hij hoefde het niet te zeggen. De woorden waren zo duidelijk alsof hij ze uitgesproken had.

53

Het bleef onbarmhartig regenen. Vreemd genoeg bleef de temperatuur hoog en was de wind warm en zwoel. 's Nachts was er vaak onweer, waarbij de bliksem op stelten aan de horizon danste en in de lucht onheilspellende rode lichten te zien waren. Een kerk in Montauban werd door de bliksem getroffen en brandde af. Sinds het voorval met het wespennest bleef Jay wijselijk uit de buurt van de rivier. Het was hoe dan ook gevaarlijk, had Marise hem gezegd. De oevers, die zwaar waren aangetast door de stroming, kalfden gewoonlijk door de zuiging af. Je was zó gevallen en verdronken. Ongelukken kwamen voor. In hun gesprekken meed ze Tony's naam. Wanneer Jay erover begon, klapte ze dicht. Ook over Rosa werd alleen in het voorbijgaan gepraat. Jay begon te denken dat zijn wantrouwen van die dag ongefundeerd was. Hij had per slot van rekening koorts en pijn gehad. Een waanidee dat werd voortgebracht door het wespengif. Waarom zou Marise hem een rad voor de ogen willen draaien? Of Rosa? Marise had het trouwens hoe dan ook veel te druk. De regen had de maïs geruïneerd en langwerpige rotplekken in de rijpende aren gemaakt. De zonnebloemen waren zacht en zwaar van het water en de bloemen hingen of waren afgebroken. De wijnstokken hadden echter het meest te lijden. Op 13 september stroomde de Tannes eindelijk over en liep de wijngaard onder water. Het begin van het veld had minder te lijden omdat de bodem daar schuiner afliep, maar het eind stond een centimeter of dertig onder water. Andere boeren werden ook het slachtoffer, maar Marise, met haar drassige grond, werd het zwaarst getroffen. Het huis werd omringd door poelen regenwater. Twee geiten verdronken in het overstromingswater van de Tannes. Ze moest de overige geiten naar de schuur brengen om verdere schade aan de grond te voorkomen, maar het voer was nat en onappetijtelijk, het dak begon te lekken en de voorraden werden aangetast door het vocht.

Ze vertelde niemand over haar problemen. Het was haar gewoonte, een kwestie van trots. Zelfs Jay, die een deel van de schade kon zien, kon de volledige omvang niet bevroeden. Het huis stond in een kom, lager dan de wijngaard. Het water van de Tannes omgaf het nu als een meer. Er stond water in de keuken. Met een bezem veegde ze het water van de plavuizen, maar het kwam telkens weer terug. De kelder stond tot kniehoogte onder water. De eikenhouten vaten moesten één voor één naar een veiliger plaats gebracht worden. De generator, die in een van de bijgebouwtjes stond, kreeg kortsluiting en hield ermee op. De regen hield onverminderd aan. Ten slotte nam Marise contact op met haar aannemer in Agen. Ze bestelde voor een bedrag van vijftigduizend frank afvoerbuizen en vroeg of die zo snel mogelijk bezorgd konden worden. Ze was van plan de bestaande afvoerkanalen te gebruiken voor het aanleggen van een buizenstelsel om het water van het huis af te voeren en terug te leiden naar de moerassen, waar het op natuurlijke wijze terug zou vloeien in de Tannes. Een aarden wal, als een dijk, zou opgeworpen worden om het woonhuis enige bescherming te bieden. Maar het zou moeilijk zijn. De aannemer kon tot november geen enkele werknemer missen – er moest een groot project afgemaakt worden in Le Pinot – en ze weigerde de hulp van Clairmont in te roepen. En zelfs als ze het hem vroeg, zou hij waarschijnlijk toch weigeren. Bovendien wilde ze hem niet op haar land hebben. Als ze hem erbij haalde zou ze haar nederlaag erkennen. Ze begon er dus zelf aan; ze groef geulen terwijl ze wachtte op de bezorging van de buizen. Het was moeizaam werk, het leek op het aanleggen van loopgraven. Er was voor haar inderdaad sprake van een oorlog, bedacht ze: tussen haar en de regen, haar en het land en haar en de mensen. Die gedachte monterde haar een beetje op. Ze had iets romantisch.

Op 15 september nam Marise nog een besluit. Tot nu toe had Rosa samen met Clopette in haar kamertje onder het dak van het huis geslapen. Maar nu er geen elektriciteit en haast geen droog brandhout was, had ze weinig keus. Het kind moest het huis uit.

De vorige keer dat de Tannes overstroomde, had Rosa de infectie opgelopen die haar aan beide oren doof had gemaakt. Ze was toen drie en er was niemand naar wie Marise haar toe kon sturen. Ze hadden toen een hele winter samen in de zolderkamer geslapen, terwijl de kachel zwarte rook uitbraakte en de regen langs de ramen stroomde. Het kind had in beide oren een abces gekregen en 's nachts onophoudelijk geschreeuwd. Niets, zelfs geen penicilline, leek verlichting te geven. Dat nooit meer, nam Marise zich voor. Deze keer moest Rosa weg totdat de regen was opgehouden, totdat de generator gemaakt was en totdat de afvoerbuizen op hun plaats lagen. Deze regen kon niet eeuwig duren. Hij had allang opgehouden moeten zijn. Als het werk afgemaakt kon worden, zou ook nu nog een deel van de oogst misschien te redden zijn.

Ze had geen keus. Rosa moest een paar dagen weg. Maar niet naar Mireille. Bij de gedachte aan Mireille voelde Marise haar hart samenkrimpen. Maar wie dan? Niemand uit het dorp. Ze vertrouwde er niemand. Mireille verspreidde wel de geruchten, maar iedereen luisterde ernaar. Nou ja, misschien niet iedereen. Roux niet, of nieuwkomers zoals hij. Narcisse niet. Ze vertrouwde hen beiden tot op zekere hoogte. Maar Rosa bij een van hen onderbrengen was onmogelijk. De mensen zouden erachter komen. In het dorp kon niets lang geheim gehouden worden.

Ze overwoog een pension in Agen, een plek waar Rosa misschien een poos veilig achtergelaten zou kunnen worden. Maar ook dat was gevaarlijk. Het kind was nog erg jong om alleen gelaten te worden. De mensen zouden vragen stellen. En trouwens, de gedachte dat Rosa zo ver bij haar vandaan zou zijn, deed haar pijn. Ze moest in de buurt blijven.

Dan bleef alleen nog de Engelsman over. De plek was ideaal: ver genoeg bij het dorp vandaan om privacy te waarborgen, maar dicht genoeg bij haar eigen boerderij om Rosa dagelijks te zien. Hij kon voor Rosa een kamer maken in een van de oude slaapkamers. Marise herinnerde zich een blauwe kamer onder de zuidgevel, die van Tony geweest moest zijn: een kinderbed in de vorm van een boot, een blauwe glazen bol als lamp. Het zou maar voor een paar dagen zijn, misschien voor een week of twee. Ze zou hem ervoor betalen. Het was de enige oplossing.

54

Ze kwam op een avond onaangekondigd langs. Jay had haar al een paar dagen niet gesproken. Hij was zelfs helemaal niet weg geweest, behalve naar het dorp om brood te kopen. Het café had iets treurigs in de regen, het terras was weer gewoon een stuk weg, nu de tafels en stoelen waren binnengehaald, en de regen drupte gestaag van de parasols, die door het weer kleurloos waren geworden. In Les Marauds was de Tannes gaan stinken, en de warme, vieze stankgolven rolden van de moerassen in de richting van het dorp. Zelfs de zigeuners trokken verder en brachten hun woonboten naar wateren die kalmer en vriendelijker waren. Arnauld dacht erover de hulp in te roepen van een weerbeïnvloeder om het regenprobleem op te lossen – er waren er in dit deel van het land nog een paar –, en het idee werd met minder minachting begroet dan een paar weken eerder het geval zou zijn geweest. Narcisse keek kwaad en schudde zijn hoofd en herhaalde dat hij zoiets nog nooit had gezien. Niemand kon zich iets heugen dat hierop leek.

Het was bijna tien uur. Marise droeg een gele oliejas. Rosa stond achter haar met een hemelsblauwe regenjas en rode laarzen aan. Hun gezicht was zilverachtig van de regen. De lucht achter hen was doforanje en af en toe was er de fletse flits van bliksem in de verte. De wind deed de bomen schudden.

'Wat is er?' Hun verschijning verraste Jay zozeer dat hij er eerst niet aan dacht hun te vragen binnen te komen. 'Is er iets gebeurd?'

Marise schudde haar hoofd.

'Kom binnen. Jullie hebben het vast koud.' Jay wierp onwillekeurig een blik achterom. De kamer was netjes genoeg om ermee door te kunnen. Op tafel stonden alleen een paar lege koffiekoppen. Hij zag Marise nieuwsgierig naar zijn bed in de hoek kijken. Zelfs toen het dak gerepareerd was, had hij zich er niet toe kunnen zetten het te verplaatsen.

'Ik zal wat te drinken maken,' stelde hij voor. 'Doe jullie jas maar uit.' Hij hing hun regengoed in de keuken om het uit te laten druipen en zette water op. 'Koffie? Chocola? Wijn?'

'Voor Rosa chocola graag,' zei Marise. 'We hebben geen elektriciteit meer. De generator heeft kortsluiting.'

'Jezus.'

'Het geeft niet.' Haar stem was kalm en zakelijk. 'Ik maak hem wel. We hebben iets dergelijks al eerder bij de hand gehad. Het moerasland stroomt gauw over.' Ze keek hem aan. 'Ik moet je om hulp vragen,' zei ze met weerzin.

Jay vond het een vreemde manier van uitdrukken: *ik moet je vragen*.

'Dat is best,' zei hij. 'Zeg het maar.'

Marise ging stijfjes aan tafel zitten. Ze droeg een spijkerbroek en een groene trui, die het groen in haar ogen mooi deed uitkomen. Ze raakte aarzelend de typemachinetoetsen aan. Jay zag dat haar nagels heel kort geknipt waren, en dat er vuil onder zat.

'Je hoeft geen ja te zeggen,' zei ze. 'Het is maar een idee.'

'Ga door.'

'Schrijf je zo?' Ze raakte de typemachine weer aan. 'Je boeken, bedoel ik?'

Jay knikte. 'Ik heb altijd iets ouderwets gehad,' gaf hij toe. 'Ik heb een hekel aan computers.'

Ze glimlachte. Ze zag er moe uit, merkte hij, haar ogen toonden sporen van oververmoeidheid en er zaten blauwe kringen onder. Hij besefte tot zijn verbazing dat dit de eerste keer was dat ze kwetsbaar overkwam.

'Het gaat om Rosa,' zei ze ten slotte. 'Ik ben bang dat ze misschien kou vat, ziek wordt, als ze in huis blijft. Ik vroeg me af of jij haar misschien een paar dagen in je boerderij zou kunnen onderbrengen. Een paar dagen maar,' herhaalde ze. 'Totdat ik het huis weer op orde heb. Ik zal je ervoor betalen.' Ze haalde een pakje bankbiljetten uit de zak van haar broek en schoof het over tafel. 'Het is een lief kind. Ze zal je niet storen in je werk.'

'Ik wil geen geld,' zei Jay.

'Maar ik –'

'Ik neem Rosa graag in huis. Jou ook, als je dat wilt. Ik heb genoeg ruimte voor jullie allebei.' Ze keek hem verward aan, alsof ze verbaasd was dat hij zo gemakkelijk had toegezegd.

'Ik kan me de problemen die de overstroming heeft veroorzaakt wel voorstellen,' zei hij tegen haar. 'Je mag de boerderij zo lang gebruiken als je wilt. Als je hier wat kleren wilt brengen –'

'Nee,' zei ze snel. 'Ik heb thuis te veel te doen. Maar Rosa...' Ze slikte. 'Ik zou je erg dankbaar zijn. Als je dat zou willen doen.'

Rosa was de kamer aan het verkennen. Jay zag haar kijken naar de stapel volgetypte vellen papier die in een doos aan het voeteneind van zijn bed lag.

'Is dat Engels?' informeerde ze nieuwsgierig. 'Is dit je Engelse boek?'

Jay knikte. 'Kijk maar of je in de keuken een paar koekjes kunt vinden,' zei hij tegen haar. 'De chocola is zo klaar.'

Rosa rende de kamer uit.

'Mag ik Clopette meenemen wanneer ik hier kom?' riep ze vanuit de keuken.

'Ik zou niet weten waarom niet,' zei Jay toegeeflijk.

Vanuit de keuken klonk een triomfantelijke kreet. Marise keek naar haar handen. Haar gezicht was bestudeerd uitdrukkingloos. De wind buiten rammelde aan de luiken.

'Misschien wil je nu wat wijn,' stelde Jay voor.

55

En toen was er nog maar één. De laatste Bijzondere Wijn van Joe. Daarna was het voor altijd over. Toen hij zijn hand ernaar uitstrekte, voelde hij een plotselinge weerzin om hem te openen, maar de fles leefde al in zijn hand. Het was een pruimenwijn uit '76, met een zwart touwtje om de hals, die bruisend zijn geur vrijgaf toen hij hem in beweging bracht. Joe maakte zich uit de voeten, zoals hij vaak deed wanneer Jay gezelschap had, maar Jay kon hem nog net zien staan in de schaduw naast de keukendeur, waar het licht van de tafellamp zijn kale voorhoofd deed glimmen. Hij droeg het T-shirt met *Grateful Dead* erop en hield zijn mijnwerkerspet in zijn hand. Zijn gezicht was nauwelijks meer dan een vage vlek, maar Jay wist dat hij glimlachte.

'Ik weet niet of je ervan houdt,' zei Jay, terwijl hij de wijn inschonk. 'Het is een speciaal soort zelfgemaakte wijn.' De paarse geur was stroperig, bijna te zoet. Bij Jay liet hij een smaak achter die hem deed denken aan de staven met naar fruit smakend poeder die Gilly altijd zo lekker vond. Voor Marise was het meer een pot jam die te lang heeft gestaan en versuikerd is. De smaak was tannine-achtig, doordringend. Hij maakte haar warm.

'Het is vreemd,' zei ze met stijve lippen van de kou, 'maar ik geloof dat ik hem lekker vind.' Ze nam weer een slokje en voelde de warmte door haar keel haar lichaam inglijden. Een geur als van gedestilleerd zonlicht vulde de kamer. Jay had plotseling het gevoel dat het klopte dat ze hem samen opdronken, deze laatste fles wijn van Joe. Het was ook vreemd dat de smaak, hoewel die eigenaardig was, toch zo wonderlijk aangenaam was. Misschien begon hij er eindelijk, zoals Joe had voorspeld, aan te wennen.

'Ik heb de koekjes gevonden,' kondigde Rosa aan, terwijl ze weer in de deuropening verscheen met een koekje in elke hand. 'Mag ik naar boven gaan om naar mijn kamer te kijken?'

Jay knikte.

'Doe dat maar. Ik roep je wel wanneer de chocola klaar is.'

Marise keek hem aan. Ze wist dat ze eigenlijk op haar hoede moest zijn, maar er kwam een zachtheid over haar die alle spanningen wegnam. Ze voelde zich weer heel jong, alsof de geur van de vreemde wijn iets uit haar jeugd had losgemaakt. Ze herinnerde zich een feestjurk die precies dezelfde kleur als de wijn had gehad, een fluwelen jurk die uit een oude rok van *mémée* was geknipt; ze herinnerde zich een melodietje dat op de piano werd gespeeld en een avondlucht vol sterren. Zijn ogen hadden precies dezelfde kleur. Het leek alsof ze hem al jaren kende.

'Marise,' zei Jay rustig. 'Je weet dat je met me kunt praten.'

Het was net of ze de afgelopen zeven jaar iets zwaars achter zich aan had gesleept en dat zojuist pas beseft had. Zo simpel was dat. *Je kunt met me praten*. De wijnfles van Joe was een bijenkorf vol geheimen die zich als bezige wijnranken ontrolden in de roerloze lucht en de schaduwen bevolkten.

'Aan Rosa's oren mankeert niets, hè?' Het was nauwelijks een vraag. Ze schudde haar hoofd. Ze perste de woorden als kogels uit haar mond.

'Het was een slechte winter. Ze kreeg oorinfectie. Er waren complicaties. Ze was een halfjaar doof. Ze moest naar specialisten. Ze werd geopereerd, en dat was heel duur. Ze zeiden dat ik er niet te veel van moest verwachten.' Ze nam nog een slokje van Joe's wijn. Hij was ruw van de suiker. Op de bodem van het glas bleef een laagje over dat naar pruimengelei smaakte. 'Ik heb speciale lessen voor haar betaald,' ging ze verder. 'Ik heb gebarentaal geleerd en ben haar zelf blijven onderwijzen. Ze werd nog eens geopereerd; dat was nog duurder. Binnen twee jaar was haar gehoor weer voor negentig procent hersteld.'

Jay knikte. 'Maar waarom doe je dan alsof? Waarom –'

'Mireille.' Vreemd dat deze wijn, die haar spraakzaam had moeten maken, haar juist kortaf maakte. 'Ze heeft al eens geprobeerd haar van me af te pakken. Ze is het enige van Tony wat ze nog heeft, zegt ze. Ik wist dat als het haar ooit zou lukken Rosa in te pikken, ik haar nooit terug zou krijgen. Ik wilde haar tegenhouden. Het was de enige manier die ik kon bedenken. Als ze niet met haar kon praten, als ze dacht dat ze op de een of andere manier beschadigd was...' Ze slikte. 'Mireille kan niet tegen onvolmaaktheid. Iets dat niet volmaakt is, interesseert haar niet. 'Dus toen Tony...' Ze hield abrupt op.

Ze mocht hem niet vertrouwen, hield Marise zichzelf voor. De wijn maakte haar loslippiger dan ze wilde. Wijn praat, en praten is gevaarlijk. De laatste man die ze had vertrouwd was dood. Alles wat ze aanraakte – de wijnstokken, Tony, Patrice – ging dood. Het was maar al te gemakkelijk te geloven dat het kwam door iets dat bij haar hoorde, dat ze het doorgaf aan iedereen met wie ze in contact kwam. Maar de wijn was sterk. Hij wiegde haar zachtjes heen en weer in een bed van geuren en herinneringen. Hij ontfutselde haar haar geheimen.

Vertrouw me. De stem uit de fles lachte en zong zachtjes. *Vertrouw me*.

Ze schonk nog een glas in en goot het roekeloos naar binnen.

'Ik zal het je vertellen,' zei ze.

56

‘Ik heb hem ontmoet toen ik eenentwintig was,’ begon ze. ‘Hij was veel ouder dan ik. Hij was dagpatiënt bij de psychiatrische afdeling van het ziekenhuis van Nantes, waar ik leerling-verpleegster was. Hij heette Patrice.’

Hij was lang en donker, net als Jay. Hij sprak drie talen. Hij zei tegen haar dat hij docent was aan de Universiteit van Rennes. Hij was gescheiden. Hij was grappig en ironisch en verdroeg zijn depressie met stijl. Er zat een ladder van sneden boven zijn rechterpols ten gevolge van een mislukte zelfmoordpoging. Hij dronk. Hij had drugs gebruikt. Ze had gedacht dat hij genezen was.

Marise keek niet op terwijl ze over hem vertelde; ze keek naar haar handen die op en neer bewogen langs de steel van het wijnglas, alsof ze een glazen fluit bespeelde.

‘Wanneer je eenentwintig bent, ben je zo hard op zoek naar de liefde dat je die in het gezicht van iedere vreemde meent te zien,’ zei ze zacht. ‘En Patrice was echt een vreemde. Ik heb hem buiten het ziekenhuis een paar maal ontmoet. Ik ben één keer met hem naar bed geweest. Dat was genoeg.’

Daarna was hij bijna meteen veranderd. Alsof er een stalen kooi over hen was neergedaald, waar ze samen in gevangen zaten. Hij werd bezitterig, niet op de charmante, enigszins onzekere manier die haar in eerste instantie zo had aangetrokken, maar op een koude, achterdochtige manier, die haar bang maakte. Hij maakte constant ruzie met haar. Hij volgde haar naar haar werk en maakte scènes op de afdeling. Hij probeerde zijn woedeaanvallen goed te maken met overdadige cadeaus, die haar nog banger maakten. Ten slotte brak hij op een avond bij haar in en probeerde hij haar onder bedreiging met een mes te verkrachten.

'Toen had ik het gehad,' herinnerde ze zich. 'Ik was het zat. Ik deed nog een poosje alsof ik meedeed, en zei toen dat ik naar de wc moest. Hij zat vol plannen. We zouden samen naar een plekje ergens op het platteland gaan dat hij kende, waar ik veilig zou zijn. Dat zei hij: veilig.' Ze huiverde.

Marise had zich opgesloten in de wc en was uit het raam geklommen. Ze kwam uit op het dak en gebruikte de brandtrap om op straat te komen. Maar toen de politie arriveerde, was Patrice al vertrokken. Ze liet de sloten op haar deuren vervangen en de ramen van veiligheidssloten voorzien.

'Maar daar bleef het niet bij. Hij parkeerde bijvoorbeeld zijn auto voor mijn huis en sloeg me de hele tijd gade. Hij liet van alles bij me bezorgen: cadeautjes, bedreigingen, bloemen.' Hij was niet te stuiten geweest. In de loop van de weken werd hij steeds lastiger. Bij haar werk werd een grafkrans bezorgd. De sloten werden geforceerd en de hele woning met zwart ingericht terwijl ze op haar werk was. Een pakje met poep in zilveren cadeaupapier op haar verjaardag. Graffiti op haar deur. Een berg ongewenste postorderartikelen: erotisch ondergoed, boerengereedschap, orthopedische artikelen, seksboekjes. Haar moed werd steeds meer ondermijnd. De politie stond machteloos. Zonder bewijs van lichamelijk letsel hadden ze weinig om hem ten laste te leggen. Ze gingen langs op het adres dat Patrice aan het ziekenhuis had gegeven, maar kwamen tot de ontdekking dat het een opslagterrein voor hout in Nantes was. Daar had zelfs niemand van hem gehoord.

'Ten slotte ben ik verhuisd,' zei ze. 'Ik ging mijn woning uit en kocht een kaartje naar Parijs. Ik veranderde mijn naam. Ik huurde een flatje in de rue de la Jonquière en vond werk in een kliniek in Marne-la-Vallée. Ik dacht dat ik veilig was.'

Hij deed er acht maanden over om haar te vinden.

'Hij had mijn medische dossier gebruikt,' legde Marise uit. 'Hij moet iemand in het ziekenhuis hebben overgehaald het hem te geven. Hij kon heel overtuigend overkomen. Heel plausibele dingen zeggen.'

Ze verhuisde weer, veranderde weer van naam en verfde haar haar. Een halfjaar werkte ze als serveerster in een bar in de avenue de Clichy voordat ze opnieuw een baan in de verpleging nam. Ze probeerde haar naam te laten verwijderen uit alle officiële documenten. Ze liet haar medische verzekering verlopen en haar gegevens niet overschrijven. Ze zei haar creditcard op en betaalde voortaan alles contant. Nu duurde het bijna een jaar voordat Patrice haar nieuwe adres vond.

Hij was veranderd in dat jaar. Hij had zijn hoofd kaalgeschoren en droeg legerkleding. Zijn belegering van haar flat had de precisie van een militaire operatie vertoond. Er werden geen grapjes meer uitgehaald, geen pizza's meer bezorgd die niet besteld waren en geen smeekbriefjes in de bus gedaan. Zelfs de bedreigingen hielden op. Ze zag hem tweemaal, in een auto onder haar raam, maar toen er twee weken verstreken waren en er verder taal noch teken van hem was, begon ze te geloven dat ze zich vergist had. Een paar dagen later werd ze wakker door een gaslucht. Hij had op de een of andere manier de hoofdleiding weten te omzeilen en ze kon geen manier vinden om het gas dicht te draaien. Ze liep naar de deur, maar die kon ze niet open krijgen omdat hij aan de buitenkant vergrendeld was. Ook de ramen waren dichtgespijkerd, hoewel haar woning op de derde verdieping was. De telefoon deed het niet. Ze wist een raam kapot te slaan en om hulp te roepen, maar het had niet veel gescheeld. Ze vluchtte naar Marseille.

Begon opnieuw. Daar had ze Tony ontmoet.

'Hij was negentien,' herinnerde ze zich. 'Ik werkte op de psychiatrische afdeling van het algemene ziekenhuis in Marseille en hij was er patiënt. Voorzover ik begreep was hij na de dood van zijn vader depressief geworden.' Ze lachte wrang. 'Ik had beter moeten weten en me niet meer moeten inlaten met een patiënt, maar we waren allebei kwetsbaar. Hij was zo jong. Zijn aandacht vleide me, dat was alles. En ik kon goed met hem overweg. Ik kon hem aan het lachen maken. Ook dat vleide me.'

Toen ze eenmaal doorhad wat zijn gevoelens voor haar waren, was het al te laat. Hij was verliefd op haar.

'Ik maakte mezelf wijs dat ik van hem kon houden,' zei ze. 'Hij was grappig en vriendelijk en gemakkelijk te manipuleren. Na Patrice had ik het gevoel dat ik meer niet nodig had. En hij vertelde me steeds maar over zijn boerderij en over dit dorp. Het klonk zo veilig, zo mooi. Elke dag wanneer ik wakker werd, vroeg ik me af of Patrice me die dag misschien zou vinden. Als hij had ontdekt dat ik in Marseille zat, had hij me zó kunnen vinden. Er waren niet zoveel ziekenhuizen en klinieken om na te trekken. Tony bood me daartegen een soort bescherming. En hij had me nodig. Dat was voor mij al heel wat.'

Ze had zich laten overhalen. Aanvankelijk had Lansquenet alles geleken wat ze ooit had kunnen wensen, maar algauw kwamen er botsingen tussen Marise en Tony's moeder, die weigerde te accepteren dat haar zoon ziek was.

'Ze wilde niet naar me luisteren,' legde Marise uit. 'Tony was heel wisselvallig. Hij had medicijnen nodig. Als hij die niet nam, ging hij achteruit. Dan sloot hij zich soms dagenlang op in huis; hij waste zich niet en keek alleen maar tv en dronk bier en at. Voor buitenstaanders leek er niets aan de hand. Dat was een deel van het probleem. Ik moest de hele tijd op hem letten. Ik vervulde de rol van de zeurderige echtgenote. Ik moest wel.'

Jay schonk de laatste wijn in haar glas. Zelfs de droesem was uiterst geurig en even leek het alsof hij in dat laatste beetje wijn alle wijnen van Joe kon ruiken: frambozenwijn en rozenwijn en vlierbloesemwijn en bramenwijn en pruimenwijn en jackapplewijn, allemaal. Dat was het einde van de Bijzondere Wijnen, bedacht hij een beetje droevig. Geen magie meer. Marise was stilgevallen. Haar herfstrode haar verborg haar gezicht. Jay had plotseling het gevoel dat hij haar al jaren kende. Haar aanwezigheid hier bij hem aan tafel was even vanzelfsprekend, even vertrouwd als die van zijn oude typemachine. Hij legde zijn hand op de hare. Haar kus zou naar rozen smaken. Ze keek op en haar ogen waren zo groen als zijn boomgaard.

'Maman!'

Rosa's stem doorsneed met schrille nadruk het moment.

'Ik heb boven een klein kamertje ontdekt! Er is een rond raam en een blauw bed in de vorm van een boot! Het is er een beetje stoffig, maar ik zou het schoon kunnen maken, hè, maman? Toch?'

Ze trok haar hand terug.

'Natuurlijk. Als monsieur... als Jay...' Ze leek verward, alsof ze midden in een droom was wakker geworden. Ze duwde het halfvolle wijnglas van zich af.

'Ik moet gaan,' zei ze snel. 'Het wordt al laat. Ik kom Rosa's spullen zo brengen. Bedankt voor –'

'Graag gedaan.' Jay probeerde zijn hand op haar arm te leggen, maar ze omzeilde hem. 'Jullie kunnen allebei blijven als je dat wilt. Ik heb genoeg –'

'Nee.' Ze was plotseling weer de oude Marise, de vertrouwelijkheid was voorbij. 'Ik moet Rosa's slaapspullen halen. Ze moet hoognodig naar bed.' Ze omhelsde Rosa kort maar stevig. 'Lief zijn hoor,' drukte ze haar op het hart. 'Wil je er' – dit tegen Jay – 'alsjeblieft tegen niemand in het dorp iets over zeggen? Tegen níémand.'

Ze pakte haar gele jas van de haak achter de keukendeur en trok hem aan. Buiten regende het nog steeds.

'Beloof je het?' vroeg Marise.

'Natuurlijk.'

Ze knikte, een kort, beleefd knikje, alsof de zaken tussen hen beklonken waren. Toen was ze verdwenen in de regen.

Jay deed de deur achter haar dicht en keerde zich om naar Rosa.

'En? Is de chocola klaar?' zei ze.

Hij grijnsde. 'Laten we eens gaan kijken.'

Hij schonk de drank in een brede kop met bloemenrand. Rosa nestelde zich met de kop op zijn bed en keek nieuwsgierig toe terwijl hij de koppen en glazen opruimde en de lege fles wegzette.

'Wie was die man?' vroeg ze ten slotte. 'Is hij ook Engels?'

'Wie?' riep Jay vanuit de keuken, terwijl hij water in de gootsteen liet lopen.

'Die oude man,' zei Rosa. 'Die oude man boven.'

Jay draaide de kraan dicht en keek haar aan.

'Heb je hem gezien? Heb je met hem gepraat?'

Rosa knikte.

'Een oude man met een rare pet op,' zei ze. 'Hij zei tegen me dat ik je iets moest vertellen.' Ze nam een grote slok chocola en toen ze opkeek, zat er een snor van schuim op haar bovenlip. Jay kreeg plotseling rillingen en hij voelde een vage angst.

'Wat zei hij?' fluisterde hij.

Rosa fronste haar wenkbrauwen.

'Hij zei dat je aan de bijzondere dingen moest denken,' zei ze. 'En dat je dan zou weten wat je moest doen.'

'Verder nog iets?' Jays mond was droog en zijn hoofd bonsde.

'Ja.' Ze knikte energiek. 'Hij zei dat ik je gedag moest zeggen.'

57

Pog Hill Lane, februari 1999

Pas na tweeëntwintig jaar keerde Jay terug naar Pog Hill. Dat kwam deels door woede, deels door angst. Daarvoor had hij nooit het gevoel gehad dat hij ergens thuishoorde. In Londen voelde hij zich absoluut niet thuis. De plaatsen waar hij gewoond had leken hem allemaal hetzelfde, met kleine variaties in omvang en uitvoering. Appartementen. Kamers. Zelfs Kerry's huis in Kensington. Doorgangsstations. Maar dit jaar was anders. Kies je eigen cliché, zoals Joe zou hebben gezegd. Misschien was het de eerste keer dat er grotere angsten waren dan die voor teruggaan naar Pog Hill. Na *Jackapple Joe* waren er bijna vijftien jaren verstreken. Sindsdien grote stilte. Dit was meer dan een *writer's block*. Hij had het gevoel dat hij vastzat in de tijd en niets anders kon dan de fantasieën van zijn puberteit schrijven en herschrijven. *Jackapple Joe* was het eerste en het enige volwassen boek dat hij geschreven had. Maar in plaats van hem te bevrijden had het hem in zijn jeugd gevangen gehouden. In 1977 had hij magie afgewezen. Hij had er genoeg van. Meer dan genoeg. Hij stond nu op eigen benen en zo wilde hij het ook. Alsof hij, toen hij de zaadjes van Joe bij Pog Hill naar beneden had laten dwarrelen, ook alles had losgelaten waar hij zich in die drie jaar aan had vastgeklampt: de talismannen, de rode linten, Gilly, de hutten, de wespennesten, de tochten langs de spoorbaan en de gevechten bij Nether Edge. Alles waaide weg over de spoorbaan, net als het afval en de as. En door *Jackapple Joe* had hij eindelijk alles kunnen laten rusten. Tenminste, dat dacht hij. Maar er was blijkbaar toch iets overgebleven. Nieuwsgierigheid misschien. Iets dat in zijn achterhoofd zat en zich niet weg liet krijgen. Een restje geloof.

Misschien had hij de tekenen verkeerd gelezen. Wat voor bewijzen had hij per slot van rekening gevonden? Een paar dozen met tijdschriften. Een kaart met gekleurde lijnen erop. Misschien had hij te snel conclusies getrokken. Misschien had Joe toch de waarheid verteld.

Misschien was Joe inderdaad teruggekomen.

Het was iets waar hij nauwelijks aan durfde te denken. Joe terug in Pog Hill? Onwillekeurig begon zijn hart in zijn keel te kloppen. Hij zag het huis weer voor zich zoals het was, misschien overwoekerd, maar met de tuin nog goed geordend achter de camouflage van Joe's permanente oplossing, de bomen versierd met rode linten, de keuken warm van de geur van wijn... Hij wachtte een paar maanden voordat hij de stap zette. Kerry stond achter hem, zelfs een beetje te veel, misschien omdat ze op een nieuwe bron van inspiratie hoopte, een nieuw boek dat hem weer voor het voetlicht zou brengen. Ze wilde met hem meegaan; ze hield zo lang aan dat hij ten slotte toegaf.

Het was een vergissing. Hij wist het zodra ze er waren. Uit de wolken miezerde regen met de kleur van roet. Nether Edge was veranderd in een bouwterrein langs de rivier. De bulldozers en tractoren kropen over het spoor dat niet meer gebruikt werd en er stonden keurige, identieke huizen. De velden waren veranderd in autoshowrooms, supermarkten en winkelcentra. Zelfs de kiosk, waar Jay zo vaak heen was geweest om sigaretten en tijdschriften voor Joe te kopen, was iets anders geworden.

De mijnen die er in Kirby nog waren geweest, waren al jaren dicht. Het kanaal werd opgeknapt en door de toekenning van millenniumsubsidie waren er al vergevorderde plannen voor het bouwen van een bezoekerscentrum, waar de toeristen in een speciaal omgebouwde mijnschacht konden afdalen of met een schuit een tochtje konden maken over het pas gereinigde kanaal.

Kerry vond het natuurlijk allemaal enig.

Maar dat was nog niet het ergste.

Ondanks alles verwachtte hij dat Pog Hill in ieder geval gespaard was gebleven. De hoofdweg was nog zo'n beetje hetzelfde, met zijn elegante, zij het enigszins zwart geworden Edwardiaanse huizen, en de lindelaan. De brug was ook zoals hij hem zich herinnerde, met aan het ene eind weliswaar een nieuwe voetgangersoversteekplaats, maar met dezelfde rij populieren die het begin van Pog Hill Lane markeerden, en Jays hart maakte een gek roffeltje tegen zijn ribben toen hij de auto langs de gele lijn zette en naar boven keek.

'Is dat het?' Kerry bekeek haar spiegelbeeld in de autospiegel. 'Ik zie geen bordje of zo.'

Jay zei niets en stapte uit. Kerry volgde hem.

'Dus hier is het allemaal begonnen.' Ze klonk een beetje teleurgesteld. 'Wat gek, ik had het me op de een of andere manier sfeervoller voorgesteld.'

Hij schonk geen aandacht aan haar en liep een eindje de heuvel op.

Ze hadden de naam van de laan veranderd. Pog Hill is nu op geen enkele kaart meer te vinden, en Nether Edge ook niet, en de plekken die in die drie lang vervlogen zomers zo'n grote rol in zijn leven hadden gespeeld, evenmin. Het heet nu Meadowbank View; de huizen zijn gesloopt om plaats te maken voor een rij bakstenen huizen met twee verdiepingen, met balkonnetjes en geraniums in plastic plantenbakken. Op een bord op het dichtstbijzijnde gebouw stond: 'Meadowbank kwaliteitswoningen voor bejaarden'. Jay ging staan op de plaats waar Joe's huis gestaan moest hebben. Er was niets. Een klein geasfalteerd parkeerterrein, alleen voor de bewoners, aan de zijkant. Achter de woningen, waar Joe's tuin ooit geweest was, bevond zich een nietszeggend vierkant gazon met één kleine boom. Van Joe's boomgaard, de kruidentuin, de rijen zwarte bessen en frambozen en kruisbessen, de wijnstokken, pruimen, peren, de wortelen, rapen, en bijzondere gewassen was niets meer over.

'Niets.'

Kerry pakte zijn hand. 'Arme schat,' fluisterde ze in zijn oor. 'Je bent hoop ik niet ál te zeer van streek?' Ze klonk bijna tevreden, alsof het vooruitzicht haar wel lokte.

Jay schudde zijn hoofd.

'Wil je in de auto op me wachten?'

Kerry fronste haar voorhoofd. 'Maar Jay –'

'Heel even maar, goed?'

Net op tijd. Hij had het gevoel dat hij uit elkaar zou klappen als hij zich nog langer inhield. Hij rende naar de achterkant van de tuin en keek over de muur naar beneden. De uitholling lag vol rommel. Overal lagen volle vuilniszakken en er waren kapotte koelkasten, autobanden, kratten, pallets, blikken en stapels tijdschriften met touw eromheen. Jay voelde iets als een lach in zijn keel opwellen. Joe zou dit prachtig gevonden hebben. Een droom die uitkwam. Rommel verspreid over de steile helling, alsof die er door voorbijgangers was neergegooid. Een kinderwagen, een boodschappenkar, het frame van een oude fiets. De diepte tussen de spoordijken was veranderd in een vuilstortplaats. Met enige moeite hees Jay zich omhoog zodat hij op de muur kon gaan zitten. Het spoor leek hiervandaan een eind weg, grotendeels een steile helling die eindigde in struikgewas en een zee van afval. Verder op de muur waren graffitikunstenaars aan het werk geweest. Een tapijt van glasscherven fonkelde in de zon. Een heel gebleven fles lag tegen een uitstekende stomp aan; de stoffige onderkant ving het zonlicht op. Een rood touwtje, groezelig van ouderdom, zat om de hals geknoopt. Hij wist meteen dat hij van Joe was.

Hoe die aan de sloop van Joe's huis had kunnen ontsnappen ging Jays voorstellingsvermogen te boven, en hoe hij heel had kunnen blijven was hem helemaal een raadsel. Maar het wás een van Joe's flessen. Het gekleurde touwtje was het bewijs, net als het etiket, waarop in het moeizame handschrift van de oude man stond geschreven: 'Bijzondere Wijnen'. Toen hij naar beneden liep in de richting van de spoorbrug, meende hij hier en daar nog meer spullen van Joe te zien liggen. Een kapotte klok, een schop, een paar emmers en potten waarin ooit planten hadden gestaan. Het was net of er iemand boven had gestaan en gewoon de inhoud van Joe's huis naar beneden had gegooid. Jay liep, de glasscherven mijdend, tussen de trieste resten door. Er lagen oude nummers van de *National Geographic* en stukken van een keukenstoel. En ten slotte, een eindje verderop, vond hij de zaadkist. De poten waren afgebroken en een deurtje hing open. Plotseling kwam er een blinde woede over hem. Het was een complex gevoel, evenzeer tegen zichzelf en zijn domme verwachtingen gericht, als tegen Joe, die dit allemaal had laten gebeuren, en tegen de persoon die daarboven het leven van de oude man in de diepte had staan smijten, alsof het alleen maar rommel was waar hij vanaf moest. Erger nog: er was angst, de vreselijke wetenschap dat hij eerder had moeten komen, dat hij dan nog iets had kunnen vinden, maar dat hij zoals altijd te laat was gekomen.

Hij bleef zoeken totdat Kerry hem kwam zoeken, bijna een uur later. Hij zat tot aan zijn knieën onder de modder. In een kartonnen doos had hij zes flessen, die op wonderlijke wijze heel waren gebleven en die hij op verschillende plaatsen gevonden had toen hij naar beneden liep.

Bijzondere Wijnen.

58

Lansquenet, zomer 1999

Dat was het. Jay wist meteen dat hij weg was. Dat afscheid had iets definitiefs waar hij niet omheen kon. Alsof de oude man met de laatste druppel van zijn wijn voorgoed verdwenen was. Een paar dagen ontkende hij het feit en maakte hij zichzelf wijs dat Joe wel terug zou komen, dat hij niet voorgoed was weggegaan, dat hij niet een tweede maal was vertrokken. Maar het hart was eruit. Er hing geen geur van sigarettenrook meer in huis. De zender die oude hits uitzond, deed het niet meer en was vervangen door een lokale zender met harde, moderne hits op dezelfde frequentie. Ook zag hij Joe nooit meer bij de koude kas, of achter de schuur of in de boomgaard om de bomen te inspecteren. Niemand zat hem gade te slaan wanneer hij aan het typen was, of het moest Rosa zijn, die soms naar beneden sloop en vanaf zijn bed naar hem keek. Wijn was gewoon wijn, zonder bijzondere effecten. Maar deze keer voelde hij geen woede. Hij had het gevoel dat het allemaal zo moest zijn. De magie was ten tweede male verdwenen.

Er ging een week voorbij. De regen begon te minderen en er bleef een spoor van vernieling achter. Jay en Rosa bleven bijna constant binnen. Rosa was snel tevreden. Ze hield zichzelf bezig. Ze bleef in haar pas ingerichte kamer onder het dak zitten lezen of speelde scrabble op de grond of ging met Clopette buiten door de regen banjeren. Soms luisterde ze naar de radio of speelde ze met deeg in de keuken. Soms bakte ze kleine, harde, melige koekjes. Marise kwam iedere avond naar hen toe om te koken, maar ze bleef net lang genoeg om te eten en te kijken hoe Rosa het maakte, en ging daarna weer aan het werk. De generator was hersteld. De afvoergeulen vergden tijd, maar zouden over een paar dagen af zijn. Ze had Roux en nog een paar werklui van Clairmont ingehuurd om haar te helpen. Desondanks bleef de wijngaard half onder water staan.

Jay kreeg af en toe bezoek. Popotte kwam tweemaal met post en eenmaal met een cake van Joséphine, maar Rosa was achter het huis en werd niet opgemerkt. Clairmont kwam eenmaal langs met een nieuwe lading rommel, maar bleef niet. Nu het ergste voorbij was, had bijna iedereen weer van alles te doen.

Rosa's aanwezigheid vulde het huis. Na Joe's vertrek was dit meer dan welkom, want het huis straalde een vreemde leegte uit, alsof er iets vertrouwds uit was verdwenen. Voor een kind van haar leeftijd was ze echter erg stil, en soms had Jay de indruk dat ze meer tot Joe's wereld behoorde dan tot de zijne. Ze miste haar moeder. Op één keer na waren ze nog nooit gescheiden geweest. Ze begroette Marise iedere avond met een heftige, woordeloze omhelzing. Hun maaltijden samen waren vrolijk en geanimeerd, maar Marise toonde een reserve die Jay nog niet had kunnen doorbreken. Ze sprak zelden over zichzelf. Ze had het nooit over Tony en bood nooit aan het verhaal dat ze op de dag van de overstroming begonnen was, af te maken. Jay drong niet aan. Het kon wachten.

Een paar dagen later bracht Popotte een pakje van Nick, dat de contracten bevatte van Jays nieuwe uitgever en een aantal krantenartikelen uit de periode van juli tot september. In een kort briefje schreef Nick: 'Ik dacht dat dit je misschien zou interesseren.'

Jay haalde de artikelen tevoorschijn.

Ze hadden allemaal iets met hem te maken. Hij las ze.

Drie kleine berichtjes uit Britse kranten die speculeerden over zijn verdwijning. Een stuk uit *Publishers Weekly* waarin zijn herverschijning aan het schrijversfront werd gemeld. Een artikel uit *The Sunday Times*, getiteld: 'Hoe is het *Jackapple Joe* vergaan?', met plaatjes van Kirby Monckton erbij. Jay sloeg de pagina om. Daar zag hij een foto van Joe, die hem met een brutale glimlach aanstaarde.

'Was dit de oorspronkelijke jackappleman?' informeerde de kop.

Hij keek naar de foto. Joe was er vijftig, misschien vijfenvijftig op. Blootshoofds, een sigaret in zijn mondhoek, zijn leesbrilletje op de punt van zijn neus. In zijn handen hield hij een grote pot chrysanten, versierd met een rozet. Erboven stond: 'Plaatselijke excentriekeling'.

'Met zijn gebruikelijke zwijgzaamheid heeft Mackintosh nooit de identiteit van de oorspronkelijke Joe willen onthullen,' vervolgde het artikel, 'hoewel sommige bronnen aannemen dat deze man mogelijk model heeft gestaan voor de Britse lievelingstuinman. Joseph Cox, geboren in Sheffield in 1912, werkte eerst als hoofdtuinman op een landgoed en daarna dertig jaar bij Nether Edge Coalworks in Kirby Monckton, waar hij om gezondheidsredenen voortijdig moest vertrekken. Meneer Cox, ter plaatse een bekende excentriekeling, heeft jarenlang in Pog Hill Lane gewoond, maar kon niet geïnterviewd worden op zijn huidige adres, het Meadowbank bejaardentehuis. Julie Moynihan, die dagverpleegster is in het tehuis, beschreef hem aan onze verslaggever: 'Het is echt een schattige oude heer, die vol fantastische verhalen zit. Ik zou het geweldig vinden als hij de oorspronkelijke Joe is.'

Jay bekeek de rest van het artikel nauwelijks. Tegenstrijdige emoties gingen door hem heen. Verbazing dat hij zo dicht bij hem was geweest zonder het te weten, dat hij zijn aanwezigheid niet gevoeld had. Maar bovenal een groot gevoel van opluchting, van vreugde. Het verleden kon toch nog worden rechtgetrokken. Joe woonde nog op Pog Hill. Alles kon worden hersteld.

Hij dwong zichzelf de rest van het artikel te lezen. Er stond niets in wat echt nieuw was. Een samenvatting van *Jackapple Joe*, met een plaatje van de oorspronkelijke omslag. Een kleine foto van de Broodbaron met Candide aan zijn arm, die twee jaar voor hun scheiding genomen was. De naam van de journalist luidde K. Marsden en kwam hem vaag bekend voor. Het duurde een paar minuten voordat hij er Kerry's naam van voor het televisietijdperk in herkende.

Natuurlijk, Kerry. Dat was logisch. Zij wist van Pog Hill Lane af, en van Joe. Ze wist natuurlijk veel over Jay. Ze kon beschikken over foto's, dagboeken en kranten. Ze had vijf jaar naar zijn geklets en herinneringen geluisterd. Eventjes had hij een angstig gevoel. Wat had hij haar allemaal verteld? Hoeveel had hij losgelaten? Hij hoefde van haar waarschijnlijk geen loyaliteit of discretie te verwachten na de manier waarop hij haar in de steek had gelaten. Hij kon alleen maar hopen dat ze professioneel zou blijven en zijn privé-leven privé zou houden. Hij besefte dat hij Kerry eigenlijk niet goed genoeg kende om te weten wat ze zou doen.

Maar op dat moment leek dat allemaal niet zo belangrijk. Wat wel belangrijk was, was Joe. Hij kon over een paar uur al in een vliegtuig naar Londen zitten, bedacht hij haast dronken van vreugde, en dan de intercity naar het noorden nemen. Hij kon er in de avond al zijn. Dan kon hij hem weer zien. Hij kon hem zelfs meenemen, als de oude man dat wou. Hij kon hem Château Foudouin laten zien. Een smal stukje krantenpapier van slechts een paar centimeter hoog fladderde tussen de rest uit en viel op de grond. Jay raapte het op en keerde het om. Het was te klein om een artikel te zijn. Hij had het zeker over het hoofd gezien.

Met balpen stond erboven geschreven: 'Kirby Monckton Post'.

Overlijdensberichten, vervolg

Joseph Edwin COX, *op 15 september 1999, rustig, na een lange ziekte.*

De kus van de zon schenkt vergeving,
de zang van de vogels maakt blij:
je bent dichter bij Gods hart in een tuin
dan waar ook ter wereld.

Jay keek er lang naar. Het papier glipte tussen zijn vingers vandaan, maar hij zag het nog precies voor zich, het stond helder voor zijn geestesoog. Zijn geest weigerde de informatie te verwerken. Zijn geest was blanco. Weigerde dienst. Jay keek nergens naar, dacht niets.

59

De volgende paar dagen waren een soort vacuüm. Hij sliep, at en dronk in een staat van verdoving. Het Joe-vormige gat in alles was iets monstrueus geworden dat het licht verduisterde. Het boek, nu bijna af, lag vergeten stof te vergaren in een doos onder zijn bed. Hoewel het niet meer regende, kon hij het niet opbrengen naar de tuin te gaan kijken. De Bijzondere Zaden, die overgeplant moesten worden, werden dun en lang in hun potten, nu er geen aandacht aan hen werd besteed. Het fruit dat het weer had overleefd viel op de grond zonder dat hij het merkte. Het onkruid, dat tijdens het natte weer gretig gegroeid was, begon alles te overwoekeren. Over een maand zou er geen spoor van zijn werk meer te zien zijn.

De kus van de zon schenkt vergeving...

Het ergste was dat hij het niet geweten had. Dat het mysterie binnen zijn bereik was geweest en dat het hem weer ontglipt was, op een domme manier, zonder verklaring. Het leek allemaal zo zinloos. Hij verbeeldde zich dat Joe in de coulissen stond te kijken, klaar om tevoorschijn te springen: *Surprise!* Toch allemaal een grap. Een uitgebreid netwerk van bedrog; de vrienden stonden opgesteld achter het gordijn met feestartikelen en serpentines, Gilly en Maggie en Joe en iedereen uit Pog Hill Lane; de maskers werden weggetrokken en hun echte gezicht kwam tevoorschijn. Treurigheid sloeg om in vrolijkheid wanneer de waarheid aan het licht kwam. Maar dit was een feestje waarvoor Jay niet was uitgenodigd. Geen Bijzondere Wijnen meer. De stroom was opgedroogd: de bramenwijn en vlierbloesemwijn, de jackapplewijn en de rozenbottelwijn. Geen magie meer. Nooit meer.

En toch kon ík hen nog steeds horen. Alsof een deel van hun essentie verdampt was en bij het huis was gaan horen, in het hout- en pleisterwerk was getrokken, net als de geur van sigaretten en brandende suiker. Na Joe's vertrek zoemde alles nog na, het zoemde en zong en lachte luider dan ooit tevoren. De stenen en de tegels en het glanzende hout, alles fluisterde geagiteerd en opgewonden, alles was voortdurend in beweging en nooit was het stil. Alleen hoorde Jay het niet. Hij was de nostalgie voorbij, weggezakt in een troosteloosheid waar niets hem uit kon tillen. Hij dacht aan alle keren dat hij een hekel aan Joe had gehad. Alle keren dat hij woedend was geweest op de oude man omdat hij ervandoor was gegaan. Hij dacht aan alles wat hij tegen zichzelf en tegen anderen had gezegd. De verschrikkelijke dingen. Hij dacht aan de jaren waarin hij Joe had kunnen opsporen, maar het niet echt geprobeerd had. Hij had een detective in de arm kunnen nemen. Hij had iemand kunnen betalen om hem te vinden, als hij het zelf niet had gekund. Maar hij had alleen maar zitten wachten totdat Joe hem zou vinden. Al die verknoeide jaren, geofferd aan zijn trots. En nu was het te laat.

Er was een citaat waar hij niet op kon komen, iets over het verleden, dat het een eiland was, omringd door de tijd. Hij had de laatste boot naar het eiland gemist, verweet hij zichzelf bitter. Pog Hill was nu gaan horen bij die plaatsen die voor hem onherroepelijk verloren waren. Nee erger nog, nu Joe weg was, leek het wel of Pog Hill nooit bestaan had.

De kus van de zon schenkt vergeving...

Maar wat hij had gedaan ging nog veel verder. Joe was daar geweest. Die hele zomer was Joe daar in Pog Hill nog in leven geweest. *Astraal reizen*, had hij gezegd. *Daarom slaap ik zo verrekte veel.* Joe was in ieder geval naar hem toegekomen. Joe had geprobeerd het goed te maken. En toch was er niemand bij Joe geweest toen hij stierf.

Het was goed voor hem dat Rosa er nog steeds was. Marises bezoekjes beurden hem ook tijdelijk op. Zo was hij in ieder geval gedwongen overdag nuchter blijven. De routine moest in stand gehouden worden, ook al had die voor hem zijn betekenis verloren.

Marise merkte wel een verandering in hem op, maar er was op haar boerderij zo veel dat haar bezighield dat ze hem alleen maar vluchtige aandacht kon schenken. Het afwateringssysteem was bijna klaar, op de wijngaard stond geen water meer en de Tannes slonk eindelijk weer tot normale proporties. Ze moest een deel van haar spaargeld aan het werk spenderen en aan nieuwe voorraden, maar ze voelde zich gesterkt. Als de oogst gered kon worden, was er nog hoop voor volgend jaar. Het belangrijkste was dat ze genoeg geld bij elkaar kreeg om het land te kopen, land dat als bouwland toch niet zo geschikt was, merendeels te drassig om te beplanten. Ze wist dat Pierre-Emile niet wilde verpachten; zo'n regeling bracht te weinig op. Hij had een gezin in Toulouse. Nee, hij zou verkopen. Ze wist het gewoon. Het zat er dik in dat de prijs laag zou zijn, hield ze zichzelf voor. Dit was per slot van rekening niet Le Pinot. En ze maakte nog steeds een goede kans het geld bij elkaar te krijgen. Ze had slechts twintig procent nodig. Ze hoopte maar dat Mireille er niet tussen zou komen. De oude vrouw had er tenslotte geen belang bij haar te zien vertrekken. Integendeel. Maar Marise moest dan wel eigenaar zijn. Ze wilde niet aan de genade van een pachtovereenkomst worden overgeleverd. Mireille wist wel waarom. Ze hadden elkaar nodig, hoezeer de oude vrouw die gedachte ook tegenstond. Ze stonden op een wipbrug en hadden allebei een uiteinde van het touw vast. Als een van hen viel, vielen ze allebei.

Marise had er geen moeite mee dat ze moest liegen. Ze

had Mireille per slot van rekening een gunst bewezen. De leugen beschermde hen, als een wapen dat te verschrikkelijk was om in de strijd te worden ingezet. Maar ze hadden allebei niet veel tijd meer. Haar contract liep ten einde. Mireille werd ouder en was ziek. De oude vrouw wilde haar de boerderij uit hebben omdat het haar kwetsbaar maakte. Marise vroeg zich alleen af of de oude bedreiging nog kracht zou hebben. Misschien was die inmiddels wel hol geworden. De gedachte Rosa kwijt te raken had hen ooit beiden doen zwijgen. Maar nu... Ze vroeg zich af wat Rosa nog voor Mireille betekende.

Ze vroeg zich af wat ze allebei nog te verliezen hadden.

60

Toen Jay wakker werd, zongen de vogels. Hij hoorde Rosa boven stommelen. Strokleurig zonlicht viel door de luiken. Heel even had hij een gevoel van welbehagen. Toen werd hij weer vol getroffen door de herinnering aan Joe's dood, een flits van verdriet die hij niet kon verwerken, die hem verraste. Iedere dag verwachtte hij bij het wakker worden dat alles anders zou zijn, maar iedere morgen was het hetzelfde.

Hij strompelde halfgekleed zijn bed uit en zette wat water op. Hij spetterde koud water uit de keukenkraan op zijn gezicht. Hij zette koffie en dronk die kokendheet. Hij hoorde dat Rosa boven het bad liet vollopen. Hij zette eten en melk op tafel voor haar ontbijt. Een kom koffie met melk, met daarnaast drie verpakte suikerklontjes. Een schijf meloen. Graanvlokken. Rosa had een gezonde eetlust.

'Rosa! Ontbijt!' Zijn stem klonk schor. Op een schoteltje dat op tafel stond lag een aantal sigarettenpeuken, maar hij kon zich niet herinneren dat hij ze gekocht of gerookt had. Even voelde hij een steek van iets dat op hoop leek. Maar geen van de peuken was van een Player's.

Er werd op de deur geklopt. Popotte, dacht hij vaag, waarschijnlijk weer met een rekening, of met een ongeruste brief van Nick die wilde weten waarom Jay de contracten niet had teruggestuurd. Hij dronk nog een slok oud smakende koffie en liep naar de deur.

Er stond iemand voor de deur die gekleed was in een smetteloze grijze broek en een kasjmieren vest, met een chic kort kapsel, dure merkschoenen en een trenchcoat aan en een rood Louis Vuitton-diplomatenkoffertje in de hand.

'Kérry?'

Even zag hij zichzelf door haar ogen: blootsvoets, ongeschoren, afgetakeld. Ze schonk hem een stralende glimlach.

'Arme Jay. Je ziet er werkelijk haveloos uit. Mag ik binnenkomen?'

Jay aarzelde. Het was te gladjes. Hij had Kerry's gladheid altijd gewantrouwd. Maar al te vaak was die het sein tot de aanval geweest.

'Ja, 'tuurlijk.'

'Wat een práchtig huis.' Ze dreef langs op een golf van jaloezie. 'Die specerijenkist, wat beeldschoon. En dat dressoir!' Ze bleef elegant weifelend staan, rondkijkend of ze ergens ruimte zag om te zitten. Jay trok een paar vuile kleren van de rugleuning van een stoel en knikte naar haar.

'Sorry voor de troep,' begon hij. Te laat realiseerde hij zich dat zijn verontschuldigende toon haar het voordeel gaf. Ze schonk hem de gepatenteerde Kerry O'Neill-glimlach en ging zitten. Ze sloeg haar benen over elkaar. Ze had iets van een prachtige Siamese kat. Jay had geen idee wat ze dacht. Dat had hij nooit geweten. Misschien was de glimlach wel echt. Wie zou het zeggen?

'Hoe heb je me gevonden?' Weer probeerde hij de verontschuldiging uit zijn stem te halen. 'Ik heb nu niet bepaald moeite gedaan om iedereen te vertellen waar ik uithing.'

'Hoe denk je? Nick heeft het me verteld.' Ze glimlachte. 'Ik moest hem er natuurlijk wel toe óverhalen. Weet je wel dat iedereen zich erg bezorgd om je maakt? Zomaar weglopen. En dat nieuwe project helemaal voor jezelf houden.'

Ze keek hem schalks aan en legde haar hand op zijn schouder. Hij merkte dat haar ogen van kleur waren veranderd, ze waren nu blauw in plaats van groen. Joe had gelijk gehad met de contactlenzen.

Hij schudde haar hand weg met het gevoel een lomperik te zijn.

'Ik begrijp het natuurlijk best.' Haar hand ging naar zijn haar en streek het van zijn voorhoofd. Het schoot Jay te binnen dat ze altijd op haar gevaarlijkst was geweest wanneer ze moederlijk was. 'Je bent helemaal wéggekwijnd. Wat heb je allemaal uitgespookt? Te vaak lang opgebleven?'

Jay duwde haar hand weg.

'Ik heb je artikel gelezen,' zei hij.

Kerry haalde haar schouders op. 'Ja, ik heb een paar stukjes voor de literaire supplementen geschreven,' zei ze. 'Ik kon er niets aan doen, maar ik had de indruk dat *Forum!* een beetje te kliekachtig begon te worden, denk je ook niet? Te beperkt?'

'Wat is er aan de hand? Hebben ze je geen nieuwe serie aangeboden?' Kerry trok haar wenkbrauwen op.

'Lieveling, je hebt geleerd sarcastisch te zijn,' zei ze. 'Ben ik even blij voor je! Maar nu is Channel Five met een fantastisch idee gekomen.' Ze wierp een korte blik op de graanvlokken, de koffie en het fruit op tafel. 'Mag ik? Ik rámmel van de honger.' Jay keek toe terwijl ze een kom koffie met melk inschonk, en haar ogen gingen weer naar de kop in zijn hand. 'Je bent al helemaal op de Franse toer, zeg. Koffie in kommen en Gauloises bij het ontbijt. Verwachtte je gezelschap of moet ik dat niet vragen?'

'Ik zorg voor een kind van de buren,' zei Jay tegen haar, terwijl hij probeerde niet defensief te klinken. 'Een paar dagen maar, totdat het water is gezakt.'

Kerry glimlachte. 'Wat schattig. Ik denk dat ik wel kan raden welk kind. Na je manuscript gelezen te hebben –'

'Je hebt het gelezen?' Hij werd meteen weer defensief.

Ze moest wel blind zijn om de ruk van zijn arm, waardoor de warme koffie op de grond gutste, niet op te merken. Ze glimlachte weer.

'Ik heb het even ingezien. Dat soort naïeve stijl is zeer verfrissend. Heel erg van deze tijd. En er is zo ontzettend veel *couleur locale,* ik wilde het allemaal met eigen ogen zien. En toen begreep ik hoe goed het te combineren zou zijn: jouw boek met mijn programma.'

Jay schudde zijn hoofd. Het deed zeer, en hij bleef maar denken dat hij iets belangrijks gemist had.

'Wat bedoel je?'

Kerry keek hem met gespeeld ongeduld aan. 'Tja, dat ging ik je dus net vertellen. Het programma van Channel Five, natuurlijk,' zei ze. *'Pastures new.* Het gaat helemaal over Britten die in het buitenland wonen. Een combinatie van een reisprogramma en een programma over leefstijl. En toen Nick het over deze fantástische plek had – en over alles wat er met je boek gebeurt – leek het me meer dan een gelukkig toeval.'

'Wacht even hoor.' Jay zette de koffiekop neer. 'Je wilt mij toch niet bij dat programma betrekken, hè?'

'Dat wil ik nu juist wél,' antwoordde Kerry ongeduldig. 'De omgeving is ideaal. Ik heb al met een paar dorpelingen gesproken, en die zijn waanzinnig geïnteresseerd. En jijzelf bent ook ideaal. Denk alleen al aan de publiciteit. Wanneer het nieuwe boek uitkomt –'

Jay schudde zijn hoofd. 'Nee, ik ben niet geïnteresseerd,' zei hij. 'Moet je horen, Kerry. Ik weet dat je probeert te helpen, maar het laatste waar ik op zit te wachten is publiciteit. Ik ben hierheen gekomen om alleen te zijn.'

'Alléén?' zei Kerry ironisch.

Jay zag dat ze langs hem heen naar de keuken keek. Hij keerde zich om. Daar stond Rosa achter de deur in haar rode pyjama, haar ogen glinsterend van nieuwsgierigheid, haar haar naar alle kanten uitstaand.

'Salut!' zei Rosa, met een grijns op haar gezicht. *'C'est qui, cette dame? C'est une Anglaise?'*

Kerry's glimlach werd een beetje breder. 'Jij bent zeker

Rosa,' zei ze. 'Ik heb al veel over je gehoord. Maar weet je, liefje, ik heb altijd gedacht dat je doof was.'

'Kerry.' Jay leek nerveus en niet op zijn gemak. 'We kunnen later praten. Dit is niet zo'n goed moment, oké?'

Kerry nam lui slokjes van haar koffie. 'Je hoeft tegen mij echt niet zo officieel te doen, hoor,' zei ze. 'Wat een schattig meisje. Ik weet zeker dat ze op haar moeder lijkt. Ik heb het gevoel dat ik ze allebei al ken, natuurlijk. Het is zo prettig dat al je personages op echte mensen gebaseerd zijn. Het lijkt wel een *roman-à-clef*. Ik weet zeker dat dit in het programma schitterend tot zijn recht zal komen.'

Jay keek haar aan. 'Kerry, ik ga niet aan een programma meedoen.'

'Ik weet zeker dat je van gedachten zult veranderen als je erover na hebt kunnen denken,' zei ze.

'Dat zal ik niet,' zei Jay.

Kerry trok haar wenkbrauwen op. 'Waarom in godsnaam niet? Het klopt aan alle kanten. En het zou je carrière een nieuwe impuls kunnen geven.'

'En ook die van jou,' zei hij droogjes.

'Misschien wel, ja. Is dat zo erg? Na alles wat ik voor je gedaan heb, al die móéite, ben je me misschien wel wat verschuldigd. Misschien kan ik als dit allemaal geregeld is, je biografie schrijven, mijn inzichten in Jay Mackintosh geven. Ik zou nog steeds veel voor je carrière kunnen betekenen, weet je, als je me de kans gaf.'

'Jou iets verschúldigd zijn?' Ooit zou hij er boos om hebben kunnen worden. Zich zelfs schuldig hebben kunnen voelen. Nu was het bijna grappig. 'Dat heb ik al iets te vaak gehoord, Kerry. Dat werkt niet meer. Emotionele chantage is geen basis voor een relatie. Dat is het ook nooit geweest.'

'O, doe me een lol.' Ze beheerste zich met moeite. 'Wat weet jij daar nu van? De enige relatie waar jij ooit om gegeven hebt was die met een ouwe bedrieger die je een tijd op sleeptouw heeft genomen en je heeft gedumpt toen het hem uitkwam. Het is altijd Joe voor en Joe na geweest. Nu hij dood is, zul je misschien eindelijk gaan begrijpen dat geld, en niet magie, het belangrijkste in het leven is.'

Jay glimlachte. 'Dat is een hele speech, zeg,' zei hij mild. 'Maar zoals je al zei, Joe is dood. Dus om hem gaat het niet meer. Misschien nog wel toen ik hier kwam. Misschien probeerde ik het verleden weer tot leven te laten komen. Op de een of andere manier Joe te worden. Maar dat is nu niet meer het geval.'

Ze keek hem aan. 'Je bent veranderd,' zei ze.

'Misschien.'

'Ik dacht eerst dat het de omgeving was,' vervolgde ze. 'Dit zielige dorpje met zijn ene stopbord en zijn houten huisjes bij de rivier. Het zou echt iets voor jou zijn om daar verliefd op te worden. Om er een tweede Pog Hill van te maken. Maar dat is het niet, hè?"

Hij schudde zijn hoofd. 'Niet helemaal, nee.'

'Het is nog erger. En het is ook zo dúídelijk.' Ze lachte kil. 'Het is typisch iets voor jou. Je hebt hier je muze gevonden, hè? Hier tussen die belachelijke geiten en onooglijke wijngaardjes. Zo heerlijk *gauche*. Jay Mackintosh ten voeten uit.'

Jay keek haar aan. 'Hoe bedoel je?'

Kerry haalde haar schouders op. Het lukte haar zowel geamuseerd als boosaardig te kijken. 'Ik ken je, Jay. Je bent de meest egoïstische persoon die ik ooit heb ontmoet. Je hebt nog nooit voor iemand iets overgehad. Dus waarom pas je op haar kind? Iedere idioot kan zien dat je niet alleen op het dórpje verliefd bent geworden.' Ze giechelde boos. 'Ik wist dat het een keer zou gebeuren,' verklaarde ze. 'Dat iemand de lont zou weten aan te steken. Ik heb ooit gedacht dat ik het zou kunnen zijn. Ik heb genoeg voor je gedaan. Ik verdíénde het te zijn. Wat heeft zij nou helemaal voor je gedaan? Weet ze ook maar iets van je werk? Kan het haar ook maar íéts schelen?'

Jay schonk nog een kom koffie voor zichzelf in en stak een sigaret op. 'Nee,' zei hij. 'Dat denk ik niet. Ze geeft om het land, om de wijnstokken, om haar dochter. Om echte dingen.' Hij glimlachte bij de gedachte.

'Je zult dat snel genoeg zat worden,' voorspelde Kerry smalend. 'Je hebt het in de echte wereld nooit lang uitgehouden. Je hebt nog nooit een probleem gehad waar je niet voor weg kon lopen. Wacht maar tot alles een beetje té echt voor je wordt. Dan ben je zó verdwenen.'

'Deze keer niet.' Zijn stem was effen. 'Deze keer niet.'

'We zullen zien,' zei ze koeltjes. 'Toch? Nadat we *Pastures new* hebben opgenomen.'

Zodra Kerry vertrokken was, reed Jay naar Lansquenet, Rosa achterlatend met strenge instructies het huis niet te verlaten, om via de telefoon zijn woede te koelen op Nick Hornely. Nick stond er minder voor open dan hij had gehoopt.

'Ik dacht dat het flink wat promotie voor je zou opleveren,' zei hij minzaam. 'Het gebeurt niet vaak dat je in de uitgeefwereld een tweede kans krijgt, Jay, en ik moet zeggen dat ik had gedacht dat je deze met wat meer enthousiasme zou aangrijpen.'

'O.' Het was niet wat hij verwacht had te horen, en even was hij uit het veld geslagen. Hij vroeg zich af wat Kerry precies had gezegd.

'Daar komt nog bij, maar ik wil je niet haasten, dat ik nog steeds op de door jou ondertekende contracten zit te wachten, en op het laatste deel van het nieuwe manuscript. De uitgevers worden onrustig en vragen zich af wanneer je het af gaat maken. Al zou ik maar de eerste versie kunnen krijgen –'

'Nee.' Jay hoorde de spanning in zijn eigen stem. 'Ik laat me niet onder druk zetten, Nick.'

Nicks toon werd plotseling angstwekkend onverschillig. 'Bedenk goed dat je tegenwoordig een onbekende grootheid bent, Jay. Wel een legende, natuurlijk. Daar is niks mis mee. Maar je hebt ook een reputatie.'

'Wat voor reputatie?'

'Ik denk dat het nu niet zo constructief is –'

'Wát voor reputatie, verdomme?'

Hij kon Nick zo ongeveer zijn schouders horen ophalen. 'Oké. Je bent een risicofactor, Jay. Je zit vol schitterende ideeën, maar je hebt al jarenlang niets van enige waarde geproduceerd. Je houdt je niet aan deadlines. Je komt altijd te laat op vergaderingen. Je bent een vervelende prima donna die teert op een reputatie van tien jaar geleden, die niet begrijpt dat je je in deze branche niet kunt veroorloven moeilijk te doen over publiciteit.'

Jay probeerde zijn stem neutraal te houden. 'Wat probeer je me duidelijk te maken, Nick?'

Nick zuchtte. 'Ik vraag je alleen maar een beetje flexibel te zijn,' zei hij. 'Het boekenvak is veranderd sinds *Jackapple Joe*. In die tijd mocht je excentriek zijn. Dat werd van je verwacht. Men vond het wel vertederend. Maar tegenwoordig ben je gewoon een product, Jay, en kun je je niet meer veroorloven mensen in de kou te laten staan. En mij zeker niet.'

'Dus?'

'Dus vertel ik je nu dat als je het contract niet tekent en het manuscript niet binnen een redelijke termijn – zeg een maand – afmaakt, WorldWide zich terug zal trekken en ik mijn geloofwaardigheid voor niets zal hebben verknald. Ik heb ook andere cliënten, Jay. Ik moet ook aan hen denken.'

Moeizaam antwoordde Jay: 'Ik begrijp het.'

'Luister, Jay. Ik sta aan jouw kant.'

'Dat weet ik.' Plotseling wilde hij weg. 'Ik heb een slechte week gehad, Nick. Er is te veel gebeurd. En toen Kerry ineens bij me op de stoep stond –'

'Ze wil helpen, Jay. Ze geeft om je. Dat doen we allemaal.'

'Ja, ik weet het.' Hij legde een vriendelijke toon in zijn stem, hoewel hij ziedde van woede. 'Het komt wel goed, Nick, dat zul je zien.'

'Zeker.'

Toen hij had opgehangen, had hij beslist het gevoel dat hij in dat gesprek de onderliggende partij was geweest. Er was iets veranderd. Alsof hij, nu Joe's beschermende invloed verdwenen was, plotseling weer kwetsbaar was geworden. Jay balde zijn vuisten.

'Monsieur Jay? Gaat het?'

Het was Joséphine. Haar gezicht was roze van bezorgdheid.

Hij knikte.

'Wil je koffie? Een stuk zelfgebakken cake?'

Jay wist dat hij terug moest om te kijken of alles goed was met Rosa, maar de verleiding om nog even te blijven was te groot. Nicks woorden hadden een nare smaak achtergelaten, niet in het minst omdat ze waar waren.

Joséphine zat vol nieuwtjes.

'Georges en Caro Clairmont hebben contact gehad met een Engelse dame, iemand van de televisie. Ze zegt dat ze hier misschien opnamen wil maken, voor een programma over reizen. Lucien Merle is er ook vol van. Hij denkt dat dit dé kans voor Lansquenet is.'

Jay knikte vermoeid. 'Ik weet het.'

'Ken je haar?'

Hij knikte weer. De cake was lekker, amandeldeeg met glanzende appel erop. Hij concentreerde zich op het eten ervan. Joséphine legde uit dat Kerry al een paar dagen met diverse mensen had gepraat en aantekeningen had gemaakt op haar kleine taperecordertje en foto's had genomen. Er was ook een fotograaf bij haar, een Engelsman, *très comme il faut*. Jay zag aan Joséphines gezicht dat

Kerry haar niet beviel. Logisch. Kerry was niet het soort vrouw dat andere vrouwen voor zich innam. Ze deed alleen haar best bij mannen. Ze schenen allebei al een poos in de streek te zijn en bij de Merles te logeren. Hij herinnerde zich dat Toinette Merle in de journalistiek zat. Dat verklaarde de foto en het artikel in de *Courier d'Agen*.

'Ze zijn hier voor mij.'

Hij legde de situatie uit, vanaf zijn haastige vertrek uit Londen tot aan Kerry's bezoek. Joséphine luisterde zwijgend.

'Hoe lang blijven ze, denk je?'

Jay haalde onverschillig zijn schouders op. 'Zo lang als nodig is.'

'O.' Stilte. 'Georges Clairmont heeft het al over het opkopen van leegstaande huizen in Les Marauds. Hij denkt dat de landprijzen zullen stijgen wanneer dit alles bekend wordt.'

'Dat zal waarschijnlijk ook wel gebeuren.'

Ze keek hem met een eigenaardige blik aan. 'Het is een goed moment om nu te kopen, na die natte zomer,' vervolgde ze. 'De mensen hebben het geld nodig. Er is geen oogst van enige betekenis geweest. Ze kunnen zich niet veroorloven om land dat niets oplevert, te houden. Lucien Merle heeft het al rondverteld in Agen.'

Jay kon zich niet aan de indruk onttrekken dat er een afkeurende blik in haar ogen lag. 'Het zal jouw zaak in ieder geval geen kwaad doen, toch?' zei hij, in een poging luchthartig te zijn. 'Al die dorstige mensen die hier rondhangen.'

Ze haalde haar schouders op. 'Niet lang,' zei ze. 'Niet hier.'

Jay zag wat ze bedoelde. Le Pinot had twintig cafés, restaurants, een McDonald's en een vrijetijdscentrum. De plaatselijke zaken hadden hun deuren moeten sluiten omdat er zaken uit de stad kwamen die een populairder aanzien hadden. De plaatselijke bewoners waren weggetrokken, omdat ze de veranderingen niet bij konden houden. Boerderijen waren niet levensvatbaar meer. De huren waren verdubbeld, verdrievoudigd. Hij vroeg zich af of Joséphine de concurrentie aan zou kunnen. Het zat er niet in.

Gaf Joséphine hem de schuld? Hij kon het aan haar gezicht niet zien. Haar gezicht, dat meestal blozend en lachend was, leek nu gesloten. Haar haar viel sluik over haar voorhoofd terwijl ze met de lege kopjes rommelde.

Hij reed terug naar de boerderij met een ongemakkelijk gevoel, dat door Joséphines lauwe afscheid er niet minder op was geworden. Hij zag Narcisse onderweg en zwaaide naar hem, maar deze zwaaide niet terug.

Bijna een uur later was Jay terug op Château Foudouin. Hij parkeerde de auto op de oprit en ging Rosa zoeken, die inmiddels wel trek zou hebben. Het huis was leeg. Clopette zwierf rond bij de rand van de moestuin. Rosa's regenjas en regenhoed hingen achter de keukendeur. Hij riep haar. Er kwam geen antwoord. Hij begon nu ongerust te worden en liep naar de achterkant van het huis, daarna naar Rosa's lievelingsplekje bij de rivier. Nog steeds niets. Als ze nu eens in het water gevallen was? De Tannes was nog steeds gevaarlijk gezwollen en de oevers zo sterk aangetast dat ze ieder moment konden instorten. Misschien was ze wel in een van de oude vossenvallen terechtgekomen. Of van de keldertrap gevallen.

Hij doorzocht weer het huis en daarna de omgeving. De boomgaard, de wijngaard, de schuur en de oude stal. Niets. Zelfs geen voetafdrukken. Ten slotte stak hij Marises land over, in de hoop dat het meisje naar haar moeder was gegaan. Maar Marise legde net de laatste hand aan haar opnieuw geverfde en zojuist opgedroogde keuken; haar haar zat in een rode sjaal en op de knieën van haar spijkerbroek zat verf.

'Jay!' Ze leek blij hem te zien. 'Is alles in orde? Hoe is het met Rosa?'

Hij kon het haar niet vertellen.

'Rosa maakt het goed. Ik vroeg me af of je iets uit het dorp nodig had.'

Marise schudde haar hoofd. Ze leek zijn ongerustheid niet te hebben opgemerkt.

'Nee, hoor,' zei ze vrolijk. 'Ik ben hier bijna klaar. Rosa kan morgenochtend terugkomen.'

Jay knikte. 'Geweldig. Ik bedoel...'

Ze schonk hem een zeldzame, warme glimlach. 'Ik weet het,' zei ze. 'Je bent erg aardig en geduldig geweest. Maar ik weet dat je het prettig zult vinden wanneer je het huis weer voor jezelf hebt.'

Jay trok een gezicht. Zijn hoofd begon weer pijn te doen. Hij slikte. 'Weet je, ik moet eigenlijk terug,' zei hij onhandig. 'Rosa...'

Ze knikte. 'Ik weet het,' zei ze. 'Je gaat heel goed met haar om. Je kunt je niet voorstellen...'

Jay kon haar dankbaarheid niet verdragen. Hij rende het hele eind naar zijn huis.

Hij was nog een uur bezig alle mogelijke schuilplaatsen af te gaan. Hij wist dat hij haar nooit alleen had mogen laten. Rosa was een ondeugend kind, dat vol invallen en plannetjes zat. Ze verstopte zich misschien nu ook, zoals ze tijdens haar eerste weken op de boerderij zo vaak gedaan had. Het kon allemaal haar idee van een grap zijn. Maar toen de tijd verstreek en Rosa nergens te vinden was, begon hij andere mogelijkheden te overwegen. Het was bijvoorbeeld niet moeilijk je voor te stellen dat ze de oever van de Tannes was opgegaan en het water in was gegleden en een paar kilometer was meegesleurd en op een modderbank was aangespoeld, of misschien zelfs helemaal in Les Marauds. Het was ook niet moeilijk je voor te stellen dat ze gewoon de weg naar Lansquenet was afgelopen en misschien was opgepikt door een onbekende met een auto.

Een onbekende? Maar er waren geen onbekenden in Lansquenet. Iedereen kende iedereen. Niemand deed zijn deuren op slot. Tenzij... Plotseling herinnerde hij zich Patrice, de man uit Marises Parijse tijd, die haar zo had lastiggevallen. Hij zou toch niet... na zeven jaar? Maar dat zou veel verklaren. Haar weerzin om het dorp in te gaan. Haar onwil om de plek die voor haar een veilige haven was geworden, te verlaten. De felle manier waarop ze Rosa beschermde. Zou Patrice hen hier in Lansquenet hebben weten te vinden? Had hij de boerderij in de gaten gehouden en op een kans gewacht om in actie te komen? Was hij misschien een van de dorpelingen, zodat hij in de buurt kon blijven en op een gunstig moment kon wachten? Het idee was belachelijk, pure stripverhaalfantasie; het soort onzin dat hij zelf zou kunnen hebben geschreven op zijn veertiende, op een luie middag bij het kanaal. Toch kreeg hij het benauwd wanneer hij eraan dacht. Hij stelde zich Patrice een beetje als Zeth voor, maar dan inmiddels groter en gemener, zijn puisterige wangen dunner, zijn ogen vol waanzin en geslepenheid. Zeth, maar ditmaal met een echt geweer, wachtend bij het hek met die gemene, taxerende blik in zijn ogen. Het was belachelijk, maar het leek op dat moment heel goed mogelijk, een logisch besluit van de rest van die zomer, van Joe's definitieve vertrek, van de onbarmhartige terugkeer van de gebeurtenissen naar die laatste oktobermaand en naar Pog Hill Lane. In ieder geval niet belachelijker dan al die andere dingen.

Hij dacht erover de auto te nemen, maar verwierp de gedachte. Rosa had zich misschien in een struik of langs de weg verstopt en dan zou hij haar over het hoofd zien, ook als hij langzaam reed. Hij liep dus over de weg naar Lansquenet en stond af en toe stil om haar naam te roepen. Hij keek in sloten en achter bomen. Hij maakte een omweg langs een uitnodigende vijver, die een nieuwsgierig kind zou kunnen hebben aangetrokken, en daarna langs een schuur. Maar er was geen spoor van haar te bekennen. Toen hij ten slotte bij het dorp kwam, onderzocht hij de laatste realistische optie. Hij liep naar Mireilles huis.

Het eerste wat hij opmerkte toen hij daar kwam, was de auto die ervoor stond: een lange, grijze Mercedes, met een donker getinte voorruit en de nummerborden van een huurauto. Een gangsterauto, dacht hij, of de auto van een gevierde televisiepresentator. Toen Jay dit plotseling besefte, begon zijn hart in zijn keel te kloppen. Hij rende naar de deur. Zonder aan te kloppen, deed hij hem open en hij riep schor: 'Rosa?'

Ze zat op de overloop met haar oranje trui en spijkerbroek aan en keek in een fotoalbum. Haar rubberlaarzen stonden bij de deur. Ze keek op toen Jay haar naam riep, en grijnsde. Van opluchting viel hij bijna op zijn knieën.

'Wat bezielt je? Ik heb je overal gezocht. Hoe ben je hier gekomen?'

Rosa keek hem zonder een spier te vertrekken aan. 'Je vriendin kwam me halen. Je Engelse vriendin.'

'Waar is ze?' Jay voelde de opluchting in blinde woede omslaan. 'Waar is ze, verdomme?'

'Jay, lieveling.' Kerry stond in de deuropening van de keuken; ze had een glas wijn in haar hand en leek volkomen op haar gemak. 'Dat is niet bepaald het soort taal dat je gebruikt in het bijzijn van een kind dat aan je zorgen is toevertrouwd.' Ze schonk hem een innemende glimlach. Achter haar stond Mireille, monumentaal in haar zwarte huisjurk.

'Ik kwam langs om nog eens met je te praten, maar je was er niet,' legde Kerry liefjes uit. 'Rosa deed open. Zij en ik hebben gezellig zitten praten, hè Rosa?' Deze laatste zin was in het Frans, waarschijnlijk om Mireille erbij te betrekken, die zonder iets te zeggen achter haar stond. 'Ik moet wel zeggen dat je niet erg mededeelzaam bent geweest, lieveling. Die arme madame Faizande had geen idee wat er allemaal aan de hand was.'

Jay wierp een blik op Mireille, die toekeek, met de armen voor haar enorme boezem over elkaar geslagen.

'Kerry,' begon hij.

Ze schonk hem een harde, stralende glimlach.

'Een alleraardigste hereniging,' merkte ze op. 'Weet je, ik begin te begrijpen wat je in dit gat ziet. Al die geheimen, al die boeiende figuren. Madame d'Api, bijvoorbeeld. Madame Faizande heeft me alles over haar verteld. Ze lijkt me wel even anders dan in jouw boek.'

Jay keek omhoog naar waar Rosa zat. 'Kom hier, Rosa,' zei hij rustig. 'Het is tijd om naar huis te gaan.'

'Je bent heel populair hier, als ik het zo hoor,' zei Kerry. 'Ik denk dat je wanneer we aan *Pastures new* beginnen, helemaal de plaatselijke held zult zijn. Het zal een stimulans zijn voor dit dorp.'

Jay schonk geen aandacht aan haar. 'Rosa,' zei hij weer.

Het kind zuchtte theatraal en stond op.

'Komen we echt op de televisie?' informeerde Rosa vlug. '*Maman* en jij en iedereen?' We hebben thuis televisie. Ik hou van *Cocoricoboy* en *Nos amis les animaux*. Maar van *maman* mag ik nooit naar *Cinéma de minuit* kijken.' Ze trok een gezicht. 'Er wordt te veel in gekust.'

Jay nam haar bij de hand. 'Er komt niemand op de televisie,' zei hij tegen haar.

'O.'

'Ik geloof niet dat je veel keus hebt,' merkte Kerry minzaam op. 'Ik heb in principe al een uitstekend programma, met of zonder jou. De kunstenaar, alles wat hem beinvloedt, je kent dat wel. Peter Mayle zinkt erbij in het niet. Voor je het weet zullen de mensen hierheen komen vanwege de connectie met Jay Mackintosh. Je zou eigenlijk dankbaar moeten zijn.'

'Hou op, Kerry.'

'Jezus Christus! Het lijkt wel of ik een pistool tegen je hoofd hou. Ieder ander zou een gat in de lucht springen bij zoveel gratis publiciteit!'

'Ik niet.'

Ze lachte. 'Ik heb altijd al het werk zelf moeten doen,' merkte ze vrolijk op. 'Vergaderingen, interviews, je naar de juiste feestjes loodsen, aan de touwtjes trekken. En nu haal je je neus op voor zo'n geweldige kans. En waarom? Word toch eens volwassen, schat. *Gauche* ligt niet meer zo goed in de markt.'

Wat ze zei leek zo op wat Nick had gezegd, dat Jay even het vreselijke gevoel had dat ze samenspanden, dat ze samen plannen hadden gesmeed.

'Ik wil niet dat iedereen hierheen komt,' zei hij. 'Ik wil geen toeristen en hamburgertenten en souvenirwinkels in Lansquenet. Je weet wat dat soort publiciteit voor een dorp betekent.'

Kerry haalde haar schouders op. 'Het lijkt mij precies wat ze hier nodig hebben,' zei ze op rationele toon. 'Dit dorp leeft maar half.' Ze bekeek even met gefronste wenkbrauwen haar nagels. 'Maarre, de beslising is eigenlijk helemaal niet aan jou. Ik kan me niet voorstellen dat er mensen zijn die de kans op meer business af zullen slaan.'

Ze had natuurlijk gelijk. Dat was nog het ergste. Als iets eenmaal op gang is gekomen, neemt het alles met zich mee, of dat nu welkom is of niet. Hij zag Lansquenet al, net als Pog Hill, bijgezet worden in de groeiende verzameling van dingen die tot het verleden behoorden.

'Niet hier. Hier zal dat niet gebeuren.'

Kerry's lach achtervolgde hem tot op straat.

61

Marise kwam om zeven uur, zoals ze altijd deed, met een fles wijn en een afgesloten mand. Ze had haar haar gewassen en voor het eerst droeg ze een lange rode rok met haar zwarte trui erop. Ze zag er nu anders uit, zigeunerachtig, en op haar lippen zat een vleugje kleur. Haar ogen glansden.

'Ik heb zin in een feestje,' kondigde ze aan, en ze zette de fles op tafel. 'Ik heb wat kaas en *foie gras* en notenbrood. Er is ook een cake, en wat amandelkoekjes. En een paar kaarsen.'

Ze haalde twee koperen kandelaars uit de mand en zette ze op tafel neer.

Toen stak ze er een paar kaarsen in.

'Dat ziet er leuk uit, vind je niet?' zei ze. 'Ik kan me niet heugen wanneer we voor het laatst bij kaarslicht hebben gegeten.'

'Vorig jaar,' zei Rosa bijdehand. 'Toen de generator stukging.'

Marise lachte. 'Dat telt niet.'

Die avond was ze meer ontspannen dan Jay haar ooit had gezien. Ze dekte met Rosa de tafel met vrolijk gekleurde borden en kristallen wijnglazen. Rosa plukte bloemen in de tuin voor op tafel. Ze aten notenbrood met *foie gras* en dronken Marises eigen wijn erbij, die naar honing en perziken en geroosterde amandelen smaakte, toen salade en warme geitenkaas, en daarna koffie met cake en petitfours. Tijdens het hele feestje deed Jay erg zijn best zijn gedachten erbij te houden. Rosa, die strenge instructies had niets over hun bezoek aan Lansquenet te vertellen, was vrolijk. Ze wilde per se een *canard* – een suikerklontje dat in wijn was gedoopt – en gaf Clopette stiekem af en toe wat eten onder tafel, en toen de geit naar de tuin werd verbannen, door het halfopen raam. Marise was opgewekt en spraakzaam en zag er in het gouden licht allerliefst uit. Het had volmaakt moeten zijn.

Hij maakte zichzelf wijs dat hij op het juiste moment wachtte. Natuurlijk wist hij wel dat het daar niet om ging, maar dat hij gewoon tijd probeerde te winnen. Hij moest het haar vertellen voordat ze er zelf achter kwam, of erger nog: voordat Rosa zich versprak.

Maar naarmate de avond vorderde, werd het steeds moeilijker om de eerste stap te zetten. Hij werd steeds stiller. Zijn hoofd begon pijn te doen. Marise leek het niet te merken. Ze vertelde enthousiast over de details van de volgende fase van haar draineerplannen, de uitbouw van de kelder, de opluchting dat er toch nog een wijnoogst zou zijn, zij het een zeer beperkte, en over haar optimisme voor het volgende jaar. Ze was van plan het land te kopen wanneer de pacht afliep, zei ze. Ze had geld op de bank en in haar kelder stonden vijftig vaten met een *cuvée spéciale* die wachtten op een gunstige markt. Land was goedkoop in Lansquenet, vooral slecht gedraineerd probleemland als het hare. Na de slechte zomer zouden de prijzen nog meer kunnen dalen. En Pierre-Emile, die het landgoed had geërfd, was geen zakenman. Hij zou blij zijn met wat hij voor de boerderij en de wijngaard kon krijgen. De bank zou de rest aanvullen met een langlopende lening.

Hoe meer ze zei, hoe akeliger Jay zich voelde. Toen hij eraan dacht wat Joséphine over landprijzen had gezegd, zonk hem de moed in de schoenen. Aarzelend vroeg hij wat er zou gebeuren als, toevallig, misschien... Haar gezicht verstrakte een beetje. Ze haalde haar schouders op.

'Dan zou ik moeten vertrekken,' zei ze eenvoudig. 'Dan

zou ik alles moeten achterlaten en terug moeten gaan naar Parijs of Marseille. Als het maar een grote stad is. Dan kan Mireille...' Ze slikte de rest van de zin in en trok resoluut een opgewekt gezicht. 'Maar dat zal niet gebeuren,' zei ze vastbesloten. 'Dat gebeurt allemaal niet. Ik heb altijd van een bedrijf als dit gedroomd,' vervolgde ze, en haar gezicht werd weer zachter. 'Een boerderij, land van mezelf, bomen, misschien een riviertje. Een plek waar je privacy hebt, veilig bent.' Ze glimlachte. 'Misschien wordt alles anders wanneer het land van mij is en er geen pachtcontract meer boven mijn hoofd hangt,' zei ze onverwachts. 'Misschien kan ik dan opnieuw beginnen met Lansquenet. Voor Rosa een paar vriendinnen van haar eigen leeftijd zoeken. De mensen een nieuwe kans geven.' Ze schonk nog een glas zoete, goudgele wijn in. 'Mezelf een nieuwe kans geven.'

Jay slikte moeilijk. 'Maar Mireille dan? Zou zij het je niet moeilijk maken?'

Marise schudde haar hoofd. Haar ogen waren halfgesloten, alsof ze een slaperige kat was. 'Mireille heeft niet het eeuwige leven,' zei ze. En daarna... Nee, Mireille is geen probleem,' zei ze ten slotte. 'Als ik de boerderij maar heb.'

Even kwam het gesprek op andere dingen. Ze dronken koffie en armagnac, en Rosa voerde de geit petitfours door de opening tussen de luiken. Toen stuurde Marise Rosa naar bed, waarop deze slechts zwak protesteerde; het was bijna middernacht en ze was al veel langer op dan anders. Jay vond het ongelooflijk dat het kind tijdens de maaltijd niets had losgelaten. In zekere zin vond hij het jammer. Toen Rosa naar boven verdween, met een koekje in elke hand en de belofte dat ze bij het ontbijt pannenkoeken zou krijgen, zette Jay de radio aan; hij schonk nog een glas armagnac in en gaf het aan Marise.

'Mmmm. Dank je.'

'Marise.'

Ze keek hem lui aan.

'Waarom moest het Lansquenet zijn?' vroeg hij. 'Had je niet ergens anders heen kunnen gaan toen Tony overleden was? Al dat... gedoe met Mireille kunnen vermijden?'

Ze pakte de laatste petitfour. 'Het moest Lansquenet zijn,' zei ze uiteindelijk. 'Dat moest gewoon.'

'Maar waarom dan? Waarom niet Montauban of Nérac of een van de dorpjes in de buurt? Wat is er in Lansquenet dat je nergens anders kunt krijgen? Komt het doordat Rosa hier is opgegroeid? Komt het door... Tony?'

Ze lachte, niet onvriendelijk, maar met een klank die hij niet kon thuisbrengen. 'Zo zou je het kunnen zeggen, ja.'

Jays hart kromp plotseling samen. 'Je praat niet veel over hem.'

'Nee, dat is zo.'

Ze keek zwijgend naar haar drankje.

'Het spijt me. Ik mag me er niet meer bemoeien. Vergeet maar dat ik dat gezegd heb.'

Marise keek hem met een vreemde blik aan en staarde toen weer naar haar glas. Haar lange vingers bewogen nerveus. 'Het geeft niet. Je hebt me geholpen. Je bent vriendelijk geweest. Maar het is gecompliceerd, weet je. Ik wilde het je wel vertellen. Ik wil het je allang vertellen.'

Jay wilde zeggen dat ze het verkeerd zag, dat hij het niet wilde weten, dat er iets anders was dat hij haar heel dringend moest vertellen. Maar er kwam geen woord uit zijn mond.

'Ik vind het al heel lang moeilijk andere mensen te vertrouwen,' zei Marise langzaam. 'Na Tony, na Patrice. Ik maakte mezelf wijs dat ik niemand nodig had. Dat het veiliger zou zijn als we samen bleven, Rosa en ik. Dat bovendien niemand me zou geloven als ik de waarheid vertelde.' Ze zweeg even en ging met haar vinger over een ingewikkelde figuur op het donkere tafelblad. 'Zo gaat dat met de waarheid,' ging ze verder. 'Hoe liever je hem aan iemand wilt vertellen, hoe moeilijker het wordt. Hoe onmogelijker het lijkt.'

Jay knikte. Dat was iets dat hij volkomen begreep.

'Maar bij jou...' Ze glimlachte. 'Misschien komt het doordat je een buitenlander bent. Het is net alsof ik je al heel lang ken. En je vertrouw. Anders had ik Rosa nooit aan je toevertrouwd.'

'Marise.' Hij slikte weer. 'Er is iets dat ik je eigenlijk –'

'Ssst.' Ze had iets langoureus, zoals ze daar zat met rode wangen van de wijn en de warmte in de kamer. 'Ik moet jou juist iets vertellen. Ik moet het je uitleggen. Ik heb het al eens eerder geprobeerd, maar...' Ze schudde haar hoofd. 'Ik vond het te ingewikkeld,' zei ze zachtjes. 'Maar het is eigenlijk heel eenvoudig. Zoals alle tragedies. Eenvoudig en stom.' Ze haalde diep adem. 'Ik was erin verwikkeld voor ik het goed en wel wist. En toen besefte ik dat het te laat was. Wil je nog wat armagnac voor me inschenken?'

Dat deed hij.

'Ik mocht Tony graag, ik hield niet van hem. Maar ook liefde houdt de dingen niet lang in stand. Geld wel. Zekerheid, de boerderij, het land. Dat had ik nodig, dacht ik. Ontsnappen aan Patrice, ontsnappen aan de stad, en aan de eenzaamheid. Ik maakte mezelf wijs dat het goed was, dat ik niets anders nodig had.'

Het was een tijd goed gegaan, maar Mireille was steeds veeleisender geworden en Tony's gedrag steeds wispelturiger. Marise had geprobeerd er met Mireille over te praten, maar zonder succes. Mireille vond dat er met Tony niets aan de hand was.

'Het is een sterke, gezonde jongen,' zei ze altijd weer. 'Je moet hem niet zo in de watten leggen. Dan wordt hij net zo neurotisch als jij.'

Vanaf dat moment werd iedere eigenaardigheid van Tony's gedrag aan Marise toegeschreven: de woedeaanvallen, de vlagen van depressiviteit en de fixaties.

'Een tijdlang waren het spiegels,' zei ze. 'Iedere spiegel in huis moest afgedekt worden. Hij zei dat dat moest omdat het spiegelbeeld al het licht uit zijn hoofd wegnam. Hij scheerde zich zonder spiegel. Hij sneed zich onder het scheren altijd. Op een keer schoor hij ook zijn wenkbrauwen af. Dat was hygiënischer, zei hij.'

Toen Tony hoorde dat Marise zwanger was, ging hij een nieuwe fase in. Hij werd uiterst beschermend. Hij liep haar overal achterna, ook wanneer ze naar de wc ging. Hij bediende haar constant. Mireille zag dit als een teken van zijn toewijding. Marise voelde zich erdoor verstikt. Toen begonnen de brieven te komen.

'Ik wist meteen dat het Patrice was,' bekende Marise. 'Het was zijn stijl. Het bekende gescheld. Maar op de een of andere manier maakte het me hier niet bang. We hadden waakhonden, geweren en ruimte. Ik dacht dat Patrice dat ook wist. Hij had op de een of andere manier ontdekt dat ik zwanger was. Daar gingen de brieven allemaal over. Doe het kind weg en ik zal je vergeven, dat soort uitspraken. Ik besteedde er geen aandacht aan.'

Toen kwam Tony erachter.

'Ik heb hem alles verteld,' zei ze wrang. 'Ik dacht dat ik dat aan hem verschuldigd was. Trouwens, ik wilde hem duidelijk maken dat er geen gevaar dreigde, dat het allemaal bij het verleden hoorde. Zelfs de brieven kwamen niet zo vaak meer. Ze begonnen af te nemen.'

Ze zuchtte. 'Ik had beter moeten weten. Vanaf dat moment leefden we in een belegerde veste. Tony ging nog maar eenmaal per maand naar de stad om inkopen te doen. Hij ging niet meer met zijn vrienden naar het café. Dat vond ik niet zo erg. Dan was hij in ieder geval nuchter. Hij sliep 's nachts nauwelijks. Hij hield het grootste deel van de tijd de wacht. Mireille gaf mij er natuurlijk de schuld van.'

Rosa werd thuis geboren. Mireille hielp haar bij de bevalling. Ze was teleurgesteld dat Rosa geen jongen was, maar daar was later nog meer dan genoeg tijd voor. Ze was verbaasd dat Rosa zo klein en teer was. Ze gaf me raad met betrekking tot de voeding, het verschonen en de verzorging. Vaak had het advies niet veel verschild van tirannie.

'Hij had haar natuurlijk alles al verteld,' herinnerde Marise zich. 'Dat had ik kunnen weten. Hij kon niets voor haar verborgen houden. In haar ogen werd ik algauw de schuldige, een vrouw die mannen verleidde en dan van haar echtgenoot verwachtte dat die haar tegen de gevolgen in bescherming nam.'

Er was tussen de vrouwen een grote kilte ontstaan. Mireille was altijd bij hen in huis, maar sprak Marise zelden rechtstreeks aan. Tony en Mireille zaten soms een hele avond geanimeerd over gebeurtenissen en mensen te praten waar Marise niets vanaf wist. Tony leek haar stilzwijgen nooit op te merken. Hij was altijd vrolijk en geanimeerd; hij liet zijn moeder hem betuttelen, alsof hij nog een jongen was in plaats van een getrouwde man met een jong kind. Op een dag stond Patrice ineens voor de deur.

'Het was aan het eind van de zomer,' herinnerde Marise zich. 'Ongeveer acht uur 's avonds. Ik had Rosa net gevoed. Ik hoorde een auto op de oprit. Ik was boven en Tony ging opendoen. Het was Patrice.' Hij was veranderd sinds de laatste keer dat ze hem gezien had. Hij was nu klagerig, bijna nederig. Hij hoefde Marise niet te zien, maar zei tegen Tony dat hij zo'n spijt had van wat er gebeurd was, dat hij ziek was geweest, dat hij nu pas in staat was dat onder ogen te zien. Marise hoorde boven wat hij zei. Hij had geld meegenomen, twintigduizend frank. Niet genoeg voor de schade die hij had aangericht, maar misschien genoeg om een spaarpotje voor het kind te vormen.

'Hij en Tony gingen samen aan de achterkant naar buiten. Ze bleven lang weg. Toen Tony terugkeerde was het donker en was hij alleen. Hij zei tegen me dat het voorbij was, dat we van Patrice geen last meer zouden hebben. Hij was liefdevoller dan hij in tijden geweest was. Ik begon te denken dat alles misschien toch nog goed zou komen.'

Een paar weken waren ze gelukkig samen. Marise zorgde voor Rosa. Mireille bewaarde afstand. Tony stond 's nachts niet meer op wacht. Op een dag, toen ze naast het huis wat kruiden ging plukken, zag Marise de deur van de schuur half openstaan. Toen ze hem dicht ging doen, zag ze de auto van Patrice, slecht verborgen achter een paar balen stro.

'Eerst ontkende hij het,' zei ze. 'Net een jongen. Zei dat ik dat niet gezien kon hebben. Daarna kreeg hij een van zijn woedeaanvallen. Hij noemde me een hoer. Hij beschuldigde me ervan dat ik Patrice stiekem had ontmoet. Ten slotte gaf hij toe. Hij had Patrice die dag meegenomen naar de schuur en hem met een schop doodgeslagen.'

Hij toonde geen wroeging. Hij had geen keus gehad. Als iemand iets te verwijten viel, was het Marise wel. Grijnzend als een stoute schooljongen legde hij uit hoe hij de auto de schuur in had gereden en hem had verstopt en daarna Patrice ergens op hun land had begraven.

'Waar?' had Marise gevraagd.

Tony grijnsde weer en schudde sluw zijn hoofd. 'Daar zul je nooit achter komen,' zei hij.

Daarna ging Tony's gedrag snel achteruit. Hij bracht uren in het gezelschap van zijn moeder door en sloot zichzelf daarna op in zijn kamer met de televisie keihard aan. Naar Rosa keek hij niet om. Marise, die de symptomen van schizofrenie herkende, probeerde hem ervan te overtuigen dat hij weer medicijnen moest nemen, maar hij vertrouwde haar niet meer. Daar had Mireille wel voor gezorgd. Niet lang daarna pleegde hij zelfmoord, en Marise had zich alleen maar opgelucht gevoeld, wat haar een schuldgevoel gaf.

'Ik heb daarna geprobeerd weg te gaan,' zei ze met toonloze stem. 'Het enige wat ik in Lansquenet nog had, waren slechte herinneringen. Ik pakte mijn koffers. Ik reserveerde zelfs een treinreis voor mezelf en Rosa naar Parijs, maar Mireille hield me tegen. Tony had haar een brief nagelaten, zei ze, waarin hij haar alles opbiechtte. Patrice lag ergens op het land van Foudouin begraven, aan onze kant of aan de overkant van de rivier. Alleen zij wist waar.'

'Je zult nu wel moeten blijven, *éh*?' had Mireille triomfantelijk gezegd. 'Ik laat je niet met mijn Rosa vertrekken. Anders zeg ik tegen de politie dat jij die man uit Marseille hebt gedood, dat mijn zoon me dat heeft verteld voordat hij stierf, en dat hij zichzelf heeft gedood omdat hij het niet meer kon opbrengen je te beschermen.'

'Ze sprak met veel overtuigingskracht,' zei Marise, een beetje bitter. 'Ze maakte me duidelijk dat ze haar mond hield omwille van Rosa. Dat ze het in de familie hield.'

Daarna begon de campagne om Marise en de rest van het dorp uit elkaar te drijven. Dat was niet moeilijk: in de loop van dat jaar had ze haast met niemand gesproken en vrijwel constant geïsoleerd op de boerderij gezeten. Mireille had al haar verborgen wrok de vrije loop gelaten. Ze verspreidde geruchten in het dorp en zinspeelde op duistere geheimen. Tony was populair geweest in Lansquenet. Marise was maar een buitenstaander uit de stad. Algauw begonnen de pesterijen.

'Het stelde niet zoveel voor, hoor,' zei Marise. 'Er werd vuurwerk afgestoken onder mijn raam. Ik kreeg brieven. Ik werd gewoon gepest. Met Patrice was het erger geweest.'

Maar algauw werd het haar duidelijk dat Mireille met haar campagne meer beoogde dan alleen het spuien van haar boosaardigheid.

'Ze wilde Rosa hebben,' verklaarde Marise. 'Ze dacht dat ze, als ze me uit Lansquenet kon verjagen, Rosa voor zichzelf zou kunnen houden. Ik zou haar Rosa moeten laten houden, omdat ze die dingen wist. En als ik gearresteerd zou worden omdat ik Patrice vermoord had, zou ze Rosa hoe dan ook krijgen, omdat ze de enige naaste bloedverwant was.'

Ze huiverde.

En dus had ze hen van zich af gehouden. Allemaal. Ze had zich in de boerderij verschanst en zichzelf opzettelijk afgezonderd van iedereen in Lansquenet. Ze had Rosa geïsoleerd door haar tijdelijke doofheid te gebruiken om Mireille om de tuin te leiden. De auto van Patrice had ze in het moeras gedumpt en hem diep onder het riet en het wateroppervlak laten wegzakken. Ze begreep dat de auto haar in een nog lastiger parket zou kunnen brengen. Maar hij moest niet te ver weg zijn. Op haar land. Op een plek die zij wist. En dan was er nog het lijk.

'Eerst zocht ik ernaar,' zei ze tegen me. 'Ik doorzocht de gebouwen. Ik keek onder de vloeren, heel methodisch, maar het had geen zin. Al het land tot aan het moeras hoorde bij de boerderij. Ik kon niet iedere meter doorzoeken.'

Dan was er nog de oude Emile. Het was niet uitgesloten dat Tony helemaal naar zijn land was gegaan. Daar had Mireille zelfs al op gezinspeeld, op haar zure, grimmige manier, genietend van haar macht en haar greep op Marise. Daarom had Marise zo graag de boerderij van Foudouin willen hebben. Jay probeerde zich voor te stellen hoe ze zich gevoeld moest hebben toen ze hem in het huis zag en hem de grond zag omspitten en in de boomgaard zag rondlopen. Ze had zich natuurlijk elke dag afgevraagd of dit misschien de dag zou zijn waarop...

Impulsief pakte hij haar hand. Die was koud. Hij voelde een lichte trilling door haar vingertoppen gaan, bijna onmerkbaar. Een golf van bewondering voor haar maakte hem duizelig. Voor haar moed.

'Daarom wilde je niet dat er iemand op je land werkte,'

zei hij. 'Daarom stond je geen moerasland af voor de nieuwe supermarkt. Daarom moet je hier blijven.'

Ze knikte. 'Ik kon niemand laten vinden wat hij had verborgen,' zei ze. 'Zo'n lange tijd na de gebeurtenis zou niemand geloven dat ik er niets mee te maken had. En ik wist dat Mireille me niet zou steunen. Ze zou nooit toegeven dat haar eigen lieve Tony...' Ze haalde diep adem. 'Zo, nu weet je het,' bracht ze moeizaam uit. 'Nu is er iemand anders die het weet.' Ze rook naar tijm en regen. Haar haar was een waterval van bloemen.

Jay stelde zich voor hoe het zou zijn als hij haar vertelde wat er vandaag was gebeurd, hoe het licht uit haar groene ogen zou verdwijnen, haar gezicht zou verstrakken en verstarren, onbenaderbaar zou worden.

Iemand anders had het haar misschien op dat moment verteld. Iemand met evenveel moed, evenveel helderheid van geest. Maar hij trok haar naar zich toe en voelde haar haar tegen zijn gezicht, haar lippen tegen de zijne, haar gretige zachtheid in zijn armen en haar adem tegen zijn wang. Haar kus smaakte precies zoals hij gedacht had dat die zou smaken: naar frambozen en theerozen. Ze bedreven de liefde op Jays onopgemaakte bed, terwijl de geit nieuwsgierig door de halfgesloten luiken naar binnen keek, en terwijl het lieflijke, warmgele licht patronen maakte op de schemerblauwe wanden.

Even leek dat genoeg.

62

Binnenkort. Binnenkort. Hij was nu overal, de geest van de Bijzondere Wijnen: in de lucht, in de grond, in de minnaars: in hem zoals hij daar op bed naar het plafond lag te staren, in haar terwijl ze sliep met haar gezicht in het kussen, als een kind, haar felgekleurde haar als een wimpel op het linnen. Ik kon hen voelen, krachtiger dan ooit, ik hoorde hun gretige stemmen aandringen, vleien. *Binnenkort*, fluisterden ze. *Wacht niet te lang. Het moet nu gebeuren.*

Jay keek naar Marise terwijl ze naast hem lag te slapen. Ze leek vol vertrouwen, rustig. Ze mompelde zachtjes en woordeloos in haar slaap. Ze glimlachte. Jay trok de deken steviger om haar heen en met een lange zucht begroef ze haar gezicht erin.

Jay keek naar haar en dacht aan de ochtend. Er moest iets zijn wat hij kon doen. Hij mocht haar niet haar boerderij laten kwijtraken. Hij mocht Lansquenet niet uitleveren aan projectontwikkelaars. De filmploeg kwam morgen. Hoeveel tijd had hij nog? Zes, zeven uur?

Om wat te doen? Wat kon hij in zeven uur doen? Of zeventig? Wat kon je hoe dan ook ertegen doen?

Joe had wel iets kunnen doen.

De stem klonk bijna vertrouwd. Cynisch, joviaal, licht geamuseerd.

Hij wel, dat weet je.

Zeker. Hij sprak bijna hardop. Maar Joe was dood. Hij werd weer overvallen door verdriet, zoals altijd wanneer hij aan Joe dacht. Joe was dood. Einde magie. Net als aan de Bijzondere Wijnen was er nu voorgoed een einde gekomen aan de magie.

Gezond verstand is nooit je sterkste kant geweest jong.

Nu was het echt Joe's stem. Even maakte zijn hart een sprongetje, maar toen drong het tot hem door dat Joe's stem in zijn hoofd zat, in zijn herinnering. Joe's aanwezigheid, zijn echte, autonome aanwezigheid, was verdwenen. Dit was maar een substituut. Een spel. Een psychisch trucje, zoals fluiten in het donker.

Denk om de bijzondere dingen, heb ik tegen je gezegd. Weet je dat niet meer?

'Natuurlijk wel,' fluisterde Jay hulpeloos. 'Maar er zijn geen bijzondere dingen meer. Geen flessen wijn. Ik heb ze opgemaakt. Ik heb ze verspíld aan onbenulligheden, zoals mensen loslippig maken en zoals Marise laten –'

Waarom lúíster je ook nooit eens? Joe's stem, als die het tenminste was, was nu overal, in de lucht, in het licht van het nagloeiende hout, in de gloed van haar haar, dat over het hoofdkussen lag uitgespreid. *Waar heb je gezeten toen ik je al die dingen leerde op Pog Hill? Heb je dan niets opgestoken?*

'Jawel.' Jay schudde verward zijn hoofd. 'Maar zonder Joe werkt het allemaal niet meer. Zoals die laatste keer op Pog Hill...'

Van de muren weerkaatste gelach. De lucht was ervan vervuld. Een spookgeur van appels en rook leek uit het gloeiende hout op te stijgen. De nacht vonkte.

Als je je hand maar vaak genoeg in een wespennest steekt, zei Joe's stem, *dan word je vanzelf een keer gestoken. Zelfs magie helpt daar niet tegen. Ook magie kan niet tegen de natuur ingaan. Soms moet je magie een handje helpen, jong. Hem ergens op loslaten, de ruimte geven. Je moet de juiste omstandigheden scheppen zodat-ie zijn werk kan doen.*

'Maar ik had de talisman. Ik dacht –'

Je had helemaal geen talisman nodig, antwoordde de stem. *Je had jezelf kunnen helpen. Je had je toch kunnen verzetten? Maar nee hoor, weglopen, meer deed je niet. Noem je dat vertrouwen? Komt op mij niet logisch over. Je hoeft bij mij dus niet aan te komen met dat verhaaltje over geloof en vertrouwen.*

Jay dacht daar even over na.

Je hebt al alles wat je nodig hebt, vervolgde de stem vrolijk. *In jezelf, jong. En dat is altijd zo geweest. Je hebt geen brouwseltje van een ouwe vent nodig om dat voor je te doen. Je kunt het allemaal zelf.*

'Maar ik kan toch niet –'

Kan niet is dood, jong, zei de stem. *En wil niet leeft nog.*

Toen waren de stemmen verdwenen, en plotseling suisde zijn hoofd, niet van de duizeligheid, maar van de plotselinge helderheid. Hij wist wat hem te doen stond.

Zes uur, stelde hij vast. Hij mocht geen seconde verliezen.

Niemand zag hem het huis uitgaan. Niemand keek. En zelfs als dat wel zo was geweest, zou niemand vragen hebben gesteld of het vreemd hebben gevonden. En de diepe mand met kruiden die hij bij zich had, was ook niet ongewoon. De planten met brede bladeren waarmee hij gevuld was, zouden een cadeau voor iemand kunnen zijn, een geschenk voor een kwijnende tuin. Zelfs het feit dat hij zacht liep te mompelen – woorden die een beetje als Latijn klonken – zou hen niet verbaasd hebben. Hij was per slot van rekening een Engelsman en dus een beetje gek. *Un peu fada, monsieur Jay.*

Hij merkte dat hij Joe's grensritueel nog heel goed wist. Er was geen tijd om wierook te maken of nieuwe zakjes, maar dat leek hem nu ook niet zo belangrijk. Zelfs hij kon de geest van de Bijzondere Wijnen en Zaden horen, hun fluisterstemmen, hun kermisachtige gelach. Hij nam de jonge plantjes voorzichtig uit de koude bak, zoveel als hij kon dragen, en ook een troffel en een kleine vork. Hij plantte ze met kleine afstanden ertussen langs de kant van de weg. Hij plantte er een paar op de kruising met de weg naar Toulouse, twee bij het stopbord en nog twee langs de weg naar Les Marauds. Als een licht zeil in het vroege zonlicht steeg om hem heen mist op, die speciale mist van Lansquenet, die vanuit de moerassen de wijngaarden in rolt. Jay Mackintosh werkte razendsnel zijn ronde af; hij rende half om op tijd klaar te zijn, Joe's *Tuberosa rosifea* plantend bij iedere vertakking in de weg, bij iedere poort en bij ieder bord. Hij draaide richtingwijzers om of bedekte ze met groen wanneer hij ze niet uit kon graven. Hij verwijderde het welkomstbord van Georges en Lucien. Toen hij klaar was, was nergens meer een bord te zien dat naar Lansquenet-sous-Tannes verwees. Hij deed bijna vier uur over de twintig kilometer lange ronde: hij liep in een lus om het dorp heen in de richting van de weg naar Toulouse, toen weer terug door Les Marauds. Toen hij klaar was, was hij uitgeput. Zijn hoofd deed zeer, zijn benen waren bibberige stelten. Maar hij had het voor elkaar. Het was af.

Net zoals Joe Pog Hill Lane had verborgen, dacht hij triomfantelijk, had hij het dorp Lansquenet-sous-Tannes verborgen.

Marise en Rosa waren al weg toen hij terugkwam. De hemel begon te kleuren. De mist trok op.

63

Het was al elf uur toen Kerry arriveerde. Ze zag er verzorgd en koel uit met haar witte bloes en grijze rok en haar diplomatenkoffertje in haar hand. Jay zat haar op te wachten.

'Goeiemorgen, Jay.'

'Je bent er weer.'

Ze keek over zijn schouder de kamer in en zag de lege glazen en wijnflessen.

'We hadden eerder moeten beginnen,' zei ze, 'maar je gelooft het niet: we verdwaalden in de mist. Grote dekens witte mist, zoals het droge ijs bij heavy-metalconcerten.' Ze lachte. 'Niet te geloven. Al een halve dag naar de knoppen. Dat kost geld. De cameraploeg is er nog niet. Ze schijnen een verkeerde afslag te hebben genomen en ergens tussen hier en Agen te zijn beland. Die wegen. Het is maar goed dat ik de weg al wist.'

Jay keek haar aan. Het had niet gewerkt, dacht hij mistroostig. Ondanks alles, ondanks zijn vertrouwen.

'Dus je wilt het nog steeds doorzetten?'

'Ja, natuurlijk zet ik door,' antwoordde Kerry ongeduldig. 'Zo'n mooie kans laat je niet lopen.' Ze inspecteerde haar nagels. 'Je bent een beroemdheid. Wanneer het boek verschijnt, kan ik de wereld laten zien waar je je inspiratie hebt opgedaan.' Ze glimlachte opgewekt. 'Het is een prachtig boek,' voegde ze eraan toe. 'Het wordt een doorslaand succes. Het is misschien nog beter dan *Jackapple Joe*.'

Jay knikte. Ze had natuurlijk gelijk. Pog Hill en Lansquenet, twee kanten van dezelfde doffe munt. Allebei op hun eigen manier opgeofferd voor de schrijversloopbaan van Jay Mackintosh. Wanneer het boek uitkwam, zou het hier nooit meer hetzelfde zijn. Ooit zou hij Lansquenet achter zich laten. Narcisse, Joséphine, Briançon, Guillaume, Arnauld, Roux, Poitou, Rosa en zelfs Marise; allemaal zouden ze nog slechts figuranten op een bladzijde zijn, gladde verzinsels die aan je voorbijtrekken en vergeten worden, maar tijdens zijn afwezigheid zouden de projectontwikkelaars binnentrekken en plannen en slopen en herbezien en moderniseren...

'Ik weet niet waarom je zo kijkt,' zei Kerry. 'Je hebt toch een contract met WorldWide? Het levert je een aardig sommetje op. Meer dan aardig. Of vind je dat te banaal?'

'Helemaal niet.' Een eigenaardige kalmte, bijna een dronkenschap, begon hem te bekruipen. Het was net of zijn hoofd vol belletjes zat. De gistachtige lucht ziedde en siste.

'Je bent blijkbaar erg in trek,' merkte Kerry op.

'Ja,' zei Jay langzaam. 'Dat geloof ik ook.'

Als je je hand maar vaak genoeg in een wespennest steekt, had Joe gezegd, *dan word je vanzelf een keer gestoken. Zelfs magie helpt daar niet tegen. Ook magie kan niet tegen de natuur ingaan. Soms moet je magie een handje helpen, jong. Hem ergens op loslaten... de juiste omstandigheden.*

Dat was het, dacht hij verbluft. Zo eenvoudig was het. Zo... eenvoudig.

Jay lachte. Plotseling was zijn hoofd vol licht. Hij kon rook ruiken en moeraswater en de zoete, koppige geur van rijpe bramen. De lucht was vlierbloesemchampagne. Hij wist dat Joe bij hem was, dat Joe nooit was weggegaan. Ook niet in '77. Joe was nooit weggegaan. Hij zag hem nu bijna bij de deur staan met zijn oude mijnwerkerspet op en zijn oude mijnwerkerslaarzen aan, grijnzend zoals hij altijd deed wanneer hij in zijn nopjes was, en hoewel Jay wist dat hij het zich verbeeldde, wist hij ook dat het echt was. Soms zijn realiteit en fantasie hetzelfde.

Met twee stappen was hij bij het bed, waar het manuscript en de contracten van WorldWide lagen, in de doos. Hij haalde ze eruit. Kerry keerde zich nieuwsgierig naar hem toe.

'Wat doe je?'

Jay stond te lachen met het manuscript in zijn armen.

'Weet je wat dit is?' vroeg hij haar. 'Dit is het enige exemplaar van het boek dat ik heb. En dit' – hij hield het getekende contract omhoog zodat ze het kon zien – 'zijn de papieren. Zie je? Het is helemaal af. Klaar om verstuurd te worden.'

'Jay, wat ben je van plan?' Haar stem was scherp.

Jay grijnsde en zette een stap in de richting van de haard.

'Je kunt niet –' begon Kerry.

Jay keek haar aan. 'Kan niet is dood,' zei hij.

Door Kerry's kreet van schrik heen meende hij het gegrinnik van een oude man te horen.

Ze schreeuwde het uit, omdat ze plotseling wist wat hij van plan was. Het was getikt, belachelijk, het soort impuls dat hij nooit had gehad, maar er lag in zijn ogen toch een vreemd licht dat er nooit was geweest. Alsof iemand een lont had aangestoken. Er lag een glans op zijn gezicht. Hij nam de contracten in zijn handen, verkreukelde ze en legde ze achter op het haardvuur. Toen begon hij hetzelfde met de betypte vellen te doen. Het papier vatte vlam: eerst knetterde het, daarna werd het bruin en toen was er één grote, uitbundige vlam. Om hen heen dwarrelden zwarte vlinders.

'Wat is dit voor spelletje?' Kerry's stem schoot nerveus uit. 'Jay, wat ben je in godsnaam aan het doen?'

Hij grijnsde naar haar, ademloos van het lachen.

'Wat dacht je? Wacht een dag of twee, totdat je Nicky te spreken kunt krijgen, en dan weet je het zeker.'

'Je bent gek,' zei Kerry scherp. 'Je maakt mij niet wijs

dat je geen kopieën van die getypte tekst hebt. Bovendien zijn de contracten te vervangen.'

'Zeker.' Hij zat ontspannen te glimlachen. 'Maar dat zal niet gebeuren. Niets zal vervangen worden. En wat heb je aan een schrijver die nooit schrijft? Hoe lang kun je het publiek in zo iemand geïnteresseerd houden? Wat is dat waard? Wat ben ík zonder dat waard?'

Kerry keek hem aan. De man die een halfjaar geleden vertrokken was, kende ze niet meer terug. De oude Jay was vaag, stug en stuurloos geweest. Deze man was gedreven, bevlogen. Zijn ogen glansden. Ondanks het feit dat hij zojuist alles weggegooid had, wat stom, misdadig en idioot was, leek hij gelukkig.

'Je bent echt gek,' zei ze met verstikte stem. 'Alles weggooien. En waarvoor? Om een gebaar te maken? Dit past niet bij jou, Jay. Ik ken je. Daar krijg je spijt van.'

Jay keek haar alleen maar licht glimlachend aan. Geduldig.

'Je houdt het hier nog geen jaar uit.' Ondanks de minachting kon hij haar stem horen trillen. 'Wat moet je doen? De boerderij runnen? Je hebt nauwelijks geld. Je hebt het allemaal aan dit huis verkwist. Wat doe je wanneer het geld opraakt?'

'Ik weet het niet.' Hij klonk opgewekt, onverschillig. 'Kan het je wat schelen?'

'Nee!'

Hij haalde zijn schouders op. 'Je kunt beter de filmploeg oppiepen en tegen hen zeggen dat je hen ergens anders wilt ontmoeten,' zei hij rustig tegen haar. 'Er is hier geen verhaal voor je. Probeer het maar eens in Le Pinot, aan de overkant van de rivier. Ik weet zeker dat je daar iets vindt dat modern en onderhoudend genoeg is.'

Ze staarde hem stomverbaasd aan. Even meende ze iets te ruiken, een vreemde, prikkelende geur van suiker en appels en bramengelei en rook. Het was een nostalgische geur, en even kon ze bijna begrijpen waarom Jay het hier zo naar zijn zin had, met al die wijngaardjes en appelbomen en geiten die door het moeras dwaalden. Heel even was ze weer het meisje dat met haar oma in de keuken taarten bakte, terwijl de wind die van de kust kwam, zong in de telefoondraden. Op de een of andere manier voelde ze dat de geur bij hem hoorde, dat hij aan hem kleefde als oude rook, en terwijl ze naar hem keek leek hij wel verguld, alsof er achter hem licht was, draden van licht die van zijn haar en zijn kleren straalden. Toen was de geur verdwenen, het licht was weg en er was alleen nog maar de mufheid van de niet geluchte kamer en de restjes wijn op de tafel voor hen. Kerry haalde haar schouders op.

'Jij bent het kwijt, niet ik,' zei ze stuurs. 'Je moet het zelf weten.'

Hij knikte. 'En de serie?'

'Ik rijd maar naar Le Pinot, denk ik,' zei ze. 'Georges Clairmont heeft me verteld dat ze daar onlangs *Clochemerle* hebben verfilmd. Misschien is dat wel een geschikt onderwerp.'

Hij glimlachte. 'Succes, Kerry.'

Toen ze weg was, waste hij zich en trok hij een schoon T-shirt en een schone spijkerbroek aan. Hij dacht even na over wat hij nu moest doen. Ook nu was nog niets zeker. In het leven heb je nooit de garantie dat alles goed afloopt.

Om ons heen heerste absolute stilte in huis. De bruisende energie die overal voelbaar was geweest, was verdwenen. Er was geen spoortje suiker- of rookgeur meer te bekennen. Zelfs in de kelder was het rustig. De flessen wijn – nieuwe wijn, zoals Sauternes en Saint-Emilion en een dozijn jonge Anjou – lagen rustig en stil op de rekken. Ze wachtten.

64

Om een uur of twaalf kwam Popotte met een pakje en de nieuwtjes uit het dorp. De filmploeg was niet op komen dagen, meldde ze opgewonden. De Engelse dame had niemand geïnterviewd. Georges en Lucien waren woedend. *En tout cas*, zei ze, was het waarschijnlijk maar beter ook. Iedereen wist dat van hun plannen nooit iets terechtkwam. Georges had het alweer over een nieuw avontuur, het een of andere nieuwbouwproject in Montauban, dat beslist zou slagen. Lansquenet leefde alweer door.

Het pakje droeg het poststempel van Kirby Monckton. Jay maakte het open toen hij alleen was. Het was groot en zwaar. Toen hij het uitpakte, viel er een enveloppe uit. Hij herkende Joe's handschrift. Er zat één vel verbleekt briefpapier in.

Pog Hill Lane, 15 september
Beste Jay,
Het spijt me dat alles zo gauw is gegaan. Ik ben nooit erg goed in afscheid nemen geweest. Ik had wat langer willen blijven, maar je weet hoe dat gaat. Die stomme dokters vertellen je pas op het laatst wat er is. Ze denken dat je omdat je oud bent toch niks snapt. Ik stuur je mijn verzameling, ik denk dat je er wel raad mee weet. Tegen de tijd dat je dit krijgt, zul je wel het een en ander geleerd hebben. Vergeet niet de bodem geschikt te maken. Met innige groeten,
Joseph Cox.

Jay las de brief opnieuw. Hij raakte de woorden op het papier aan; ze waren geschreven met zwarte inkt in dat zorgvuldige, vormloze handschrift. Hij bracht zelfs het papier naar zijn gezicht om te kijken of er nog iets van hem aan hing, misschien een spoortje rook, of de vage geur van rijpe bramen. Maar er was niets. Als er sprake was geweest van magie, dan was die nu elders. Toen keek hij in het pakje. Alles was er. De inhoud van de zaadkist, honderden envelopjes en pakjes van krantenpapier, gedroogde bollen, zaden, knollen, zaadpluisjes, zo licht als een stofje, allemaal met opschrift en nummer. Alles geurend naar verre oorden. *Tuberosa rubra maritima, Tuberosa diabolica, Tuberosa panax odorata*, duizenden aardappel-, pompoen-, peper- en wortelsoorten, alleen al meer dan driehonderd uiensoorten. Joe's hele collectie. En dan natuurlijk de Bijzondere Zaden: de *Tuberosa rosifea* in al haar glorie, de ware jackapple, het herontdekte origineel.

Hij keek er lang naar. Later zou hij ze allemaal bekijken en elk pakje in de goede la van de oude specerijenkist opbergen. Later zou er tijd zijn om te sorteren, etiketteren en catalogiseren, totdat ze allemaal een plekje gevonden hadden. Maar eerst moest hij iets anders doen. Iemand opzoeken. En iets zoeken. In de kelder.

Er bleef maar één keuze over. Hij veegde met een doek het vertrouwde stof van het glas en hoopte dat de tijd de inhoud niet verzuurd had. Een fles voor bijzondere gelegenheden, dacht hij, de laatste van zijn eigen Bijzondere Wijnen: 1962, een goed jaar. Naar hij hoopte het eerste van vele goede jaren. Hij deed de fles in vloeipapier en stopte hem in de zak van zijn jasje. Een zoenoffer.

Toen hij kwam, zat ze in de keuken erwten te doppen. Ze droeg een wit hemd over haar broek, en het zonlicht kleurde haar roestbruine haar rood. Buiten hoorde hij Rosa Clopette roepen.

'Ik heb iets voor je meegebracht,' zei hij tegen haar. 'Ik heb hem voor een speciale gelegenheid bewaard. Ik dacht dat we hem misschien samen op zouden kunnen drinken.'

Ze keek hem met een ondoorgrondelijk gezicht lange tijd aan. Haar ogen waren koel, grijsgroen, taxerend. Ten slotte pakte ze de fles die haar werd toegestoken aan en bekeek het etiket.

'Fleurie 1962,' zei ze met een glimlach op haar gezicht. 'Mijn lievelingswijn.'

Hier eindigt mijn verhaal, in de keuken van de kleine boerderij in Lansquenet. Hier word ik door hem ingeschonken, zodat de geuren van lang vervlogen zomers en plaatsen uit een ver verleden vrijkomen. Hij drinkt op Joe en Pog Hill Lane; de toost is zowel een begroeting als een afscheid. Je kunt zeggen wat je wilt, maar er gaat niets boven het geurige aroma van een goede druif. Aroma van zwarte bessen of niet, ik heb mijn eigen magie, ik, die eindelijk na zevenendertig jaar wachten de fles uit mag. Ik hoop dat ze dat weten te waarderen, die twee, die daar met de monden op elkaar en de handen ineengestrengeld zitten. Nu is het praten aan hen. Mijn rol is uitgespeeld. Ik zou graag willen dat het voor hen even goed afloopt. Maar dat kan ik niet meer weten. Ik ben onderhevig aan een ander soort chemie. Ik verdamp vrolijk aan de zonnige lucht, mijn eigen mysterie komt naderbij, en ik zie geen spoken, voorspel geen toekomst, zelfs het gelukzalige heden kan ik nog maar nèt waarnemen, vaagjes, door een glas.

Nawoord

Uit de *Lansquenet-gratuit*:

Overlijdensberichten
Mireille Annabelle Faizande, plotseling, na een korte ziekte. Laat een neef na, Pierre-Emile, een schoondochter, Marise, en een kleindochter, Rosa.

Verkoop van onroerend goed
Aan Mme. Marise d'Api, vier hectaren bebouwde en onbebouwde landbouwgrond tussen de rue des Marauds, de boulevard St-Espoir en de Tannes, inclusief een boerderij en bijgebouwen, door Pierre-Emile Foudouin, rue Geneviève, Toulouse.

Uit de *Courier d'Agen*:

Een plaatselijke landeigenaar is sinds de zeventiende eeuw voorzover bekend de eerste die de aardappelsoort *Tuberosa rosifea* produceert. Deze oude soort, die in 1643 uit Zuid-Amerika zou zijn meegenomen, is een grote, zoet geurende, roze knol, die in onze moerasachtige, kalkrijke bodem goed gedijt. De heer Jay Mackintosh, een voormalige schrijver die anderhalf jaar geleden vanuit Engeland hierheen is gekomen, is van plan deze en andere zeldzame groentesoorten op zijn boerderij in Lansquenet-sous-Tannes te gaan telen.

'Ik ben van plan een groot aantal van deze oude variëteiten opnieuw te introduceren voor algemene consumptie,' zo zei hij onlangs tegen onze verslaggever. 'Het is aan puur toeval te danken dat sommige van deze soorten niet voor altijd verloren zijn gegaan.' Wanneer hem naar de herkomst van deze kostbare zaden wordt gevraagd, geeft Mackintosh ontwijkende antwoorden. 'Ik ben gewoon een verzamelaar,' verklaart hij bescheiden. 'Ik heb op mijn reizen rond de wereld een groot aantal verschillende zaden vergaard.'

Maar, zo vraagt u zich misschien af, wat is er zo bijzonder aan een paar oude zaden? Maakt het werkelijk iets uit wat voor aardappel wij voor onze *pommes frites* gebruiken?

'Jazeker,' is het stellige antwoord. 'Dat maakt zeker iets uit. Er zijn door de moderne landbouwmethoden en de richtlijnen uit Brussel al duizenden planten- en diersoorten verloren gegaan. Het is heel belangrijk dat de traditionele rassen niet uitsterven. Planten hebben allerlei eigenschappen die nog steeds niet helemaal begrepen worden. Misschien kunnen de wetenschappers over een paar jaar met behulp van deze herontdekte soorten levens redden.'

De onconventionele methoden die Mackintosh gebruikt, hebben zich al voorbij de grenzen van zijn eigen kleine boerderij verspreid. De plaatselijke boeren hebben onlangs zijn voorbeeld gevolgd en een deel van hun land gereserveerd voor de productie van deze oude rassen. De heer André Narcisse, de heer Philippe Briançon en mevrouw Marise d'Api hebben ook besloten de nieuwe zaden te testen. En aangezien de *Tuberosa rosifea* honderd frank of meer per kilo opbrengt, ziet de toekomst er voor de boeren van Lansquenet-sous-Tannes weer zonnig uit. En wat betreft de zesendertigjarige heer Mackintosh van Château Cox in Lansquenet: die blijft onder het plotselinge succes verbazingwekkend bescheiden. Wanneer wij hem vragen wat de oorzaak is van dit spectaculaire succes, antwoordt hij: 'Gewoon geluk.' En met een ondeugende glimlach naar onze verslaggever voegt hij eraan toe: 'En natuurlijk een beetje magie.'